Elisabeth Gille
Erträumte Erinnerungen

Zu diesem Buch

Elisabeth Gille war fünf Jahre alt, als ihre Mutter, Irène Némirovsky, nach Auschwitz deportiert wurde. Sie begibt sich mit diesem autobiographischen Roman auf die Spuren ihrer Mutter, der in den dreißiger Jahren erfolgreichen Schriftstellerin jüdischrussischer Herkunft, indem sie in deren Haut schlüpft. Mit der Geschichte dieses ergreifenden Frauenschicksals wird das vorrevolutionäre Rußland wieder lebendig: das wohlhabende jüdische Großbürgertum von Kiew, dem Irène entstammt, die elegante, gebildete Gesellschaft von Moskau und St. Petersburg. Dem zunehmend antisemitischen Klima in Rußland entflieht die Familie nach Paris, wo Irène ihrer Berufung zur Schriftstellerin (»David Golder«, »Der Fall Kurilow« u. a.) folgt. Doch den anrückenden Nazis kann die Familie nicht entrinnen.

Elisabeth Gille, 1937 in Paris geboren und 1996 dort gestorben, war Verlagslektorin und Übersetzerin. »Erträumte Erinnerungen« war ihr erstes Buch und kam in Frankreich auf Anhieb auf die Bestsellerlisten.

Elisabeth Gille
Erträumte Erinnerungen
Roman

Aus dem Französischen von
Roseli und Saskia Bontjes van Beek

Piper München Zürich

Ungekürzte Taschenbuchausgabe
1. Auflage Juli 1995
2. Auflage August 1997
© 1992 Presses de la Renaissance, Paris
Titel der französischen Originalausgabe:
»Le Mirador«
© der deutschsprachigen Ausgabe:
1995 Piper Verlag GmbH, München
Umschlag: Büro Hamburg
Simone Leitenberger, Susanne Schmitt, Andrea Lühr
Umschlagabbildung: André Derain (»Porträt der Madame
Paul Guillaume mit großem Hut«, 1928–29,
Musée de l'Orangerie, Paris, Collection
J. Waeter und P. Guillaume. © VG Bild-Kunst, Bonn 1997)
Foto Umschlagrückseite: Ulf Andersen
Gesamtherstellung: Clausen & Bosse, Leck
Printed in Germany   ISBN 3-492-21911-x

Meiner Schwester, der schmerzlichen Erinnerung
Meinen Kindern, dem Leben
Natascha, dem Bindeglied

»Wer, so der Wind nicht, er nur, weint hier zur Stunde,
die allein ist mit Diamanten, mit fernsten?... Wer?
Und wie so nahe mir, die selber so nah am Weinen ist?«

   Paul Valéry, *Die junge Parze* (deutsch von Paul Celan)

März 1937

Das Kind wurde soeben in einer schönen Pariser Wohnung geboren. Man stelle sich seine Wiege vor, von lachenden Feen umgeben – seine Mutter eine berühmte Schriftstellerin, seine Schwester in einem Kleid aus englischer Spitze und mit blonden Locken der Inbegriff eines glücklichen kleinen Mädchens, zu dem es selbst heranwachsen würde –, und dann die Bediensteten, die Amme, die Gouvernante, das Zimmermädchen, die Köchin… nicht zu vergessen den charmanten Prinzen, seinen Vater: in hellem Anzug, mit liebevollem Blick, den Champagnerkelch in der Hand. Die Frage ist: Hinter wessen Zügen verbirgt sich die böse Fee? Jahre später wird das Kind bei Georges Pérec lesen: »Selbst wenn ich, um meine höchst unwahrscheinlichen Erinnerungen zu untermauern, nur auf vergilbte Photographien, spärliche Zeugnisse und lachhafte Dokumente zurückgreifen kann, bleibt mir dennoch keine andere Wahl, als heraufzubeschwören, was ich nur allzu lange das Unwiederbringliche genannt habe: was einst war, dann zum Stillstand, gar zum Abschluß kam: was ohne jeden Zweifel einst war, um heute nicht mehr zu sein, was jedoch auch war, damit ich heute noch bin.« Und an anderer Stelle: »Die Erinnerung an sie ist durch Schreiben nicht zum Leben zu erwecken; Schreiben ist ein Sicherinnern an ihren Tod und die Bejahung meines Lebens.«

ERSTER TEIL

Irène Némirovsky
November 1929

Kapitel 1

Ich habe den Duft der Linden von jeher als allzu stark empfunden, wenngleich er in der Literatur lieblich genannt wird und an milden Spätsommerabenden süß zu Kopfe steigt. Ein berauschender, geradezu Übelkeit erregender Duft, der die Dorfplätze erfüllt, wo sich die Jugend am Abend im Tanze dreht: unter den schläfrigen Blicken der Alten, die mit fest um den Handstock verknoteten Händen auf ihrer Bank sitzen. Ein stiller Duft, wie man ihn aus Provinzstädtchen kennt, die nach der feuchtwarmen Hitze des Tages noch ganz benommen daliegen. Die Promenade von Charleville bei Einbruch der Nacht oder Turgenjews Gärten, wenn darin zierliche junge Frauen aus dem vergangenen Jahrhundert am Arm ihrer Liebhaber lustwandeln. Ein Duft, der bei mir seit eh und je Kopfschmerzen verursacht und mein Herz wilde Sprünge machen läßt.

Und als gestern die Geburtswehen ihren Höhepunkt erreichten und mein Leib sich wie von einem eisernen Ring umschlossen fühlte, gegen den mich im Kreuzbein schreckliche Fußtritte schleuderten, wirbelten die Gardinen, flog das Fenster unter einem Windstoß weit auf, der mir eine erstickende Duftwolke ins Gesicht blies. Meine Kehle war wie zugeschnürt, und ich hörte dieses Pfeifen, den Auftakt zum großen Durcheinander in meiner zur Höhle gewordenen Brust. Das Asthma, mein stets im unpassendsten Augenblick auftretendes unbändiges, nur allzu vertrautes Asthma. Unweigerlich kam mir eine Szene in den

Sinn: Ich sah mich als sehr kleines Mädchen, wie ich versuche, auf Zehenspitzen aus dem Fenster unseres Eßzimmers in Kiew zu schauen. Ein starker, betäubender Lindenduft. Ein anschwellender Lärm verwandelt sich in Tumult. Meine Mutter, die mich ergreift und an ihre Brust drückt. Ich, die ich in ihrem Busen versinke, die Stirn von ihren Perlen zerdrückt, umhüllt von ihren Gerüchen, schreie und wehre mich.

War es der Pogrom von Kiew im Jahre 1905? Der Tag, an dem die Aufständischen die verbotene Linie überschritten, die die Unterstadt von der Oberstadt trennte, wobei sie im Vorübergehen Lindenzweige brachen, die auf den Alleen verstreuten Blätter zerstampften und in das geschützte Viertel stürmten, in dem die begüterten Familien der Stadt, auch die meine, sich außer Gefahr wähnten? Unmöglich, daß ich mich daran erinnere: man muß es mir erzählt haben, ich war damals erst zwei Jahre alt. Oder sollte meine Mutter in ihrem Schrecken das erstbeste Objekt, das sich in ihrer Reichweite befand, nämlich mich, ergriffen und zum ersten und letzten Male in ihrem Leben in einer natürlichen Geste an die Brust gedrückt haben? Das Bild verschwand blitzartig wieder. Die herbeigewinkte Hebamme legte mir sogleich die Maske aufs Gesicht, und ich schlief unter dem Äthergeruch, an dem sich meine englische Gouvernante, Miß Matthews, flaschenweise zu berauschen pflegte, lächelnd ein.

Als ich erwachte, hatte ich eine Tochter. Sie ist winzigklein und blond. Ich habe Michel gebeten, sie in Erinnerung an Emily Jane Brontës *Sturmhöhe* unter dem Namen Catherine eintragen zu lassen. Er sagt, er würde sie lieber France nennen, damit sie von Anfang an wisse, was sie diesem Land verdankt, das uns aufgenommen hat, das uns liebt und das wir lieben, in dem sie niemals zu erfahren brauche, daß ihre Eltern Russen, Juden sind, in dem sie keinerlei Verfolgungen, Pogromen oder Revolutionen ausgesetzt sei, wo unsere in weiter Ferne liegenden Ursprünge sich allmählich in sorglosem Leben verlören. Wir schreiben den 10. November 1929 und erleben einige herrliche Herbsttage, deren Wärme den bereits totgeglaubten Lindenduft neu belebt hat.

Wenn ich mit dem Winter Finnland und mit dem Herbst ein in gelbe Nebelschwaden über den Ufern der Newa getauchtes Sankt Petersburg verbinde, so ist der Sommer für mich gleichbedeutend mit Kiew. Als wir dort lebten, waren wir noch nicht sehr wohlhabend: es ging uns lediglich gut. Mein Vater beschränkte seine Geschäfte noch auf die Stadt und verschwand nur hin und wieder für kurze Aufenthalte nach Odessa oder Moskau. Damals kam es bereits häufig zu Gezeter und Streitereien, weil meine Mutter etwa am Halse der einen Freundin ein Kollier entdeckte, das schöner war als ihres, auf den Schultern einer anderen einen prächtigeren Pelz, weil sie das Haus zu klein, zu unbequem, zu düster, das Stubenmädchen linkisch und die Köchin unfähig fand.

Ich liebte dieses Haus, vor allem seit der Ankunft meiner französischen Gouvernante, Mademoiselle Rose, die sich ausschließlich um mich kümmerte und mich gegen das Geschrei meiner Mutter, ihre Beschuldigungen, ihre Zornesausbrüche und Weinkrämpfe abschirmte. Anders als so viele Russen bewahre ich keine wehmütige Erinnerung an meine Njanja, jene Bäuerin mit dem bunten Schultertuch über dicken blonden Zöpfen und der gestickten Bluse mit dreiviertellangen Puffärmeln unter einem roten Sarafan, die mein Vater offenbar aus einem Dorf am Ufer des Dnjepr geholt hatte. Sie sprach nur Ukrainisch und hob sich zweifellos all ihre Liebe für ihr Kind auf, das sie der Obhut ihrer Schwester überlassen hatte, um zu uns zu kommen und für mich zu sorgen. Was konnte im übrigen eine eifrige, im Haß auf die Juden und in der Angst vor Fremden aufgewachsene Orthodoxe, die rückständige Popen von der leibhaftigen Gegenwart des Teufels überzeugt hatten, schon von der kleinen Backpflaume mit dem Krauskopf halten, die sie an ihr rosiges Fleisch drücken und ihre Milch trinken lassen sollte?

Wenn ich versuche, mich in meine frühe Kindheit zurückzuversetzen, so sehe ich mich auf einem hohen Stuhl in der geschwärzten, verräucherten, von Kohldünsten erfüllten Küche. Am Ende des langen Tisches unterhält sich meine Njanja lebhaft in einer unverständlichen Sprache mit einem bärtigen Mann in einer Bluse mit Ledergürtel; vielleicht ist es ihr Ehemann, der sie besucht. Das Feuer bullert. Pfannen und Töpfe baumeln an Haken. Zwiebelzöpfe hängen an der Wand. Der Samowar brodelt. Die Köchin am Herd stößt Seufzer aus und wendet mir ihren massigen Rücken zu. Ich betrachte ihren grünen, rot und schwarz geblümten Wollrock, der durch zahllose Unterröcke ganz steif wirkt, wie aus Holz, dazu aus demselben Stoff ein Schultertuch, unter dem sich ihr Haarknoten abzeichnet. Und schon erscheint meine Mutter auf der Bildfläche, rümpft schlechtgelaunt ihre hübsche Nase, schwenkt ihren schönen weißen Arm, als wolle sie den Rauch vertreiben, erteilt keifend Befehle und Rügen und verläßt, ohne mich auch nur eines Blickes zu würdigen, den Raum. Ich weine.

Ich war vier, als meine Njanja auf Geheiß meines Vaters durch Mademoiselle Rose ersetzt wurde. Sie war eine kleine, rundliche sanfte Frau in perlgrauem Kostüm und Korsage mit hochgeschlossenem, im Sommer weißem, im Winter schwarzem Spitzenkragen. Mein Vater hatte sie in Odessa in der luxuriösen Villa eines Geschäftsfreundes ausfindig gemacht, wo sie die Kränkungen der beiden hochnäsigen Frauenzimmer der Familie betrübt über sich ergehen ließ. Sie hörte ihn sagen, er suche eine Gouvernante für seine vierjährige Tochter, und nachdem sie ihre Schüchternheit überwunden hatte, klopfte sie eines Abends an seine Tür, um ihm ihre Dienste anzubieten. Meine Mutter hätte eine Engländerin mit mehr Schick vorgezogen, unterwarf sich aber dieses eine Mal ohne allzu großes Gezeter dem Willen meines Vaters. Das verstand ich erst später, als sie ihn mit der Begründung, er bereite sich auf eine lange Reise nach Transkaukasien vor und sie wage nicht, in diesen unruhigen Zeiten mit einem kleinen Mädchen allein in Kiew zu bleiben, dazu überredet hatte, uns für ein Jahr nach Paris gehen zu lassen.

Mademoiselle Rose, die bislang von Rußland nur Moskau und die vornehmen Wohnviertel von Odessa kannte, liebte Kiew über alles. Meine Njanja, die sich in der Großstadt fürchtete, begrenzte unsere Spaziergänge auf die öffentlichen Anlagen. Wir gingen immer denselben Weg von unserer Straße aus über eine jener breiten, stillen Alleen, die von großen, hinter Gittertoren verborgenen Häusern gesäumt waren. Ohne mich auch nur eine Sekunde von der Hand zu lassen, durfte ich den Musikpavillon, aus dem Fanfarenklänge ertönten, dreimal umrunden, natürlich stets in gebührendem Abstand von den in Gruppen zusammenstehenden Gymnasiasten in Uniform. Unter kühn nach hinten geschobener Mütze warfen sie errötenden jungen Mädchen in braunen Kleidern und weißen Schürzen, deren mit Schleifen verzierte Zöpfe bis zu den Knien reichten, verliebte Blicke zu. Frauen mit Strohhut, knöchellangem Rock und Schirm in der Hand lustwandelten gemächlich an der Seite von Herren mit Canotiers. Statuen, befreit von der hölzernen Verschalung, die sie im Winter vor Frost schützen sollte, streckten uns ihre marmornen Arme entgegen. Wir machten einen weiten Bogen um die Drehkreuze, die junge Leute in wilden Schwung versetzten, um sich wie auf einem Karussell in die Luft schleudern zu lassen und wie anmutige Engel der Sophienkathedrale zu schweben, bevor sie gestikulierend und Purzelbäume schlagend wie Betrunkene auf dem Boden landeten. Nur mit Mühe konnten wir uns hinter das Geländer des Aussichtsplatzes hoch über den stillen Wassern des Flusses retten.

In meiner Kindheit war der Dnjepr meine ganze Freude. Ich erholte mich nur mühsam von einem Keuchhusten, der durch mein Asthma noch verschlimmert wurde. Den Winter hatte ich zumeist in der stickigen Hitze des großen Zimmers zugebracht, in dem noch jener riesige russische Kachelofen prangte, der ein ganzes Haus beheizte und auf dem man mir meine Bettstatt eingerichtet hatte. Meiner Mutter sollte es erst im Jahr darauf gelingen, meinen Vater zu einer Zentralheizung zu überreden. Ich langweilte mich unsäglich, trotz der Bemühungen von Mademoiselle Rose, die es leid war, das Opfer meiner Napoleonleidenschaft zu spielen, die sie allerdings selbst geschürt hatte. Nicht länger wollte sie in der Rolle des besiegten Österreich zahllose Schlachten mit mir austragen, die ich mit meinen bemalten Holzsoldaten inszenierte. Sie hatte mir hundertmal das *Mémorial de Sainte-Hélène* vorgelesen, das ich inzwischen auswendig wußte, und konnte es zweifellos nicht mehr ertragen, mich am Ende ihrer Niederlagen die Reden des Kaisers herunterleiern zu hören.

Der Arzt mit kurzem Kinnbart, falschem Kragen und Kneifer, der mich untersuchte, fand mich noch immer blaß und geschwächt. Er verfügte, daß mein Gesundheitszustand es nun erlaube, das Haus zu verlassen; eine Luftveränderung, wenn auch nur für wenige Tage, sei unbedingt erforderlich. Es wurde erwogen, mich zu meinen Großeltern nach Odessa zu schicken, doch Mademoiselle Rose fühlte sich außerstande, mit mir allein der Launenhaftigkeit der russischen Eisenbahn die Stirn zu bieten. Für meine Mutter kam eine Reise gar nicht erst in Frage, denn die Ballsaison begann in knapp zwei Monaten. Von allen Seiten wurde die Schneiderin bestürmt, da sie Kenntnisse der neuesten Pariser Mode hatte, und meine Mutter konnte unmöglich die vereinbarten Anproben verschieben.

Schließlich opferte sich mein Vater, allerdings erst nach einer gehörigen ehelichen Szene, in deren Verlauf meine Mutter die Hände rang und schrie, er wolle sie, von Eifersucht geblendet, von der Außenwelt abschneiden. Schließlich fiel sie in Ohnmacht, sank aber durch einen glücklichen Zufall auf die Sofakissen. Ich wunderte mich bereits damals, wie man darauf reinfallen konnte. Es gab Tränen, Worte des Bedauerns, Schwüre, bei Tisch sogar ein in der Serviette meiner Mutter verstecktes Schmuckkästchen, dessen Inhalt ihre Wangen erglühen ließ. Ich sehe den Stein, einen Smaragd, noch vor mir, wie er auf der Damastdecke zwischen den Gläsern aus böhmischem Kristall und den mit rosa Blumen verzierten Goldrandtellern aus Limoges-Porzellan unheilvoll grün funkelte. Mein Vater ließ mich beim Dessert wissen, er habe eine Reise in die Umgebung zu machen und beabsichtige, mich und meine Gouvernante auf seine einwöchige Kreuzfahrt auf dem Dnjepr an Bord eines Dampfers mitzunehmen.

Anläßlich dieser Reise trat zum erstenmal mein Eigensinn zutage. Ich setzte mir in den Kopf, um jeden Preis einen Matrosenanzug zu brauchen. Meine, wenn es um ihre eigene Kleidung ging, so verschwenderische Mutter sah hierzu keinerlei Notwendigkeit. Sie bestand darauf, mich mit einem abscheulichen karierten Kleid, einem leinenen Umhang und einem Muff auszustaffieren. Ich bat flehentlich, weinte, schrie und wälzte mich unter den erstaunten Blicken von Mademoiselle Rose, die mich nie zuvor in einem solchen Zustand erlebt hatte, auf dem Boden. Schließlich griff mein Vater ein, und ich bekam, was ich wollte. Ich besitze noch heute die bei der Abreise vor dem weißen Säulenportal unseres Hauses aufgenommene Photographie. Darauf trage ich einen echten Matrosenanzug, Gegenstand nicht nur einer denkbar heftigen Auseinandersetzung, sondern auch meines größten Triumphes: knielange Hosen, ein gestreiftes Trikot und eine dunkelblaue Bluse. Die Hand in die Hüfte gestemmt, betrachte ich die Welt mit trotziger Miene, zusammengekniffenen Lippen und dem leisen Lächeln dessen, der einen großen Sieg errungen hat und bereit ist, noch zahlreiche andere Schlachten zu schlagen, Landstriche zu verwüsten und feindliche Völker zu unterwerfen. Napoleon in Austerlitz! Ich mag mich auf dieser Photographie, was selten vorkommt; mir gefällt mein großspuriges Gebaren, meine aufrechte Haltung und vor allem die Ungezwungenheit, mit der ich die linke Hand in meine Hosentasche stecke, wie ein Junge, der sich nicht einmal im Traum vorstellen kann, einen Rock zu tragen. Nur ich allein weiß, daß ich tief in dieser Tasche einen kleinen schwarzen Ball drücke, meinen kostbarsten Besitz, dessen Berührung meinen Mut verdoppelt.

Heimweh finde ich unausstehlich. Seit zehn Jahren lebe ich in Paris und tue alles Erdenkliche, um den musikalischen Soireen, den Teegesellschaften und Wohltätigkeitsveranstaltungen aus dem Wege zu gehen, zu denen meine Mutter mich anfangs noch mitschleppte. Ich mag keine Greise mit unmöglichem Akzent, die Tränen in den Augen haben, sobald die erste Zigeunergeige quietscht. Ich verabscheue dieses weinerliche Heraufbeschwören »Unserer heiligen Mutter Rußland«. Es dreht mir den Magen um, einen Fürsten Trubezkoi, der nun, weil er nicht rechtzeitig erkannt hat, was kommen sollte, Schalterbeamter bei einer Bank ist, von der Herrlichkeit der russischen Landschaft und der bäuerlichen Tugend der Leibeigenen schwärmen zu hören, die er einst für ein ›Ja‹ oder ein ›Nein‹ auspeitschen ließ. Dennoch habe ich diese einwöchige Kreuzfahrt auf dem Dnjepr in schöner Erinnerung.

Die Stadt Kiew ist auf einer steilen Klippe erbaut und wird vom St. Wladimir-Hügel überragt und von der gewaltigen Statue eines sein Kreuz schwingenden Heiligen, die des Nachts elektrisch beleuchtet wird und kilometerweit sichtbar ist. Am anderen Ufer erstreckt sich jenseits von Wäldern und Gärten die Steppe. Dort sah ich in meiner kindlichen Phantasie den spitzen Hut des Reiters Taras Bulba aus der Erzählung von Nikolaj Gogol. Sicherlich wollte sich der Held der Versammlung seiner Saporoger Brüder anschließen. Wir hatten uns am späten Nachmittag eingeschifft. Uns blieb kaum Zeit, die Gänge zu erforschen, dieses Universum aus Kupfer und lackiertem Holz, und uns in unseren Kabinen einzurichten, wo ich Mademoiselle Roses Geduld auf eine harte Probe stellte, indem ich auf ihr Bett sprang und mich ans Bullauge klammerte, als mein Vater auch schon kam, um uns auf die Brücke zu führen. Er trug nun einen cremefarbenen Anzug aus Tussahseide, ein Hemd mit steifem Kragen und eine schwarzbraune Krawatte, die von einer Nadel mit goldenem Kopf gehalten wurde, dazu eine seidene Weste, zweifarbige, zur Hälfte von seitlich geknöpften Gamaschen bedeckte Schuhe, und, versteht sich, seinen Handstock mit dem silbernen Knauf. Er hatte ihn auch heute bei sich, als er im dunkelgrauen Anzug, mit Kaschmirmantel und weichem Hut aus seinem Buick stieg, um seiner ersten Enkeltochter einen Besuch abzustatten. Er wurde Charlie Chaplin immer ähnlicher mit seinen tiefschwarzen Augen und den dicken, scharf umrandeten Lippen, in deren Winkel sich eine Kerbe der Bitterkeit eingegraben hatte. Eines Tages wird er vor diesem Kind, um es zu erheitern, seinen Handstock kreisen lassen, so wie er es 1914 vor mir tat, als er mich in die ersten Chaplin-Filme mitgenommen hatte. An jenem Abend wollte er uns den Mond zeigen, der gerade aufging.

In der Unendlichkeit des russischen Himmels sah dieser Mond unter den letzten Strahlen der Sonne grün aus, schemenhafte Wolken glitten über sein fahles Gesicht und ließen Schattenstreifen darauf zurück. Die silbernen Kuppeln der Sankt-Andreas-Kathedrale, an der wir soeben vorübergefahren waren, leuchteten noch schwach inmitten der Bäume. Das Laubwerk des bis ans Ufer reichenden Waldes tauchte den Fluß in Dunkelheit, doch so weit das Auge reichte, war er mit metallischen Flecken marmoriert. »Der ganze Dnjepr wurde silbergrau wie ein Wolfspelz in der Nacht«, murmelte mein Vater. Russische Kinder, und vor allem die aus der Ukraine, erkennen ein Gogol-Zitat, ohne daß man ihnen die Quelle verraten müßte. Aber ich, der man wieder und wieder *Die Abende auf einem Weiler bei Dikanjka* vorgelesen hatte, schaute nicht länger auf den Fluß: die Nase in die Luft gestreckt, die Augen tränend vom in den Mond Starren, dessen Konturen sich durch die dahinjagenden Wolken ständig veränderten, sah ich dort oben den Teufel tanzen.

In der Erzählung hatte sich der Teufel vorgenommen, die Bewohner eines Weilers zu verführen. Nur der Schmied widerstand allen Versuchungen. Dem Dämon bleiben nur wenige Stunden, um sich dieser einen Seele zu bemächtigen, denn sobald der Mond aufgegangen ist, muß er in die Hölle zurückkehren. Und als er den Mond auftauchen sieht, beschließt er, ihn in seine Tasche zu stecken. Aber der ist heiß und verbrennt ihm die Finger. Er läßt ihn von einer Hand in die andere gleiten und bläst auf seine Nägel wie ein Kellner, der mit einem heißen Teller jongliert, und so hüpft der Mond unter den verdutzten Blicken eines alten Mannes, der mitten in der Nacht aus seiner Hütte tritt, um seine Blase vom vielen Wodka zu leeren, zurück in den Himmel. Diese Vision eines gehörnten, über den schwarzen Wipfeln der

Bäume drohenden Teufels, der die grünliche Scheibe umhertanzen ließ, jagte mir solche Furcht ein, daß ich mich, Matrosenanzug hin oder her, weinend in die Arme meines Vaters warf. Er legte mir, ohne Fragen zu stellen, die Hand auf den Nacken und wartete, bis die Krise vorüber war.

Jeder hätte die Anzeichen deuten können, die im Rußland jenes Frühlingsendes von 1911 das kommende Desaster ankündigten, selbst wenn der mit Schrecken erwartete Halleysche Komet nach seinem kurzen Auftauchen unsichtbar geblieben war und keine der vorausgesagten Katastrophen nach sich gezogen hatte. Aber diese achttägige Rundfahrt, die wir zu den ukrainischen Marktflecken, Städten und Gütern unternahmen, hinterließ in mir die Erinnerung an einen schrecklichen Verfall. Nie zuvor war die Natur so strahlend schön, und ihre Frische glich einem mit weißem Satin ausgeschlagenen Schmuckkästchen für einen kostbaren Stein, der von innen her von einem schwarzen Krebsgeschwür zerfressen wird. Birkenwäldchen umgaben verfallene Herrenhäuser, deren Dachstühle auf todgeweihte Räume mit zerbrochenen Fensterscheiben und herausgerissenen Läden niederstürzten. Das Korn, das sich gerade golden zu verfärben begann, und das mit rosa und lila Blumen durchsetzte Steppengras wogten im Umkreis halb verfaulter, in stehenden Wassern versunkener Bauernkaten. Dem Himmel vom reinsten Blau gelang es nicht, sich in den schlammigen Teichen zu spiegeln: sie wurden von hundertjährigen Weiden überwuchert, deren Zweige im Wasser schleiften und deren Wurzeln niemand mehr schnitt.

Mein Vater war dort, um Holz einzukaufen. Das riesige Rußland industrialisierte sich, es brauchte Schwellen für seine Eisenbahnen, Bohlen für seine Fabriken, Bretter für die Behausungen seiner Arbeiter. Als Beauftragter seiner Bank hatte er Kontakt mit verschiedenen Grundeigentümern aufgenommen und besuchte sie nun, um mit ihnen zu verhandeln. Wir stiegen allmorgendlich in ein Dreiergespann, das uns am Landesteg erwartete. Wenn der Bedienstete mir meinen Kakao und meine Brioches brachte, konnte ich nur mit Mühe die Augen öffnen, so lange hatten mich am Abend zuvor die Aufregung der Fahrt und die Balaleikas wachgehalten. Bis spät in die Nacht erklangen sie für die armen Reisenden, die inmitten ihrer Kleiderballen im Unterdeck zusammengepfercht kauerten. Die Erinnerung an einen von ihnen, einen jüdischen Jungen von etwa fünfzehn Jahren mit schmalem, von langen Locken eingerahmtem Gesicht, dessen schwarze, umschattete Augen mir am Tag meiner Ankunft lange gefolgt waren, bohrte sich in mein Gedächtnis, sobald ich den Kopf auf mein Kissen legte. Er umschlang mit seinen Armen ein Paket, das größer war als er selbst. Ich hatte meinen Vater gefragt, was es damit wohl auf sich habe. Er antwortete mir, es handele sich zweifellos um einen aus der Türkei über das Schwarze Meer eingeführten Posten Teppiche, die er auf seiner Fahrt den Dnjepr hinauf an den Anlegeplätzen verkaufe.

Mademoiselle Rose zog mir weiße Kleider mit tiefer Taille und stickereiverziertem Kragen an, dazu schwarze Schuhe und Strümpfe und leichte Piquetmäntel: der Matrosenanzug blieb dem Schiff vorbehalten. Eine ganze Stunde verbrachte sie täglich nach dem Frühstück damit, mein Haar zu bändigen. Mit Hilfe einer Bürste und eines langstieligen Kammes, um den sie jede einzelne Strähne wickelte, versuchte sie, meine ungezähmten Löckchen in Korkenzieherlocken zu verwandeln, die sie kunstgerecht mit einer zum Kleid passenden Schleife zusammenhielt. Ich konnte noch so heftig gegen diese Aufmachung protestieren, mein Vater wünschte, daß seine Tochter einen guten Eindruck machte.

Die Troika setzte sich über Holzbohlen in Bewegung. Wir durchquerten vor sich hin kränkelnde Marktflecken, deren einzige Straße uns ihre spärlichen, mit altmodischen Schildern ausgewiesenen Läden präsentierte: auf Blech gemalte naive Bilder – ein riesiger Stiefel, ein goldbrauner Laib Brot, das Rasiermesser und die auseinanderklaffende Schere des Barbiers –, bestimmt für eine des Lesens und Schreibens unkundige Bevölkerung. Kleine Jungen nahmen, um ein Almosen zu erbetteln, unsere Verfolgung auf, einigen gelang es sogar, sich auf die hinten befestigte Truhe zu schwingen, und der Kutscher schlug mit der Peitsche auf sie ein, um sie zum Abspringen zu zwingen. Ich schmiegte mich eng an meinen Vater. Muschiks in zerrissenen Hemden und Sandalen aus Birkenrinde, struppige Frauen mit dicken Wäscheballen unter dem Arm beobachteten unsere Fahrt mit stumpfsinniger Miene. Nichts als Elend, Zerfall und Verlassenheit.

Die aus den Fugen geratenen Holzbohlen verschwanden schließlich und wichen Sandwegen, in deren tiefen Wagenspuren die Pferde leicht strauchelten. Wir fuhren an Kornfeldern entlang und schreckten Fasanen- oder Wachtelschwärme auf, die geräuschvoll davonstoben. Ich streckte den Arm durch die kleine Öffnung im ledernen Verdeck und versuchte, Schmetterlinge, deren Flügel meine Hand streiften, zu erhaschen; oder auch Libellen, die in meiner Reichweite in der Luft schwebten und entwichen, sobald ich die Finger über ihnen schließen wollte. Lerchen sangen. Manchmal stürzte ein Hund, der eine Herde bewachte, auf den Weg und verfolgte uns mit wütendem Gebell, wurde jedoch bald von den Pfiffen eines kleinen Hirten zurückgerufen, der uns, die Augen mit der Hand abgeschirmt, nachblickte. Wir kamen an Kirchen mit weißen Holzwänden vorbei, die von blauen, mit goldenen Sternen besäten Kuppeln überdacht waren, und dann und wann trat eine alte Frau heraus, trotz der Hitze in ihr Schultertuch gehüllt. Wir passierten winzige Mühlen und vereinzelte säuberlich mit Sonnenblumen umgebene Häuser, die zu Wohlstand gekommenen Muschiks gehörten.

Wir schlugen zur Abkürzung Hohlwege ein, die in kiefern- oder birkenbewachsene Schluchten hinabführten, Schneisen der Frische und des Schattens, in die ich mich, vom gleißenden Sonnenlicht halb blind geworden, sinken ließ. Die Pferde verlangsamten ihren Trab. Man hörte einen Bach murmeln. Ich steckte meinen Kopf durch die Öffnung im Verdeck, und Reiser verfingen sich in meinem Haar. Mademoiselle Rose versuchte, mich an meinem Kleid ins Wageninnere zurückzuziehen, doch ich klammerte mich fest und verfolgte mit den Augen so lange wie möglich einen Grünspecht, der an einem Baumstamm hämmerte, ein regloses Eichhörnchen in einer Astgabel oder einen Schwarm aufgescheuchter Raben.

Mein Vater war in seine Papiere vertieft und hob den Kopf nur, um die jämmerliche Forstwirtschaft zu beklagen. Er erklärte mir, die Bäume müßten ersticken, weil sie zu nah beieinander stünden, das dichte Unterholz hindere sie am Wachstum, ihre Bemoosung sei ein untrügliches Zeichen für nichtbehandelte Krankheiten, und er zeigte mir eine seltene Art, die aus Mangel an Sonne und Lebensraum verkümmere. Von Zeit zu Zeit gelangten wir auf eine Lichtung, wo sich Jahre zuvor geschnittene Bretter stapelten, die abzuholen sich niemand die Mühe gemacht hatte, so daß sie allmählich unter einem Geflecht aus Moos und Efeu verschwanden.

Bald kündigte ein hölzernes Gatter, das seit so langer Zeit offenstand, daß die von Wurzeln und wilden Brombeeren an den Boden gefesselten Flügel sich nie wieder würden schließen können, die Einfahrt zu einem Gutshof an. Mademoiselle Rose frisierte mich von neuem und setzte mir einen breitkrempigen Hut auf. Der Weg führte um einen Teich herum, in dem Jungen bis zu den Waden im Wasser standen und fischten, und an von Unkraut überwucherten Gemüse- und Obstgärten entlang. Immer wieder mußte ein umgestürzter Bretterzaun aufgerichtet werden, um den Weg frei zu machen, aber schließlich bogen wir um die Ecke eines gelben Steingebäudes in einen schlechtgepflegten Hof, wo das Geflügel aufflatterte. Eine schwarze Sau floh im Galopp. Gesichter tauchten an den Fenstern auf und verschwanden sogleich wieder. Wir stiegen aus. Mademoiselle Rose ergriff meine Hand, um zu verhindern, daß ich in eine Pfütze trat. Ein schüchternes kleines Mädchen in einem viel zu großen Kleid, das ihm bis zu den Knöcheln reichte, mit struppigem Haar und nackten Füßen, stürzte ins Haus, um uns anzukündigen.

Zweifellos gab es zu der Zeit in der Ukraine schöne Landsitze, wo Ordnung und Sauberkeit herrschten, wie etwa der Konstantin Fjodorowitsch Kostanjoglos, von dem der Tschitschikow aus den *Toten Seelen* derart beeindruckt war, daß er vorübergehend den Wunsch hatte, sich der Kunst des Ackerbaus zu widmen. Die Güter, die wir in jenem Sommer aufsuchten, gehörten größtenteils ruinierten Landjunkern, die ihr Erbteil in Petersburg oder Moskau durchgebracht hatten und nun mit eigenen Erzeugnissen auf eigenem Grund und Boden mühselig ihr Leben fristeten. Sollte der Versuch einer Instandsetzung je unternommen worden sein, so war er vor langer Zeit wieder aufgegeben worden. Davon sprachen die von modrigem Geruch erfüllten Vorzimmer, die unsicheren Treppen, die derart geschwärzten Gemälde, daß ein Ahnenporträt höchstens an der Goldstickerei einer Epaulette oder ein Stilleben an den schillernden Reflexen einer Entenfeder zu erkennen war; davon sprach auch der flüchtigste Blick in ein mit wackeligen Leuchtertischchen möbliertes Zimmer voller Spinnennetze. Hier waren alle Seelen wirklich tot. Vorbei die Zeit eines Oblomow: Wäre Ilja Iljitsch hier aufgewachsen, hätte er nicht unter dem Vorwand, an Nostalgie zu leiden, sein ganzes Leben im orientalischen Schlafrock damit verbracht, wehmütig an jene gesegnete Epoche zurückzudenken, in der die Köchin noch mit ihren weißen Armen Kräuter für die Buletten wiegte und die Damen auf dem gebohnerten Holztisch unter den Kerzen des Kronleuchters Gobelins stickten.

Der Besitzer und seine Frau eilten uns entgegen. Mein Vater wurde mit »Leon Borissowitsch, welche Freude, welche Ehre!« empfangen. Über mich, mein Kleid, mein Gesicht war man hell entzückt, nannte mich »mein kleines Herz«, wollte es angesichts meiner guten Manieren, der Grazie, mit der ich meinen Knicks machte, nicht glauben, daß ich erst sieben Jahre alt war, und begrüßte Mademoiselle Rose, schließlich nur eine Gouvernante, eher spröde. Mit viel Geschrei rief man nach den Bediensteten, tat so, als liege es an deren Gedankenlosigkeit und Faulheit, daß nichts bereit war. Darauf erschien ein mürrischer Alter, der den Samowar anheizte und in den Salon trug, wohin man uns bereits ein mit Salzgurken, kohl- und fleischgefüllten Piroggen, Quark und Sahne beladenes Tablett gebracht hatte.

Oft wies das Tischtuch noch Spuren von den Mahlzeiten der Vortage auf, Brotkrumen bedeckten den Teppich mit dem verblichenen Ornament.

Aus Höflichkeit gab ich vor zu essen. Unsere Gastgeber entrüsteten sich lauthals über meinen geringen Appetit. In Rußland füttert man die Kinder nicht, man mästet sie, wünscht sie sich am liebsten rosig und fett. Währenddessen mußte mein Vater sich ebenso überwinden, von den Fläschchen Kräuterschnaps zu kosten, die der Hausherr triumphierend aus der Tiefe eines Wandschrankes hervorzog. Durch Michel, meinen Mann, weiß ich heute, warum unser ehemaliges Vaterland orthodox ist: Weil sich der Patriarch von Kiew, der ursprünglich mit dem Gedanken gespielt hatte, den Islam zur Staatsreligion zu erheben, als er erfuhr, daß den Moslems der Alkohol verboten ist, nicht vorstellen konnte, wie er sein Volk am Trinken hindern sollte, vor allem war er selbst keineswegs bereit, darauf zu verzichten, und so entschied er sich für eine tolerantere Religion. Ein russischer Magen, ob der eines Bauern oder der eines Fürsten, ist imstande, gewaltige Mengen Wodka, Kwass, Wein oder Champagner zu konsumieren: man schlägt sich zunächst den Bauch voll, um dann ohne allzu große Nachwirkungen Glas auf Glas leeren zu können, und säuft, um die Nahrung hinunterzuspülen.

Mein Vater entzog sich am Ende seinem Gastgeber, dessen Blick sich zusehends trübte und der mit schwerer Zunge seine Leidensgeschichte zu erzählen begann, um schließlich mit ihm nach draußen zu gehen und über Geschäftliches zu reden. Mir schlug man vor, mir inzwischen die Zeit zu vertreiben. Da es keine Kinder gab, die mir hätten Gesellschaft leisten können – die Jungen waren in der Schule, die Mädchen im Pensionat –, bat ich um ein Buch, was Aufsehen erregte. Man zeigte mir daraufhin eine jammervolle Bibliothek, in der sich vergilbte Bände mit Fliegenschmutzflecken und zerrissenen Illustrationen türmten, die offensichtlich niemals aufgeschlagen wurden. Oder man führte mich, wenn es keine Bücher im Haus gab, auf meine Bitte hin in die Scheune, wo ich stapelweise alte Zeitschriften und seltene Ausgaben fand, die in einer Ecke verrotteten und höchstens von Ziegen und Hühnern beachtet wurden. Mademoiselle Rose mußte mir wieder und wieder predigen, jene Schätze nicht an mein Herz zu drücken, und es bedurfte all meiner Wohlerzogenheit, nicht von meinem Vater zu verlangen, sie in unserem Wagen mitzunehmen.

Ich verließ das Haus und ging zum Pferdestall, um das Maul eines müden Gaules zu streicheln. Ich gab ihm eines der Zuckerstücke, die meine Gouvernante stets in ihrem Handtäschchen bei sich trug, und bei auftretender Unpäßlichkeit, mit etwas Pfefferminzlikör getränkt, zu sich zu nehmen pflegte. Zerlumpte Kinder steckten den Kopf um die Ecke des Stalles und beobachteten mich, einen Finger im Mund. Als Mademoiselle Rose mich eines Tages für ein paar Minuten allein ließ, um unsere Gastgeberin wegen eines Stickmusters zu befragen, wagte ich es, einem der Kinder bis zu seiner Kate zu folgen. An der Tür hing an einer Kordel ein kleines Blechschild, das ich neugierig betastete. Eine Leiter war darauf gemalt. Später fragte ich meinen Vater, was es damit auf sich habe. Sie erinnere den für ebenso vergeßlich wie beschränkt geltenden Muschik an das Gerät, das er im Falle eines Feuers mitzubringen habe, während sein Nachbar für Eimer, Hammer und Axt Sorge trage. Ich wagte einen Blick ins Innere: der Boden aus schwarzer Erde, Löcher im Strohdach, plattgedrückte Strohsäcke in einer Ecke, an den Wänden Bänke, eine alte Truhe, ein Stapel schmutzstarrender Kopfkissen und, als einziger Luxus, der mit einer Kerze und einer Papierrose geschmückte Ikonenwinkel. Mit klopfendem Herzen lief ich davon. Gelangweilt habe ich mich nicht an jenen Nachmittagen: Der Anblick dieses vollständigen Verfalls erstaunte und fesselte mich verwöhntes kleines Stadtkind. Dann kehrte mein Vater zurück. Ich rannte zu ihm. Er tätschelte mir zärtlich den Kopf. Wir widerstanden den Beschwörungen unserer Gastgeber, doch zum Abendessen zu bleiben. Sollten wir mit leerem Magen aufbrechen, sahen sie die schlimmsten Gefahren voraus, als reiche der nur wenige Stunden zuvor eingenommene Imbiß nicht aus, uns während der Fahrt von einigen zwanzig Werst am Leben zu erhalten. Zunächst galt es freilich, unseren Kutscher, den der Kwass eingeschläfert hatte, aus seiner Mittagsruhe zu wecken, aber dann brachen wir auf.

Auf der Rückreise wurde kaum gesprochen. Ich überließ meinen Vater seinen Gedanken, die mir reichlich düster zu sein schienen. Mademoiselle Rose schlummerte. Hin und wieder entschlüpfte ihr ein kleiner Schnarchton, den sie, erschreckt auffahrend, hüstelnd überspielte, bevor sie erneut einnickte. Ich betrachtete die Landschaft: Die dunklen Wälder kamen mir auf einmal erschreckender vor, meine Phantasie entdeckte weniger liebenswerte Tierformen als auf dem Hinweg, ich glaubte Wölfe heulen zu hören, vermied es, in den Himmel zu schauen aus Furcht, dort Baba Yaga, in der Linken ihren Stößel und in der Rechten den Besen, mit dem sie ihre Spuren verwischte, in ihrem Mörser sitzen zu sehen. Auch ich nickte ein. Schließlich stimmte das Rumpeln der Räder mich wieder heiter. Ich wußte, daß wir bald zu den komfortablen Salons des Schiffes, den weißen Tischtüchern, dem beflissenen Personal zurückkehren würden, vor allem aber, daß mir mein Vater bei der Mahlzeit ganz allein gehören würde, daß er mich in meiner Kabine zu Bett bringen und mir eine Geschichte erzählen würde, bevor er sich mit einer Zigarre entfernte, um wieder in die Welt der Erwachsenen einzutauchen.

Mai 1940

Das Kind ist drei Jahre alt. Ein molliger Lockenkopf. Dunkelhaarig. Es steckt in einer dunkelblauen Wollhose und hat Grübchen an den Knien. Aprikosenfarbene Waden. Es stellt sich auf die Fußspitzen, die Zehen im Staub gespreizt. Seine Bluse mit Puffärmeln und spitzengesäumtem Kragen reicht ihm eben bis zum Nabel, der zwischen den Hosenknöpfen und dem kurzen Mieder eine kleine Mulde bildet. Es zupft seine Mutter am Ärmel, die mitten im Hof steht und liest. Die junge Frau blickt von ihrem Buch auf, setzt ihre Brille ab und lächelt. Sie wirft zerstreut den sanften Blick einer Kurzsichtigen auf das Kind. Es runzelt die Stirn, läßt ihren Ärmel los und läuft davon.

Kapitel 2

Ich wußte sehr wohl, daß die Erwachsenen in jenen Jahren vieles vor mir verheimlichten, selbst wenn ich sie mit Fragen bestürmte und sie immer wieder darauf hinwies, ich hätte doch schließlich im Februar das Alter der Vernunft erreicht. Bei der Rückkehr von unserer Kreuzfahrt hatte mein Vater erfahren, daß einer seiner Kollegen verhaftet worden war. Ich kannte diesen weißhaarigen Mann mit dem höchst ehrwürdigen Gebaren, der häufig zu uns zum Essen kam. Hatte er im Vorzimmer erst einmal seine Galoschen ausgezogen und seinen Gehpelz, seine Handschuhe und die Melone einem Dienstboten übergeben, pflegte er mir eine mit einem rosa Seidenband umwundene kleine Schachtel zu überreichen, die immer die gleichen kandierten Früchte – Pflaumen oder Kirschen mit Puderzucker bestreut – enthielt, die natürlich von Balabukha stammten, Kiews berühmtester Konfiserie. Mir war es unbegreiflich, wie man ihn hatte ins Gefängnis werfen können. Diese Maßnahme schien mir für langhaarige Nihilisten bestimmt, für Bombenleger, junge bleiche Frauen in abgeschabten Mänteln und schlechten Filzstiefeln wie jene Dora Brillant, die in meinem Geburtsjahr an dem Attentat gegen den Großfürsten Sergej beteiligt war und deren Porträt ich beim Durchblättern alter Zeitschriften entdeckt hatte.

Mein Vater wirkte betroffen und schloß sich zwei Stunden in seinem Arbeitszimmer mit dem Prokuristen der Bank ein, der gekommen war, ihn zu informieren. Vergeblich bat ich ihn am

Abend, als er in mein Zimmer kam, das Licht zu löschen, um nähere Erklärungen. Er antwortete, es handele sich gewiß um einen Irrtum und ich würde schon bald wieder meine kandierten Früchte bekommen. Ich glaubte ihm kein Wort. Sinnlos, meine Mutter zu befragen, denn sie hatte sich ein für allemal verbeten, in ihrer Gegenwart über Politik zu sprechen. Wenn die Herren unbedingt darüber reden mußten, sollten sie diese Gespräche im Klub führen, denn ihr verursachten sie nur Kopfschmerzen und Beklemmungen. Selbst meine liebe Mademoiselle Rose, die mir im Geschichtsunterricht mit besonderer Vorliebe für grausige Details immerhin die französischen Schreckenskerker beschrieben und mir den armen André Chénier vor Augen geführt hatte, wie er auf dem feuchten Stroh seines Verlieses seine letzten Verse verfaßte, geriet bei meinen Fragen in Verwirrung und gab mir zur Antwort, ein wohlerzogenes kleines Mädchen mische sich in derlei Dinge nicht ein.

Ich lauschte viel an den Türen. Vor allem während der Mittagsruhe, die meine Gouvernante nach unserem gemeinsamen Essen in ihrem Zimmer hielt, das an meines grenzte. Auch unsere Bediensteten schliefen, selbst unser Dvornik, der seinen Posten am Eingang eigentlich niemals verlassen durfte. Ich schlich im Batiströckchen, das Haar aufgelöst, meine kleine Katze mit ihrem blauen Halsband im Arm, mit nackten Füßen auf Zehenspitzen die Treppe hinunter und legte das Ohr an die Tür des Rauchsalons, wo mein Vater mit den männlichen Gästen noch ein letztes Glas Champagner leerte. Meine Mutter, die nur am Abend verpflichtet war, ihre Rolle als Hausherrin zu spielen, war nicht dabei. Oft wurden die Gespräche heftig, und die Teilnehmer redeten sehr laut. Ich verstand nicht alles, doch ich spürte, daß sie, wenn auch nicht im gleichen Maße, besorgt waren, und es schien vollkommene Unstimmigkeit darüber zu herrschen, wie es zu dieser Situation gekommen war und wie ihr zu begegnen sei.

Während der letzten fünf Jahre hatte die Autokratie ihren Schraubstock um das russische Volk immer fester angezogen.

Auf Streiks, auf Demonstrationen folgten restriktive Maßnahmen, Verhaftungen, Schnellverfahren und Verbannungen nach Sibirien. Der Zar nahm mit der einen Hand zurück, was er mit der anderen gegeben hatte. Es hieß, sein Premierminister Stolypin befürworte Reformen, nur kamen diese nie zustande, und wenn ein langerwarteter Ukás schließlich in den Zeitungen veröffentlich wurde, verkündete er das Gegenteil dessen, was man erhofft hatte. Die Überwachung galt vor allem Intellektuellen und Studenten. Ich hatte meinen Vater bereits sein Bedauern darüber äußern hören, daß an den Gymnasien das fanatische Studium des Lateinischen und Griechischen wieder zu Ehren gekommen sei, und zwar auf Kosten von Wirtschaft und Recht, die er zur Bildung junger Menschen, die er zur Auffrischung seines Personals brauchte, für viel nützlicher hielt.

Was ihn und seine Kollegen indessen am meisten bekümmerte, waren die zusätzlichen Beschränkungen, die man Juden auferlegte. Es ging das Gerücht, daß die Zulassungsquote an der Universität noch weiter reduziert werden sollte, und selbst Leute wie wir, die seit zwei Generationen das Bürgerrecht in Klein- und Großrußland außerhalb der den Juden vorbehaltenen Viertel besaßen und einen der elegantesten Stadtteile Kiews, den Petschersk, in unmittelbarer Nähe des kaiserlichen Palastes bewohnten, waren von Reisebeschränkungen, drückenden steuerlichen Lasten und noch weiteren Schwierigkeiten bedroht. Ich hörte eines Tages, wie ein stark angeheiterter Gast die Atmosphäre dieser Epoche mit der von 1905 verglich und die Möglichkeit eines erneuten Pogroms beschwor, ein Ausspruch, dem zunächst tiefes Schweigen und dann lautstarker Protest folgte. Meine entsetzte Katze spuckte, wand sich wie eine Besessene in meinen Armen und stürzte auf die Treppe; ich rannte in großen Sprüngen hinter ihr her und entkam auf diese Weise meinem Vater, der, zweifellos durch das Miauen alarmiert, die Tür des Rauchsalons einen Spalt breit öffnete.

Das Wort »Pogrom« war bei uns strikt verboten. Ich wußte nicht genau, was es bedeutete. Es hatte jedoch etwas Erschrekkendes an sich, das ich in meiner Phantasie in Verbindung brachte mit den wütenden Angriffen der von Pugatschów angeführten Rebellen gegen die Belogorskaja-Festung in Puschkins *Hauptmannstochter* (wie sie wollte ich in Erwartung des jungen Offiziers, der mein Leben und meine Ehre retten würde, in einem Schrank versteckt, meine Tränen in meinem langen Haar ersticken) oder auch mit den September-Massakern (ich sah mich, wie ich im weißen Kleid in einem Karren zur Guillotine gefahren wurde, vor der mich in letzter Sekunde der als Henker verkleidete *Rotschopf* rettete). Ich wußte natürlich genau, daß wir Juden waren, aber das hatte für mich keine wesentliche Bedeutung. Meine Eltern waren keine praktizierenden Juden. Um mir Freude zu bereiten, hatte mein Vater mich sogar im Jahr zuvor in die Sophienkathedrale mitgenommen, um dort die russische Osternacht zu erleben, und nachdem die von Popen angeführte Prozession bei ohrenbetäubendem Glockengeläut dreimal den Kirchturm umrundet hatte, ließ ich mich, eine Kerze in der Hand, wie alle anderen dreimal von einem Unbekannten küssen und stimmte ein in den Ruf der Menge »Christos wosskress«, »Christ ist erstanden«, worauf wir nach Hause gingen, um den Kulitsch und die Paska zu kosten und die von der Köchin bemalten harten Eier zu schälen. Nur meine Großeltern mütterlicherseits, Jonas und Bella Margulis, geborene Schtschedrotisch, lebten noch streng nach den jüdischen Bräuchen. Hielten sie sich jedoch in Kiew auf, forderte meine Mutter, die derartige »Torheiten« rasend machten, ihren Vater auf, seinen Gebetsmantel lediglich in seinem Zimmer anzulegen. Nur ein einziges Mal hatte ich bei ihnen in Odessa Gelegenheit, an einem Passahmahl teilzunehmen und (da ich die Jüngste war) den Satz zu sprechen: »Worin unterscheidet sich diese Nacht von allen anderen Nächten?« Die Antwort hatte mich kalt gelassen, und obgleich ich meine Großeltern innig liebte und jener Abend dank ihrer Zärtlichkeit und besonderen Zuwendung in meiner Erinnerung mit einem Gefühl wohliger Wärme verbunden bleibt, hatte ihn die Zeremonie in der Sophienkathedrale bei weitem in den Schatten gestellt.

Mir waren auch ganz andere Juden bekannt, wie Mademoiselle Rose und ich sie trafen, wenn wir, ohne Wissen meiner Mutter, zum Podol hinuntergingen, dem sich am Dnjepr entlang erstreckenden Viertel. Nicht daß meine Mutter es uns strikt verboten hätte: sie wäre gar nicht auf den Gedanken gekommen, daß wir diese verrufenen Straßen dem Krestschatik, »den Champs-Elysées von Kiew«, oder den ungezählten Parks der Stadt, die von hoch oben, wo wir wohnten, terrassenförmig bis zum Fluß hinunter abfielen, vorziehen könnten. So hatte sich meine Gouvernante, ungeachtet ihres katholischen Glaubens, bei dem die Lüge durch Unterlassung zu den schwersten Sünden zählt, tunlichst davor gehütet, sie um Erlaubnis zu bitten. Wir überließen meiner Mutter die Kutsche und den à la polonaise gekleideten Kutscher – mit Samtweste und Pfauenfeder am Hut –, den ich lächerlich fand, und gingen zu Fuß die Sankt-Wladimir- oder die Sankt-Andrej-Straße hinunter, deren grober Holzbelag mich begeisterte; auf dem Rückweg konnten wir, wenn wir müde waren, zwischen dem von Pferden gezogenen Omnibus oder der elektrischen Straßenbahn, die für uns den Reiz des Neuen besaß, wählen.

Diese Juden vom Podol, alte Männer mit Backenbart und rötlichem Vollbart im Gehrock, unter dem die schmutzigen Fransen des Schals hervorschauten, kränkliche Kinder mit großen schwarzen Augen und spärlichen Löckchen, Frauen mit Perücke, die vor den koscheren Läden Schlange standen, erschienen mir nicht sehr vertrauenerweckend. Ich fand sie unsauber, verstohlen, und zuckte zurück, wenn einer der fliegenden Händler mir ein Stück klebrige Halwa oder eine Kostprobe von einem Quarktörtchen in die Hand schieben wollte. Unsere Bediensteten, die sich nicht genug vor meinen allgegenwärtigen Ohren in acht nahmen, erzählten sich zuweilen schaurige Geschichten von Ritualverbrechen: sie kamen mir nicht unglaubwürdiger vor als Märchen, in denen abscheuliche Hexen kleine Kinder in den Backofen stecken. Kurzum, die Juden der Unterstadt ängstigten mich und bereiteten mir Unbehagen. Ich hatte den Eindruck, ihre düsteren Blicke seien allein auf mich gerichtet und folgten mir – wie die des jungen Teppichhändlers auf dem Schiff. Mir waren die blonden Ukrainerinnen lieber, die hinter ihren mit Sardellen in Salzlake gefüllten Eimern oder hinter ihren Ständen thronten, auf denen sich Berge von Pasteten, kleine Kirschenhügel und Sammetblumen türmten. Nie wies ich das Glas mit eiskalter Milch zurück, das sie mir so freundlich reichten und das ich mit Genuß schlürfte. Inmitten des Lärms versuchte ich, einem blinden Bettler zuzuhören, der, von einem Jungen auf dem Akkordeon begleitet, die Bandura oder Leier erklingen ließ.

Noch heute verspüre ich denselben Argwohn, ja Widerwillen, sobald es mich zufällig nach Belleville oder ins Marais verschlägt und ich erstmals nach so vielen Jahren diese zerlumpten Emigranten wiedersehe, die mit ihren Schläfenlocken den frommen Juden im Podol so ähnlich sehen. In immer größerer Zahl strömen sie von Verfolgung und Elend vertrieben aus ihrem polnischen Schtetl oder aus den deutschen Ghettos herbei. Im Vorübergehen höre ich Bruchstücke des fast vergessenen Jiddisch, und mich befällt eine undefinierbare Angst, die auf dem Heimweg häufig Asthma hervorruft. Ich weiß sehr wohl, daß ich diesen Menschen mit größerer Kälte begegne als beispielsweise einem französischen Bettler, der sonntags nur einen Katzensprung von meinem Zuhause entfernt auf den Stufen von Saint-François-Xavier die Hand ausstreckt. Was die reichen Israeliten betrifft, so weiß ich nicht, wie meine Eltern und ihre Freunde reagieren werden, wenn sie eines Tages den Roman lesen, den ich soeben abgeschlossen habe. Er heißt nach der Hauptperson *David Golder*, und ich gehe mit diesem Milieu nicht eben schonend um. Ganausowenig in einer kürzlich begonnenen Novelle, der ich ganz einfach den Titel *Der Ball* geben werde. Darin geißele ich, was mir Furcht einflößt und was ich verabscheue: die unmäßige Liebe zu Geld und Prunk, jene Mentalität des Emporkömmlings, der seinen Wohlstand mit schlechtem Geschmack zur Schau stellt, kurzum die Atmosphäre, in der sich, offen gestanden, meine Mutter und ihre Umgebung bewegten.

Wir haben das Glück, in Frankreich zu leben, wo die Juden sich seit der Revolution, wenn sie es wünschten, mühelos assimilieren konnten. Mein Mann fühlt sich kaum jüdischer als ich, obgleich sein Vater in Moskau Mitglied des Konsistoriums war und stets gewissenhaft seine Religion ausübte, wobei er seine Söhne dazu anhielt, zumindest den Schein zu wahren: vor drei Jahren haben wir, um seine Gefühle nicht zu verletzen, in der Synagoge geheiratet. Diese religiösen Gepflogenheiten gehören in Michels Augen der Vergangenheit an, und alles stünde zum besten, wenn sich die alten Leute diskreter verhielten. Er glaubt, das jüdische Problem existiere nicht mehr seit dem glücklichen Ausgang der Dreyfus-Affaire, der übrigens zum großen Teil Franzosen wie Zola und Péguy zu verdanken sei. Einer der Gründe, weshalb er sich so sehr freue, eine Tochter zu haben, sei der, sagt er lachend zu mir, nicht mit seinem Vater über die Frage der Beschneidung streiten zu müssen. Wenn ich bei meiner Lektüre dennoch auf einen abscheulichen oder einfach suspekten Artikel stoße, befällt mich Unbehagen, und ich mache ihn darauf aufmerksam, daß es heute noch immer antisemitische Strömungen und Veröffentlichungen wie die eines Maurras gibt. Er antwortet mir, weiterhin lachend, die Pressefreiheit sei einige Unannehmlichkeiten wert.

Er hat recht. Ich vergesse nicht, daß Papst Pius XI. vor drei Jahren, 1926, die Action Française verurteilte, womit er eine riesige Mehrheit der Katholiken veranlaßte, sich von ihr abzuwenden. Man müßte schon sehr böswillig sein, wollte man behaupten, Leute wie wir hätten augenblicklich unter einem wie auch immer gearteten Fremdenhaß zu leiden. Doch die Situation hat auch ihre Kehrseite: diesen Zwang, wo immer wir uns aufhalten, demonstrieren zu müssen, daß wir an erster Stelle nicht etwa Juden – und was bedeutet dieses Wort denn noch für uns, wenn nicht eine obskure Abstammung, die sich bald im Nebel der Zeiten verlieren wird –, sondern Franzosen sind. Die Besorgnis, die einige unserer Freunde befallen hat, seit die antisemitische nationalsozialistische Bewegung in Deutschland derart von sich reden macht, scheint uns übertrieben. Wir vor allen andern, so mein Vater, sollten zur Mäßigung gegenüber diesem besiegten Lande aufrufen: Lassen wir es doch erst einmal seine Wirtschaft wieder aufbauen, anstatt es mit unseren Forderungen zu ersticken, dann wird dort drüben auch erneut Vernunft einkehren. Laßt uns jene beklagenswerten deutschen oder polnischen Flüchtlinge, die in ihrer Heimat Pogromen, dem Wiederaufflackern eines primitiven Hasses ausgesetzt sind, bereitwillig aufnehmen, aber auch hoffen, daß ihr Exodus schnell vorüber sein wird, damit der französische Arbeiter sich nicht durch ihre Anwesenheit bedroht fühlt, vor allem laßt uns ihnen jene Zurückhaltung anraten, die wir selbst uns auferlegen müssen.

Wenn ich im Jahre 1910 schließlich die wahre Bedeutung des Wortes »Pogrom« entdeckte, so verdanke ich das meiner jungen Tanta Asja. Sie war knapp zehn Jahre älter als ich und mir gegenüber von einer Herzlichkeit, die ich bei ihrer älteren Schwester, meiner Mutter, vergeblich suchte. Sie hatte gerade in Odessa ihre Schulzeit in einem privaten Pensionat abgeschlossen, und ihre Eltern schickten sie auf ihren Wunsch hin nach Paris, um dort unter der Obhut einer Cousine Medizin zu studieren, was ihr in Rußland auf Grund der Quotenregelung verwehrt war. Sie sollte im Frühling abreisen, um sich mit Frankreich vertraut zu machen und um in einigen Monaten ihre Sprachkenntnisse zu vervollkommnen, bevor das Semester begann. Bis dahin blieb sie eine Weile bei uns, zumal sie uns lange Zeit nicht würde wiedersehen können. Das war schmerzlich für mich. Ich hatte große Achtung vor Asja, die trotz aller Vorbehalte der Familie ihre Absicht zu studieren durchgesetzt hatte: vor allem meine Mutter fand den Wunsch, Ärztin zu werden, unschicklich für ein junges Mädchen. Ihr Beispiel und das der Florence Nightingale, von deren Abenteuern man mir vorgelesen hatte, dazu die vor lauter Mitleid vergossenen Tränen, die mir ein Buch über die Schrecken des

Burenkrieges, *Pieter Maritz, der junge Bure aus dem Transvaal,* entlockt hatten, ließen mich den Entschluß fassen, wenn ich groß wäre, dieselbe Richtung einzuschlagen.

Anfang November bot mir Asja eines Nachmittags an, mich mitzunehmen, um am Ausgang des Gymnasiums am Boulevard Bibikow auf einen jungen Mann zu warten, den sie seit ihrem letzten Aufenthalt in Kiew im Jahr zuvor nicht wiedergesehen hatte. Wir würden anschließend mit ihm in der Konditorei Kirchheim Tee trinken. Äußerst geschmeichelt von diesem Angebot, lief ich zu meiner Mutter, um sie um Erlaubnis zu bitten, die sie mir auch erteilte. Ich rief lauthals nach Mademoiselle Rose. Sie streifte mir meine Stiefel über, zog mir Mantel und Muff an, setzte mir meinen Hut auf, und ich traf im Vorzimmer auf eine höchst elegante Asja im Redingote mit Biberpelzkragen und einer Toque aus demselben Fell. Da wir noch reichlich Zeit hatten, gingen wir zu Fuß die Alexandrowskaja hinunter und an den kaiserlichen Palästen entlang. Es herrschte ein für die Jahreszeit ungewöhnliches Wetter. Die Sonne prallte von den marmornen Giebeln ab, verwandelte die Fensterscheiben in Kristallüster, ließ die roten Blätter der Bäume blitzen, entzündete die goldenen Spitzen der eisernen Tore, ließ auf dem Helm der unbeweglich vor ihrem schwarzweiß gestreiften Schilderhaus stehenden Wachen helle Funken spielen.

Wir bogen in den wie gewöhnlich mit Kaleschen, Droschken und Omnibussen überfüllten Kreschtschatik ein. Die Bürgersteige aus gelben Pflastersteinen verschwanden fast unter den langen Röcken der Frauen, denen paketbeladene Bedienstete folgten. Wir schlenderten hinauf bis zur Kreuzung des Bibikow Boulevards. Kinder vertrieben sich die Zeit damit, durch kräftige Schläge mit ihren Uniformmützen – die nach der Gymnasiastenmode von ihrer Metallverstärkung befreit und so schmiegsam wie nur irgend möglich zu sein hatten – die Kastanienblätter abzureißen. Auf dem Weg bildeten sich Haufen goldener Späne, in die meine Stiefel geräuschvoll einsanken, und ich machte mir einen Spaß daraus, sie mit einem Fußtritt in den blauen Himmel zu schicken. Plötzlich stürzte eine Gruppe junger Leute aus dem mächtigen Gebäude, das die Universität beherbergte. Die Knöpfe ihrer Matrosenblusen und ihre Gürtelschnallen funkelten. Alle trugen eine schwarze Armbinde. Kaum waren sie erschienen, da brach auch schon ein Trupp berittener Gendarmen aus der Seitenstraße hervor, der Wladimirskaja, und trieb sie auseinander. Meine Tante Asja ergriff meine Hand und drückte mich gerade noch rechtzeitig gegen die Gitter des Platzes Nikolaj I., um mich davor zu bewahren, unter die Hufe eines der Pferde zu geraten. Ich roch den warmen, salzigen Geruch seines Fells, der Sporn seines Reiters streifte mich, in seinem Säbel fing sich das Licht. Dann kehrte wieder Ordnung ein.

Als unsere Angst verflogen war, setzte sich Asja mit mir auf eine Bank und erklärte mir, diese Studenten hätten trotz des Verbots versucht, ihrem Schmerz über den Tod des Grafen Leo Tolstoi, von dessen Ableben man am selben Morgen erfahren hatte, Ausdruck zu verleihen. Auch wenn ich von diesem Dichter, den die Russen für einen der größten aller Zeiten hielten, noch nichts gelesen hatte, (ich war überzeugt, er könne Dickens nicht das Wasser reichen, geschweige denn Victor Hugo, von dem mir Mademoiselle Rose gerade *Les Misérables* vorlas) und den die orthodoxe Kirche, im Einvernehmen mit der Regierung, seiner subversiven Schriften wegen exkommuniziert hatte, war mir doch bekannt, daß sein Name seit einer Woche auf der Titelseite sämtlicher Zeitungen prangte und Gegenstand erregter Gespräche war. In der Nacht vom 27. zum 28. Oktober hatte er tatsächlich im Alter von zweiundachtzig Jahren heimlich sein Gut Jasnaja Poljana verlassen, den benachbarten Bahnhof erreicht und einen Zug in unbekannter Richtung genommen. Seine in Schrecken versetzte Frau, seine Kinder und seine Freunde hatten die Suche nach ihm aufgenommen. Am 1. November hieß es, er sei, an einer Lungenentzündung leidend, in dem kleinen Dorf Astapowo aufgetaucht. Die Presse brachte täglich neue Nachrichten über ihn, die nichts Gutes verhießen: Im Hause des Bahnhofsvorstehers ans Bett gefesselt, verfiel er trotz der Pflege seines

Arztes zusehends. Am 7. November wurde schließlich sein Tod bekanntgegeben.

Asja hatte Tränen in den Augen. Sie stand auf, sah mich an, zuckte mit den Schultern, rückte ihre Toque zurecht, dann meinen Hut und nahm mich erneut bei der Hand, um mich vor die Pforten des Gymnasiums zu führen. Die Glocke, die das Ende der Schulstunden anzeigte, war soeben erklungen, doch ich vermißte das übliche Gedränge und Stimmengewirr. Die Gymnasiasten, sowohl die kleinen als auch die großen, kamen die Stufen herunter, näherten sich schweigsam gemessenen Schrittes und zogen aus ihren Taschen alle zur gleichen Zeit schwarze Armbinden, die sie über den Ärmel ihres grauen Uniformmantels mit den goldenen Knöpfen stülpten. Im Türrahmen sah ich eine Gruppe von Herren, zweifellos der Direktor und die Lehrer, mit sorgenvoller Miene.

Meine junge Tante machte in der Menge den Knaben ausfindig, den zu treffen sie gekommen war und der, als er sie sah, seine Kameraden stehenließ und auf uns zukam. Es war ein magerer, pickeliger junger Mann, dessen vom steifen Kragen rotgeriebenen Hals ein vorspringender Adamsapfel zierte, der ständig auf- und niederfuhr. Sie stellte ihn als Konstantin Georgijewitsch Paustowskij vor, Kostik genannt.

Sogleich entspann sich eine Diskussion: Es ging um mich, die kleine Irina. Asja bereute es sehr, so gedankenlos gewesen zu sein, mich an einem Tag wie diesem auf einen Spaziergang mitgenommen zu haben, und bat ihren Freund inständig, seine Armbinde abzunehmen, wenn er uns, wie verabredet, zur Konditorei Kirchheim begleite. Andernfalls werde sie mit mir zum Petschersk zurückkehren. Es komme nicht in Frage, eine Siebenjährige auch nur der geringsten Gefahr auszusetzen. Ich erhob empört Einspruch: Ich sei kein kleines Kind mehr, schließlich habe mein Vater mich neulich für groß genug befunden, ihn auf einer äußerst gefahrvollen Reise auf dem Hochwasser führenden Dnjepr zu begleiten, in deren Verlauf wir zehnmal um Haaresbreite Schiffbruch erlitten hätten, und im übrigen sei ich bei der

Polizei ohnehin schon bekannt wegen meiner engen Kontakte zu einem Revolutionär, der zur Zeit in Sibirien verkümmere. Der Junge brach in Lachen aus, nahm seine Armbinde ab und steckte sie in die Tasche. Zutiefst gekränkt verweigerte ich die Hand, die Asja mir hinhielt, schob meine Hände tief in den Muff und lief den ganzen Weg zurück zum Kreschtschatik schmollend hinter den beiden her.

Angesichts all des Stucks und Goldes der Konditorei, der Mandelbaisers und der Tassen voll Schokolade, die man vor uns auf die Spitzendecken gestellt hatte, schmolz mein Zorn dahin. Eine ganze Weile ließ ich die jungen Leute einander erzählen, was sie im Laufe des letzten Jahres erlebt hatten und was sie für die Zukunft planten. Ich begann mich zu langweilen. Doch dann ließ ein Satz von Kostik mich aufhorchen: »Bleiben Sie nicht zu lange in Kiew, Asja, nehmen Sie sich in acht. Vergessen Sie nicht, was vor fünf Jahren geschah. Alle Welt denkt, solche Ereignisse könnten sich wiederholen.«

»Glauben Sie tatsächlich, heutzutage wäre ein Pogrom noch möglich?« fragte meine Tante.

Ich schaltete mich mit meiner immer wiederkehrenden Frage ein, und diesmal erhielt ich meine Antwort. Im Oktober 1905 war Kostik dreizehn, Asja zwölf Jahre alt. Sie kannten einander damals noch nicht. Am 17. jenes Monats hatte der Direktor des Gymnasiums den Schülern drei schulfreie Tage gewährt, um die Veröffentlichung des Manifests feierlich zu begehen, mit dem der Zar seinem Volk endlich eine gewisse Anzahl von Rechten zugestand, wie das der Glaubens- und der Versammlungsfreiheit, das Recht, sich öffentlich oder schriftlich zu äußern, ohne sich zuvor der Zensur zu unterziehen, und er setzte eine Versammlung ein, eine gewählte Duma, die in Gesetzesfragen ein Wort mitzureden hatte. Der Knabe hatte sich mit seinen Kameraden auf die Straße gestürzt, im Knopfloch eine rote Kokarde, und war vor die Universität gelaufen, aus der sich eine Flut die *Marseillaise* singender Studenten ergoß.

Und dann waren erneut berittene Gendarmen erschienen,

diesmal allerdings das Gewehr in der Hand. Schüsse fielen. Von der zurückflutenden Menge mitgerissen, wurde Kostik von seinen Freunden getrennt und halberstickt in die Wladimirskaja davongetragen, wo im gleichen Augenblick eine weitere Schwadron auftauchte, entschlossen, die Studenten zu umzingeln. Er war zum Kreschtschatik gerannt, hatte eine Sekunde lang gezögert, nach rechts abzubiegen, denn seine Familie wohnte in dieser Richtung, sich dann aus Neugier aber doch nach links gewandt, um sich, nachdem er die Nikolajewskaja hinter sich gelassen hatte, dem Rathausplatz zu nähern.

Der war schwarz von Menschen, mit roten Fahnen geschmückt. Demonstranten kletterten an den Mauern des Gebäudes empor, klammerten sich mit einer Hand an die Säulen des Balkons. Dort war er Asja begegnet. Sie weinte, weil sie ihre Gouvernante verloren hatte, mit der sie gekommen war, um Bücher in der Idzikowskij Bibliothek auszuleihen. In diesem Augenblick bahnten sich Dragoner zu Pferde, den Säbel in der Hand, einen Weg durch die aufschreiende Menge; Kostik ergriff die Hand des kleinen Mädchens und machte kehrt. Ohne Atem zu holen eilten sie durch kleine Gassen und erreichten sein Haus, wo eine angsterfüllte Mutter ihn bereits erwartete.

An den Lippen des Jungen hängend, lauschte ich seinem Bericht.

»Aber«, sagte ich zu Asja, »wie hast du es nur angestellt, zu uns nach Hause zu kommen? Hat Mama dich nicht gescholten, ohne deine Gouvernante zu Fremden gegangen zu sein?«

Und nun erzählte sie, mit welch aufmerksamer Güte Kostiks Eltern sie empfangen hatten. Sein Vater hatte es selbstverständlich nicht erlaubt, sie wieder gehen zu lassen. Er schickte einen Bediensteten in unser Haus, um die Familie zu beruhigen und die Erlaubnis einzuholen, Asja für die Nacht dort zu behalten, da es auf den Straßen bei Anbruch der Dunkelheit noch unsicherer sein würde. Er versprach, sie tags darauf, wenn die Gefahr vorüber sei, persönlich zurückzubegleiten. Doch am anderen Tag brach der Pogrom aus.

Ich weiß heute, daß in Rußland nach schwerwiegenden Ereignissen stets ein Pogrom erfolgte, daß im Jahr meiner Geburt in Kichinew einer der entsetzlichsten, die je stattgefunden haben, in den jüdischen Vierteln Hunderte von Toten forderte. Ich weiß auch, daß dieser, wie so viele andere, wenn nicht gar von der Polizei organisiert, so doch von ihr toleriert wurde. Neu daran war jedoch, daß es sich nicht auf den Podol beschränkte. Ein Geschäftsfreund meines Vaters, Alexander von Günzburg, hat ihn mir später in allen Einzelheiten geschildert. Er war zum Begräbnis seiner Großmutter Rosenberg nach Kiew gekommen. Das jüdische Großbürgertum der Stadt nahm daran teil. Das Haus seines Cousins an der Ecke Sadowaja und Alexandrowskaja, wo sich ein offizielles Gebäude ans andere reihte – das Palais des Gouverneurs, die Staatsbank, die zentrale Post –, wurde zunächst von Aufrührern, dann von den schwarzen Hundertschaften angegriffen, und die Bewohner verdankten ihre Rettung allein der Nähe des englischen Konsulats, in dessen Garten sie sich flüchteten, indem sie sich durch einige lose Latten des Bretterzaunes zwängten.

So geschah es auch in der von uns bewohnten friedlichen Straße, und zweifellos entkamen meine Eltern und ich nur deshalb den Gewalttätigkeiten und Plünderungen, weil die Behörden, nachdem sie einen Großteil des Tages tatenlos zugesehen hatten, die Lektion nunmehr für ausreichend ansahen. Die Polizei schaltete sich erst ein, als bereits am Eisengitter unseres Gartens gerüttelt wurde, über dem aus Ästen zurechtgeschnittene Knüppel auftauchten. Selbst bei Kostik, dessen Familie nicht jüdisch war und deren Personal dafür gesorgt hatte, gleich zu Beginn der Unruhen in die Fensterbänke, die zur Straße gingen, Ikonen zu stellen und mit Kreide ein orthodoxes Kreuz auf die Toreinfahrt zu zeichnen, erschienen betrunkene Bauern und fragten, ob man nicht zufällig »Jidn« verstecke. Es galt, ihnen Wodka zu verabreichen, damit sie sich entfernten. Als endlich wieder Ruhe eingekehrt war, wurde meine junge Tante zu uns zurückgebracht, wo sie mit einem hysterischen Ausbruch meiner Mutter empfangen wurde und man ihr eröffnete, die Gouvernante sei zur Strafe, das ihr anvertraute Kind aus den Augen verloren zu haben, soeben entlassen worden.

Eineinhalb Monate später, an dem Tag, als meine Tante drauf und dran war, Kiew zu verlassen, um die Festtage zu Hause zu verbringen, wurde die Stadt erneut mit Feuer und Schwert verwüstet. Die Behörden hatten beschlossen, die Post- und Telegraphenangestellten, die sich, wie überall in Rußland, seit Wochen im Streik befanden, durch ein Bataillon Pioniere zu ersetzen. Diese revoltierten jedoch, fielen über ihren eigenen Kommandanten her und begannen, schon bald von Arbeitern gefolgt, mit roten Fahnen in den Straßen aufzumarschieren. Sie bewegten sich auf den jüdischen Markt zu, als aus einer Kaserne eine erste Salve abgefeuert wurde. Der Kampf forderte Hunderte von Toten und Verletzten. Der Kutscher meiner Eltern, der Asja zum Bahnhof brachte, konnte gerade noch umkehren und nach Hause zurückfahren.

Die Geschichte, die mir die beiden soeben erzählt hatten, beeindruckte mich derart, daß ich während des ganzen Heimwegs den Mund nicht aufmachte, was gar nicht meine Art war. Es wurde schon dunkel, graue Wolken zogen auf, und ein kalter Nordostwind schnitt mir in die Wangen. Ich sagte nichts über diesen Tag zu Mademoiselle Rose, die all die bei Kirchheim verschlungenen Kuchen für meine Appetitlosigkeit verantwortlich machte und mich vorsorglich einen Tee aus Kirschenstengeln trinken ließ. Irgend etwas hielt mich zurück, noch weitere Erklärungen von meinem Vater zu erbitten, der sich über meine Schweigsamkeit und die Verzweiflung wunderte, mit der ich mich an den Ärmel seines Jacketts klammerte, um ihn daran zu hindern, mein Zimmer zu verlassen. Er befreite sich am Ende sanft, und ich blieb beim Schein des Nachtlichts unter meinem rosa Baldachin mit meiner Katze auf der Brust allein in meinem Bett zurück. In meinem schweren Kopf drehte und wendete ich eine gewichtige Frage: Was hatte ich mit den kleinen verlausten

Juden des Podol gemein, daß selbst diejenigen, die mir gewöhnlich auf der Straße zulächelten und sich vor meinen Eltern verbeugten – Kutscher, Boten, Bedienstete, Soldaten, Muschiks jeglicher Art –, mich an jenem Oktobertag 1905 plötzlich mit jenen verwechselten und auf den Gedanken verfielen, mich für schuldig zu halten.

Als ich am nächsten Morgen erwachte, war der Himmel weiß. Ein heftiger Wirbelsturm erhob sich, der die Bäume kahl fegte. Am späten Vormittag fielen die ersten Flocken, und meine Mutter ließ die Doppelfenster einsetzen, die den Winter ankündigten.

Juli 1942

Das Kind ist heimlich davongelaufen, um den Schnittern in die Felder zu folgen. Auf dem Heimweg kann die Kleine kaum noch gehen, müde von all dem Gehüpfe über die Getreidebündel, hochrot von all der Sonne, das Haar voller Strohhalme, mit einer Laufnase vom vielen Staubeinatmen, das Kleid zerrissen, die Söckchen bis auf die Sandalen gerutscht. Ihre Spielgefährtin Lulu, wie sie fünf Jahre alt, hat sie bis nach Hause begleitet und dann verlassen, um dem mütterlichen Zorn die Stirn zu bieten. Auch sie hat ein wenig Angst, bestraft zu werden: der bisher so liebevolle Vater ist dieser Tage sehr gereizt und hat sie kürzlich, wegen einer Geschichte, bei der es um Spinat ging, zum erstenmal übers Knie gelegt. Als sie zwei Polizisten im Vorzimmer und die Familie aschfahl im Salon versammelt vorfindet, ergreift sie wahrer Schrecken, und sie schickt sich an, um Verzeihung zu bitten. Aber ihre Mutter kniet nieder, um sie in die Arme zu nehmen, flüstert ihr ins Ohr, nur ja brav zu sein, ihrem Vater und ihrer Schwester zu gehorchen, küßt sie lange, steht auf und geht, ihren Koffer in der Hand, zwischen den beiden Gendarmen davon.

Kapitel 3

Eines Nachts im September 1911 schreckte mich ein furchtbarer Lärm aus dem Schlaf. Ich sprang ans Fenster und riß es auf: Jemand ließ mit heftigen Schlägen den kupfernen Klopfer auf die hölzerne Türfüllung der Toreinfahrt fallen. Unser Dwornik stürzte, auf einem Bein hüpfend, in den Hof, während er mit beiden Händen am Schaft seines anderen Stiefels zog. Ein Ärmel seiner Jacke baumelte im Rücken. Sein zerzauster roter Haarschopf ließ vermuten, daß der Lärm ihn aus einem reichlich mit Kwass begossenen Schlaf geweckt hatte, in den er trotz der Verweise immer wieder, sobald man seiner Dienste nicht mehr bedurfte, auf seinem Stuhl im Vorzimmer versank. Die übrigen Bediensteten stürzten in ähnlicher Aufmachung, Laternen schwingend, hinzu.

Kaum war das Tor geöffnet, stürmte unsere Kalesche auch schon in den Hof. Der nur mit Mühe vom Kutscher gebändigte Braune tänzelte auf der Stelle, und seine Hufe ließen auf dem Pflaster Funken sprühen. Im gedämpften Licht der Laternen schimmerte sein Fell matt. Ich sah meinen Vater im schwarzen Gehrock mit Biberpelzkragen über seinem Frack, den Zylinder in der Hand, auf die Erde springen und hörte, wie er dem Dwornik zurief, schnell einen Arzt zu holen. Dann tauchte er ins Innere der Kalesche und zog mit Hilfe eines Bediensteten meine offenbar unter ihrem Zobelmantel leblose Mutter hervor. Er nahm sie auf seine Arme und trug sie zum Haus, wobei die Straußenfeder ihres Hutes über den Boden schleifte. Ich eilte die Treppe hinunter, gefolgt von der ebenfalls durch den Lärm geweckten Mademoiselle Rose, die sich in aller Eile einen Schal über ihre Nachtjacke geworfen hatte; mit ihrem offenen, auf die Schultern fallenden Haar und den weit aufgerissenen Augen sah sie um zehn Jahre verjüngt aus.

Unser alter Hausarzt erschien mit einiger Verzögerung. Offenbar riefen alle Damen Kiews an diesem Abend nach ihm. Als er schließlich eintraf, bemühten sich bereits die Hausangestellten um meine Mutter, das Zimmermädchen hakte ihr das Korsett auf, und die Köchin verabreichte ihr Riechsalz, während Mademoiselle Rose ihr die Schläfen mit Kampferspiritus benetzte. Unter schmachtenden Seufzern kam sie wieder zu sich. Mein Vater, der sich wahrscheinlich außerstande fühlte, sie bis hinauf in ihr Zimmer zu tragen, hatte sie im Salon auf den Diwan gelegt, wo ihr vom Hut befreiter und durch den großen Zobelkragen hübsch zur Geltung gebrachter blonder Kopf nun ruhte.

Dieser Pelz, den er ihr zwei Monate zuvor, zusammen mit einem für mich bestimmten kurzen Mantel und Hermelinmuff – »Was für ein Wahnsinn für ein so nachlässiges achtjähriges kleines Mädchen, das noch dazu nicht sorgfältig mit seiner Kleidung umgeht!« – von einer Reise nach Sibirien mitgebracht hatte, war während einer Woche Anlaß qualvoller Ungewißheit. Meine Mutter hatte es nach einer wahren militärischen Kampagne aus Überraschungsangriffen, strategischen Rückzügen, unvorhergesehenen Bündnissen, plötzlichen Meinungsumschwüngen und ebenso verbissenen wie ausgeklügelten Verhandlungen geschafft, sich zu einer abendlichen Galavorstellung in der Oper zu Ehren des Zaren einladen zu lassen, der nach Kiew gekommen war, um ein abscheuliches Denkmal zum Ruhme seines Vaters Alexander einzuweihen und Pferderennen beizuwohnen. Die erste Gesellschaft hatte sich um die Karten gerissen. Zwar befanden sich die nach hartem Kampf errungenen Sitzplätze im Fond einer Loge, bei der unglücklicherweise ein Teil der Bühne durch eine Säule verdeckt war, doch meiner Mutter lag weit mehr daran, gesehen zu werden – wozu ihr in den drei Pausen genügend Zeit bliebe –, als selbst zu sehen: Sie wußte kaum, daß an jenem Abend Rimski-Korsakows *Märchen vom Zaren Saltan* gegeben wurde.

Nachdem die Festung eingenommen, das heißt die Einladung ergattert worden war, galt es nur noch, den Sieg zu vollenden. Die Wahl des Kleides, seine Fertigstellung, die mehrfachen Anproben, das Defilee der Modistinnen, deren Laufjungen unter schwankenden Türmen von Hutschachteln verschwanden, hatten das ganze Haus erschöpft. Mademoiselle Rose und ich machten uns, sooft wir nur konnten, aus dem Staub auf lange Spaziergänge im Park der Laura, in den zerlumpte Pilger einfielen, um in den Kirchen ihre Andacht zu halten und die Katakomben aufzusuchen. Wir gingen zu den Konzerten im Kupetscheski-Garten, dessen duftende Büsche von Liebespaaren eifersüchtig verteidigt wurden, und verschlangen dicke späte Kirschen, die junge Ukrainerinnen, den Kopf mit einem weißen Taschentuch geschützt, aus Eimern mit Eisstücken verkauften. Wir stiegen bis hinauf zum Plateau des königlichen Gartens, das den Hafen mit seinem Gewirr von Masten, seinen weißen Segeln und dem Rauch seiner Dampfschiffe beherrscht. Wenn die Hitze unerträglich wurde, schlenderten wir stundenlang durch die weiträumigen, kühlen Säle der Bibliothek Idzikowski, die wir mit den uns zustehenden vier Büchern verließen, bevor wir auf dem Krestschatik ein Sorbet genossen. Es konnte auch geschehen, daß wir die Fähre nahmen und den Tag auf der Insel Trukhanow verbrachten, wo wir ein Zelt mieteten. In meinem gestreiften Badeanzug mit halblangen Hosenbeinen, eine Fußspitze vorsichtig in den Schlamm auf dem Grund getaucht, gab ich vor, schwimmen zu können, um mich vor Mademoiselle Rose aufzuspielen.

In jenem Sommer durchstreiften wir meine sonnendurchflutete und, sobald der trockene Wind aus dem Kaukasus wehte, staubige Stadt in allen Richtungen. Wir erklommen Treppen und steil abfallende Straßen. Wir ließen das hölzerne Pflaster unter unseren Absätzen klingen. Wir schlenderten die Boulevards unter Platanen- oder Kastanienbaldachinen und zwischen Häuserreihen aus gelbem Backstein entlang. Wir suchten alle Plätze auf, vom Maison de Contrats zum Goldenen Tor, von Sankt Sophien zum Rathaus, die Nase in die Luft gestreckt, um das Schwert des Heiligen Michael in der Sonne funkeln zu sehen; dabei knabberten wir Sonnenblumenkerne aus kleinen Papiertüten und tranken, um unseren Durst zu stillen, eiskalte Milch. Mich hatte ein wahres Fieber ergriffen, und jene Tage sind mir wie ein riesiges Karussell in Erinnerung geblieben, auf dem ich kreise, benommen von Hitze und Schwindel. Um mich herum wirbelt von Indigo durchsetztes grellgrünes Laubwerk, fliegen Paläste, blaue Kuppeln mit silbernen oder goldenen Zwiebeltürmen, pyramidenförmige Pappeln und kunstvoll angelegte Blumenbeete. Kaum war das Frühstück verschlungen, zwang ich die arme Mademoiselle Rose, das Haus zu verlassen, und sie folgte mir in ihrem engen weißen Spitzenkragen, in dem sie fast erstickte, mit geröteten Wangen, trotz ihres Sonnenschirms, den sie in der behandschuhten Rechten hielt. Vielleicht ahnte ich ja, ohne daß es irgendwelche Anzeichen gegeben hätte, daß ich mein Kiew im Sommer niemals wiedersehen sollte. Wenn wir bei unserer Rückkehr zerzaust und erhitzt den Kopf ins Zimmer meiner Mutter steckten, sahen wir sie im Korsett unter dem Geraschel von Seidenpapier ganze Berge schillernder Stoffe übersteigen, aus deren Mitte karg und nackt die Schneiderpuppe mit ihren Maßen emporragte. Meine Mutter sah uns mit sorgenvoller Miene an, als erkenne sie uns kaum, und schickte uns mit einer verärgerten Geste fort.

Der Hut, den sie am Ende wählte, war riesengroß, ein wahres Stilleben, das, wie mir schien, mehr Früchte auf sich vereinte, als unser Schöpfer selbst in den exotischsten Breiten des Planeten jemals auf Erden ausgesät hatte; beschattet wurde es von zitternden Federn in Form von Palmenwedeln. Nachdem mein Vater sein Befremden überwunden hatte, bemerkte er mit Takt und gesundem Menschenverstand, er sei froh, daß die Plätze sich in der dritten Reihe der Loge an der Rückwand befänden, so werde jeglicher Streit mit den Zuschauern vermieden, die andernfalls gezwungen wären, sich den Hals zu verrenken, um dieses gigantische Hindernis zu umgehen. Die Mantelfrage galt es noch zu klären. Meine Mutter hatte ihren Zobel bis zu diesem Zeitpunkt nur ihren engsten Freundinnen unter dem Siegel der Verschwiegenheit gezeigt. Sie gedachte, dieses Requisit ihres äußersten Triumphes in der Oper vorzuführen. Aber trägt man im Sommer einen Pelz? »Hör mal, Fanny, es wird dir viel zu heiß sein«, protestierte mein Vater. Sie berief sich darauf, daß die Saison bereits zu Ende ginge, die Luft sich vor allem gegen Abend merklich abkühle, und hielt ungeduldig Ausschau nach einer wenn auch noch so kleinen Wolke, damit sie nur ja die verflixte Sonne verschleiere. Ein Wetterwechsel gab ihr die Gewißheit, Gott persönlich stehe auf ihrer Seite.

Ich sollte kommen und sie vor ihrem Aufbruch bewundern; ich sah sie in enganliegender, mit Perlenfransen verzierter lindgrüner Seide, tödlich fest geschnürt, mit der Brust einer Gallionsfigur, den berühmten Zobel über die Schultern geworfen, das Gesicht rosig vor Erregung unter dem Geysir aus Federn, der ihr über die Augen fiel. Da es nicht in Frage kam, sie zu umarmen, reichte sie mir ihre mollige Hand zum Kuß. Ich spürte unter meinen Lippen die harte, kalte Berührung mit ihrem Smaragd. Als ich den Kopf hob, kam sie mir ungewollt sehr schön vor, so blond, üppig und blaß in ihrem Etui aus glänzendem Fell. Ich beneidete sie, vor allem wegen des beschützenden Armes, den mein Vater ihr um die Schultern legte, und wegen des stolzen Besitzerblickes, mit dem er sie umgab, doch an diesem Abend nahm ich ihm dies nicht übel.

Am Nachmittag hatte sie mich zur Rennbahn mitgenommen, wo wir versuchen wollten, den Zaren, die Großherzoginnen und vor allem den kleinen Zarewitsch Alexej zu sehen. In weißen Musselin gehüllt, das Haar erbarmungslos unter einem breitkrempigen Hut verstaut, der mit einer üppigen Schleife umwunden war, die mir bis auf den Kragen fiel und die Wangen kitzelte, die Waden in schwarze Strümpfe gesteckt, die ich, damit sie keine Falten warfen, pausenlos hochziehen mußte, folgte ich ihr in ihrem gebieterischen und parfümierten Kielwasser. Wann immer sie jemanden mit einem anmutigen Neigen des Kopfes grüßte, machte ich meinerseits einen Knicks. Bei all dem Lärm der Fanfaren und beim Applaudieren der Menge konnte ich ein kleines Mädchen, das noch eleganter war als ich, dabei beobachten, wie es einem sehr blassen kleinen Jungen in goldübersäter, mit Epauletten, Orden und Sternen beladener Uniform einen Blumenstrauß zu überreichen versuchte. Er war mit ängstlicher Geste zurückgewichen und hatte sich hinter einer seiner Schwestern versteckt. Meine Mutter erklärte mir später, er leide an einer sehr ernsten Krankheit, und der geringste Stoß könne seinen Tod bedeuten: man hatte ihm eingeschärft, keinen Menschen näher als auf drei Schritte an sich heranzulassen. Das bestürzte kleine Mädchen war, die Blumen an sich gepreßt, zu seinem Platz zurückgekehrt, und ich fand sie recht dumm, nicht gewitzt genug gewesen zu sein, sie einfach dem Zaren zu überreichen, dessen Gesicht mir mit seinen blauen Augen, seinem aufgezwirbelten Schnurrbart und seinem schönen braunen Vollbart so väterlich erschien. Wir waren früh nach Hause zurückgekehrt, um meiner Mutter die paar Stunden zu gönnen, die sie zum Ankleiden benötigte. Nachdem ich wie gewöhnlich mit Mademoiselle Rose in meinem Zimmer zu Abend gegessen hatte, schlief ich ein und träumte von dem kleinen traurigen Jungen, der weder Schlittschuh laufen noch Schlitten fahren, ja nicht einmal Ball spielen durfte.

Die Szene, die die Unpäßlichkeit meiner Mutter und ihre überraschende Heimkehr zur Folge hatte, war mir so oft und derart bis in alle Einzelheiten geschildert worden, daß ich glaubte, sie selbst erlebt zu haben: den noch ganz neuen herrlichen Saal der Oper in Kiew mit Sitzen aus leuchtendrotem Samt, Kristallüstern, mit den von Zigarrenrauch bläulichen Voluten, den weißen Uniformen der Offiziere, dem Feuer der Diamanten, die am Hals der Damen funkeln, dem Lachen, dem Gemurmel, all dem

Kommen und Gehen. Es ist die dritte Pause, und nahezu alle sind im Saal geblieben. Plötzlich erschallt ein zweifacher kurzer Knall. Jemand schreit: »Man hat geschossen!« Alle Blicke wenden sich zur Loge des Zaren. Doch weiter unten, zur Linken, in der dritten Orchesterreihe, sinkt ein großgewachsener, bärtiger, ebenfalls in Weiß gekleideter Mann, über dessen Brust eine breite blaue Schärpe läuft, langsam in sich zusammen. Auf seinem Waffenrock wird ein Blutfleck größer und größer. Er hat gerade noch die Zeit, im Fallen die Hand in Nikolaus' Richtung zu schwenken, um ihn zu segnen oder zu warnen, was niemand je erfahren wird. Es ist Premierminister Stoljipin. (Ich ging am nächsten Tage, wie so viele andere auch, an der Klinik vorüber, in der er drei Tage lang mit dem Tode ringen sollte; die Bürgersteige hatte man mit Stroh bedeckt.) In seiner Umgebung haben alle das Weite gesucht. Der Zar, der sich eben noch über die Balustrade beugte, weicht ins Dunkel zurück. Er und die beiden Töchter sind von Wächtern umgeben.

Im Mittelgang entfernt sich ein junger Mann in aller Ruhe. Eine Stimme schreit: »Das ist er!« Ein Offizier springt von einer Loge herab und streckt ihn mit einem Fausthieb zu Boden, ohne daß er sich wehrt. Man führt ihn ab. Später erfahren wir, daß es sich um den Studenten Dimitrij Grigorewitsch Bagrow, einen ehemaligen Schüler und allseits bekannten Anführer des Gymnasiums Nr. 1 handelt. Während man Stoljipin unter die Arme greift und ihm hilft, den Saal zu verlassen, besinnt sich das Orchester auf der Bühne und stimmt die kaiserliche Hymne an, die es dreimal wiederholt. Die zurückgekehrten Schauspieler strecken die Arme aus und rufen in Richtung der Loge der kaiserlichen Familie »Hurrah!« Im Publikum stimmt jemand *Gott schütze den Zaren!* an, und stehend singen alle im Chor mit. Nikolaus zeigt sich nicht noch einmal, und die Polizei erteilt jetzt Order, die Oper zu räumen. Da es nichts mehr zu sehen gibt, kommt es den Damen in den Sinn, daß der gute Ton es verlangt, in Ohnmacht zu fallen. Die jeweiligen Kavaliere machen von ihren Schultern Gebrauch, um sie zu ihrer Kalesche oder zu ihren Kutschen zu bringen, die sich in größter Unordnung auf dem Platz drängen.

Mein Vater mußte sich im Januar auf eine große Reise begeben. Er sollte im Auftrag seiner Bank im transkaukasischen Baku am Ufer des Kaspischen Meeres Petroleum kaufen, und in Gedanken an die Meutereien von 1905, von denen Asja mir erzählt hatte, machte ich mir große Sorgen um ihn. Es hieß zu der Zeit, Armenier und Tartaren, die sich damals unter dem riesigen verschneiten Massiv des Elbrus Gebirges gegenseitig niedergemetzelt hatten, seien drauf und dran, sich von neuem zu bekämpfen. Meine Mutter ängstigte sich meinetwegen, oder sie gab es jedenfalls vor. Kiew war unruhig. Zu Beginn des Jahres hatte man einen jüdischen Arbeiter, Mendel Beiliss, unter der Anklage verhaftet, einen Jungen von dreizehn Jahren mit Messerstichen getötet zu haben. Man sprach von einem Ritualverbrechen. Es wurden entsetzliche Einzelheiten berichtet. Der Mann leugnete die Tat, aber ich war geneigt, ihn für schuldig zu halten, derart beunruhigend erschien mir sein Bild in den Zeitungen, mit wilden Augen und diesem Wald von einem buschigen Bart. Der endlos lange Prozeß bewies mir erst viel später, daß dieser Beiliss, der bald darauf in der ganzen Welt von Leuten wie Anatole France und Jean Jaurès verteidigt wurde, unschuldig war und daß das Kind von dem Geliebten seiner eigenen Mutter getötet worden war. Doch im Jahre 1911 schürte dieses Verbrechen all die Wut des von Polizei und Regierung unterstützten antisemitischen Klans. Alsbald setzten Pogrome die Stadt in Flammen.

Der Mord an Stoljipin brachte die Bombe zur Explosion. Man schob ihn sogleich den Israeliten in die Schuhe, während es sich doch sehr schnell in liberalen Kreisen der Stadt herumsprach, daß der Student von der Polizei bewaffnet worden war. Strafexpeditionen verwüsteten den Podol: Männer wurden erwürgt, Frauen vergewaltigt, Kleinkinder massakriert, Läden geplündert. Der Schraubstock der Behörden wurde angezogen, die Zahl der zur Universität zugelassenen Juden noch weiter eingeschränkt. Selbst das Verhalten gewisser Schüler des berühmten Gymnasiums Nr. 1, von dem ich meinen Eltern berichtete (ich wußte es von Kostik, den ich bei einem meiner unzähligen Spaziergänge getroffen hatte), vermochte sie nicht zu beruhigen: angesichts der Schwierigkeiten, die ihren jüdischen Mitschülern bereitet wurden, die, um zum höheren Lehramt zugelassen zu werden, im Examen in allen Fächern die höchste Note erreichen mußten, hatte die Abschlußklasse einstimmig und im Geheimen beschlossen, in Latein einen widersinnigen oder unbegründeten Fehler zu machen, um den Juden die schicksalhaften vier von vier möglichen Punkten zu überlassen. Mein Vater bewunderte diese Haltung, blieb aber gleichwohl sehr besorgt.

So geschah es, daß er am Ende den Beschwörungen meiner Mutter nachgab. Sie habe Angst, während vieler Monate allein mit einem Kind, einer französischen Gouvernante und Bediensteten, derer sie sich nicht sicher sei, in dieser beklemmenden Atmosphäre in Kiew zu bleiben. Er solle uns nach Frankreich schicken, wo er uns ja abholen könne, sobald er seine Geschäfte erfolgreich abgeschlossen habe. Meine Gefühle waren geteilt: Auf der einen Seite hatte ich Angst, meine Welt zu verlassen (abgesehen von der Krim kannte ich nichts anderes als meine Geburtsstadt und die nächste Umgebung), und auf der anderen Seite sehnte ich mich danach, endlich das Land kennenzulernen, dessen Sprache ich fließend beherrschte, dessen Bücher ich in den kleinen gelben Bänden der Universalbibliothek las und von dem mir Mademoiselle Rose so viel erzählt hatte. Sie freute sich schon im voraus, es mir zu zeigen, und abgesehen davon erschien mir in meinem Alter jegliches Abenteuer verlockend.

Es wurde also beschlossen, daß wir uns in Paris einrichten sollten, wo mein Vater Freunde und Verwandte hatte, die er bitten konnte, uns in ihre Obhut zu nehmen. Meine Mutter drängte zur Abreise. Er setzte ihr auseinander, er brauche eine gewisse Zeit, um alles in die Wege zu leiten, und bestand darauf, daß wir zunächst nach Odessa gingen, um das Neujahrsfest mit meinen Großeltern zu feiern. Er, der Vater und Mutter früh verloren hatte, legte großen Wert darauf, daß die Familie untereinander eng verbunden blieb. Ich kannte nur ihre Namen, Boris Nemirowsky und Eudoxia Korsunsky, sowie den ihrer Geburtsstadt: Elisabethgrad. Er wollte nie darüber sprechen, und noch heute kann ich, was sie betrifft, nur vage Vermutungen äußern. Man kam überein, daß er uns nach Odessa begleitete und wir uns Ende Januar auf den Weg machten, er nach Baku, wir nach Bukarest, wo wir in den Orient-Expreß steigen sollten, der uns nach Paris brächte. Meine Mutter wehrte sich ein wenig, denn die Vorstellung, einen ganzen Monat mitten im Winter in diesem Provinznest zu verbringen, behagte ihr ganz und gar nicht, aber sie hatte derart viel erreicht, daß sie schnell einlenkte.

Wir begaben uns im Dezember auf die Reise und ließen ein nach Naphtalin riechendes leeres Haus zurück, in dem es hallte und gespenstisch aussah mit all den weißen Tüchern, die die Möbel verhüllten. Der Zug, der uns an einem eiskalten Abend in Empfang nahm, warm eingepackt in unsere Pelze, die Toque tief über die Ohren gezogen und die Hände wohlverwahrt im Muff, während die Träger sich um unseren Berg von Gepäckstücken stritten, war der berühmte *Kurier*, der die sechshundertfünfzig Kilometer zwischen Kiew und Odessa in nur einer Nacht mit der damals unglaublichen Geschwindigkeit von fünfundsechzig Kilometern in der Stunde zurücklegte. Unvorstellbar war auch der Luxus dieses Zuges, in dem es nur die erste Klasse gab und für den man eine Sondererlaubnis brauchte, um als Fahrgast aufgenommen zu werden. Tiefe, mit breiten Armlehnen versehene Ohrensessel mit weißem Samtbezug, die sich in weiche Betten verwandeln ließen, Aubusson-Teppiche, deren Motiv aus Rosensträußen in der Rundung der Decke des Abteils wiederkehrte, ein richtiges Badezimmer mit Porzellanwanne, Mahagoniwänden und Kristallflacons. Jedes Coupé bestand aus zwei Teilen, von denen der eine als Salon zur Verfügung stand. Dort aß ich wütend mit meiner Gouvernante zu Abend, während meine Eltern hochvornehm in Richtung Speisewagen verschwanden.

Als wir um zehn Uhr morgens ankamen, war die weiße Stadt noch viel weißer, sie lag unter Schnee begraben. Der Pferdeschlitten, den uns meine Großeltern entgegengeschickt hatten, fuhr am Meer entlang, das wir nur als stahlgraue Masse unter einem von Schneeflocken schweren Himmel empfanden. 1925 sah ich in Paris, kurz bevor er verboten wurde, Sergej Eisensteins Film *Panzerkreuzer Potemkin*, und seitdem kann ich die Naivität, mit der ich die von der Statue Richelieus beherrschte Riesentreppe und ihre hundertzweiundneunzig Stufen bewunderte, deren Terrassen man nur von oben her wahrnimmt, nicht mehr nachempfinden. Niemals wird sie in meiner Erinnerung wieder so leer vor mir liegen wie an jenem Tag, sondern von Stiefeln überrannt, in Pulverdampf getaucht, für alle Zeiten mit der nicht enden wollenden Fahrt eines Kinderwagens verbunden sein. Alles, was ich damals bemerkte, waren auf einigen Häusern die bleibenden Spuren der sechs Jahre zuvor von aufständischen Matrosen abgefeuerten Geschosse.

Wenn meine Mutter ihre Eltern nur ungern besuchte, so auch deshalb, weil sie ein zwar weiträumiges und komfortables, aber im jüdischen Teil der Stadt am Rande des Moldawanka Ghettos gelegenes Haus bewohnten. Man begegnete auf der Straße nur dicken Frauen mit Perücke, die sich, die Hand in die Hüfte gestemmt, lauthals jiddisch unterhielten, Gaunern mit Schirmmütze, leuchtend roter Weste unter ihrem Schafspelz und azurblauen Stiefeln, und Männern, die es mit ihren Lasten auf den Schultern stets eilig hatten. All das erschien ihr als der Gipfel der Vulgarität, und mir machte es ein wenig Angst. Zu Anfang verschanzte ich mich im Haus, aber die Familienbibliothek hatte mir nur wenig zu bieten. Sie war übervoll von düsteren Folianten in alten Einbänden, deren mit hebräischen Schriftzeichen bedeckte vergilbte Seiten mir ein vages Unbehagen einflößten.

Dagegen liebte ich es, mit meinem Großvater zum Hafen hinunterzugehen und die von Weizen überquellenden Speicher zu besichtigen. Das Getreide wurde von Schaufelförderbändern herausgeschöpft und in gähnend offenstehende Frachter verladen. Ich hätte, meine Hand in der seinen, trotz der Kälte stundenlang dem bunten Treiben der Schiffe zusehen können, die, so weit das Auge reichte, den Blick auf das Meer und den Himmel mit Schornsteinen und ragenden Masten versperrten. Auf den Kais waren in verwirrendem Durcheinander alle Sprachen der Welt zu hören. Stämmige Schauerleute gingen, unter ihrer Last gebeugt, an uns vorüber. Französische, englische und russische Offiziere dirigierten die herabhängenden Säcke mit einem Peitschenhieb beiseite, sobald sie ihnen die Sicht nahmen oder gar den Durchgang versperrten. Türkische, griechische oder malaiische Matrosen schwankten einer, einer die Schulter des anderen umfassend, trunken von Wodka oder Jamaikarum, und grölten unverständliche Lieder. Randvoll mit glitzernden Fischen beladen, kehrten Barken in den Hafen zurück. Sogleich wurden sie von einem Schwarm von Händlern bestiegen, die schreiend die Preise aushandelten, und die wohligen Düfte von Tee, Orangen, Gewürzen und Zigarren wurden erstickt von dem beißenden Geruch der Salzlake. Als mein Großvater mich vor Kälte erstarrt sah, nahm er mich, trotz des mütterlichen Verbots, mit in eine verräucherte Schenke, um ein Glas heißen Tee zu trinken; dann kehrten wir, er wie immer untadelig, gestützt auf seinen Handstock, ich mit hochroten Wangen und vom Rauhreif weißen Brauen, nach Hause zurück. Mademoiselle Rose, die Kälte haßte und uns nie auf solchen Spaziergängen begleitete, stieß Schreckensschreie aus und warf mich in ein heißes Bad.

Wir feierten also das russische Neujahrsfest in Odessa. Meine Großmutter, die sanfte Bella, hatte es an nichts fehlen lassen. Es gab ein üppiges Festmahl, angefangen mit mehreren von Wodka begleiteten Hors d'oeuvres – Lachs, Kaviar, geräucherter Stör, Salzgurken, Pastetchen unterschiedlichster Art –, danach eine lange Reihe von Gerichten, die die traditionelle jüdische Küche mit der französischen und russischen verbanden – von gefülltem Karpfen à la Kulibjaka bis hin zur Poularde Henri IV. –, dazu ausgesuchte Weine und als krönenden Abschluß mehrere Flaschen Champagner, den man, wie es sich gehörte, derart stark gekühlt trank, daß, sobald man eingeschenkt hatte, Eisnadeln in den kristallenen Gläsern klirrten. Ich durfte einige Schlucke trinken: in einem Monat wurde ich schließlich neun Jahre alt. Er schmeckte mir so gut, daß ich heimlich aus anderen Kelchen die Reste trank, und ich entdeckte, daß ich eins der Vergnügen, die den Erwachsenen vorbehalten waren und mir gewöhnlich entgingen, durchaus zu schätzen wußte. Diese Vorliebe für Champagner, für diese sauren Bläschen, die in der Nase kitzeln, habe ich stets bewahrt: Champagner hat die wilden Nächte meines neunzehnten Lebensjahrs im Casino von Nizza, meine ersten Flirts nur noch köstlicher werden lassen, und er prickelt noch heute in den Schalen, die Michel allabendlich auf das Tablett mit den aus dem Fliegenschrank unserer Köchin Kra stibitzten Schleckereien stellt, die wir mit ins Bett nehmen.

An jenem Abend war er zweifellos für die Nervenkrise verantwortlich, in die ich geriet, als man mir beim Dessert mein Geschenk überreichte. Die Familie sah mir gerührt zu, wie ich die in viele Papierschichten mit Mistel- und Stechpalmenmotiven gehüllte riesige weiße Pappschachtel zunächst noch äußerst sorgfältig auspackte, dann jedoch voller Ungeduld aufriß. Je weiter ich die Watte, die den Gegenstand umgab, entfernte, desto mehr zog sich mein Herz zusammen. Ich weiß selbst nicht, was ich eigentlich erwartet, erhofft hatte: gewiß Bücher, vielleicht auch eine elektrische Eisenbahn. Was ich entdeckte, war eine gigantische Porzellanpuppe, beinahe so groß wie ich, doch in jeder Hinsicht das genaue Gegenteil von mir: mit üppiger blonder, elegant ondulierter Haarpracht, mit dummen, mit schwarzen Wimpern verzierten blauen Augen, die sich öffneten und schlossen, mit unter einem rosa Volantkleid hervorschauenden Spitzenhosen. Es gab noch weitere Schachteln: ich öffnete sie mit wachsender Sorge. Sie enthielten ein Puppengeschirr, eine vollständige Garderobe, ja sogar ein Necessaire mit winzigen Flakons, Bürsten und elfenbeinernem Nagelpolierer. Mein Herz war übervoll. Ich brach in Tränen aus. Daß meine Mutter mich so wenig kannte, mir dieses in ihren Augen zweifellos ein vollkommenes Mädchen darstellende Geschöpf zu schenken, das mochte ja noch angehen. Daß meine Großmutter, mit ihren Vorstellungen aus einem anderen Jahrhundert, sich der Wahl angeschlossen hatte, verzieh ich ihr mühelos. Daß aber mein Großvater, mit dem ich so viele vertraute Momente »unter Männern« an für Kinder und namentlich für Mädchen verbotenen Orten verbracht hatte, und vor allem mein Vater, in dessen Gegenwart ich ständig Themen anschnitt, durch die ich ihn mit meiner Frühreife verblüffen wollte, daß diese beiden sich in solchem Maße in mir täuschen konnten, war mir unerträglich. Man schrieb die Tränen meiner Freude (die Puppe stammte aus Paris und hatte ein Vermögen gekostet), der Trunkenheit und Müdigkeit zu und schickte mich ins Bett. Nur Mademoiselle Rose, die kam, um mich zuzudecken, verstand, warum ich so traurig war.

Zu meiner Schande muß ich gestehen, diese verwünschte Puppe im Orient-Express irgendwo zwischen Wien und München aus dem Fenster geworfen zu haben. Daß ich mich nicht mehr genau erinnere, wo es geschah, ist verzeihlich, denn die Landschaft, die ich, den Reif von den Scheiben kratzend, zu erkennen versuchte, sah mitten im Winter während unserer vierundzwanzigstündigen Reise überall gleich aus – nichts als verschneite Ebenen und Tannenwälder. Ich weiß nur noch, daß ich diese kriminelle Handlung am zweiten Abend beging. Ich machte mir die Abwesenheit meiner im Badezimmer mit ihren Waschungen beschäftigten Gouvernante zunutze. Meine Mutter hatte soeben in dekolletiertem Gewand einem eleganten jungen Mann mit pomadisiertem Haar die Tür ihres Abteils geöffnet und war, nachdem sich unsere Blicke gekreuzt hatten, an seinem Arm in Richtung Salonwagen entschwunden. Ich ergriff die schändliche Kreatur bei den Haaren, ließ das Fenster herunter und warf sie, ihrer Größe wegen und im Kampf gegen den eindringenden Wind und die Kälte unter erheblichen Schwierigkeiten, über

Bord. Das Puppengeschirr, die Garderobe und das Necessaire flogen hinterher. Ich hoffe, daß irgendein Töchterchen eines deutschen oder österreichischen Bahnwärters sie wohlbehalten im Schnee entdeckt und in sein Herz geschlossen hat.

Wenn ich ehrlich sein soll, muß ich zugeben, daß dieses Mißtrauen gegenüber meiner Mutter und die von ihr provozierte ungestüme Handlung unseren Aufenthalt in Paris vergifteten. Dieses Verhältnis erreichte vor sechs oder sieben Monaten seinen Höhepunkt, als ich sie von meiner Schwangerschaft in Kenntnis setzte und sie mich beschwor, eine Abtreibung vornehmen zu lassen, und das unter Anführung aller nur erdenklichen Argumente, angefangen bei meinem durch die Geburt eines Kindes verpfuschten Leben, da ich doch noch so jung sei (ich war gerade sechsundzwanzig geworden), bis hin zu dem unter Tränen vorgebrachten äußersten Geständnis: sie wolle keine Großmutter sein. Damals in Paris empfand ich ihr gegenüber nur eine Art Unbehagen; meine Gefühle waren höchst zweifelhafter Natur, ich mochte es nicht, daß die Männer sie ansahen, hätte sie mir während der Trennung von meinem Vater ständig verweint und unter dichten Trauerschleiern gewünscht. Ich fühlte mich, ohne daß er mir je diese Aufgabe übertragen hätte, in der Rolle eines Sträflingsaufsehers.

Dieses zwanghafte Spionieren, dazu diese düstere Stimmung, die mich befallen hatte – für mich verbindet sich mit der Reise im Orient-Express keinerlei lyrisch-musikalische Erinnerung, wie sie etwa Valéry Larbaud seinem *Barnabooth* im darauffolgenden Jahr in den Mund legte: »Leih mir dein Brausen, deine sanfte, große Geschwindigkeit, dein nächtliches Gleiten zwischen den Lichtern Europas, o Luxuszug! und die beklemmende Musik, die deine Gänge mit vergoldetem Leder entlangsummt, während hinter den lackierten Türen, mit Griffen aus schwerem Kupfer, die Millionäre schlafen.« Ich tauchte aus meiner übellaunigen Benommenheit erst bei der Ankunft in der Gare de l'Est wieder auf, wo uns ein Chauffeur in Livree in Empfang nahm, sich um unser Gepäck kümmerte und uns in ein Auto, mein allererstes, einsteigen ließ. Er war von einem der Freunde meines Vaters, die uns in ihre Obhut nehmen sollten, geschickt worden. Auf meinen Wunsch hin setzte ich mich, in ein Ziegenfell gehüllt und mit einer Lederkappe ausstaffiert, die ich mit beiden Händen anheben mußte, damit sie mir nicht bis zum Hals sank, im Freien zu ihm, während meine Mutter und Mademoiselle Rose sich im Fond niederließen. Die Geschwindigkeit und das Motorengeräusch berauschten mich.

Man hatte für uns eine möblierte Wohnung in Auteuil gemietet. Ich fand sie, verglichen mit unserem alten Haus in Kiew und dem noch älteren meiner Großeltern in Odessa, hell und komfortabel. Mademoiselle Rose und ich verfügten über drei Räume, mein Zimmer, das ihre und einen Unterrichtsraum. Hier machte sie sich sogleich daran, die in den letzten Monaten entstandenen Wissenslücken wieder aufzufüllen. Es wurde ein strenger Stundenplan festgelegt, den wir regelmäßig durchbrachen, so unbändig war mein Verlangen, in der Stadt spazierenzugehen, und so sehr verzehrte sie die Lust, mir die historischen Bauwerke zu zeigen, die sie mir so oft beschrieben hatte. Ich sagte ihr in größter Eile meine Geschichts- oder Geographielektionen auf, und schon sprangen wir in eine von einem Kutscher mit Zylinder gelenkte Droschke oder in einen Omnibus, der zwar wie bei uns von Pferden gezogen wurde, aber auf Schienen lief, manchmal auch in einen Dampfomnibus oder in eine Straßenbahn mit Verdeck.

Sie war stolz auf meinen bereits sehr guten Akzent, der sich durch den Kontakt mit kleinen Jungen im Matrosenanzug noch verbesserte, die ich im Bois de Boulogne, wo ich meinen Reifen trieb, in ein Gespräch verwickelte. Oder im Luxembourg, wo ich, trotz ihrer Zurechtweisungen – sie warf mir vor zu vergessen, daß ich ein Mädchen und bereits neun Jahre alt sei – meine Kleider schmutzig machte, während ich auf der Erde herumkroch, um mit dem Stock in einem Bassin ein für fünf Centimes gemietetes Segelboot zu lenken, und wo ich stundenlang auf hölzernen Karussellpferden herumkletterte, bevor ich in Vater Clements Laden meinen Durst mit Lakritzenwasser stillte.

Dem alten Paris, dem Louvre, Notre-Dame und selbst dem Eiffelturm, der als gigantischer Hirte im eisernen Gewand über die Nashörner des Trocadero wachte, zog ich bei weitem die großen Boulevards vor: das rege Treiben fesselte mich, die hellerleuchteten Cafés, die von Kohlenbecken erwärmten und derart mit Waren überfüllten Trottoirs, daß man denken konnte, die Kaufhäuser würden überquellen, die Straßensänger, die, sobald ihr Repertoire erschöpft war und von den Schaulustigen im Chor weitergesungen wurde, die Noten in der Runde verkauften. Während wir zunächst noch die Anordnungen meiner Mutter befolgten, die schlecht Französisch sprach und sich vermutlich aus diesem Grunde nicht über den Faubourg Saint-Germain oder die Champs-Elysées hinauswagte, entfernten wir uns nach und nach immer weiter von dem vorgegebenen Weg. An einem Sonntag im April, unmittelbar nach der blutigen Verhaftung der Bonnot-Bande, trieben wir uns in der Nähe der Befestigungsanlagen herum. Beim Anblick der einherschlendernden Ganoven, die ihre Arme um die schmale Taille ihrer Gefährtinnen legten, befiel mich ein köstliches Schaudern.

Die größte Zuwiderhandlung beging ich jedoch zusammen mit Asja, meiner Medizin studierenden Tante, die bereits seit mehr als zwölf Monaten in Paris wohnte. Sie besuchte uns oft im Laufe jenes Jahres, kaum wiederzuerkennen mit aufgestecktem Haar, kleinen Paletots und einer goldumrandeten Brille. Sie begleitete mich eines Nachmittags bis zur Closerie des Lilas, wo ich, artig vor meiner Tasse Kakao sitzend, im Hintergrund des Saales lauter komische abgezehrte Gestalten sah, unter denen ich natürlich weder Soutine noch Modigliani, weder Max Jakob noch Ilja Ehrenburg erkannte, selbst wenn der Klang russischer Stimmen bis an mein Ohr drang.

Zu der Zeit ging meine Mutter häufig aus. Sobald es Frühling geworden war, wurde ihr die Armseligkeit ihrer Garderobe bewußt. Tatsächlich waren ihre weiten, mit Spitzen und Fältchen überladenen Kleider recht altmodisch, worauf sie eine Zeitlang japanische Kimonos und Paul Poirets geraffte Röcke trug. Nach anfänglichem Zögern entschloß sie sich aber doch, wie derzeit so viele Pariserinnen, ihr Korsett abzulegen: eine Freundin hatte ihr den neuen Tanz beigebracht, den Tango, der in allen Salons der Metropole Furore machte und neben einer biegsamen Taille freie, durch den geschlitzten Rock zutage tretende Waden verlangte. Sie besuchte folglich häufig Tanztees und ging zu Pferderennen. Mir schien sie fiebrig erregt, und der Untergang der Titanic, der die erste Gesellschaft, der eine beträchtliche Anzahl der Opfer angehörte, bis ins Innerste aufwühlte, wirkte auf sie lediglich wie ein zusätzlicher Reiz. Als Mademoiselle Rose und ich eines Tages einen Korso in der Rue des Acacias im Bois de Boulogne miterlebten, glaubte ich, sie unter ihrem Schleier, den Kopf zärtlich an die Schulter eines Fremden gelehnt, in einem Automobil zu erkennen.

Nach dem Grand Prix reisten wir nach Le Touquet, das ich verabscheute: die endlosen windigen Strände, die wilden Gräser und das eiskalte Wasser ebenso wie die Milch der Ziegen. Von diesen Ferien habe ich eine Photographie aufbewahrt: Vor einer mit wütenden Wellen bemalten Leinwand, in deren Mitte sich der Mast eines Bootes gefährlich neigt, stehe ich mit nackten Füßen auf einer blassen Fläche, die weit weniger an sandigen Strand als an ein Bärenfell erinnert, und ich habe, um noch echter auszusehen, die Hosenbeine meines Matrosenanzugs hochgekrempelt. Ein Krabbennetz über der rechten Schulter, in der linken Hand einen Weidenkorb, zu meinen Füßen einen Eimer mit der Aufschrift »Paris-Plage«, sehe ich ebenso düster aus wie der graue Himmel der Dekoration, und zweifellos ist meine Seele nicht weniger aufgewühlt als das Meer.

Im Hotel Westminster, wo die Kinder natürlich vor den Eltern in einem gesonderten Eßzimmer zu Abend aßen, bekam ich meine Mutter, die etwa dann aufstand, wenn ich schlafen ging, so gut wie nie zu Gesicht. Ich entdeckte sie manchmal, entzückend anzusehen, am Arm eines jungen Mannes, der sie zur Fahrt ins Casino abholte. Sie kaufte sich einen scheußlichen Pommernspitz, und eines Nachmittags paßte ich sie in der Halle ab. Sie war in Gesellschaft einer russischen Freundin, und ich stellte ihr die äußerst unverschämte Frage, wie lange sie noch die »Dame mit dem Hündchen« zu spielen gedenke. Sie verstand nicht sogleich, doch ihre Freundin, die bei meinen Worten errötete und die Augen entsetzt aufriß, muß ihr die Anspielung erklärt haben, denn noch am selben Abend erschien sie unverhofft bei Tisch, um mir vor aller Welt zu sagen, ich dürfe zur Strafe mein Zimmer achtundvierzig Stunden nicht verlassen. Ich nutzte die Zeit und las nun wirklich Tschechows Novelle, deren Sujet ich bis dahin nur vom Hörensagen kannte.

Zurück in Paris, schrieb ich nach zweimonatigem verdrießlichen Grübeln, das durch das Herannahen des Winters noch verdüstert wurde, meinem Vater einen langen Brief. Ich beschwor ihn, allerdings ohne meine Mutter anzuprangern, uns abzuholen. Zur Begründung gab ich vor, Paris nicht zu mögen, was nicht zutraf, und mich nach ihm zu sehnen, was stimmte. Der Brief ist nie in seine Hände gelangt: mein Vater hatte Baku in Richtung Sankt Petersburg verlassen. Von dort erreichte uns im Dezember ein Brief, in dem er sein baldiges Kommen ankündigte. Als ich ihn meiner Mutter bringen wollte, erklärte sie mir, sie reise auf das Drängen einer Gruppe Freunde nach Nizza, wo auf der Promenade des Anglais in Anwesenheit von sieben Staatsoberhäuptern, darunter Königin Ranavalo von Madagaskar, ein neues Grandhotel eingeweiht werde: das Negresco. Mit haßerfüllter Eifersucht, deren Härte mich noch heute sprachlos macht und deren ich mich nach wie vor schäme – möglicherweise wollte ich sie mir selbst verständlich machen, als ich ein kleines Mädchen namens Antoinette in meinem Buch *Der Ball* ein auffallend ähnliches Verhalten an den Tag legen ließ –, verbarg ich den Brief hinter meinem Rücken. Sie saß an ihrem Frisiertisch und bemerkte nichts: sie reiste also ab, ohne zu wissen, daß mein Vater im Begriff war zu kommen. Da die Einweihung auf den Monat Januar verschoben wurde, hielt sie sich bei seiner Ankunft noch immer in Nizza auf.

Meine schändliche Tat zeitigte nicht die erwartete Wirkung.

Vielmehr verdarb sie das große Wiedersehen mit meinem Vater. Mir fehlte der Mut, ihm zu gestehen, was ich getan hatte, und als ich ihn kommen sah, spielte ich die Überraschte. Bleich vor Zorn darüber, daß meine Mutter Mademoiselle Rose und mich verlassen hatte, nahm er gleich am nächsten Morgen den Zug. Erst zwei Wochen darauf kam er besänftigt und verliebt am Arm seiner strahlenden Frau aus Nizza zurück. Als er mir bei Tisch verkündete, was sie bereits wußte und überglücklich machte – wir würden nicht nach Kiew zurückkehren, wo er Haus und Möbel bereits verkauft hatte, sondern uns endgültig in Sankt Petersburg niederlassen, wohin ihn seine Geschäfte riefen –, vermochte ich weder meinem Kummer noch meinen Zweifeln Ausdruck zu verleihen, so sehr erstickte mich meine Reue.

Oktober 1942

Zwei Gendarmen sind gekommen, um das Kind und seine Schwester von der Dorfschule abzuholen. Sie bringen sie über die Hauptstraße zum Kommissariat. Alle Fenster sind geschlossen. Gardinen werden ein wenig angehoben. Ein zweijähriges Kind spielt auf einem Fußweg. Eine Tür öffnet sich einen Spalt breit, ein Arm ergreift das Kind und zieht es fort. Die Kleine ist stolz, inmitten dieser großen Stille durch den Ort zu ziehen, wie eine Prinzessin, die man zu ihrem Königreich geleitet. Sie hätte gern den Gendarmen die Hand gegeben. Sie kennt sie ja schon: vor drei Monaten haben sie ihre Mutter mit auf Reisen genommen. Aber ihre ältere Schwester, trotz des schönen gelben Sterns auf der Brust sehr blaß, geht mit gesenktem Blick und zusammengepreßten Lippen neben ihr und hält sie am Handgelenk fest. Das Kind wehrt sich vergeblich. Da beginnt es einfach loszuheulen, und dann, als sich niemand davon rühren läßt, versucht es, in ein auf der Straße aufgemaltes Himmel-und-Höllespiel zu hüpfen.

Kapitel 4

Um Sankt Petersburg zu lieben, muß man wohl da geboren sein. Was mich betrifft, so habe ich diese Stadt während der vier bewegten und schrecklichen Jahre, die wir dort verbrachten, niemals wirklich angenommen, selbst wenn ich im Frühling und im Sommer unter dem säuselnden Blattwerk der Inseln süße und poetische Momente erlebte. Selbst wenn mich die steinerne Schönheit der Stadt schließlich faszinierte und mein Aufenthalt dort im Zeichen der wunderlichen Schemen stand, denen ich unter dem Eindruck meiner Verehrung für Puschkin und Gogol nachjagte (bis die zuckenden Schatten aus Dostojewskis *Schuld und Sühne* alles überlagerten). Daß ich also Sankt Petersburg niemals wirklich angenommen habe, lag auch daran, daß meine Traurigkeit über den unangekündigten und unfreiwilligen Abschied von meinem alten Kiew, meiner warmherzigen, fröhlichen, nur aus Gäßchen und Treppen bestehenden Schlittenstadt, mir noch immer das Herz zusammenschnürte. Und daran, daß meine erste Berührung mit der kalten, geometrischen und flachen Hauptstadt, verglichen mit dem so lebendigen und betriebsamen Paris, in dem ich gerade viele Monate verbracht hatte, so abschreckend war.

Wir kamen Anfang Februar 1913 bei eisigen Temperaturen auf dem Nikolajbahnhof an. Eine ganze Reihe von Gepäckträgern verstaute unsere vielen Koffer, zuoberst die Hutschachteln meiner Mutter, hinten auf einem Schlitten, dessen Kutscher es gelungen war, mit seiner Peitsche die Aufmerksamkeit meines Vaters in Konkurrenz zu einem ganzen Rudel anderer peitschenschwingender Iswostschiks zu erringen. Dieser Kutscher hieß uns einsteigen und hüllte uns in Felle. Er war ein Hüne, ebenso breit wie hoch. Er trug einen langen gesteppten nachtblauen Mantel, der von einem roten Stoffgürtel zusammengehalten wurde, unter den er seine Handschuhe geschoben hatte, dazu eine dreispitzige, die ganze Stirn bedeckende Samtkappe. Er ließ sich auf seinem Sitz nieder und legte sich eine Lederschürze über die Knie. Als ich ihn betrachtete, versetzte mir das Heimweh einen Stich: er erinnerte mich an jenes Monster, das Michelin seit kurzem in Frankreich für seine Reklame verwendete und das mich noch vor wenigen Tagen im jetzt so fernen Paris köstlich amüsiert hatte.

Ein bleierner Himmel erdrückte die Stadt. Es hatte während der Nacht geschneit. Meine fröhlichen Eltern waren sehr aufgeregt, schwatzten und neckten einander, meine Mutter versuchte vergeblich, meinem Vater Einzelheiten über unsere zukünftige Behausung zu entlocken. Ich blieb stumm. Mir waren die Pariser Boulevards im Vergleich zu Kiews engen Straßen und selbst zu seinen breiten Verkehrsadern schon sehr groß erschienen. Die Unermeßlichkeit des Newski-Prospekts, fünfunddreißig Meter breit, ließ mein Herz erstarren; er wirkte um so beeindruckender, als er kahl war, ohne Bäume, ohne Palisaden, gesäumt von Gebäuden mit bereits erleuchteten Fenstern. Sie waren von einer dicken weißen Schneeschicht überzogen und lagen beinahe verlassen zu dieser morgendlichen Stunde, wie Tiere mit gelben Augen, geduckt da. Mademoiselle Rose drückte mich in ihrem Gehpelz an sich. Unter ihrer Toque sah sie unglücklich aus; sie verstand mich und ergriff meine Hand, die sie in der ihren behielt. Der Schlitten sauste dahin. Seine Kufen knirschten in der Stille. Das Pferd schnaubte. Es schüttelte seine Mähne, und die Schweißtropfen flogen umher. Von Zeit zu Zeit lösten sich Eiszapfen von den Regenrinnen und fielen mit dumpfem Aufprall zu Boden.

Wir fuhren über drei Brücken mit knarrenden Schwellen und ornamentverziertem Eisengestänge – über die zugefrorene Fotanka, den Katharinen-Kanal, die Mojka – und glitten an eindrucksvollen Prachtbauten entlang, auf die mein Vater uns im Vorüberfahren hinwies. Das barocke Bjeloselskische Palais mit seinen mächtigen Atlanten, die vor einer roten Fassade cremefarbene Pilaster tragen. Das die Duma beherbergende Stadthaus: Mein Vater sagte uns, daß man bei einem Brand auf seiner Spitze Ballons hisse, deren Farbe den von der Katastrophe betroffenen Stadtteil anzeige; die Spitze diene auch als Signalmast, mit Hilfe dessen die Regierung Botschaften mit dem Zaren in seinem Palast von Zarskoje-Selo austauschen könne. Er zeigte uns von weitem die mächtigen römischen Säulen der Kasanschen Kathedrale, und wir erkannten zu unserer Rechten die *Kirche auf dem Blute*, die unmittelbar auf dem Platz errichtet wurde, wo Zar Alexander II. bei einem Bombenattentat beide Beine verlor. Alles gemahnte an Gewalt, Feuer und Mord.

Verärgert über die Heiterkeit meines Vaters, sein Geplauder, wütend, daß er keine Notiz von meiner Niedergeschlagenheit nahm, und fest entschlossen, ihm diese um jeden Preis vorzuführen, machte ich die Augen zu und öffnete sie erst wieder, als meine Gouvernante mir ins Ohr flüsterte, daß wir gleich am Newski-Prospekt Nr. 18 vorbeikämen, der ehemaligen Konditorei Wolf und Beranger, wo Puschkin am 27. Januar 1837 seinen Freund Danzas traf, bevor er sich zu dem verhängnisvollen Duell mit dem Franzosen Georges d'Anthès begab. »Doch ihr, die von verrufenen Vätern / Herkommt und abgelernt Betrug und Niedertracht«, zischte ich zornig zwischen den Zähnen, indem ich Lermontows dröhnendes Gedicht über den Tod des Poeten zu Hilfe nahm, den ganz Rußland beweint hatte und sechsundsiebzig Jahre später noch genauso beweinte. Wie hätte er auch, sagte ich mir, in dieser schrecklichen, herzlosen, ganz aus Granit und Marmor bestehenden Stadt überleben sollen, die ein Himmel, schwer wie eine Grabplatte, zu Boden drückte.

Der Anblick des Winterpalais, des gigantischen gepflasterten

Platzes, in dessen Mitte, höher noch als der Obelisk der Place de la Concorde, die Alexandersäule aufragt, die sich endlos hinziehenden ockerfarbenen Gebäude mit ihren grünlichen Dächern, die hier und dort durch den Schnee schimmerten, all das brachte mich vollends aus der Fassung: ein Friedhof für erfrorene Elefanten unter einem Elfenbeinpanzer. Ich hatte seit jenem herbstlichen Nachmittag in Kiew, an dem meine Tante Asja und ihr Freund Kostik sich bemühten, mir die Revolution von 1905 zu schildern, Fortschritte in Geschichte gemacht, und beim Gedanken an den »Blutsonntag« in diesem grandiosen Rahmen überkam mich ein Schaudern: Ich stellte mir vor, wie die Armee in die Masse der Arbeiter schoß, die, angeführt vom Popen Gapon, lediglich gekommen waren, ihrem »Väterchen«, dem Zaren, ihr Bittgesuch zu unterbreiten. Die Erinnerung an Kakao und Meringen auf den Spitzendeckchen der behaglichen Konditorei Kirchheim, gepaart mit einer Anwandlung von Sentimentalität, hätte mich fast in Tränen ausbrechen lassen. Die vergoldete Spitze der Admiralität versetzte dem grauen Himmel einen Lanzenstich. Die so gut zu meiner seelischen Verfassung passenden Verse des Dichters Ossip Mandelstam kamen mir wieder in den Sinn: »Sei lauter Fäden, Stein / Stein, sei das Spinnentier / geh, grab dich, nadelfein / ins Leere über mir.«

Wir bogen nach links in die Bolschaja Morskaja ein, sahen auf dem Marienplatz das trotz des Gewichts des schwer in seinem Sattel sitzenden Zaren Nikolaus I. auf seinem Granitsockel tänzelnde Bronzepferd, und hielten schließlich an. In dieser breiten Allee, einer der elegantesten der Stadt, am Ufer des Mojka-Kanals, zwischen dem Palais des Prinzen Jussupow und dem Konservatorium für Musik, hatte mein Vater für uns eine geräumige Wohnung gefunden, die die ganze erste Etage eines ehemaligen herrschaftlichen Stadthauses umfaßte. Das Gepäck wurde abgeladen und mit Hilfe eines äußerst städtischen Dwornik hinaufgehievt. Wir erklommen die schöne Treppe, läuteten, und ein Hausdiener öffnete uns die Tür. Ich stand vor Staunen wie angewurzelt in der gekachelten Vorhalle. Vor mir erstreckte sich eine beleuchtete Flucht von in Weiß und Gold gehaltenen Salons, deren Länge durch zahllose Spiegel noch vervielfacht wurde. Perserteppiche lagen auf dem glänzenden alten Parkett. Safrangelbe, von Kordeln zusammengehaltene Vorhänge rundeten sich graziös zu beiden Seiten der hohen Fenster. Überall mit Seide oder Samt bezogene Diwane und Sessel, runde Tischchen, Geschirrvitrinen, Vasen, Lampen mit bemalten gläsernen Schirmen. Ich erblickte sogar einen weißlackierten Flügel.

Auch meine Mutter stand zunächst regungslos da. Plötzlich ließ sie ihren riesigen Muff zu Boden fallen, und ohne ihren tropfnassen Pelzmantel abzulegen, stürzte sie sich in die Räume, die sie einen nach dem anderen durchlief. Bald näherte sie sich einer Vitrine, um eine Nippfigur zu berühren, bald entfernte sie sich wieder, um sie von weitem zu bewundern. Sie wirbelte davon, und ihre ekstatischen Schreie hallten in den Tiefen der Wohnung; darauf kehrte sie zu uns zurück, um sich meinem Vater in die Arme zu werfen, den sie überschwenglich küßte, bevor sie in Freudentränen ausbrach. Er hatte sein Kinn auf die durchnäßte Zobeltoque gelegt und klopfte ihr den Rücken, wobei er mir einen entzückten Blick zuwarf.

»Und du, Iroschka?« fragte er mich auf russisch, er, der Anweisung erhalten hatte, mich niemals anders als französisch anzusprechen. »Du bist seit unserer Ankunft recht schweigsam. Was hältst du von deinem neuen Zuhause? Gefällt es dir auch so gut wie deiner Mutter?«

Ich wrang meine Handschuhe. Ein leicht säuerlicher Geruch von frischer Farbe, von erst kürzlich aufgetragenem Lack stach mir in die Nase. Mademoiselle Rose gab mir einen Stups mit dem Ellenbogen. Angesichts der Seligkeit meiner Eltern, die ich so selten, und schon gar nicht beide zugleich, glücklich sah, brachte ich es nicht fertig, weiterhin zu schmollen. Im übrigen war ich dennoch starr vor Staunen, auch wenn das üppige Jugendstil-Dekor dieser Wohnung mich nicht in dem Maße hinriß wie meine Mutter. Ich hatte sie, vor Begeisterung ganz außer Rand und Band, sagen hören, der Rahmen sei dem vergleichbar, in dem eine ihrer Pariser Freundinnen lebe. Dieser Luxus hatte mit dem bürgerlichen Komfort unseres alten Hauses in Kiew nichts gemein.

»Papa, du bist demnach recht wohlhabend geworden?« fragte ich naiv.

»Ich habe gute Geschäfte gemacht«, antwortete er. »Und außerdem kann man sich zu Beginn dieses Jahres 1913 keine bessere Konjunktur erträumen. Rußland modernisiert sich viel schneller, als man das noch vor wenigen Jahren hätte vermuten können. Die Welt ist ruhig, abgesehen von jenen unbedeutenden Querelen auf dem Balkan. Selbst der Zar ist angeblich zu der Erkenntnis gekommen, daß man den Industriellen gegenüber die Zügel lockern sollte. Wir gehen herrlichen Zeiten entgegen, mein Liebling, das spüre ich. Mit etwas Mut, Arbeit und Glück werde ich euch eine großartige Zukunft bereiten können.«

Ich sah ihn bewundernd an. Meine Mutter schmiegte sich noch enger an ihn. Dann schritten sie Arm in Arm zur Erkundung ihres neuen Domizils. Ich folgte ihnen mit Mademoiselle Rose, um das unsere zu entdecken.

Wir waren gerade rechtzeitig gekommen, um die grandiosen Zeremonien der Dreihundertjahrfeier der Romanows mitzuerleben. Wie alle Welt gingen auch wir, um der kaiserlichen Familie auf dem Schloßplatz des Winterpalais zuzujubeln, als sie sich zu einer Danksagung in die Kasansche Kathedrale begab. Der vergoldete Engel, der den rosafarbenen Granitmonolithen der Alexandersäule überragt, schien die Soldaten des Pawloski-Regiments mit seinem Flügel zu beschützen. In ihrer Uniform aus blauem Tuch, das Gewehr an die Brust gedrückt, die Mitra auf dem Kopf, deren Ursprung auf die Grenadiere Friedrichs des Großen zurückgeht, standen sie in Reih und Glied da. Der Zar näherte sich als erster mit dem kleinen Alexej an seiner Seite. Er fuhr in einem von zwei Schimmeln gezogenen verdeckten Wagen zwischen den aufgepflanzten Bajonetten hindurch. Es folgte die Kalesche mit der Kaiserin und den Großherzoginnen, deren von der Kälte zart gerötete Gesichter man unter den glitzernden Diademen erkannte.

Die Menge brach in begeisterte Rufe aus. Ich stellte mich auf die Fußspitzen, um besser sehen zu können, und mein Vater, dem ich leid tat, ließ mich auf einen Schemel steigen. Ein vorsorglicher junger Mann hatte ihn mitgebracht, und jetzt drückte er mich, dieses vor Kälte erstarrte Fellbündel, an sich. Der in seinem langen Haar schmelzende Schnee tropfte mir in den Hals. Der Zar winkte mit der Hand und rief den Soldaten zu: »*Sdorowo rebjati*«, »Bravo, Kinder«. Ihre Baßstimmen dröhnten: »*Sdrawje jelajem, waschej Imperatorskoje Wjelischestwo*«, »Es lebe der Zar!« Ich war fasziniert. Die gelben Mauern hallten vom Echo der Trompeten und Tamboure wider. Auf mein inständiges Bitten hin schlossen wir uns dem Zug an und folgten der fröhlichen Menge zur Kathedrale, deren Glocken feierlich läuteten. Dann aber stieg Zar Nikolaus bleich und ernst aus seinem Wagen, gab einem Kosaken ein Zeichen, und die Menge verstummte. Der in Rot gekleidete Riese neigte sich, das Cape über die Schulter geschlagen, und nahm den leichenblassen, abgezehrten Zarewitsch auf die Arme, da er sichtlich nicht imstande war, selbst zu laufen.

Dieses nahezu fühlbare Schaudern, das uns alle ergriff, bevor die Ovationen und Gesänge wieder aufgenommen wurden, war wie eine Vorahnung der Dramen, die da kommen sollten, im Gegensatz zu den optimistischen Prophezeiungen meines Vaters. Zunächst jedoch schienen sie sich zu bewahrheiten. Und während ich fröstelnd, an Mademoiselle Roses Muff gedrängt, entlang der Kais und Kanäle oder in den erstarrten Gärten und gradlinigen Alleen dieser künstlichen Stadt, der nichts würde Leben einhauchen können, spazierenging, schwammen meine Eltern im Glück. In meiner romantischen Phantasie tauchte hingegen beharrlich die Erinnerung an Hermann, den Spielermörder auf, der durch die diabolischen Machenschaften der gespenstischen *Pique Dame* zugrunde ging.

Mein Vater hatte sich in großem Stil auf Spekulationen eingelassen. Gewiß kamen die Reformen auf politischer Ebene nicht so rasch voran, wie er es vorausgesagt hatte, ein Streik folgte auf den anderen wie einst im Jahre 1905, die Geheimpolizei verhaftete rigoros, verbannte die Betroffenen oder warf sie in die bereits überfüllte Peter-Pauls-Festung. Duma folgte auf Duma, jede wurde sogleich wieder aufgelöst, wenn sie die liberale Mehrheit zu gut vertrat, und der skandalöse Prozeß um Beiliss deckte den tiefgreifenden Antisemitismus der russischen Justiz auf. Doch alles – Öl, Wälder, Tuche, Pelze, Getreide und vor allem Aktien – ließ sich derzeit in Rußland zum Höchstgewinn kaufen und verkaufen.

Bei uns zu Hause, in unserer weiträumigen Wohnung, wurden zahllose Empfänge gegeben. Ich mußte nahezu allabendlich erscheinen, um vor den Gästen einen Knicks zu machen: Da saßen dicke, Zigarre rauchende Kaufleute mit fettigem Haar mit ihren jungen Ehefrauen. Sie trugen Humpelröcke mit Kellerfalte, wie orientalische Pumphosen, dazu Tuniken mit stufenförmigen Volants, und ihren kleinen Kopf bedeckte ein mit Federbusch geschmückter Turban; den Hals zierten mehrere Perlenschnüre, und zwischen den Lippen steckte die lange Zigarettenspitze. Ich ließ mir in einer Wolke von türkischem Tabak die Wange liebkosen, während ein dilettantischer Pianist, umgeben von plappernden, lachenden Gästen, mit einem Sektkelch in der Hand einen Tango herunterklimperte. Die Männer spielten Karten und redeten über Geld in einer unverständlichen Sprache, die Wörter hatten fremdartigen, häufig amerikanischen Klang.

Von der jiddischen Literatur hatte ich keine Ahnung; ich wußte nur, daß sie wahre Schätze enthalten soll; aber erst kürzlich entdeckte ich in einer russischen Übersetzung den tragikomischen Roman eines gewissen Scholem Alejchem. Es geht um die Mißgeschicke eines Juden namens *Menachem Mendel*, der sein Schtetl Kassrilewkje verläßt, um erst in Odessa und dann in Kiew fünfzehnhundert Rubel, die Mitgift seiner Frau, zu investieren. Der unvorsichtige Spekulant beschreibt in seinen Briefen die »Hausse« und »Baisse«, die »Realisation« und die »Stellagen«, die die Kurse in »London«, »Berlin« und »Petersburg« bestimmten. Bestürmt von eigennützigen Ratschlägen zweifelhafter Makler, habe er zu seinem Unglück Geld geopfert. Beschwörend schreibt ihm seine Ehefrau, er solle nach Hause kommen und sich um seine unternehmungslustigen Sprößlinge kümmern: »Ich verstehe eines nicht, und wenn Du mir den Kopf abreißt: Was ist das für eine Ware, die man nicht sieht? Die Katze im Sack!?... Hör, Mendel; mir gefällt die Sache nicht; ich bin in meines Vaters Haus an solche Luftgeschäfte nicht gewöhnt worden, und Gott möge mich weiter davor bewahren! Wie sagt doch die Mutter, sie soll leben: ›Von der Luft kriegt man eine Erkältung.‹«

Ich habe im letzten Monat viel an damals gedacht, als uns die Nachricht vom amerikanischen Börsenkrach erreichte und die Zeitungen voller schrecklicher Geschichten waren – ruinierte Bankiers, die sich in New York aus den Fenstern der Hochhäuser warfen, ganze Familien, die ins Elend gestürzt wurden –, während mein Vater, mein Mann und all unsere Verwandten mir versicherten, die Krise werde Europa nicht erreichen und diese wahnwitzige Spekulierfreudigkeit, die die Welt augenblicklich in Atem halte, berge nicht die Gefahr einer Katastrophe.

Ich schämte mich ein wenig, als ich von Beiliss' Unschuld erfuhr, und berief mich auf meine kindliche Unwissenheit und Gutgläubigkeit: das Gerede rückständiger Dienstboten und der Anblick seines furchterregenden Gesichts vor zwei Jahren in Kiew hatten dazu geführt, daß ich ihn für schuldig hielt. Noch nie hatte ich den Fuß in eine Synagoge gesetzt, auch nicht in die von Odessa, wohin mein Großvater, wäre er nicht am mütterlichen Verbot gescheitert, mich nur allzugern mitgenommen hätte. An orthodoxen Festtagen überhäufte man mich mit Geschenken, ich sah selten Juden (was nicht weiter verwunderlich ist, da Sankt Petersburg nur sehr wenigen Bankiers, Kaufleuten, Industriellen und Advokaten offenstand, die im übrigen nahezu ausnahmslos seit Generationen, das heißt seit der Aufklärung, Atheisten waren), und ich verstand noch immer nicht, warum man uns dieses gefährliche Etikett, Israeliten zu sein, anheftete. Ich schlug meinem Vater eines Tages vor zu konvertieren und uns taufen zu lassen, eine denkbar bequeme, sinnvolle Lösung, die ihm, glaubte ich, ganz einfach noch nicht eingefallen war. Ich erinnere mich, daß er gerade aus den Jegorow Bädern zurückkehrte, wo er sich nach einem Essen in seinem Klub entspannt hatte. Er fuhr sich mit der Hand durch das noch feuchte Haar, wurde blaß, betrachtete mich erstaunt und brummte, das sei dummes Zeug, ohne mir jedoch ein einziges Argument entgegenzuhalten. Ich verließ den Raum nach dieser Unterredung äußerst verblüfft, denn im allgemeinen bemühte er sich, mich ernst zu nehmen und meine Fragen zu beantworten.

Wenn meine Eltern keinen Empfang gaben, gingen sie aus. Da meine angeborene Neugier schwerer wog als meine Voreingenommenheit gegen die Hauptstadt, war ich ziemlich schnell bereit, sie zu begleiten, wenn sie es mir vorschlugen. Im Juni 1913 erlebte ich mit ihnen auf dem Besitz von Freunden meine erste weiße Nacht an der Küste des Finnischen Meerbusens. Ich hatte am Nachmittag auf dem Rasen des kleinen Rokokoschlosses unter großem Geschrei und bei viel Limonade eine hitzige Partie Krokett ausgetragen. Als der Abend gekommen war, veranstalteten wir ein prachtvolles Picknick in einem kleinen Wald, nur Lärchen und Kiefern, die sich als Schattenrisse vor dem von schreienden Möwen geriffelten Horizont abzeichneten. Ich erinnere mich, wie ich, erschöpft vom Umherstreifen durch die Dünen mit anderen Kindern, schließlich auf einer Decke zusammensank und den Kopf auf die Schenkel meines Vaters legte. Er nahm meine Anwesenheit offenbar gar nicht wahr und balancierte sein Sektglas auf meinem Haar. So weit das Auge reichte, verschmolz der graue Sand mit dem perlgrauen Meer. Lachen glänzten hier und da wie große flache Fische mit glitzernden Schuppen. Die Pfähle der Badekabinen waren wie schwarze Streifen am Himmel, und Grasbüschel rauschten im Wind. Die laue Luft roch nach Harz, Heliotrop und nach Ebbe und Flut.

Ich schlief ein beim Raunen der Stimmen und wachte erst am nächsten Morgen zu Hause in meinem Bett wieder auf.

Ich sollte mehrmals mit den Erwachsenen in herrlichen Restaurants, etwa dem Donon, auf der Morskaja speisen: Tafelsilber und Kristallgefäße funkelten unter der Flut von elektrischem Licht, und man kostete portugiesische Austern, französische Weine, exotische Früchte zu jeder Saison. In jenem Jahr verbrachten meine Eltern ganz gegen ihre Gewohnheit ihre Ferien nicht in Frankreich, so sehr gefiel es ihnen in Sankt Petersburg. Sie nahmen mich in die heiteren Ausflugslokale der Inseln mit, wo Zigeunerkapellen aufspielten. Ich wüßte nicht zu sagen, ob ich sie liebte oder verabscheute, diese kleinen mageren Männer mit dem auf einen bernsteinfarbenen Schlitz beschränkten Blick unter schweren Lidern, die mir, das Kinn auf das helle Holz ihrer Violinen gepreßt, derart nahe kamen, daß sie mich streiften, und diese Frauen mit den dunklen Augen, dem schwarzen, zum Knoten zusammengefaßten und von einem Straßkamm gehaltenen Haar in ihren grellroten Röcken und farbenprächtigen Schals, deren schweres Sandelholzparfum mir in die Nase stieg, wenn sie sich wiegenden Schritts auf mich zubewegten und mir eins ihrer wilden Lieder darboten, wobei sie mir mit ausgestrecktem Arm auf einer umgekehrten Untertasse ein Glas Wodka reichen wollten. Ich konnte mir noch sooft sagen, sie täten dies auf Einladung meines Vaters, der ihnen diskret einen Hundertrubelschein ins Mieder gesteckt hatte: die Intensität ihrer starr auf mich gerichteten Augen, der immer schneller werdende Rhythmus, die schmerzliche Erregung ihrer tiefen, nasalen Stimme trieben mir die Tränen in die Augen, und ich preßte mich, vor ihnen zurückweichend, gegen die Lehne meines Stuhles.

Der Aufschwung, den Rußland zu jener Zeit auf kulturellem Gebiet erlebte, ist unvorstellbar. Nicht umsonst wurde diese Epoche in der Folge als das »silberne Zeitalter« bezeichnet, und selbst ein kleines Mädchen von zehn Jahren las mit Genuß Alexander Bloks *Lied des Gaetan*: »Der Sturm heult / Der Ozean singt / Der Schnee wirbelt, / Das Jahrhundert / Ein Atemzug, der entschwindet, / Man träumt von einem glücklichen Ufer!« Im Marientheater sah ich *Schwanensee*, getanzt von Anna Pawlowa. Man kaufte mir ein Abonnement für die klassischen französischen Stücke im Michaelstheater, wohin ich jeden Monat in Begleitung von Mademoiselle Rose ging. Ich hörte Schaljapin im Brokatkaftan *Boris Godunoff* singen. Ich hatte sogar das Glück, den *Kirschgarten* in einer unglaublich modernen Inszenierung des Moskauer Künstlertheaters zu sehen: die Truppe, unter der Leitung von Stanislawski, wurde alljährlich in die Metropole eingeladen. Ich verließ die Aufführung in tiefer Melancholie, die mir noch heute auf der Seele liegt und die gelegentlich in Momenten der Panik wieder zutagetritt; etwa wenn ich meinen Mann, meine Familie, meine Möbel, den Kokon, den ich mir gesponnen habe, geistesabwesend betrachte und Varjas Stimme sagen höre: »Im August wird das Gut verkauft.«

Den großen Warenhäusern der Brüder Elissejew und den eleganten Geschäften der Morskaja, die meine Mutter häufig aufsuchte, zog ich die Markthalle Gostiny Dwor vor: an zweihundert nach Parfums und Gewürzen duftenden Ständen wurde wunderbarer, vor allem orientalischer Trödel angeboten. Unter den Arkaden konnte man allen Volksstämmen Rußlands in der ungeheuren Vielfalt ihrer nationalen Trachten begegnen. Tausenderlei Dialekte vermischten sich mit dem Rattern der Rechenbretter. Ich hatte den Eindruck, dort ein wenig mein altes Kiew wiederzufinden. Ich liebte Sankt Petersburg noch immer nicht, stand ihm allerdings auch nicht mehr so vehement ablehnend gegenüber. Auch wenn der Herbst mit seinem Sprühregen und den feuchten Dämpfen und der eisklirrende Winter bewirkten, daß ich mich fröstelnd in mein Schneckenhaus zurückzog, so nahm ich doch wahr, daß bei der ersten Sonne auf den Fensterscheiben des Palais Funken wie Irrlichter tanzten. Dann tauchten die Kuppeln der Kathedralen grün und vergoldet aus ihrem weißen Überzug auf, die Plätze hatten wieder Bäume und die triste Stadt schien lustig mit den Augen zu zwinkern, sich wie durch die Berührung eines Zauberstabes in eine Spielzeugkiste für Riesenkinder zu verwandeln. Ich nahm meine alte Gewohnheit wieder auf und streifte unbekümmert umher.

Ich erinnere mich besonders gut an den Frühling 1914, als ich mit Mademoiselle Rose das Eis auf der Neva aufbrechen sah. Sie hatte mir diese Zerstreuung erlaubt, arbeiteten wir doch viel. Sie sorgte für die Grundlagen meiner Bildung, ich nahm Russischstunden bei einem Studenten, nur das Klavierspielen wollte ich nicht lernen, trotz der Vorhaltungen meiner Mutter; vermutlich weil ich die grauenvollen Darbietungen fürchtete, bei denen Klavierschülerinnen in weißen Kleidern und mit schleifenverziertem Haar in den Salons vorspielen mußten. Ganz Petersburg drängte sich an den Ufern des Flusses, wo düsteres Krachen das Aufbrechen des Eises begleitete. Riesige Brocken, jeder für sich ein wahrer Eisberg, gleich dem, der die *Titanic* aufgeschlitzt hatte, boten einander wie aufrecht stehende Eisbären die Stirn und lieferten sich gewaltige Duelle, bevor sie zögernd, mit der Grazie Walzertanzender, unentschlossen schwankend und plötzlich schneller werdend mit der Strömung abtrieben. Ein fader Geruch stieg vom befreiten Wasser auf, als werde ein ganzes Volk von Ertrunkenen an die Oberfläche geschwemmt. Ich erinnere mich noch, wie ich voller Abscheu dem Kai den Rücken zukehrte und wie mich, so klein, so mager in meinem Ozelotmantel, Angst befiel beim Anblick der sich vor mir erhebenden Bronzestatue des Ehernen Reiters: Peter der Große auf seinem sich aufbäumenden Pferd, dessen durch die Luft fahrende Hufe auf meinen Kopf niederzuprasseln drohten.

Es gibt wohl in der russischen Literatur kein bekannteres, häufiger zitiertes, mehr geliebtes Gedicht als jene Zeilen Puschkins, die in einem wilden, abgehackten Rhythmus die Flucht eines Unglücklichen durch die Stadt skandieren. Des Mannes Familie ist bei einer Überschwemmung umgekommen, und nun wagt er es, wahnsinnig geworden, den Zaren zu verfluchen, auf dessen Geheiß hin Sankt Petersburg einst aus den Sümpfen auftauchte. »...Und jäh sank sein Mut / Er floh entsetzt. Ihm war, als wandte / Im halberwachten Sternenlicht / Der Strenge langsam sein Gesicht / Das jäh in grausem Zorn entbrannte... / Er läuft durch leere Straßenreihn / Und hört voll namenloser Pein / Im Rücken donnergleich ertönen / Gewalt'ger Hufe ehern' Dröhnen / Auf dem erschütterten Gestein / Im Mondstrahl den entsetzten Streiter / Verfolgt, ein ragender Koloß / Erhobnen Arms der Eherne Reiter / Auf dröhnend galoppierndem Roß... / Eugen, von Angst gewürgt, läuft weiter / Doch wohin er den Lauf auch lenkt / Die ganze Nacht der Eherne Reiter / Ihm nach mit schwerem Stampfen sprengt.«

Diese Vision sollte im schicksalhaften Jahr 1914 immer wieder meiner aufkeimenden Begeisterung für die Hauptstadt entgegenwirken. Im Juni machten wir uns zur Abreise nach Nizza bereit, als Habsburgs Thronfolger, Erzherzog Franz-Ferdinand, ermordet wurde. Selbst wenn im Verlaufe der beiden zurückliegenden Jahre die »kleinen, unbedeutenden Querelen« im Balkan, von denen mein Vater bei unserer Ankunft sprach, nicht beigelegt waren, selbst wenn die Welt sich unerbittlich in zwei feindliche Lager, Tripelentente gegen Tripelallianz, gespalten hatte und ganz Europa aufrüstete, glaubte niemand an Krieg. Daß wir nicht nach Frankreich reisen durften, war in den Augen meiner Mutter reine Schikane. Außenminister Sasonow gab eine beruhigende Erklärung nach der anderen ab. Als Österreich, schon bald von Deutschland unterstützt, Serbien, an das uns Abmachungen banden, ein unannehmbares Ultimatum vorlegte, hielt es keine Zeitung für möglich, daß der Kaiser Truppen gegen seinen geliebten Neffen Nicky schicken könnte. Anfang Juli empfingen die Petersburger Präsident Poincaré: Umgeben von Kosaken zu Pferde defilierte er in roter taillierter Tunika mit in die Stiefel gesteckten Pluderhosen und Pelzmütze auf dem Newski-Prospekt. Die Hochrufe und die begeistert geschwenkten Strohhüte der Schaulustigen zeugten davon, daß niemand oder so gut wie niemand mit dem Schlimmsten rechnete.

Und dann am 1. August der Donnerschlag: Deutschland erklärte uns den Krieg. Am nächsten Tag wurde ich Zeugin eines

Schauspiels, das ich wohl niemals vergessen werde, so deutlich sprach es vom Hohn des Schicksals und von der Unbeständigkeit der Nationen. Der Zar berief den gesamten Hof ein, ausländische Gesandte, Offiziere, Beamte, fünf- oder sechstausend Menschen strömten in Gala in den Georgssaal. Nach einer mit allem Prunk der orthodoxen Liturgie gefeierten Messe, in deren Verlauf die Soldaten aufgerufen wurden, »mit dem Schwert in der Hand und dem Kreuz auf dem Herzen« zu kämpfen, verlas der Zar ein Manifest, das mit den Worten schloß: »An dieser Stelle gelobe ich feierlich, niemals Frieden zu schließen, bevor nicht der letzte Feind den Boden Unseres Vaterlandes verlassen hat. Ich richte mich an Meine unteilbare, wie eine granitene Mauer festgefügte Armee und erteile ihr für ihre historische Aufgabe meinen Segen.« Damit übernahm der Zar den Wortlaut der von Alexander I. im Jahre 1812 abgegebenen Erklärung, was ich, stolz auf mein Wissen, meiner Gouvernante verkündete: Ich wußte es von meinem russischen Privatlehrer, der mich *Krieg und Frieden* lesen ließ. Alle im Saal brachen in Hurrarufe aus, und die Menge vor den Fenstern des Palastes stimmte begeistert ein. Gleichzeitig begannen alle Glocken der Stadt zu läuten, und die zu Tausenden im Freien stehenden Menschen sanken, einer einzigen Regung folgend, auf die Knie, um *Gott schütze den Zaren!* anzustimmen, erhoben sich dann und schwenkten Spruchbänder mit der Aufschrift: »Hilfe für das kleine serbische Volk!« Sie weinten vor Freude, küßten einander, ein Unbekannter nahm mich in die Arme, ich erlitt einen Asthmaanfall, und Mademoiselle Rose hatte alle Mühe, mich inmitten des allgemeinen Jubels nach Hause zu bringen.

Diese dem Zaren erwiesene Huldigung sollte nur die erste in einer langen Reihe sein. Sie war der Beginn eines unglaublichen Zeitabschnitts, in dessen Verlauf alle Mitglieder der Opposition, Streikende, Liberale, revolutionäre Sozialisten, ja selbst Marxisten und Anarchisten wie durch ein Wunder weggeblasen waren oder sich zumindest in der Masse derer aufgelöst zu haben schienen, die dem Herrscher zujubelten. Die Presse berichtete ausführlich: »Sie glaubten, unter uns herrsche Uneinigkeit und Haß, dabei haben sich alle Volksstämme des weiten Rußland, alle Parteien zu einer brüderlichen Familie zusammengeschlossen, um das gefährdete Vaterland zu retten. Welche Prüfungen ihm auch immer auferlegt sein mögen, der russische Bogatyr, der russische Held ist unbezwingbar; auf seinen tapferen Schultern liegt die ganze Last, und ist der Feind erst einmal zurückgeschlagen, wird unser gemeinsames, unteilbares Vaterland in Frieden, Glück und Überfluß, im Glanz seines unwandelbaren Ruhmes erblühen.« Ich hatte mehr und mehr den Eindruck, in die Zeit der napoleonischen Kriege zurückversetzt zu sein, und in meinen geheimen Träumen war ich nicht etwa die am Bett des sterbenden Fürsten Andrej weinende Natascha Rostow, sondern ihr junger Bruder Petja, der beim Gedanken an den Geruch von Pulverdampf vor Ungeduld mit den Füßen scharrte.

Es war herrlich aufregend, in jenem Sommer durch die Straßen zu schlendern. Zumindest für mich, doch es wurde immer schwieriger, Mademoiselle Rose nach draußen zu locken. Ihr bereiteten die spontanen Märsche, vorbei am kaiserlichen Banner, und die sich alle Augenblicke bildenden Umzüge Unbehagen. Sie wollte nicht dabeisein, wenn die einberufenen jungen Leute, die wie in Frankreich mit einer Blume am Gewehr unter allgemeinem Gelächter und großspurigen Drohungen gegen die Österreich-Deutschen in den Krieg zogen, zum Bahnhof begleitet wurden. Ich verbrachte den September damit, mit ihr über meine Spaziergänge zu verhandeln, zu schmollen, ihr zu schmeicheln, mit ihr zu feilschen. In meinem karierten Baumwollkleid, im leichten Mantel und mit einem großen, frech zurückgeworfenen Strohhut schleppte ich Mademoiselle Rose durch ein nicht wiederzuerkennendes Sankt Petersburg, aus dem alles Bedrückende, jegliche Kälte für immer gewichen zu sein schien. Ihr Zögern ließ mich bedauern, nicht wie in Kiew oder in Paris Gleichaltrige um mich zu haben. Ich bemühte mich aber auch nicht um Freundschaften, denn ich hielt wenig von den Töchtern der Freunde meiner Mutter. Den Anblick der jungen Schülerinnen des Smolny Instituts – mit denen zu verkehren meine jüdische Herkunft im übrigen gar nicht erst zugelassen hätte –, die in Reih und Glied mit ihren weißen Schürzen, ihrem kurzen Leinencape und einem Musselinhut aufmarschierten, schätzte ich gar nicht. Und die spöttischen Gymnasiasten in ihren blauen Russenkitteln mit Silberknöpfen, die Mütze fest in die Stirn gedrückt, schnitten, verglichen mit meinen Pariser Erfahrungen, schlecht ab.

Der rauschhafte Zustand sollte bis zu Beginn des Herbstes andauern. Er wurde noch geschürt durch die ersten Siege, die wir dem Onkel des Zaren, Großfürst Nikolaj zuschrieben, diesem sympathischen Koloß, dem die Heeresleitung oblag. Mein Vater, den ich tagsüber kaum sah, so sehr beanspruchten ihn seine Geschäfte, der jedoch allabendlich kam, um mich zuzudecken und mir allen Ernstes mein tägliches »briefing« abzuverlangen, schwamm in Glück: wir hatten die Deutschen in Ostpreußen zurückgedrängt und dadurch die Franzosen, die es bitter nötig hatten, entlastet, und wir griffen in Galizien an. Selbst unsere verheerende Niederlage in Tannenberg und in der Region der masurischen Seen, gefolgt von Rückschlägen im Süden, beunruhigten ihn kaum. In der Stadt herrschte eine erstaunlich freundliche und optimistische Atmosphäre. Schaulustige sprachen einander auf der Straße an, Redner gaben aus dem Stegreif patriotische Tiraden von sich, die mit stürmischem Applaus aufgenommen wurden, fliegende Händler verschenkten Blumen an die Soldaten, die diese sich ins Knopfloch ihrer Mäntel steckten. Nie zuvor hatte ich mit meiner Mutter auf so gutem Fuße gestanden: kehrte sie, nunmehr gertenschlank in ihren enganliegenden Kleidern, das blonde Haar auf den Schläfen gelockt, unter Perlengeklirr mit Paketen beladen von ihren Einkäufen zurück, so stieg sie bis hinauf in mein Studierzimmer, erkundigte sich lächelnd nach meinen Fortschritten und strich mir über den Kopf, bevor sie wieder verschwand, um sich für irgendeine Abendgesellschaft umzuziehen.

Langsam wurde es kühler, und es regnete immer häufiger. Von

der Newa stieg gelber Nebel auf und rief Wahnvorstellungen hervor: Ich glaubte eines Abends die *Nase* meines Gogol, angetan mit Dreispitz und Plümage, die Arme ausgestreckt, vor ihrem ehemaligen Besitzer, Kollegienassessor Major Kowalew, fliehen und in den Nebelspiralen den *Mantel* des armen Titularrates Akaki Akakijewitsch flattern zu sehen. Hinzu kam der widerliche Rauch der hohen Fabrikschornsteine, dort drüben, gegenüber vom Französischen Quai, jenseits unserer Nikolaj-Brücke. Die Arbeiter dort auf der Wassiljewski-Insel wälzten sich gewiß im Traum auf schlechten Matratzen in muffigen Schlafsälen unruhig hin und her; und keine Menschenseele interessierte sich noch für sie.

Januar 1943

Das Kind lacht hellauf, wie es so unter dem Sternenhimmel durchgeschüttelt wird. Die Nonne, die es in ihren Armen zum Keller trägt, springt mit raschelnder Flügelhaube und klickendem Rosenkranz wie ein Zicklein über das Pflaster des Hofes. Die Sirenen stoßen Klagelaute aus wie Kühe, die man zu melken vergaß. Das gleichmäßige Summen der Flugzeuge ändert sich in Ton und Rhythmus, schraubt sich ins Trommelfell wie das bohrende Geräusch einer Hornisse. Schwarze Bündel fallen langsam herab, lassen in der Ferne Funkengarben aufstieben, die die Kleine, vor Freude seufzend, durch ihre gespreizten Finger betrachtet. Brandgeruch liegt in der Luft. »Hab keine Angst«, ruft ein Bauernmädchen, das an ihrer Seite rennt, ihrer Schwester zu: »Es sind nur Kaninchenfelle, die da verbrannt werden!«

Kapitel 5

Sankt Petersburg – »Pieter« für Eingeweihte – hieß seit Beginn des Krieges Petrograd, um nicht an seine deutschen Anfänge zu erinnern. Bereits in den ersten Monaten des Jahres 1915 veränderte sich die Atmosphäre vollkommen. Noch im vorangegangenen Herbst wurden die wenigen von der Front zurückkehrenden Verwundeten in den Bahnhöfen von einem Schwarm von Menschen mit Pauken und Trompeten empfangen, wurden beglückwünscht, dekoriert, bejubelt und blumengeschmückt in die Krankenhäuser gefahren, wo begeisterte Ärzte und Krankenschwestern sie erwarteten, um an ihnen ihr neues chirurgisches Gerät zu erproben. Und dann waren es plötzlich zu viele: Als die Züge eintrafen, vollgestopft mit jungen, auf Bahren liegenden Greisen, mit eingedrückter Brust oder auf einem Bein hüpfend, den Arm um die Schultern eines Kameraden mit bandagiertem Kopf gelegt, trippelten nur noch alte Frauen auf die Bahnsteige, um die Ankommenden mit ihren Blicken zu durchbohren und Nachricht von den eigenen Söhnen zu erfragen. Die anderen Reisenden wandten sich ab.

Ich war zwölf und las selbst die Zeitungen, worin mein Vater mich zum Leidwesen meiner Mutter unterstützte. Sie fand die Lokalnachrichten, an denen sie selbst sich delektierte, gefährlich für ein kleines Mädchen. Ich warf ihr vor, mich wie einen Säugling zu behandeln, mir für mein Alter zu kindliche Kleidung auszusuchen und mir mit aller Gewalt weiterhin Schleifen ins Haar zu binden. Sie wollte nicht wahrhaben, daß meine Brüste größer wurden, und ich hatte es ein Jahr zuvor aufgegeben, ihr begreiflich zu machen, daß ich voll entwickelt war: Ich verdankte es Mademoiselle Rose, nicht meiner Mutter, seit langem zu wissen, was das bedeutete und welche Maßnahmen es zu ergreifen galt. Ich besprach die Ereignisse allein mit meinem Vater, wenn ich seiner habhaft werden konnte, denn er pflegte sich mit seinen Kollegen oder den Geschäftsfreunden, sobald er von der Börse oder von der Bank nach Hause kam, in seinem Arbeitszimmer einzuschließen. Die Kommentare der Presse klangen nach wie vor übertrieben siegessicher, aber die amtlichen Mitteilungen verrieten viel in ihrer Nüchternheit. Wir wichen überall zurück, in Galizien, in Polen, wo General Aleksejew, wenn auch erhobenen Hauptes, den Rückzug antrat und die Bevölkerung evakuiert wurde. Wir wußten nicht, wie viele Opfer die Kämpfe gekostet hatten, ahnten jedoch, daß es sich um eine erschreckende Zahl handeln mußte. Nach und nach sickerte die Wahrheit durch. Es mangelte an Waffen und Munition, die Regierung hatte mit einem kurzen, höchstens zwölf Wochen währenden Krieg gerechnet, die Soldaten wurden mit leeren Händen an die Front geschickt, hatten nur Befehl, den gefallenen Gegnern die Waffen abzunehmen. Es war immer unverblümter von der Inkompetenz des Kriegsministers Wladimir Suchomlinow die Rede, den die kurzerhand im August einberufene Duma zum Rücktritt veranlaßte. Ein wenig später erschien in *Les Nouvelles russes* ein Text unter dem Titel »Tragische Situation, der Chauffeur geistesgestört«, eindeutige Metapher für den Zustand, in dem sich das Land unter Führung des Zaren befand. Die von meinem Vater aus seinem Klub mitgebrachte Broschüre ging von Hand zu Hand, sie wurde lautstark, teils mit Entrüstung, teils mit Begeisterung, aufgenommen.

Viele Gäste meiner Eltern traten den unter der Präsidentschaft des Fürsten Georgi Lwow zustandegekommenen Organisationen bei, etwa dem Semastwo und der Stadtduma, die alle Kräfte darauf konzentrierten, die öffentlichen Unzulänglichkeiten durch Koordinierung der Bemühungen zu beheben. Mein Vater wurde aufgefordert, dem Komitee der Kriegsindustrie beizutreten. Es suchte die Fabrikation von Waffen und vor allem den Waffentransport zu beschleunigen, denn die geradezu mitleiderregenden Schwächen des russischen Eisenbahnsystems drohten in Anarchie umzuschlagen. Meine Mutter, von ihren sich patriotisch gebenden Freundinnen angestiftet, stellte sich schließlich dem Roten Kreuz zur Verfügung: Wenn sie Gäste zum Tee empfing, blieb niemand mehr untätig und das Klavier erklang nicht mehr. Die Damen zupften Scharpie und aßen dabei Petits fours. Abends, wenn die Herren kamen, um ihre Ehefrauen abzuholen und bei einem Glas Portwein noch im Salon zu verweilen, machte ich mit einem Pompadour die Runde, auf den ein Kreuz gestickt war und in den sie einige Rubel gleiten ließen. Sie zollten meinem Pflichtbewußtsein Beifall und gaben vor, mich in Gestalt dieses großen, ernsthaften jungen Mädchens, das schon bald sein Haar aufstecken und lange Kleider tragen würde, nicht wiederzuerkennen. Meine Mutter protestierte und rief ihnen lachend mein Alter in Erinnerung, das sie mit erstaunlicher Mühelosigkeit vergaß, denn sie verjüngte mich beharrlich um ein Jahr. Ich stellte dies gelassen richtig und dankte mit einem Knicks, dabei hätte ich nur allzugern viel mehr getan: zum Beispiel wie einst Florence Nightingale die Uniform einer Krankenschwester angelegt und mich an die Betten der Verwundeten gesetzt, die ich mit von Herzen kommenden Worten ermutigen würde, während ich die Sterbenden mit einem engelhaften Lächeln getröstet hätte. Sprach ich hierüber mit meinem Vater, so zuckte selbst er mit den Schultern und riet mir, meine Energie lieber auf meine Studien zu verwenden. Zu guter Letzt machte ich mich daran, Wollsocken für die Soldaten zu stricken, verlor jedoch ständig die Maschen, und die Köchin, die einzige Expertin auf diesem Gebiet, war es bald leid, sie mir wieder aufzunehmen, und riet mir, es bei einem Schal bewenden zu lassen.

Mademoiselle Rose machte sich Sorgen um ihre französische Familie, vor allem um ihren seit August 14 eingezogenen Neffen, von dem sie ohne Nachricht war, denn die Post kam mit Verspätung oder gar nicht. Den Zeitungen zufolge standen die Dinge in Frankreich nicht besser als hier. Mir erschien Mademoiselle Rose in zunehmendem Maße abwesend. Manchmal vergaß sie während ihres Unterrichts, was sie mir soeben gesagt hatte. Sie machte ein verträumtes Gesicht, wenn ich ihr schulmeisterliche Vorträge über Zolas *Germinal* hielt, dessen Lektüre mich zu liberalen Äußerungen anregte. Ununterbrochen spielte sie an ihrem Medaillon herum, das an einem schwarzen Samtband an ihrem Hals hing und das, wie ich wußte, die Photographie des jungen Soldaten barg. Sie interessierte sich immer weniger für das, was sich in der Hauptstadt zutrug. Es schien, als sei ihr Rußland ganz fremd geworden, obwohl sie ihm doch in all den Jahren ihre Zuneigung erwiesen hatte, auch wenn es ihr nie gelungen war, seine Sprache zu erlernen. Während solcher Momente der Geistesabwesenheit sah ich sie heimlich an und fand sie, die mir noch bis vor kurzem alterslos erschienen war, gealtert. Nicht nur wegen der immer zahlreicher werdenden Silberfäden in ihrem braunen Haar, sondern weil ihr stets kokett gepudertes Gesicht an Frische verlor und sich viele, wenn auch feine Fältchen eingegraben hatten.

Ich stellte bei meinen Spaziergängen durch die Stadt fest, daß die Schaufenster immer leerer wurden. Es war vorbei mit dem außerordentlichen Überfluß, vorbei mit den Geschäften, die von exotischen Waren überquollen: Kirschen in einem schneeweißen Kästchen mitten im Winter, dicke schwarze Trauben aus der Türkei zu Ostern, Berge von kunstvoll geformten, verzierten, mit Kardamom oder Ingwer gewürzten Brötchen, Kuchen und Brioches. Der Rollwagen mit dem Gebäck, der bei Krafft stets die Wiener Schokolade begleitete, verlor sichtlich an Reichhaltigkeit. Gute Havannas bei Ten Cate, Schuhe für zweihundert Rubel bei Weiss zu finden sei momentan schwierig, sagte mein Vater. In den Schaufenstern von Fabergé auf der Morskaja wurden beharrlich nach wie vor in langen Reihen emaillierte und goldene Eier ausgestellt, von denen der Zar alljährlich der Kaiserin ein ausgefallenes Exemplar zum Geschenk machte. Weiterhin wurden Bouquets mit Blättern aus Smaragden, Blumenkronen aus Saphiren und einem diamantenen Herzen gezeigt, doch schien hier die letzte Bastion einer vergangenen Welt zu sein. Selbst in Gostini Dwors Markthalle erfolgte die Anlieferung französischer Parfums, sibirischer Felle und chinesischer Tees immer seltener. Ich hörte die Dienstboten erzählen, in den weniger wohlhabenden Vierteln, wie Narwa und Wyborg, würden die Schlangen vor den Läden immer länger, und die Leute kehrten oft mit leeren Einkaufstaschen zurück. Wir erlebten von neuem Streiks, ich denke vor allem an den der Putilow Werke, der zwanzigtausend Arbeiter auf den Plan rief, ja sogar einige Barrikaden erstehen ließ, die allerdings sogleich wieder eingerissen wurden.

Und dann war da der Mönch Rasputin. Ihn machten drei Viertel der Russen für alle Mißstände verantwortlich. Es hieß, er übe, unter dem Vorwand, den Zarewitsch von seiner Hämophilie zu heilen, erheblichen Einfluß nicht nur auf die Kaiserin Alexandra, sondern auf den Zaren selbst aus. Ich wußte, daß über sein ausschweifendes Leben schreckliche Geschichten im Umlauf waren, daß er mehrfach wegen Vergewaltigung angeklagt und im Jahre 1914 vor Ausbruch der Feindseligkeiten von einer Prostituierten mit einem Pistolenschuß verletzt worden war. Groß war auch die Rolle, die er in Staatsangelegenheiten spielte: ein Minister folgte dem anderen, alle waren unfähig und, wie behauptet wurde, alle auf seinen Rat hin ernannt. Mein Vater fühlte sich Professor Miljukow verbunden, Mitglied der gemäßigten Kadettenpartei, der über einen Sitz in der Duma verfügte. Sie hatten mehrere gemeinsame Freunde. Er erklärte mir, Nikolaj neige nach langem Zögern mehr und mehr zur Härte und lehne jegliche Zusammenarbeit mit dem progressiven Block ab: die Verhandlungen seien vor allem an der rechtlichen Stellung der Juden gescheitert, die diese Deputiertengruppe zu lockern vorschlug, und das trotz der Unterstützung der Minister aus dem rechten Lager, die mit einem gewissen Zynismus argumentierten, man könne eher mit internationaler Hilfe rechnen, wenn man die Gesetze aufhebe, die ausländische Aktivitäten in Rußland einschränkten. Alexandra, seine Frau, an deren deutsche Abstammung sich alle erinnerten, dränge ihn dazu, die Autokratie noch zu verstärken. Er setze seinen Fehlern die Krone auf, indem er den von jeher sehr populären Großfürsten Nikolaj zum Rücktritt zwinge, um an seiner Stelle das Oberkommando der Heere zu übernehmen. Es werde gemunkelt, in seiner nächsten Umgebung würden Komplotte gegen ihn geschmiedet, ein Luftwaffenoffizier habe vor, sich mit seinem Flugzeug auf die kaiserliche Kalesche zu stürzen. Für mich war es das erste Mal, daß ich in den Salons meiner Eltern das Wort »Revolution« laut ausgesprochen hörte, ohne daß irgend jemand protestierte.

Ich wußte nicht, was ich davon halten sollte. Ich erinnerte mich an einen Roman, der mich stark beeindruckt hatte, *Neuland* von Turgenjew, und an den Selbstmord Nezdanows, vor allem aber an das Postskriptum seines letzten Briefes an seine Geliebte: »Ja! Noch etwas: vielleicht wirst du denken, Marianne, er hat Angst vor dem Gefängnis gehabt, in das man ihn ganz sicher gesetzt hätte – und hat *dieses* Mittel angewandt, um ihm zu entgehen? Nein: Gefängnis an sich ist noch nicht das Schlimmste; aber im Gefängnis zu sitzen für eine Sache, an die man nicht glaubt – das hat keinen Sinn. Und ich mache ein Ende mit mir – nicht aus Furcht vor dem Gefängnis. Leb wohl, Marianne! Leb wohl, mein reines, unberührtes Mädchen!«

Sollte man dieser Begründung Glauben schenken? Ich dachte auf meinen Spaziergängen, die allmählich zur Obsession wurden, viel darüber nach. Ich betrachtete das finstere Winterpalais, die monumentale schmutzige Isaaks-Kathedrale, und auf dem anderen Flußufer die mächtige Peter-Pauls-Festung mit ihrer düsteren Trubezkoi-Bastion, in der so viele Revolutionäre eingeschlossen waren – und immer neue kamen hinzu. Ich senkte den Blick, wenn ich an dem Ehernen Reiter vorüberging, mir fielen Einzelheiten auf, die mir bis dahin entgangen waren: die Peitschenspuren auf dem Gesicht der Kutscher, die eigensinnige

Stirn der Bettler, in deren Hand ich ein paar Kopeken legte, die hohlen Wangen der kleinen Boten, die manchmal an unserem Haus läuteten, um uns Telegramme zu bringen. Männer mit Raskolnikows Zügen gingen in der Straße vorüber, und vielleicht verbargen sie im Futter ihres Mantels eine Axt.

Ich versuchte, über all das mit Mademoiselle Rose zu sprechen. Sie entzog sich mit vagen Ausflüchten. Gewiß existiere in Frankreich die Republik, und es sei ein Land, in dem es sich gut leben lasse, nur lägen die Gewalttätigkeiten, die der Monarchie ein Ende gesetzt hätten, so weit zurück, daß sie in die Geschichtsbücher gehörten – und ihre blutige Erinnerung ins Reich der Bilderbögen. Die Angst, die ich 1910 an Tolstois Todestag empfunden hatte, als mich ein Husar zu Pferd lediglich streifte, saß mir noch immer in den Knochen, und ich bedauerte Asjas Abwesenheit: sie, die so jung war und mir näher stand, hätte mir zweifellos viele Dinge erklären können. Sollte man den Sturz dieses Zaren mit dem freundlichen Gesicht, das Unglück der Großfürstinnen, deren Edelmut und Schönheit bisher ein jeder gepriesen hatte, und das des armen, kleinen, ohnehin so kranken Aleksej wirklich herbeiwünschen? Zu Hause führten die Diskussionen der Erwachsenen zu nichts. Selbst mein Vater, dessen Züge eine Art erregten Schrecken widerspiegelten, schickte mich, sobald ich mit ihm sprechen wollte, oft mit einer bloßen Handbewegung fort.

Aber die Realität ist hartnäckig und macht sich über die Gewissensängste eines kleinen Mädchens nur lustig. Wenngleich es 1916 noch einen Hoffnungsschimmer gab, weil Rumänien auf unserer Seite in den Krieg eingetreten war, wurde nur allzurasch klar, daß im Falle seiner Niederlage, die ohnehin schon viel zu ausgedehnte Frontlinie nur noch verlängert würde. Auf die Erfolge der Brussilow-Offensive in Galizien folgten blutige Niederlagen. Die Soldaten begannen in Scharen zu desertieren. Es hieß, es gebe nichts mehr, weder Gewehre noch Brot; nicht einmal Exekutionen könnten sie noch einschüchtern, eine große Anzahl wende sich gegen die eigenen Offiziere und mache sie nieder. Sie würden auf die Züge aufspringen, um in ihre Heimat zurückzukehren, und damit die Transportprobleme erschweren. Sie vergewaltigten, plünderten, brandschatzten. Zu Hause fehlte es uns an nichts, aber die Atmosphäre war so drückend, daß meine Asthmaanfälle sich häuften. Einer war ganz besonders schwer, an dem Tag, als Mademoiselle Rose uns eröffnete, sie habe beschlossen abzureisen, solange einige Züge noch führen.

Ich half ihr beim Kofferpacken und begleitete sie mit meinem Vater zum Bahnhof. Um eine Fahrkarte zu ergattern, mußte mein Vater mit vollen Händen Rubel austeilen und dann noch seine Ellenbogen gebrauchen, um sie in ihrem überfüllten Erster-Klasse-Waggon unterzubringen. Wir reichten ihr die Koffer durch das heruntergelassene Fenster. All das fand in solcher Geschäftigkeit und Hast statt, daß mir nicht einmal die Zeit blieb, ihr Adieu zu sagen. Meine letzte Erinnerung an sie ist ein Kopf mit einem schwarzen Strohhut, den sie mit einer Hand festhielt, während sie mit der anderen ein Spitzentaschentuch schwenkte, dazu ein kleiner blasser Mund, der mir im Rauch der Lokomotive und beim Quietschen der Achsen Worte zurief, die ich nicht verstand. Ich habe Mademoiselle Rose niemals wiedergesehen: unter der Adresse, die sie mir zurückgelassen hatte, fand ich bei meiner Ankunft in Paris im Jahre 1919 ein gähnendes Loch inmitten von Maschinen, die das Fundament für ein neues Mietshaus aushoben. Keine der zahlreichen von mir aufgegebenen Annoncen führte auch nur zum geringsten Erfolg. Nie werde ich meine Rückkehr ins triste Petrograd vergessen, meine Tränen, meinen mitten auf der Straße vor mir knienden Vater: er hob meine Ponyfransen an, schob mein widerspenstiges Haar beiseite, um meine Wangen mit seinem Taschentuch zu trocknen, lud mich als allerletztes Mittel zum Tee in eine Konditorei ein, wo ich nichts herunterbringen konnte, und danach gingen wir Hand in Hand nach Hause, wo er mich ein letztes Mal eigenhändig zu Bett bringen sollte.

Ganz in unserer Nähe, im Palais des Fürsten Jussupow, wurde Rasputin ermordet. Sein Mörder hat später in allen Einzelheiten die Fakten offenbart: Zyankali, reichlich auf Süßigkeiten gestreut, hatte bei der Bärennatur des Staretz offenbar gänzlich seine Wirkung verfehlt. Die vermeintlich todbringende Kugel: Als der Fürst, in der Hoffnung, ihn tödlich verwundet zu haben, sich über das Bärenfell beugte, um Rasputin den Gnadenstoß zu versetzen, hatte sich das stinkende Ungeheuer mit glühenden Augen und gesträubtem Bart aufgerichtet und ihn am Arm gepackt. Seine taumelnde Flucht durch die vereisten Gärten, die Blutspuren im Schnee, der entsetzte Komplize, der den Mut aufbrachte, ihn schließlich zur Strecke zu bringen. Der Teppich, in den man ihn, noch immer lebend, gehüllt hatte, wurde in aller Eile in die Delaunay-Belleville-Limousine des Großfürsten Dimitri Romanow verfrachtet und am nächsten Morgen in der Kleinen Newa, mit einem feinen Eisfilm überzogen, aufgefunden. All das geschah nur einige Meter von uns entfernt, und als wir davon erfuhren, erlitt meine Mutter einen Nervenzusammenbruch. Sie machte Jussupow dafür verantwortlich, sah in der Tatsache, daß der Fürst für den Mord sein eigenes Palais ausersehen hatte, eine vorsätzliche, zu ihrem persönlichen Schaden ausgeheckte Böswilligkeit und erwartete stündlich das Eintreffen der Ochrana, die sich indessen nicht sehen ließ.

Mir war die Geschichte auch nicht geheuer. Am Abend durfte ich zum Einschlafen zwei Tropfen von dem Opium einnehmen, das meiner Mutter vom Arzt verschrieben worden war. Nachts hatte ich einen Alptraum: Ich war eine spöttische Sirene wie aus Gogols Erzählungen, die, mit Rosen bekränzt und triefend naß, durch die Wasser des vom Mond bestrahlten Dnjepr gleiten. Jungen Leuten, die noch spät am Flußufer verweilen, strecken sie graziös ihre weißen Arme entgegen, um sie in ihre fließenden Gärten zu locken. Doch eine Hand hielt mich am Knöchel fest und zog mich auf den schlammigen Grund. Das klare Wasser trübte sich, erstarrte zu Eis. Ich verlor meine Krone, und mein Haar löste sich. Schleimige Algen schnürten mir den Hals zu.

Ein Tier mit dichtem Fell hielt mir sein schwarzes Maul entgegen, und sein widerlicher Atem erstickte mich, Ströme von Blut wirbelten in den Wellen, ein schweres Lid hob sich und ließ ein gelbes Auge sichtbar werden, das immer weiter anwuchs und mich zu verschlingen begann. Ich erwachte schreiend, rief Mademoiselle Rose, und da ich sie nicht kommen sah, überließ ich mich dem Anfall, den der Arzt dann nur mit Mühe eindämmen konnte.

Ich war bestürzt über die Freude, mit der die ganz Sankt Petersburg Rasputins Mörder empfing. Was auch immer die Verbrechen des Staretz sein mochten, ich war nicht daran gewöhnt, mich über den Tod eines Menschen zu freuen, schon gar nicht über seine Ermordung. Indessen war alles derart seltsam geworden, daß ich nicht einmal mehr versuchte, zwischen Gut und Böse zu unterscheiden. Meine in allem, was nicht das Französische betraf, durch meinen Russischlehrer ersetzte Gouvernante fehlte mir unendlich. Täglich schickte ich ihr Briefe, die sie wohl niemals erreichten und auf die ich keinerlei Antwort erhielt. Bisweilen dachte ich an den kleinen Alexej und fragte mich, ob das Verschwinden seines Wundertäters wohl seinen Tod beschleunige. Ich wagte mit niemandem über diese Sorge zu sprechen, nicht einmal mit meinem Vater, so ungebührlich wäre meine Frage bei der allgemeinen Begeisterung erschienen. Ich flüchtete mich in die Lektüre, aber auch da fehlte mir der Gesprächspartner. Wenngleich ich seit meinem sechsten Lebensjahr Bücher verschlang, so war doch stets jemand dagewesen, der mich bei meiner Auswahl leitete, meine Entdeckungen, meine Freuden und Enttäuschungen mit mir teilte. Jetzt wühlte ich blindlings in der Bibliothek meiner Eltern und in den Auslagen der Antiquariate. Ich las mehr und aß immer weniger. Nach hartnäckigen Migräneanfällen hatte man bei mir eine starke Kurzsichtigkeit festgestellt, und ich trug eine kleine Brille mit Metallgestell. Meine Mutter beschwor mich, sie beim Erscheinen eines Gastes abzusetzen, wobei sie mir zu verstehen gab, daß sie für mich nicht eben vorteilhaft sei. Ich gehorchte ihr, ohne mich lange bitten zu lassen. Den Ungereimtheiten dieser Welt zog ich bei weitem die Verschwommenheit vor, an die ich von Kindheit an gewöhnt war. Sie entsprach meiner träumerischen Seele in einem solchen Maße, daß ich vierzehn Jahre gebraucht hatte, um endlich zuzugeben, sie rühre von mangelhaftem Sehvermögen her.

Meine Mutter hatte mir ihre Kammerzofe Marussja zum Geschenk gemacht. Sie sollte sich um mich kümmern und mich seit Mademoiselle Roses Abreise auf meinen Spaziergängen begleiten. Meine Mutter nannte diese Hausangestellte linkisch und allzu ungehobelt; mit ihren rauhen, groben, verarbeiteten Händen schürfe sie ihr beim Aufhaken der Kleider die Haut ab. Ihre Nachfolgerin, die trotz ihres flachen Slawengesichts mit einem Pariser Namen, Lili, ausstaffiert wurde, hatte freilich viel zu blonde Löckchen und allzu rote Lippen, die ihr ein etwas zweifelhaftes Aussehen verliehen, aber ihr Geschwätz amüsierte die Herrin, und außerdem verstand sie sich vortrefflich aufs Spitzenbügeln. Meine Marussja war schweigsam. Unter ihrer unvermeidlichen weißen Haube verbarg sie ihr reichlich fettiges, zu einem Knoten aufgestecktes schwarzes Haar. Sie hatte stets aufgesprungene Lippen, und ihre Hände waren in der Tat massig, rot, ihre Finger dick, ihre Nägel häufig abgenagt. Betrat sie mein Zimmer, so bestand sie trotz meines freundschaftlichen Entgegenkommens darauf, verlegen zu knicksen, wobei sie sich mit den Füßen in ihrem langen schwarzen Rock verfing. Die Bänder ihrer Spitzenschürze lösten sich ständig. Im Freien ging sie gesenkten Blickes und sprach nur sehr einsilbig mit mir. Und eines Tages, als wir auf den Quais spazierengingen, sagte sie plötzlich, sie müsse ihre kranke Mutter jenseits der Newa auf der Wassiljewski-Insel besuchen. Das war ein Stadtteil, der mir verboten war. Ich kannte ihn nur von einer schnellen Durchfahrt in der Pferdedroschke und hatte ein trostloses, von parallel verlaufenden Straßen, den »Linien«, durchfurchtes Gebiet in Erinnerung behalten. Es gab dort jedoch noch einige von Höfen und staubigen Gärtchen umgebene Strohdachhäuser, ähnlich dem, das einst Oblomow nach dem Bruch mit seiner Braut bewohnt hatte. Nach anfänglichem Zögern willigte ich ein, sie zu begleiten, da meine Neugier geweckt war.

Eine lange Reise führte uns an den hohen Zäunen der Fabriken entlang, deren Schornsteine schwarze Rauchschwaden ausstießen, führte uns durch Gassen mit gestampftem Lehmboden, wo Federvieh Kiesel pickte, vorbei an Läden, deren Schaufenster von einer dicken Schmutzschicht überzogen waren, vorbei an Gasthäusern, aus denen schwankende Männer traten und in hohem Bogen bräunlichen Speichel auf den Boden spuckten. Schließlich brachte Marussja mich in ein im Hintergrund eines stinkenden Hofes verstecktes Elendsquartier. Man erreichte es über ein paar nach Urin riechende Stufen. Zwei magere Kinder spielten dort, im Hemd, das Hinterteil und die Beine nackt. Meine Begleiterin stieß die Tür auf, die nicht einmal geschlossen war. Von einer Matratze auf dem Fußboden lächelte mich eine zahnlose alte Frau an. Sie lag unter einem Berg von Lumpen, und ihre wirren grauen Haarsträhnen waren so dünn, daß ganze Flächen ihres rosigen Schädels sichtbar waren. Ohne daß auch nur ein Wort gewechselt wurde, zog Marussja einen Leinensack unter ihrem Cape hervor und wandte mir den Rücken zu, denn ich sollte, während sie ihn ausleerte, den Inhalt nicht sehen. Ich stellte mich auf die Zehenspitzen und erblickte Brot, Pastetenreste, eine Papiertüte, aus der Teeblätter herausfielen, sowie andere undefinierbare Reste und Abfälle. Die Kranke, die ich nicht ansah, streckte plötzlich den Arm aus und ergriff meine Hand, führte sie an ihre feuchten Lippen und küßte sie. Ich hatte Mühe, meinen Abscheu zu unterdrücken. Wir traten ins Freie, überquerten die Brücke, und weder auf dem Heimweg noch später wurde je ein Wort über diesen verbotenen Besuch verloren.

Zu Beginn des Jahres 1917 nahm Petrograd noch einmal all seine Kraft zusammen und versprühte seine letzten Funken anläßlich des Besuchs des zukünftigen Präsidenten Wilson und Gaston Doumergues sowie anderer ausländischer Delegationen. Glühlampen warfen vom wirbelnden Pulverschnee verschleiertes Licht auf den Newski-Prospekt, wo das Gefolge defilierte. Ich war dort mit Marussja. Sie kam mit seit unserer Expedition nicht mehr ganz so mißtrauisch vor, und es gelang mir, ihr einige Worte zu entlocken. Aber auf allzu persönliche, ihre Gefühle betreffende Fragen reagierte sie nur mit befremdeten, scheuen Blicken, die sie mir unter gesenkten Lidern zuwarf. Die bleiche, durchgefrorene Menge auf den fast überall stockdunklen Trottoirs – denn nur wenige Schaufenster waren erleuchtet, und schon seit langem stellte man keine Kohlebecken mehr auf – wirkte auf mich schweigsam, erschöpft, und nur von Zeit zu Zeit schien sie eine Welle der Unruhe zu durchlaufen. Es gab auf Befehl des Fürsten Obolenski, des Kommandanten der Hauptstadt, sporadische Attacken der berittenen Garden gegen kleine Gruppen, deren Anführer unvermutet Spruchbänder mit der Forderung nach Kohle und Brot aus den Taschen zogen und hin und her schwenkten. Aber bei Einbruch der Dunkelheit erstrahlte das Marientheater mit all seinen funkelnden Kronleuchtern. Meine Mutter ging in ihrer Abendrobe, mit Zobel und funkelnagelneuem Diamanthalsband, am Arm meines Vaters, um einer für die illustren Gäste organisierten Ballettveranstaltung beizuwohnen, die märchenhaft gewesen sein muß. Da ich nicht schlafen konnte, erwartete ich ihre Rückkehr und folgte ihnen in den Salon, wo sie glücklich und angeregt eine Flasche Champagner leerten, bevor sie zu Bett gingen. Ich saß im Morgenmantel auf der Armlehne des Diwans und hörte ihnen zu, wie sie mir die nicht enden wollenden Ovationen beschrieben, mit denen die Verbeugungen der drei Primaballerinen, Pawlowa, Karsawina und Kchichinskaja, beantwortet wurden. Die drei schritten, einander an der Hand haltend, auf Zehenspitzen rückwärts und verneigten sich in ihren weißen Tutus so tief, daß ihre schwarzen, mit Blumen besteckten Zöpfe den Boden streiften, um dann unter den Bravorufen, während die Lüster erloschen und wieder aufflammten, noch einmal vorzutreten. Als sich schließlich der letzte Vorhang hinter ihnen senkte, ahnte wohl niemand, daß zugleich der letzte Vorhang über der alten Welt gefallen war.

Als es am 21. Februar kein Mehl mehr gab, führte General Khabalow Lebensmittelkarten ein. Vor den leeren Geschäften bildeten sich Schlangen. Schaufenster wurden eingeschlagen, manch einem Kaufmann wurde gar die Kehle durchgeschnitten. Die Temperatur war auf minus 20 Grad gesunken, und die Kohle gelangte nicht mehr bis nach Petrograd. Selbst bei uns ließ man Schornsteinfeger kommen und Kamine und alte Holzöfen wieder instand setzen. Petroleumlampen wurden gekauft, denn die Stromversorgung wurde immer häufiger unterbrochen. Möglichst viele Räume wurden geschlossen. Wir legten unsere Mäntel und Schals gar nicht mehr ab. Eine Demonstration folgte der anderen, wobei es leicht zu Aufruhr kam. Der 23. war der traditionelle Tag der Arbeiter. Der Umzug schwoll an, da sich entlassene Arbeiter der Putilow-Fabriken hinzugesellt hatten. Zum erstenmal in unserer Geschichte sah man Passanten, Kleinbürger, Beamte sich in ihre Reihen eingliedern. Ich durfte nicht einmal in Marussjas Begleitung, die es nie gewagt hätte, sich dieser Weisung zu widersetzen, das Haus verlassen. Als Gefangene in unserer abgedichteten Wohnung, versteckt hinter einem gelben Samtvorhang, sah ich durch das geschlossene Fenster. Die Atmosphäre war an jenem Tage entspannt, ja geradezu fröhlich: Die Straßenbahnen hielten, und die Schaffner stiegen unter Hurrarufen aus, um sich unter die Demonstranten zu mischen. Es war geradezu befremdlich, daß die Polizei nicht eingriff und daß die so gefürchteten Kosaken passiv blieben. Als mein Vater abends heimkehrte, war er optimistisch und euphorisch, voll des Lobes für die tief verwurzelte Weisheit des russischen Volkes und die instinktive Verbundenheit mit dem »Elementarrecht«: seiner Ansicht nach werde sich alles zum besten wenden, die Revolution werde ohne Blutvergießen im Sande verlaufen, alles steuere auf ein neues goldenes Zeitalter ohne Verbote und Ausgrenzungen zu. Meine in ihre Pelze eingemummte Mutter hörte ihm schaudernd zu.

Am nächsten Tag, dem 24., waren alle Brücken, die Petrograds Zentrum mit der Wassiljewski-Insel verbanden, schwarz von Menschen. Noch immer durfte ich das Haus nicht verlassen. Außerstande zu lernen oder gar zu lesen, erstickte ich fast vor Neugier. Ich beschwor Marussja, Neuigkeiten einzuholen. Sie gab schließlich nach, hüllte sich in ihr Umschlagtuch, ergriff ihren Korb, den sie immer mitnahm, und verschwand. Stundenlang wartete ich auf ihre Rückkehr. Eine gewaltige Menschenmenge, sagte sie, habe den Newski-Prospekt überschwemmt. Dieses Mal aber schwenkten die Leute rote Fahnen und sängen die *Marseillaise*. Sie zögen die Avenue hinauf bis zum Snamenskaja-Platz, in dessen Mitte dickwanstig die Reiterstatue Alexanders III. auf ihrem rosafarbenen Granitsockel throne. Man schreie: »Es lebe die Republik!« Die Polizei greife eher halbherzig ein, und es habe einige Verletzte gegeben. Und dann, am 25., gab ein Zwischenfall, von dem mir meine Späherin kopfschüttelnd und mit abwesendem Blick erzählte, den Dingen ein anderes Gesicht. Auf eben jenem Platz beugte sich einer der Kosaken, die bis dahin so viele Demonstrationen blutig niedergeschlagen hatten, plötzlich über seinen Sattel und schlug einem Polizisten, der mit seinem Gewehr auf einen aus dem Stegreif Redenden zielte, kurzerhand den Kopf ab. Zwei Tage später verbrüderte sich die Truppe mit den Revolutionären, verschmolz mit ihnen, um gemeinsam zum Taurischen Palast zu ziehen, wo augenblicklich die Duma tagte.

Da ich es nicht mehr aushielt, lief ich davon. Ich machte mir Marussjas Abwesenheit, die diesmal mit offizieller Erlaubnis ihre Familie besuchte, und eine Migräne meiner Mutter, die unter einem Berg von Decken, den ihr Zobel krönte, in ihrem abgedunkelten Zimmer lag, zunutze. Meinen Vater wußte ich dort unten inmitten aller Notabeln, die die Stadt aufzubieten hatte. Der Wind hatte sich gelegt. Auf dem Marsfeld angelangt, blieb ich stehen, um erst einmal Atem zu holen: eine blasse Wintersonne ließ die milchigen Wolken wie Perlmutt glänzen, und als habe man das Zeichen zum Beginn der Vorstellung gegeben, entfaltete die Stadt mit einem Male vor mir ihre Bühnendekoration.

Der Platz schien sich noch mehr auszuweiten. Seine bemalter Leinwand ähnelnden ockerfarbenen Fassaden, Kolonnaden und Kapitelle schienen zurückzuweichen, um den mit der tragenden Rolle betrauten Schauspieler zu empfangen. Doch der Zar weilte in seinem Hauptquartier von Mogiljow; es hieß, er sei damit beschäftigt, den *Gallischen Krieg* zu lesen. Auch sei er mehr besorgt über die Masern, die seine Kinder, eins nach dem anderen, in Zarskoje Selo befallen hatten, als über die Aufstände in Petrograd. Auf einmal war der weiße Bühnenbelag von schwarzen Ameisen bedeckt. Durch sämtliche Ausgänge rannten Demonstranten und schwenkten ihre Gewehre. Dicht gedrängt marschierte das Regiment Pawlowski auf, voran die rote Kriegsstandarte. Ich dachte, es würde haltmachen und auf die Aufständischen anlegen, aber es verfolgte zielstrebig seinen Weg, drang ins Winterpalais ein, wo die Wachtposten zur Seite traten, und kurz darauf glitt die kaiserliche Flagge vom Mast und wurde durch eine rote Fahne ersetzt. Eine Flut von Hurrarufen durchlief die Menge.

Ich setzte hastig meinen Weg fort. Am Taurischen Palast herrschte Chaos. Zwanzigtausend Menschen stürmten die Gebäude. Die Deputierten, die nicht wußten, ob diese Zivilisten und Soldaten sie massakrieren oder beschützen wollten, ergriffen die Flucht. Nur Kerenski kam herunter, um sie willkommen zu heißen. Die Duma bildete ein Komitee, das die Ordnung wiederherstellen sollte, während sich in einem anderen Saal die illegalen Organisationen der Stadt zusammenschlossen, Sozialrevolutionäre, Anarchisten, Bolschewiken und Menschewiken, um einen Sowjet zu konstituieren. Diese Dinge hat mein Vater mir im nachhinein erklärt. In dem allgemeinen Durcheinander konnte ich ihn natürlich nicht ausfindig machen und kehrte, verängstigt zwischen all diesen schreienden Leuten, die einander laut anfuhren und mich, offenbar ohne mich überhaupt wahrzunehmen, zur Seite stießen, durch die schneebedeckten schmutzigen Straßen nach Hause zurück. Meine Mutter schlief noch immer. Aus der Presse erfuhren wir tags darauf, Nikolaus habe, anstatt zu tun, was alle Welt ihm dringend nahelegte, nämlich den alten und gänzlich inkompetenten Premierminister Golyzin durch einen Mann zu ersetzen, der das Vertrauen der Deputierten besaß, General Iwanow zum »Diktator« ernannt und beschlossen, erneut nach Zarskoje Selo zurückzukehren. Von dort überhäufte ihn die Zarin mit Briefen und rief ihn zur Standhaftigkeit auf. Er gelangte nicht dorthin, weil die streikenden Eisenbahner die Strecke unpassierbar gemacht hatten, und mußte in Richtung Pskow umkehren.

Danach überstürzten sich die Ereignisse. Zwischen dem Taurischen Palast und Pskow kreuzten sich die Telegramme. Der Zar begann zu begreifen, daß die Aufstände sich auf Moskau und alle Städte Rußlands ausgedehnt hatten, daß die Flotte im Baltikum sowie in Kronstadt revoltierte und die Soldaten ihre Waffen überall gegen ihre Offiziere richteten. Er erhielt Briefe sowohl von seinen Generälen als auch von seiten der Großfürsten, worin seine Abdankung gefordert wurde. In Petrograd war eine provisorische Regierung unter Vorsitz des Fürsten Lwow mit Kerenski als Justizminister entstanden. Mein Vater jubelte. Endlich, am 1. März, dankte der Zar ab. Zunächst zugunsten seines Sohnes Aleksej. Dann ernannte er, nachdem er von seinen Ärzten die ganze Wahrheit über den Gesundheitszustand des Zarewitsch verlangt und man ihm gestanden hatte, er werde keinesfalls älter als sechzehn Jahre, statt dessen seinen Bruder, den Großfürsten Michail Alexandrowitsch. Diesen hatte er wegen seiner Heirat mit einer geschiedenen Frau Jahre zuvor des Hofes verwiesen, und nun lehnte der Bruder diese Ehre ab. Auf dem Jussupow Palais in unserer Nachbarschaft wehte die rote Fahne. Ich sah auf der Straße, wie sich Großfürst Cyril, eine Kokarde im Knopfloch, dorthin begab. Das Zarentum existierte in Rußland nicht länger.

Die Stadt war wie von einem Rausch ergriffen. Man wagte wieder, das Haus zu verlassen. Man sah sich im Picadilly amerikanische Filme an. Mein Vater war zu der Zeit Aufsichtsratsvorsitzender der Kommerzbank von Voronez, Geschäftsführer der

Moskauer Unionsbank und Aufsichtsratsmitglied der privaten Handelsbank von Petrograd. Er machte Bombengeschäfte. Um nachträglich meinen vierzehnten Geburtstag zu feiern, nahm er mich ohne Wissen meiner Mutter in das Hotel Europa mit. Dort hörte ich einen farbigen Barmixer mit Kentuckyakzent sprechen, durfte meine Lippen in meinen ersten Manhattan tauchen, ein erstes Mal an einer Papiros ziehen. Am selben Abend geleitete er mich ins Newski-Lustspiel-Theater, wo Sascha Guitrys *La prise de Berg op Zoom* Triumphe feierte. Ich schmollte, weil ich das lange Kleid nicht hatte durchsetzen können, ganz zu schweigen von einem noch so bescheidenen Dekolleté. Ich steckte in einer Fülle von blauem Taft, dazu ein breiter Kragen aus Valenciennespitze, der meiner Ansicht nach meinen fahlen Teint nur noch unterstrich. Es bedurfte allen Könnens der französischen Truppe, mir ein Lächeln und schließlich sogar herzhaftes Lachen abzuringen.

Man ging ins Yar, zu Ernest, zu Constant, wo noch einwandfreie Vorräte an Kaviar und Champagner zu finden waren. Zu Hause herrschte ein ständiges Kommen und Gehen. Jeder hatte seine eigene Ansicht, wie das Land zu modernisieren sei, man sprach, man schrie sich die Kehle wund. Wodka wurde literweise getrunken. Mein Hauslehrer war gleich zu Beginn der Aufstände verschwunden, und niemand dachte mehr daran, mich während jener Diskussionen auf mein zu einem Eisschrank gewordenes Zimmer zu schicken.

Doch die Euphorie wurde im Laufe der folgenden Monate von Besorgnis getrübt. Bereits Mitte März hatten mein Vater und seine Freunde die spektakulären Beisetzungen der Revolutionsopfer, jene gigantischen laizistischen Zeremonien auf dem Marsfeld, die rotgemalten Särge, diese überdimensionalen, wie Segel flatternden scharlachroten Banderolen, die Urnen, aus denen Weihrauchwolken aufstiegen, die Räucherfackeln und Kanonensalven als reichlich übertrieben empfunden. Ich erfaßte sehr wohl, daß die Situation am seidenen Faden hing: Entweder blieben die Gemäßigten an der Macht, und Leute wie wir könnten in einer von der Zuchtrute des Zaren befreiten Welt weiterhin prosperieren, oder die Bolschewiken gewännen, und die Karten würden neu verteilt, wobei wir Gefahr liefen, alles, das Leben inbegriffen, zu verlieren. Es war bereits von geplünderten Gütern, Brandschatzungen auf dem Lande und von auf der Straße überfallenen, beraubten und ermordeten Adligen und Bürgern die Rede. Meine Mutter erhielt die Weisung, nicht mehr mit ihrem Schmuck das Haus zu verlassen und ihren Zobel durch einen einfachen Mantel mit gestepptem Futter zu ersetzen.

Im April stieg Lenin auf dem Finnländischen Bahnhof aus seinem plombierten Zug. Die Inflation nahm unvorstellbare Ausmaße an. Die provisorische Regierung vermochte die Lebensmittelversorgung der Stadt auch nicht besser zu meistern als ihre Vorgänger, und es hieß, in den Armenvierteln würden Kinder in großer Zahl an Hunger und Durst sterben. Es herrschte weiterhin Krieg. Kerenski übernahm das Kriegs- und das Marineministerium, doch die Offiziere hatten jegliche Autorität über ihre Truppen, die in ganzen Regimentern desertierten, verloren. Man verfügte jetzt über erschreckende Zahlen: mehr als eineinhalb Millionen Männer auf dem Schlachtfeld getötet, nahezu vier Millionen Verwundete, fast zweieinhalb Millionen Gefangene. Im Juli unternahmen die Bolschewiken einen Putsch, der jedoch mißlang, und Lenin floh nach Finnland. Im September machten sie erneut einen Versuch, und es kursierte das Gerücht, die Truppen General Kornilows, um den sich konservative Elemente geschart hatten, schickten sich an, Petrograd zurückzuerobern, um dort die Ordnung wiederherzustellen. Ein Eisenbahnerstreik hinderte sie daran. Kerenski, der seit Ende Juli Premierminister war, klammerte sich an die Macht, bildete unentwegt sein Kabinett um und verhandelte mit den Sowjets. Alle Hoffnungen meines Vaters und seiner Freunde hingen von Kerenskis Schicksal ab. Ich erinnere mich, daß es in Petrograd geradezu herzzerreißende Sonnenuntergänge gab, purpurrote Wolken, die wie Bühnenvorhänge ausfransten, um den Mond rund und golden an einem samtenen Himmel erscheinen zu lassen. Im Smolny Institut, der ehemaligen Klosterschule für adlige junge Mädchen, wo kupferne Schilder noch immer die ursprüngliche Bestimmung der Räume anzeigten – »Verwaltungsbüro«, »Umkleideraum der jungen Damen« –, brauten die Sowjets auf kleiner Flamme einen Hexentrank. Gepanzerte Autos fuhren durch die Straßen, zerlumpte Männer lagen auf den Kotflügeln, mit Brownings und Colts im Anschlag. Marussja ging mir aus dem Wege. Meine Mutter schien ständig wie vor den Kopf geschlagen, sie machte kaum noch den Mund auf, klammerte sich, sobald er zurückkehrte, an den Arm ihres Mannes und ließ ihn während des ganzen Abends nicht mehr los. Am 25. Oktober wiegelten der inkognito zurückgekehrte Lenin und seine Freunde, unter ihnen Trotzki, die Garnison der Hauptstadt, die Matrosen von Kronstadt und die kämpfenden Arbeiter gegen die rechtmäßige Regierung auf. Der Kreuzer Aurora richtete seine Kanonen auf den Winterpalast, wo die Regierung ihren Sitz hatte, die Minister wurden verhaftet, und Kerenski ergriff die Flucht. Wir waren verloren.

An einem feuchten, kalten Novembermorgen verließen wir unsere schöne Petrograder Wohnung und begaben uns in das weniger unruhige Moskau, wo mein Vater seine Verwandten zu Rate ziehen wollte, bevor er entschied, was aus uns werden sollte. Wir fuhren erneut, diesmal jedoch in entgegengesetzter Richtung, den unverändert menschenleeren Newski-Prospekt entlang. Nun allerdings wirkte er mit der ölgetränkten Fahrbahn, den eingeschlagenen Schaufenstern, den abgerissenen Schildern, den Tausenden von abgelösten Plakaten, die sich im Wind bewegten, den zahllosen durchnäßten Flugblättern, die das Holzpflaster wie mit einer Tapete überzogen, und den sich auf den Trottoirs türmenden Abfallbergen erheblich düsterer als bei unserer Ankunft. Keiner sagte etwas. Wir überquerten den Snamenskaja-Platz, wo wir die Statue Alexanders III. mit abscheulichen bunten Aufschriften beschmiert sahen. Am Nikolaj-Bahnhof fehlten Fensterscheiben. Meine Mutter und ich warteten stundenlang in der Kälte, auf unseren Koffern sitzend, bis es meinem Vater gelang, Plätze für uns zu ergattern, und bis der Zug, eine kurzatmige Lokomotive, die hölzerne Viehwaggons hinter sich herschleppte, endlich eintraf.

Oktober 1943

Von der Kleinen sind nur zwei rotverweinte Augen zu sehen zwischen der Mütze, die ihr bis zu den Brauen reicht, und dem Schal, den man ihr über den Mund hochgezogen hat, weil sie auf dem nassen, durch die Verdunkelung blaugetönten Pflaster von Bordeaux schwatzte wie eine Elster. Eben erst hat man sie in dem eiskalten Schlafsaal wachgerüttelt, wo sie, die Hände trotz des Verbots zwischen ihren warmen Schenkeln, ruhig schlief. Man hat sie in den kalten Nieselregen hinausgestoßen. Damit sie still ist, hat ihre Schwester ihr ins Ohr geraunt: »Die Boches haben uns wiedergefunden!« Sie klammert sich mit beiden Händen an ein Bein, an das legendäre Bein von Julie, dieser großen, hageren Frau, die sich, seitdem die Eltern fort sind, um sie beide kümmert. Julie hat bei einer Schiffskatastrophe, vielleicht auf der Titanic, eine Verletzung erlitten: wo einst ihre Wade war, ist jetzt nur noch ein Film brauner Haut. Der Schal, an dem das Kind wimmernd herumkaut, schmeckt nach nasser Wolle und nach Salz.

Kapitel 6

Die Bolschewiken waren daran schuld, daß es meinen fünfzehnten Geburtstag nicht gab. In einer Vergangenheit, die in meiner Phantasie in faulige, von Blut rotgefärbte Wasserlachen getaucht war, verschanzt hinter einer aus Bajonetten, Spießen und aufgepflanzten Gewehren errichteten Barrikade, ebenso unüberwindlich wie die Brombeerranken vor Dornröschens Schloß, hatte die sanfte Mademoiselle Rose mir dieses Alter gewissermaßen als einen Gongschlag ausgemalt, der meine Metamorphose einläuten würde. Aus dem Kind sollte ein junges Mädchen mit dem Status einer Erwachsenen werden, ohne daß ich deshalb gleich alle Privilegien der Kindheit verlöre. Selbst wenn meine geliebte Gouvernante nicht mehr da war, um sich mit mir darüber zu freuen und mir nun offiziell das Haar aufzustecken, wie sie es einst auf mein Bitten hin in Kiew vor dem Spiegel getan hatte, wenn ich mich mit abgelegten Gewändern meiner Mutter verkleidete, konnte ich es dennoch kaum erwarten, dieses Kap zu umschiffen, das mich, so glaubte ich, im Nu verwandeln würde.

Aber im Februar 1918 verfügte die Regierung, daß der russische Kalender, der zwei Wochen hinter dem in den anderen europäischen Ländern geltenden römischen zurücklag, letzteren einholen müsse: Der 11. Februar, mein Geburtsdatum, verschwand im stetig voller werdenden Abfalleimer der Geschichte. Ich weigerte mich hartnäckig, statt dessen den 24. anzunehmen, der nunmehr zu meinem offiziellen Geburtstag geworden war.

Dieser Kummer mag, gemessen an allem anderen Unglück, das wir hinnehmen mußten, kindisch erscheinen. Dennoch war ich untröstlich, und ich nehme Lenin noch heute diesen mir zugefügten Affront persönlich übel. Ich stelle ihn mir immer wieder vor, wie er die unter seinem kahlen Schädel pulsierenden blauen Adern berührt und mit einem boshaften Funkeln in seinen mongolischen Schlitzaugen den Spitzbart über ein Register neigt, um mit einem Federstrich Irina Nemirowskys fünfzehnten Geburtstag zu tilgen, so wie er einige Monate später den Zarewitsch ermorden lassen sollte. Ich verwahre mich dagegen, daß in Zukunft mein Alter erwähnt wurde, worüber meine Mutter als einzige höchst erfreut war.

Wir hatten, wie gesagt, vielerlei andere Gründe, Groll gegen die Bolschewiken zu hegen. Unsere Ankunft in Moskau Ende Oktober 1917 verlief ihretwegen dramatisch. Mein Vater hatte, bis ein Bediensteter für das uns zugedachte Appartement gefunden war, zwei Zimmer im Hotel Metropol reserviert. Kaum wollten wir uns in diesem ultramodernen luxuriösen Etablissement einrichten, als die ersten Schüsse fielen. Die seit mehreren Tagen geführten Verhandlungen zwischen den Gemäßigten, die im Kreml ihren Sitz hatten, und den im Palais des Gouverneurs am Skobelew Platz verschanzten Revolutionären wurden abgebrochen. Das Regiment von Dwinsk, über das Kerenski einige Monate zuvor Ausgangssperre verhängt hatte, da es sich weigerte, an die Front zu gehen, schloß sich den Roten an. So blieben zu unserer Verteidigung nur noch die Junker, Offiziersanwärter oder sogar zu diesem Anlaß rekrutierte Gymnasiasten übrig. Das setzte uns der Hoteldirektor auseinander, als er uns bat, uns ins Kellergeschoß in den Billardsaal zu begeben, in den zwar fensterlosen, doch gerade deshalb sichersten Raum des Hauses.

Man mußte mich von dem Schauspiel losreißen, das ich, zwischen Furcht und Erregung schwankend, vom Fenster aus beobachtete. Die von Schüssen enthaupteten Straßenlaternen des Platzes fackelten in der dunklen Nacht Gasfontänen ab. Granaten durchzuckten den Himmel und wirbelten beim Aufprall in der Ferne Funkengarben empor, denen zunächst nur ein zögernder gelber Schein und dann die scharlachrote Glut der Feuersbrunst folgte. Kanonen hatten hinter den weißen Säulen des Theaters Stellung bezogen. Hinter jeder Statue, in der Öffnung jeder Dachluke konnte man einen rauchenden Maschinengewehrlauf erkennen. Die Pferde der Quadriga auf dem Giebeldreieck schienen drauf und dran, sich mit ihren Hufen abzustoßen und sich mit den auf ihrem Hals liegenden Männern in die Lüfte zu erheben. Die Befehle, das Geschrei und das Gezeter vermischten sich mit dem Knattern der Gewehrsalven, dem Pfeifen der Granaten und dem Dröhnen der Glocken, die jetzt in den vierhundert Kirchen Moskaus läuteten.

Ich ergriff ein vor unserer Abreise erstandenes Buch, Belys *Petersburg*, das ich noch nicht hatte lesen können, und folgte meinen Eltern ins Treppenhaus. Der große Raum unten war voller Menschen: schwatzende ältere Damen mit Schildpattlorgnette, hinter ihnen die Gesellschafterin mit einem Toy-Terrier in den Armen; schmerbäuchige Herren, die sich mit dem Taschentuch über die glänzende Stirn und das vom steifen Kragen eingezwängte Doppelkinn fuhren; junge Männer mit verbundener Stirn oder einem Arm in der Schlinge, womit sie vermutlich dokumentieren wollten, warum sie nicht an der Front waren; wehleidige, fröstelnd in ihre Schals gehüllte junge Mädchen, die sich von den Verletzten hofieren ließen. Sie alle bildeten kleine Gruppen, befragten einander, diskutierten, gestikulierten. Es war wie in einem Hühnerstall.

Ich überließ meine Mutter der Obhut meines Vaters und zog mir einen Schemel beiseite. Dann setzte ich meine Brille auf und versenkte mich in meine Lektüre: Ich besitze von jeher die Fähigkeit, mich inmitten von Lärm und Geschäftigkeit in ein Buch zu vertiefen. Ich war gerade an der Stelle, wo Sophia Petrowna am Ufer der Newa den roten Domino trifft, als der Oberkellner erschien. Er geleitete mich an einen inmitten all des Durcheinan-

ders aufgestellten Tisch, wo meine Eltern mich erwarteten. Das Buch hatte mich in die schemenhafte Stadt versetzt, die ich vor kurzem verlassen hatte, und das Liebeslied, das der Heldin nicht aus dem Sinn ging, klang auch mir noch im Ohr: »In den Purpurschein des Abends blickend, / Standen sie am Newaufer...«
Die dreitägige Gefangenschaft im Metropol gab mir einen Vorgeschmack auf die Emigration, wie ich sie schon bald am eigenen Leibe erfahren sollte, selbst wenn diese Menschen sich nur vorübergehend dort versammelt hatten und fast alle in ihr Heim zurückkehren konnten. Ich ging ganz in meiner Lektüre auf. Einerseits hätte es ganz anderer Dinge bedurft als einer Revolution und all der Schießerei, um meine glühende Wißbegier zu zügeln: würde es Belis kleinem Nikolaj in seinem buntgemusterten Hausmantel und seiner Tartarenkappe nun gelingen, die in der Sardinenbüchse versteckte Bombe zu entschärfen, die das luxuriöse Appartement seines geliebten Papas, des Senators Apollon Apollonowitsch, in die Luft jagen sollte? Andererseits war ich schüchtern, vor allem gegenüber Gleichaltrigen, an deren Umgang ich so gut wie gar nicht gewöhnt war. Doch ich behielt Augen und Ohren offen.
Am ersten Abend wurde meiner Erinnerung nach nur genörgelt und geprahlt: die legitime Macht hätte diese Gauner, diese von Unfähigen angeführten Banden desertierter Soldaten und Matrosen, die man nach einigen Plünderungen stockbetrunken in den Straßen antreffe, besser in Schach gehalten. Besonders arrogant war das Verhalten gegenüber den Hausangestellten, Hoteldienern oder den zu ihren Herrinnen zurückgekehrten Zofen, die man offenbar der Komplizenschaft mit den Übeltätern verdächtigte. Man überhäufte sie mit Befehlen und Gegenbefehlen, als wolle man ihre Folgsamkeit auf die Probe stellen. Sie gehorchten gesenkten Blickes. Beim Diner mäkelte man an allem herum, ließ die auf dem weiten Weg von der Küche abgekühlten Koteletts zurückgehen, erklärte, die Weine schmeckten nach Korken, der Champagner sei nicht kalt genug.
Wir schliefen auf der grünen Filzbespannung der Billardtische

oder den auf den Fußboden geworfenen Kissen und Mänteln. Am Morgen unternahmen einige Entschlossene den Versuch, die ganze Sache ein wenig in den Griff zu bekommen. Junge Mädchen von Welt rissen Stoff von den Sesseln und machten sich daraus Armbinden, bevor sie einem liebenswürdigen Arzt, der vorgetäuschte Ohnmachten der älteren Damen der feinen Gesellschaft behandelte, ihre Dienste anboten. Ein Fürst opferte sich, die kleinen Hündchen in einen Nachbarraum zu sperren, weil das Bellkonzert unerträglich wurde: es bedurfte dieses Adelstitels, um die Zustimmung der Damen zu erlangen, und der Abschied ging nicht ohne herzzerreißende Szenen und tränenreiche Ermahnungen vonstatten. Man schlug Kartenspiele, literarische Vorträge und Zauberkunststücke vor. Um Ruhe zu verbreiten, wurden Kommissionen gebildet, insbesondere ein Verteidigungskomitee, das ein wahres Waffenarsenal zusammentrug: vom silbernen Tischbesteck über Schürhaken und Gardinenkordeln bis hin zum Taschenmesser. Während der beiden Mahlzeiten wurden riesige Mengen Kaviar und Wodka verzehrt, denn das Hotel verfügte ganz offensichtlich über unerschöpfliche Reserven, selbst wenn es an Brot zu mangeln begann.

Am dritten Tage sanken Energie und gute Stimmung um mehrere Grade. Man fand keine Partner mehr für Whist, Préférence oder Poker; die selbsternannten Krankenschwestern legten, wenn es darum ging, alten Damen das Korsett aufzuhaken oder unter ihren Nasen Riechsalzfläschchen zu schwenken, einige Trägheit an den Tag; die Aufrufe an die Koryphäen, musikalische oder literarische Darbietungen zu veranstalten, fanden kein Gehör. Man begann, das Personal mit anderen Augen zu sehen und ihm den Hof zu machen, mit dem mehr oder weniger eingestandenen Ziel, sich irgendeine Bevorzugung einzuhandeln: eine Schüssel heißes Wasser, um sich zu waschen oder zu rasieren, ein zusätzliches Kissen, eine Tasse Tee, Crêpes oder Fladen, um den Kaviar darauf auszubreiten, der, aß man ihn löffelweise, am Ende Übelkeit verursachte. Die Dienstboten kamen den Wünschen nur widerwillig und mit aufkeimender Dreistigkeit nach, ihre untadelige Livree verlor mehr und mehr an Frische, sie verschwanden immer häufiger, ohne zurückzukehren. Meine Mutter legte, wie alle anderen Frauen auch, ihren Schmuck ab; sie bat mich, ihn in meiner Korsage zu verstecken, weil sie glaubte, niemand würde auf die Idee kommen, ihn dort zu suchen. Immer häufiger trat Stille ein. Bald verstummte auch der Geschwätzigste.

Als bei Einbruch der Nacht die Bolschewiken auftauchten, indem sie in reinster revolutionärer Tradition unter großem Getöse die Doppeltüren eintraten, stießen sie lediglich auf eine schweigsame Versammlung zerzauster, verängstigter und zerlumpter Gestalten, die ihren Anweisungen widerstandslos Folge leisteten. Unter dem Kommando eines Offiziers in Uniform zeigte sich eine bunt zusammengewürfelte Schar von Arbeitern in Joppe und Schirmmütze, Bauern in schmutzstarrendem Überwurf und mottenzerfressener Pelzmütze, Militärs in zerrissenen Soldatenmänteln, allesamt mehr oder weniger blutbeschmiert, doch mit Kokarden, Bändern und roten Armbinden ausgestattet. Sie durchsuchten uns nicht und beschränkten sich nach einer kurzen Ansprache, in der sie uns erklärten, das Hotel sei von den Volkskräften beschlagnahmt und das revolutionäre Kriegskomitee werde sich nunmehr darin einrichten, darauf, uns eine Viertelstunde Zeit zu geben, das Haus zu räumen. Ich erinnere mich, daß wir in der Nacht, nachdem wir unser Gepäck geholt und das Hotel verlassen hatten, durch Ströme von Wein waten mußten, die aus den Kellerfenstern rannen: die Offiziere hatten, um ihre Soldaten nicht in Versuchung zu führen, Befehl gegeben, sämtliche Alkoholvorräte zu vernichten. Die Luft roch nach Bordeaux und feinstem Champagner. Auf dem Platz war die Schießerei vorüber, doch glühende Funken züngelten noch immer an den Mauern des Theaters, und erste Schneeflocken tünchten die hastig über die aufgestapelten Leichen gebreiteten Decken weiß.

Ganz in der Nähe des Dolugorski-Palastes, wo Tolstoi die Rostows wohnen ließ, hatte mein Vater für uns eine Bleibe ausfindig gemacht; sie gehörte einem jungen Ulanen, der an die Front aufgebrochen war, und besaß den Vorteil, unauffällig zu sein. Sie lag in einem Hinterhaus, das heißt am Ende eines Hofes mit zwei Ausgängen, wie man das häufig in Moskau antrifft, vor allem im Arbatskaja Viertel, jenem Gewirr von Gäßchen und Gärten. Zweifellos hatte die Mutter des jungen Mannes seine vier Zimmer mit ausgedientem Mobiliar der Familie eingerichtet. Nichts als verblichener Samt, staubige Vorhänge und Wandbehänge mit Quasten, zerschlissene Brokatportieren, chinesische Paravents mit abgeblättertem Lack, Lüster aus vergoldetem Holz mit ausgefransten seidenen Lampenschirmen, Teppiche, deren Muster keine Leuchtkraft mehr besaßen, Gipsbüsten von Generälen mit zerbrochener Nase und nachgedunkelte Bildnisse alter Komtessen in schwarzer Spitze.

In diesem Trödelladen, dessen schmutzige Fenster auf den Hof hinaus gingen, war es derart dunkel, daß man bereits am Morgen elektrisches Licht anschalten mußte, das jetzt häufig durch düsteren Kerzenschein ersetzt werden mußte, so zahlreich waren die Stromausfälle geworden. Während meine Eltern angesichts dieses Dekors die Nase rümpften, fiel mir bei meiner Ankunft nur eines ins Auge: die höchst ansehnliche Bibliothek. Ihr verdanke ich einen der tiefsten Eindrücke meines jungen Daseins: Oscar Wildes *Bildnis des Dorian Gray* in russischer Sprache.

Am Tag nach unserem Einzug fand mein Vater eine Hausangestellte mit Vornamen Theodosia. Sie war eine jener »dickschädeligen« alten Moskauerinnen, deren Zynismus nicht hinter ihrer unverblümten Ausdrucksweise zurückstand. Sie glaubte, wie drei Viertel der Bewohner der alten Stadt, die bald wieder unsere Metropole werden sollte, fest daran, daß Gott und der Zar früher oder später in Rußland wieder Ordnung schaffen würden. Das Haar in einem Tuch gefangen, das ihre Stirn bis zu den Brauen verbarg, den Leib mit einer riesengroßen Schürze umgürtet, deren Farben vom vielen Waschen unkenntlich geworden waren, die Röcke durch ihre ungezählten Unterröcke angehoben, drohte sie den Bolschewiken mit ihrem Besen, indem sie sie zu allen erdenklichen Höllenqualen verdammte und sich bekreuzigte, sobald der Name Lenins fiel. Als Hausmeisterin unseres Gebäudes entfernte sie tagtäglich verbissen mit einem in gechlortes Wasser getauchten Lappen die gehässigen Kritzeleien und Parolen an den Mauern: »Friede den Hütten, Krieg den Palästen«, »Wer nicht mit uns ist, ist gegen uns«, »Blut schreit nach Blut«.

Auf meines Vaters Geheiß hatte ich wieder Ausgehverbot, denn die von Deserteuren, landflüchtigen Bauern und bewaffneten Banden nur so wimmelnde Stadt war nicht sehr sicher. Theodosia war meine einzige Gesprächspartnerin, da meine Mutter in Abwesenheit ihres Mannes kein Wort mehr sagte und sich darauf beschränkte, mich, sobald ich versuchte, eine Unterhaltung zu beginnen, mit trüben Augen anzusehen. Die alte Theodosia wußte nicht, daß wir Juden waren, und verhätschelte mich, stellte sogar eine Ähnlichkeit mit der jüngeren der »Desmoiselles« fest, in deren Diensten sie gestanden hatte. Sie verriet mir ein unfehlbares Mittel, um meinen Teint aufzuhellen: Gurkenkompressen und Honiggebräu. »Kleine Herrin«, sagte sie, »meine Seele, mein Zuckertäubchen, der Pope von Sankt Basilius hat es diesen Sonntag in der Messe erklärt: Wenn die Weißen nicht bald zurückkehren und mit Gottes Hilfe diese Halunken von Roten, diese Banditen, diese Schurken niedermachen, wird eine ganze Wolke von Heuschrecken dreizehn Jahre lang unser Mütterchen Rußland heimsuchen. Man sagt, an Mariä Himmelfahrt habe die Mutter Gottes von Wladimir geblutet.« Ich sah sie an, sie, die mit ihrem wie eine ausgekeimte Kartoffel zerfurchten Gesicht, ihren tränenden blauen Augen, ihren mit braunen Flecken bedeckten Händen der Inbegriff des Volkes in seinem ganzen Elend war. Als ich sie die Revolutionäre in dieser Weise verfluchen und sich nach der Zeit zurücksehnen hörte, da sie bei einer ins Exil gegangenen Adelsfamilie als Küchenhilfe gedient hatte, mußte ich an einen Satz in Tschechows *Steppe* denken: »Sie alle waren Menschen mit einer vortrefflichen Vergangenheit und mit einer sehr wenig schönen Gegenwart; über ihre Vergangenheit sprachen sie alle ohne Ausnahme mit Begeisterung, zu ihrem jetzigen Dasein aber verhielten sie sich beinahe verächtlich. Der russische Mensch liebt die Erinnerungen, aber er lebt nicht gern in der Gegenwart.«

Mein Vater brachte von seinen Ausflügen keine sehr ermutigenden Nachrichten mit. Die konstituierende Versammlung, von der sich die liberale Bourgeoisie soviel erhofft habe, sei aufgelöst worden, weil sie die Erwartungen der Bolschewiken nicht erfülle. Die Kaufleute und Bankiers, die nach anfänglichem Zögern und heißen Diskussionen mehrheitlich beschlossen hätten, die neue Regierung zu unterstützen und ihr Geld in den für den Erfolg der Revolution unverzichtbaren nationalen Unternehmen zu investieren, zögen sich einer nach dem anderen, stillschweigend oder ganz unverblümt, aus der Affäre. Er selbst beginne, sein Vermögen flüssig zu machen und es unauffällig ins Ausland, insbesondere nach Stockholm zu transferieren. Er schilderte uns Plünderungen, denen die Stadt ausgesetzt sei. Die Anarchisten, die das Stadthaus des Millionärs Morosow in der Wredenski Pereulok besetzt hielten, hätten die Fassade mit einem schwarzen Tuch bespannt und veranstalteten jede Nacht Orgien mit Champagner und Kokain vor seiner Sammlung impressionistischer Gemälde. Das Restaurant Strelnja, das luxuriöseste von ganz Moskau, das mit seinem Dach und seinen Wänden aus Glas im tiefsten Winter einem Eisblock glich – ein glitzerndes Treibhaus, in dem sich eine wahrhaft tropische Flora von Palmen und exotischen Pflanzen inmitten sprudelnder Fontänen entfaltete –, beherberge nun den Klub der Journalisten: salopp gekleidete Männer würden in den Nischen aus künstlichem Muschelwerk mit roten Musen schäkern, Betrunkene mit zu Angeln gemachten Gardinenstangen die letzten kleinen Störe aus den Becken fischen. Die Konditorei Philippow auf der Twerskaja existiere nicht mehr: ihre Schaufenster seien gleich am ersten Abend des Staatsstreiches unter den Schüssen zersprungen, und Glassplitter wären auf die Mohn- und Rosinenbrötchen gerieselt. Meine Mutter, die die Stadt gut kannte, weil sie ihren Mann in den vergangenen Jahren häufig zu Besorgungen begleitet hatte, brach hierüber beinahe in Schluchzen aus.

Ich durchlief, dank Oscar Wilde, eine gänzlich andere Phase. Sein Roman hatte mich in einen Zustand beispielloser Euphorie versetzt. »Ein rotes Gestirn war der Erde zu nahe geraten...«, sagte sich Dorian Gray, wobei er an seine eigene Epoche dachte, jenes an Ausschweifungen und Morden so reiche »fin de siècle«, das er selbst eben erst, indem er den Urheber seines vehexten Porträts erstach, mit noch mehr Blut befleckt hatte. Aber was war mit meiner Epoche und ihren Revolutionen, Pogromen, nicht enden wollenden Kriegen, mit all dem in Stücke gerissenen, für immer und ewig in der kalten Erde vergrabenen oder einem schmachvollen Leben der Invalidität oder des Elend geweihten jungen Fleisch? Und was ließe sich über mein eigenes ungewisses Schicksal sagen? Ich dachte wieder an die nach Sibirien verbannten Großfürstinnen und an den Zarewitsch. Lord Henrys Zynismus, seine zügellose Veherrlichung der Schönheit, der Jugend, des Glücks, selbst um den Preis eines Verbrechens, verführte mich ganz genauso wie das »vergiftende Buch« Dorian vergiftete. (Später in Paris sollte ich nicht ruhen noch rasten, dieses Buch ausfindig zu machen, und fragte meinen Französischlehrer in der allerersten Stunde danach, der mir Huysmans *Gegen den Strich* nannte, auf das ich mich sogleich stürzte.) Ich versuchte, im Geiste dem Mentor des jungen Mannes moralische Argumente entgegenzuhalten, doch seine brillanten Widersinnigkeiten gaben mir den Eindruck, bei jedem Wortgefecht weiter an Boden zu verlieren, und so ließ ich mich genüßlich in die Sinnesfreuden der Dekadenz fallen. »Wunderbar schön ist Ihr Gesicht, Mister Gray... Ja, Sie sind ein Liebling der Götter. Doch was sie geben, rauben sie auch rasch. Nur kurze Jahre sind Ihnen verstattet, in denen Sie wahrhaft vollkommen und ungeschmälert leben... Die Zeit ist neidisch auf Sie und befeindet den Garten Ihrer Lilien, Ihrer Rosen... Verschwenden Sie die goldenen Tage nicht, hören Sie nicht auf die Törichten, suchen Sie nicht, der Hoffnungslosen Minderwertigkeit aufzuhelfen, opfern Sie Ihr Leben nicht den Unwissenden, Gewöhnlichen, Gemeinen. Dies sind die kränklichen Ziele, die irrigen Vorstellungen unserer Zeit. Leben Sie! Leben Sie das wundervolle Leben, das Ihrer harrt.«

Ich las das Buch von morgens bis abends, wieder und wieder, dicht an die »Biene« geschmiegt, diesen kleinen Kanonenofen, den die Moskauer in Ermangelung von Kohle mit gestohlenen Brettern aus zerstörten Häusern fütterten, was zu Beginn dieses Frühlings bitter nötig war. Ich, die in Zeiten des Überflusses kaum etwas aß, verspürte Hunger. Welche Versuchung, Tolstoi und seinen Ermahnungen, Dostojewski und seinen Schuldgefühlen den Rücken zu kehren, die an Tuberkulose sterbende Anna aus dem *Nachtasyl* und all ihre Leidensgenossen zu vergessen, von denen es ganz in meiner Nähe im Viertel Sennaja Ploschtschad oder rund um den Kitrow-Markt nur so wimmelte, jenen in stinkende Lumpen gehüllten Bettlern, die die Revolution retten wollte, indem sie mich opferte. Waren dies nicht »die kränklichen Ziele, die irrigen Vorstellungen« meiner Zeit? »Die einzige Weise, wie man sich von Versuchungen befreien kann, ist, ihnen nachzugeben«, sagt Oscar Wildes Lord Henry. Ich betrachtete die Photographie unseres Wohnungseigentümers, jenes jungen Ulanen, der Maxime hieß und in den ich mich wahrhaftig verliebt hatte. Blond, mit hellen Augen, den Säbel an der Seite, in der Galauniform eines Pagen, im schwarzen Waffenrock mit Barett, Besatzlitzen, Kragen und Epauletten in Gold, in Lackstiefeln, weißen Hosen und Handschuhen, ähnelte er Dorian Gray, mit dem er vermutlich den unschuldigen Blick, »die rosenrote Jugend« und die »weißrosige Knabenhaftigkeit« gemein hatte. Ich stellte ihn mir mit abgerissenem Arm vor, wie er sein Blut verlor und in irgendeinem schlammigen Graben nach seiner Mutter rief. Warum? Welches Ideal war es wert, daß man seinetwegen auf diese Weise seine Jugend und sein Leben verlor? Ich trat ans Fenster, um angesichts der Kastanie im Hof nach ihm zu schmachten: ihre zarten grünen Blätter und die rosigen Zapfen ihrer traubenartigen kleinen Blüten reckten sich zum klaren Himmel empor. Ich kehrte zurück und benetzte die Photographie mit Tränen. Mein Vater hatte wie durch ein Wunder in einem Papiergeschäft ein großes, in dickes Leder gebundenes und mit einem Vorhängeschloß versehenes Buch für mich gefunden, dessen Schlüssel ich zum großen Ärger meiner Mutter an einem Kettchen um den Hals trug: Ich beschrieb fieberhaft die Seiten mit elegischen Gedichten, in denen junge blonde Tote inmitten von Lilien und Tuberosen auf schwarzen Katafalken hingestreckt lagen.

Aus diesem Zustand romantischer Träumerei riß mich meine junge Tante Asja, als sie unvermutet bei uns hereinschneite. Sie kam direkt aus Paris, wo sie soeben ihre letzten Examen bestanden hatte, und eilte nun herbei, um sich in Moskau an der Revolution zu beteiligen. Ihr energisches Läuten an einem schönen Aprilnachmittag jagte uns einen Schrecken ein, und ich brauchte eine Weile, um ihre Stimme zu erkennen, die uns vom Treppenabsatz her beschwor, die dreifach verriegelte Tür zu öffnen. Sobald sie ihren Glockenhut abgesetzt hatte, verschlug mir der Anblick ihres kurzen Haares die Sprache. Sie trug ein leichtes Jerseykostüm, dessen Rock gut zehn Zentimeter über dem Knöchel endete. Meine Mutter, die noch überraschter war als ich, fing sich gleich wieder und stürzte sich auf sie, um sie bis in alle Einzelheiten zu mustern und mit Fragen zu überhäufen. Frisierten sich die Damen von Welt wirklich so in Paris? Trüge man die Röcke jetzt um so viel kürzer? Seien denn Turbane nicht länger Mode? Habe Asja Zeitschriften, Kataloge, irgend etwas Derartiges mitgebracht, damit es möglich sei, sich in dieser gottverlassenen Stadt vorzustellen, wie es in der zivilisierten Gesellschaft aussehe, falls es sie überhaupt noch gebe? Die Erscheinung betrachtete uns mit einem Erstaunen, das dem unsrigen in nichts nachstand, und bombardierte uns ihrerseits mit lauter Fragen. Wie weit sei die Machtprobe zwischen den Bolschewiken und den Sozialrevolutionären gediehen? Was sage man über den Vertrag von Brest-Litowsk, der zwar den Krieg beendet, jedoch weite Gebiete, unter anderem die Ukraine, dem Feind überlassen habe? Behaupte man auch hier, Lenin und Trotzki würden von den Deutschen bezahlt? Ich sah ein wenig beschämt meine Mutter fragend an. Sie wußte hierüber kaum mehr zu sagen als ich.

Von jenem Tage an fegte ein Tornado über unser Dasein hinweg. Die Fenster wurden geöffnet, die Teppiche geklopft, unsere gemaßregelte alte Hausgehilfin wußte nicht mehr, wo ihr der Kopf stand, selbst ich wurde angemustert, das Plumeau aufzuschütteln. Das in einem Wandschrank entdeckte Grammophon des Ulanen näselte, war es erst einmal aufgezogen, Walzer von Strauß und Operetten von Offenbach. »Le roi barbu qui s'avance, bu qui s'avance, bu qui s'avance, c'est Agamemnon, Aga, Agamemnon.« Mein am Abend ahnungslos heimkehrender Vater wurde in einen wilden Charleston mitgerissen. Asja hatte die Schallplatte mitgebracht, sorgsam in einen ihrer Seidenunterröcke gewickelt. Am Schluß ließ sie ihn sich setzen, tupfte ihm die Stirn – er war in Schweiß gebadet und gab vor, verärgert zu sein –, servierte ihm ein Glas Tee und unterzog ihn einem scharfen Verhör. Der Bericht, den er ihr von der Situation gab, brachte mir ebensoviel Wissenswertes wie ihr, nur glaubte sie von dem düsteren Bild, das er ihr vor Augen führte, kein einziges Wort. Sie sah in dem Chaos, das sich des Landes bemächtigt hatte, den unvermeidlichen Auftakt zu einer neuen Ära, die allen Ungerechtigkeiten ein Ende setzen würde. Die Dekrete zur Verstaatlichung des Grundbesitzes und der Industrie hatten ja schon den Anfang gemacht. Sie bekannte sich zu einer damals weitverbreiteten Mischung aus marxistischem Materialismus und panslawistischem Humanismus und verfocht ihre Einstellung mit solchem Enthusiasmus, daß mein Vater es sehr bald aufgab, sie davon abzubringen. Ihr selbstbewußtes Auftreten und ihre Ausgelassenheit wirkten nach den langen Wochen der seiner Natur so fremden Apathie und Niedergeschlagenheit derart belebend auf ihn, daß er mir sogar erlaubte, sofern alle nötigen Vorsichtsmaßnahmen getroffen würden, mit ihr das Haus zu verlassen.

So geschah es, daß wir beide – meine Mutter wollte sich uns nicht anschließen – vom nächsten Tage an und während der folgenden drei Monate alle Straßen, Plätze und öffentlichen Stätten der neuen Hauptstadt vermaßen. Man hätte meinen können, ganz Rußland habe sich dort verabredet, allen voran die legal oder illegal von der Front zurückgekehrten Soldaten, von denen keiner wieder in sein Dorf wollte, ohne »Mütterchen Moskau« besucht zu haben. Sie standen staunend vor der Basilius-Kathedrale, dieser fröhlichen Lawine aus gelben, grünen und roten ananas-, zwiebel-, birnen-, pinienzapfen- und porréeförmigen Knollen mit emaillierter Halskrause. Sie schienen am bonbonfarbenen Himmel, der sich zögernd mit Schäfchenwolken aus kleinen Daunenbüscheln bedeckte, nach dem riesigen Greis à la Chagall in blauem Kasack und mit weißem Bart Ausschau zu halten, der, da ihm seine Abendmahlzeit nicht behagt, den Inhalt seines Quersacks ganz einfach in die Umfassungsmauer geschüttet hat. Sie betraten das Palais der Bolschaja Nikitskaja oder, in noch größerer Nähe von uns, das der Pretschistjenka, schleiften ihre schmutzigen Stiefel über die Marmor- oder Malachitböden, prüften mit angelecktem Finger das Gold der Täfelung, befühlten die Dicke der Vorhänge. Sie stießen sich mit den Ellenbogen an und brachen in schallendes Gelächter aus, wenn sie an einer Wand irgendein vergessenes Familienporträt entdeckten. Sie sprangen auf den Steppdecken der Directoire-Betten herum. Draußen kratzten sie sich am Kopf vor den Wandzeitungen, die sich auf allen freien Flächen ausbreiteten, und ließen sie sich von des Lesens und Schreibens weniger unkundigen Kameraden entziffern.

In diesem Frühling 1918 wollte ein jeder seine Meinung kundtun, seine Geschichte erzählen, sein Bild malen oder sein Gedicht deklamieren. Auf dem Roten Platz, direkt unterhalb der Mauern des Kreml, fanden Freilichtveranstaltungen statt. Liebespaare lagen im Gebüsch der Alexandergärten, küßten sich ungeniert und lauschten den Musikanten, die gleichgültig »*Die Warschauerin*« und »*An der schönen blauen Donau*« spielten. Die ganze Nacht hindurch wurde auf den Teichen des Tschistoprudni-Boulevards gerudert. Man nahm Sonnenbäder auf den Quais der Moskwa. Am Ende der Twerskaja hangelten sich Redner, einander beiseite stoßend, an dem mit rotem Stoff bedeckten Sockel empor, von dem man die Statue Skobelews, des Helden des russisch-türkischen Krieges, abgeschraubt hatte. Die Zuschauer unterbrachen sie teils spöttisch, teils enthusiastisch mit scharfen Bemerkungen oder Bravorufen, ebenso schnell bereit, an dem Stoff zu ziehen, um sie zu Boden zu schleudern, wie ihnen, die *Internationale* anstimmend, zuzujubeln. Auf dem Puschkin-Platz verschwand der bronzene Dichter unter Spruchbändern und Fahnen. Vor allen Monumenten ragten Holztafeln in die Höhe, die Konstruktivisten wie Futuristen mit auffallenden Schriftzeichen, gemalten Slogans oder mit unverständlichen Zeichnungen in grellen Farben bedeckten. Bis zum Skelett abgemagerte Arbeiter in Jutesäcken mit zwei Löchern, aus denen ihre knochigen Arme hervorkamen, betrunkene Soldaten in zerfetzter Matrosenbluse, den unvermeidlichen Teekessel am Gürtel, bleichgeschminkte Mädchen mit gemalten Lippen, dicke Hausfrauen mit einer Strohtasche am Arm, aus der welke Kohlblätter herausragten, strömten vor diesen geheimnisvollen Machwerken zusammen und ließen sich in kräftig mit Flüchen gewürztem Russisch zu Deutungen hinreißen, die den Bildermalern selbst nie eingefallen wären.

Aber vor allem die Poeten waren außer Rand und Band. Sie fanden überall ein Publikum: in den Theatern, im Zirkus, in den Bahnhofshallen und natürlich in den Cafés. Abenteuerlustig, wie sie war, schleppte Asja mich, nachdem ich zuvor Verschwiegenheit geloben mußte, als bereitwilliges Opfer zu den belebtesten unter ihnen. In den Kellern der Futuristen sahen wir Majakowski, die Proletariermütze fest auf dem Schädel, mit hochgeschlagenem Kragen und rotem Halstuch, ein Stück Fleisch in der einen und eine Stiefelsohle in der anderen Hand, seine *Wolke in Hosen* rezitieren. Eine der größten Überraschungen meines Lebens erwartete mich im Café der Poeten: An einem kleinen runden Tisch vor einem undefinierbaren Gebräu, das damals als Tee ausgegeben wurde, saß auf der Estrade im dichten Zigarettenqualm das Idol meiner Jugend, Alexander Blok. Seine Verse an *Die schöne Dame* wußte ich, wie alle russischen jungen Mädchen, auswendig; doch auch noch zartere und weniger bekannte: »Langsam mit dir, der stillen Gefährtin / Über des Feldes stopplige Schwellen / Die Seele fließt über wie im verehrten / Halbdunkel niedriger Dorfkapellen / Still ist der Herbsttag, hoch und rund / In seinem Schweigen – dumpf und rauh / Der Sammelruf des Raben und / Das Husten einer alten Frau.«

Und nun deklamierte er, in einen Rasenden verwandelt, das Gesicht mit all den geplatzten Äderchen hochrot, mit dröhnender Stimme, wobei er wie ein Wahnsinniger sein dichtes Haar durchwühlte, dieses revolutionäre Wurfgeschoß, *Die Zwölf*: »Es kreist der Wind, Schneeflocken tanzen / Zwölf, die marschieren im Gemäuer. / Gewehre, schwarze Riemen, Ranzen. / Und ringsum Feuer, Feuer, Feuer! / Aus dem Munde qualmt es, zerknittert die Mützen. / Ein Karo-As auf dem Rücken den Schützen! / Freiheit, Freiheit / Ach, ach, sieh da / Ohne Kreuz! / Tra-ta-ta, tra-ta-ta / (...) / Faß das Gewehr, sei kein Hasenfuß! / Genosse, schieß auf die heilige Rusj, / Ach, ach, sündge, mach / Keine Sorgen uns heut nacht. / Vorwärts, vorwärts, angetrieben / Ihr Proleten! (...)« Als Asja mich am Abend nach Hause brachte, taumelte ich, als hätte ich anstelle von Zuckerwasser Wodka getrunken.

Zu Hause hatte es Theodosia inzwischen aufgegeben, die Hausmauern von den seltsamen Entwürfen zu befreien, die eine Art Vorstufe zu so erschütternden Gemälden wie Malewitschs *Messerschleifer* darstellten. Sie warf meiner jungen Tante finstere Blicke zu, denn Asja schien ihr der Inbegriff all der unruhigen und korrupten Menschen zu sein, deren sarkastische Äußerungen und proletarische Sermone sie jedoch fürchtete. Sie drückte mich in ihrer Küche in eine Ecke, wo sie mir düstere Prophezeiungen ins Ohr flüsterte und auf meiner Stirn das Zeichen des orthodoxen Kreuzes schlug, um mich vor Unheil zu bewahren. Mir blieb nicht mehr genügend Zeit, mein Tagebuch zu führen: allmorgendlich zogen Asja und ich, sobald die täglichen Hausarbeiten erledigt waren, unsere mittlerweile ganz abgetragenen Jacken an und eilten, den Magen nur eben mit einem Stück Schwarzbrot voller Spelzen beschwert, durch die Straßen. Wir sahen nichts Widersprüchliches darin, in der Uspenski-Kathedrale russische Ostern zu feiern, neben uns alte weinende Aristokratinnen, aber auch Arbeiter, Soldaten und Tschekisten, die »Christ ist erstanden!« riefen, so wie sie tags zuvor noch »Nieder mit den Bürgerlichen!« geschrien hatten, was sie auch am nächsten Tage wieder tun würden.

Im Juli wurde jedoch der deutsche Botschafter, Graf Mirbach, ermordet. Die Sozialrevolutionäre versuchten erneut, in Moskau die Macht an sich zu reißen, doch ihr Putsch wurde in Blut erstickt. Gleichzeitig erfuhren wir vom Massaker in Jekaterinburg. Wenngleich der Tod der Großfürstinnen und des Zarewitsch in mir nicht die Flut der Tränen hervorrief, die er wenige Monate zuvor – als meine zartbesaitete Seele noch nicht durch Entbehrungen, Ängste, den täglichen Anblick von Erschießungen und Toten abgehärtet war – unweigerlich hervorgerufen hätte, so sollte er dennoch den revolutionären Eifer, den Asja in mir, der leicht zu beeinflussenden Nichte zu schüren suchte, ein wenig abkühlen. Ich empfand einen Augenblick lang ihr gegenüber dasselbe Entsetzen wie Dorian Gray vor Henry Wotton, als dieser ihn von dem Selbstmord der armen kleinen Sybil Vane in Kenntnis setzt; hatte er selbst sie doch angesichts der Geringschätzung seines Mentors, lediglich aus verletzter Eigenliebe in den Tod getrieben. Ich rief mir die Worte Wildes über das Vergnügen ins Gedächtnis, das ein Freigeist darüber empfindet, einen ihm Unterlegenen zu beeindrucken, und ich fragte mich, ob Asja nicht etwa mir gegenüber die gleiche Rolle spiele.

Mein Vater traf die Entscheidung. Ihn hatte das Scheitern des

Juliputsches, die immer bedrängender werdende Präsenz der an die Stelle der Ochrana getretenen Tscheka, Theodosias verdächtiges Verhalten – sie war zur Kommissarin des Gebäudes ernannt und in der Folge zur Revolution bekehrt worden –, der Rückzug der weißen Armeen sowohl im Süden als auch im Ural davon überzeugt, daß es nun an der Zeit sei fortzugehen. Eines Abends rief er, nachdem er abgewartet hatte, daß unser Dienstmädchen eingeschlafen war, Asja, meine Mutter und mich in sein Zimmer und sagte uns hinter hermetisch zugezogenen Vorhängen mit leiser Stimme, alles sei für unser Exil vorbereitet: er habe sich falsche Pässe verschafft, mit deren Hilfe wir als Bäuerinnen verkleidet nach Finnland gelangen könnten, wohin er uns sobald wie möglich folgen werde. Sein gesamtes Vermögen sei in Stockholm. Er werde uns zunächst dorthin und anschließend nach London oder Paris bringen, in irgendeine große Stadt, wo er uns von neuem ein unser würdiges Leben bieten könne.

Meine Tante widersetzte sich, protestierte, versuchte ihm ins Gewissen zu reden, indem sie ihm vor Augen führte, wie wichtig seine Erfahrung und sein Geld für das Gelingen der Revolution seien, sie warf ihm bürgerlichen Individualismus und kriminellen Egoismus vor. Das half alles nichts. Er machte ihr sogar unmißverständlich klar, daß er die Absicht habe, sie tags darauf, wenn nötig mit Gewalt, in den Zug nach Odessa zu setzen, damit sie zu ihren Eltern gelange. Und auch wenn sie längst mündig sei: er wolle sie, zumal ihre Unüberlegtheit so offen zutage trete, keinesfalls hier zurücklassen. Ich hüllte mich feige in Schweigen. Als ich ihr meine Hilfe beim Kofferpacken anbot, wollte sie davon nichts wissen, und nach einem äußerst kühlen Lebewohl reiste sie im Morgengrauen ab. Ihre Eltern stießen ein Jahr darauf in Frankreich zu uns. Asja jedoch habe ich niemals wiedergesehen.

Nachdem er sie zum Bahnhof begleitet hatte, erstand mein Vater für uns auf dem Kitrow-Markt übelriechende alte Kleider von Bäuerinnen – lange Röcke, Filzstiefel und Halstücher. Wir verbrachten eine ganze Nacht damit, Geldscheine in unseren Schuhen zu verstecken, Schmuck sehr ungeschickt in unsere Säume einzunähen, und als wir uns morgens, während Theodosia Einkäufe machte, davonstahlen, hätte es nur eines geübten Ohres bedurft, um dahinterzukommen, daß wir einen Juwelierladen mit uns führten. Das in den Saum meines Schlüpfers eingenähte Diamanthalsband meiner Mutter kratzte wie ein Büßerhemd. Wir waren vor Schrecken starr und boten einen lächerlichen Anblick.

Der »Maxim Gorki«, in den wir einstiegen – so nannte man damals die Bummelzüge, hastig aus Brettern zusammengefügte wackelige Gebilde, die hinter einer altersschwachen Lokomotive durch den Schlamm des weiten Rußland schlichen –, war überfüllt mit Bauern, nach Hause zurückkehrenden Soldaten und dicken, mit Bündeln beladenen Bäuerinnen. Sobald sie einen Zipfel aufknoteten, um Wurst, Speckscheiben und Schwarzbrot hervorzuziehen, konnte man feine Spitzendecken, Kaschmirschals, silberne Leuchter, ja sogar Ikonen erkennen: zweifellos das Ergebnis ihrer Transaktionen mit entkräfteten alten Aristokraten, die man in Moskaus Straßen bereits ihre letzte Habe gegen ein paar Lebensmittel hatte eintauschen sehen. Wenn die Menschen nicht gerade aßen, schliefen sie. Niemand achtete auf uns, die wir es im übrigen vermieden zu sprechen, um nur ja keinen Verdacht zu erregen. Ich trug nur einen stillen Kampf mit meiner Mutter aus, als sie mir einen aus der Bibliothek des Ulanen stibitzten Band mit Maupassant-Novellen, in dem ich in aller Unschuld lesen wollte, aus der Hand nahm. Sie gewann, und ich mußte mich damit begnügen, mir bis zur Grenze Gedichte aufzusagen. Ein Freund meines Vaters nahm uns dort in Empfang, und wir ließen Rußland ohne die geringsten Schwierigkeiten für alle Zeiten hinter uns.

Januar 1945

Aus dem Bau hervorgezerrt, in dem sie wochenlang taub und stumm in der Finsternis kauern mußten, geblendet vom Feuerwerk des befreiten Bordeaux, von Knallkörpern beschossen, denen sie durch verschreckte Sätze und Sprünge ausweichen wie Kaninchen, die dem Blei des Jägers zu entkommen suchen, in den Verschlag eines brechend vollen Waggons gestoßen, landen sie schließlich mit noch schlotternden Knien auf dem Treppenabsatz eines feinen Stadthauses am Quai de Passy Nr. 24. Julie zieht den Dornstift am Eingang, und der Holzpflock fällt herunter. Die Tür öffnet sich einen Spaltbreit. »Madame Némirovsky«, sagt Julie, »ich bringe Ihnen Ihre Enkelinnen, die den Krieg überlebt haben.« – »Ich habe keine Enkelinnen«, knurrt eine Wolfsstimme mit starkem ausländischen Akzent. »Die ältere der beiden hat eine Rippenfellentzündung«, beharrt Julie. »Es gibt Sanatorien für mittellose Kinder«, antwortet der Wolf.

Kapitel 7

Ich bin unter den neiderfüllten Blicken meiner Mutter erwachsen geworden, und zwar in einer Herberge in Finnland, am Abend meines sechzehnten Geburtstages. Wir warteten beide auf die endgültige Rückkehr meines Vaters, der nach Petrograd gereist war, um dort in aller Heimlichkeit seine letzten Geschäfte abzuwickeln; bei seinen wiederholten Besuchen hatte er uns nach und nach mit Pelzen und Kleidern versorgt. Um uns herum wurde das Land vom Bürgerkrieg entzweit. Die Dörfer wurden bald von den Bolschewiken, bald von den weißen Truppen General Mannerheims eingenommen und gleich wieder verloren. Selbst in unserem tief im Wald gelegenen Weiler war das Donnern der Kanonen zu hören, und in der Ferne sahen wir, wie lodernde Feuersbrünste den schwarzen Himmel für kurze Zeit rot färbten. Die Sonne ging dort im Winter um drei Uhr unter. Partisanengruppen strichen durch die Wälder, und der beißende Rauch ihrer Lagerfeuer wurde vom eisigen Nordwind bis zu uns getragen.

Die Herberge, ein langgestrecktes, nach Harz duftendes einstöckiges Blockhaus, hatte dunkle Korridore und kiefernholzgetäfelte Zimmer, die von mächtigen Emailleöfen beheizt wurden. Die winzigen Fenster waren nicht selten bis zur Hälfte von Schnee bedeckt. Es gab schmale Betten unter Daunendecken, Kommoden sowie Frisiertische aus hellem Holz. So sauber und freundlich, wie das Haus war, mit blauweiß karierten Baumwollgardinen, konnte man sich gut vorstellen, daß hier vor der Revolution Paare aus Sankt Petersburg für ein amouröses Wochenende Unterschlupf gefunden hatten.

Es herrschte eine höchst eigenartige Atmosphäre. Zunächst einmal, weil kein einziger erwachsener Mann zu sehen war. Alle kämpften entweder auf der Seite der weißen Streitkräfte oder suchten in Paris, London oder Stockholm nach einem Unterschlupf für ihre Familien, die sie vorübergehend in Finnland, mehr oder weniger in Sicherheit, zurückgelassen hatten. Ab und zu tauchte ein Vater auf, wie der meine. Man scharte sich um ihn, begierig, Neues zu erfahren, während er verstört und ausgehungert Specksuppe und Rentierbraten verschlang. Viele meinten, das bolschewistische Regime werde den Winter nicht überdauern: Der Waffenstillstand hatte die Hoffnungen auf eine Intervention der Alliierten aufleben lassen. Seit Dezember ankerte die französische Flotte vor Odessa, und vierzigtausend Mann belagerten unter dem Kommando Franchet d'Espereys einen Teil der Krim. Man sprach über Admiral Koltschaks Erfolge in Sibirien und erwog die Aussichten auf einen Zusammenschluß mit den Streitkräften Denikins, die im Süden eine erneute Offensive starteten und den Polen Kiew abtrotzten. Manch einer, der noch einige Monate zuvor hatte emigrieren wollen, war nun wieder zuversichtlicher.

Abgesehen von dergleichen kurzen Besuchen, wurde das Hotel ausschließlich von Frauen und Kindern bevölkert. Man sah keine Ammen oder Gouvernanten mehr, sie waren vor geraumer Zeit in ihre Heimatländer zurückgekehrt. Die Bediensteten, junge Bäuerinnen, die nicht selten den Roten abgeworben worden waren und sich zwar freundlich und diskret benahmen, in ihrem flachsgelben Haar jedoch scharlachrote Schleifen trugen, besorgten ausschließlich den Haushalt und die Küche. Die Mütter, die als Ehefrauen von Aristokraten, Kaufleuten und Bankiers an ein Leben mit viel Personal gewöhnt waren, konnten sich kaum allein anziehen. Dementsprechend hart war die Lehre, durch die sie mit ihren Sprößlingen gingen. Die Sorge um die

Jüngsten, die von ihrer Njanja derart verwöhnt waren, daß sie nicht den geringsten Aufschub in der Befriedigung ihrer Launen ertrugen, nahm sie ganz und gar in Anspruch, sie waren erschöpft von ihrem Geschrei, ihren lärmenden Spielen und Zankereien. Sie mußten sogar ihre Säuglinge stillen, eine Aufgabe, die bereits zwei oder drei Generationen vor ihnen in Vergessenheit geraten war. So kam es, daß sie die älteren Kinder gänzlich vernachlässigten, die, zum erstenmal sich selbst überlassen, das Leben in vollen Zügen genossen.

Schüchtern wie ich war, hatte ich die ersten Wochen des Alleinseins damit verbracht, die Bibliothek zu durchforsten, die aus allen möglichen, von den einzelnen Gästen zurückgelassenen Bänden bestand. Ich hatte *Béatrix* von Balzac, *Mademoiselle de Maupin* von Théophile Gautier, Maeterlinck, Verhaeren und Henri de Regnier in Französisch gelesen und einen Roman in russischer Sprache von Alexander Kuprin, *Die Gruft*, entdeckt, den mir meine Mutter, wäre ihr Augenmerk noch auf meine Lektüre gerichtet gewesen, aus den Händen gerissen hätte. Ich erfuhr Dinge über mein altes Kiew, seine gefährlichen Viertel, die Freudenhäuser und Gepflogenheiten seiner studentischen Jugend, von denen Mademoiselle Rose, wenn sie mich nachmittags in den Hafen mitnahm, um die Schiffe anzusehen, gewiß nichts ahnte. Sobald ich allerdings Maupassants *La maison Tellier* dagegenhielt, das ganz offensichtlich dasselbe Thema behandelte, kam ich zu dem Schluß, daß mir, verglichen mit Kuprins typisch russischem, abschweifendem, ausholendem Stil, seinem bisweilen ironisch pessimistisch gefärbtem Hang zur Sentimentalität, der Stil des französischen Dichters, seine Nüchternheit, seine Ellipsen, sein Zynismus, die Art und Weise, wie er in nur wenigen Worten eine Atmosphäre erschafft oder eine Person lebendig werden läßt, dazu sein außergewöhnliches Gespür für die Pointe, ungleich lieber waren. Und ich versuchte ihm nachzueifern, indem ich Erzählungen schrieb. Ich war jedoch der Ansicht, mir fehle es an Erfahrung: Ich vermochte nicht, wie er, Verhaltensweisen, Charaktere zu skizzieren, was bestimmt daran lag, daß ich die Menschen noch nicht genügend beobachtet hatte. Wollte ich je Schriftstellerin werden, so mußte sich das unbedingt ändern. Ich zwang mich also, tagtäglich zwei oder drei Seiten über die Bewohner des Hotels, ihre Attitüden und Eigenheiten, ihre Art sich zu kleiden oder zu sprechen, ihre Handlungen und Gesten zu verfassen.

So geschah es, daß ich, indem meine literarische Ambition, ohne daß ich mir dessen bewußt gewesen wäre, meine Schüchternheit bezwang, den Menschen näher kam. Ich brauchte mich nur weniger unnahbar zu geben, schon machte man mir Avancen. Helene und Marie Obolenski, zwei junge Mädchen, etwas älter als ich, sprachen mich als erste an, erzählten mir ihr Leben und fragten mich nach dem meinen. Die Heranwachsenden bildeten eine homogene Gruppe. Sie waren alle aus einem komfortablen, verwöhnten, glücklichen Leben gerissen und ohne daß irgend etwas oder irgend jemand sie darauf vorbereitet hätte, in die revolutionären Wirren gestürzt worden. Nun tauchten sie daraus empor, verunsichert durch die um Haaresbreite überstandenen Gefahren und Entbehrungen, erschüttert durch Trauer, blutige Dramen und erschreckende Szenen, blinzelnd wie junge Eulen, denen man die Flugfedern ausgerissen hat. Alle hatten ihr Vertrauen in den Scharfblick der Eltern verloren, die sich sorglos, blind und unentschlossen gezeigt hatten. Niemand wußte, was die Zukunft für ihn bereithielt. Alle wollten genießen, den Augenblick auskosten. Trunken von der Klarheit der eisigen Luft, herrlich nach Petrograds Ausdünstungen und dem muffigen Geruch der Moskauer Häuser, in denen sie so lange versteckt gelebt hatten, stürmten sie, kaum daß sie ihr Frühstück hinuntergeschlungen hatten, ins Freie. Sie verbrachten ihre Tage mit Eislaufen und stürzten sich jauchzend auf den hoteleigenen Rodelschlitten – es reichten auch auf Kufen geschnürte Korbstühle – in wilde Abfahrten, nach denen sie im hohen Bogen in Hügeln aus Pulverschnee landeten. Ich begegnete ihnen auf meinen einsamen Spaziergängen, ohne sie jedoch anzusprechen. Sie kehrten mit zerzaustem Haar und roten Wangen, tropfnaß und mit heiserer Stimme zurück. Abends wurden sie von nervöser Heiterkeit ergriffen, die rasch in Hysterie umschlagen und zu unbändigen Lachtiraden oder Weinkrämpfen führen konnte, aber auch zu gefährlichen Streichen. Jähes Gezänk konnte ebensoschnell beschwichtigt werden, wie es aus heiterem Himmel ausgebrochen war. Sie hatten schon bald beschlossen, die Mütter ihren sorgenvollen Gesprächen zu überlassen und im Speiseraum des Hotels, um mehrere aneinandergerückte Tische geschart, nicht weit vom Kamin, in dem ganze Fichtenstämme brannten, gemeinsam zu essen.

Am Abend meines Geburtstages, jenem 24. Februar, den zu feiern ich mich wieder hartnäckig geweigert hatte, saß ich neben meiner Mutter inmitten einer Gruppe Erwachsener, die wie üblich die gegenwärtige Situation besprach, indem sie die spärlichen Nachrichten untereinander austauschten. Niemand schenkte mir Beachtung. Ich sah sehnsüchtig hinüber zur Tischrunde der Jungen, deren blühende Gesichter und glänzendes Haar im Licht des Feuers erstrahlten. Ihr Geschrei, Gezänk und Gelächter drang zu mir herüber und ließ meine Nachbarinnen verärgert die Augenbrauen hochziehen. Ich bemerkte, daß drei unter ihnen, Helene, Marie und ein Knabe meines Alters mit feinen Gesichtszügen, blassem Teint und schwarzen Locken – er hieß Andrej Mikajlowitsch –, einander mit dem Ellbogen anstießen und, zu mir herüberblickend, sich etwas zuflüsterten. Ich errötete, fest davon überzeugt, daß sie sich über mich lustig machten. Plötzlich gingen die Lichter aus, es wurde still, und der Koch mit seiner weißen Mütze erschien, in den Händen einen Kuchen mit sechzehn Kerzen und einer weiteren in der Mitte, gemäß dem russischen Brauch, der angeblich gewährleistet, daß das Geburtstagskind und die Menschen in seiner Umgebung den darauffolgenden Geburtstag erleben. Zwei helle Stimmen begannen zu singen »Happy birthday to you, Irina, happy birthday to you!« Mit Tränen in den Augen blies ich die Kerzen aus, schnitt den Kuchen an und reichte schüchtern jedem Gast ein Stück.

Als ich an meinen Platz zurückkehrte, erhob sich Andrej, kam und verbeugte sich vor meiner Mutter, küßte ihr die Hand und bat sie um Erlaubnis, mich an seinen Tisch entführen zu dürfen. Sie willigte ein. Er ergriff mein Handgelenk und zog mich mit sich fort. Jemand bestellte Champagner. Wir tranken viel an jenem Abend, aber es machte mir nichts aus. Ich blickte glücklich in die Runde. Diese ungestümen Körper, die einander mit heftigen Gesten streiften, diese lebhaften jungen Stimmen, diese Ausrufe, dieses Gelächter, all das stieg mir ein wenig zu Kopf und färbte auch meine Wangen rosig. Wir verständigten uns in einem Gemisch aus Russisch und Französisch und gingen ungezwungen vom ›Sie‹ zum ›Du‹ über. Die Mütter waren schon vor geraumer Zeit aus dem Speisezimmer in den Salon gegangen. Andrej hatte mich zu seiner Linken plaziert. Er brachte einen Trinkspruch nach dem anderen aus und pries unverhohlen die Reize der jungen Mädchen an unserem Tisch. Dann kamen der Zar und die Kaiserin, die Mitglieder der kaiserlichen Familie und weißen Generäle an die Reihe. Er leerte seinen Sektkelch in einem Zuge und schleuderte ihn nach russischer Sitte über seine Schulter, was ihm die übrigen, die eine heitere Trunkenheit überkam, sogleich nachmachten. Je weiter das Gelage allerdings fortschritt, desto finsterer, ja blasser wurde Andrejs Miene, er schob mit nervöser Geste seine Locken beiseite, um seine schweißbedeckte Stirn freizulegen, und unter seinen Augen breiteten sich dunkle Ringe aus. Plötzlich erhob er sich, stieß seinen Stuhl zurück und schlug energisch mit der Faust auf den Tisch. Auf seinen Wangen glühten zwei rote Flecken.

»Hört mal«, rief er in die jähe Stille, »es ist ja schön und gut, wie Kleinkinder in Schürzchen zu lachen und zu spielen, wir sind jedoch fünfzehn, sechzehn Jahre alt und keine Kinder mehr! Macht es euch denn gar nichts aus, hier dahinzuvegetieren, während Leute unseres Alters, Schüler, Gymnasiasten, manche jünger als wir, sich von den roten Schweinen abschlachten lassen? Verspürt ihr denn keinerlei Verlangen, um eure Häuser, eure Güter, um all das, was einst euer Leben war, zu kämpfen? Wollt ihr die Arbeit lieber den Alten überlassen?«

Die anderen waren verstummt und wie vor den Kopf gestoßen. Nur hier und da war ein verlegenes Räuspern zu hören.

»Ich für mein Teil«, fuhr Andrej mit seiner krächzenden Stimme fort, die seine Erregung verriet, »will jedenfalls nicht länger hier bleiben, ich kenne Wege, habe Pläne, werde mich den Weißen anschließen, nein, ich will nicht länger mit verschränkten Armen dasitzen, ihr werdet euch noch umsehen, werdet euch noch umsehen...«

Er ließ sich, erschöpft und leichenblaß, ohne den Satz zu beenden, in seinen Stuhl fallen. Um ihn her war noch immer kein Laut zu hören. Man verdrehte die Augen, als komme diese plötzliche Hinwendung zu dem Drama, das die Erwachsenen beschäftigte, aus den Reihen der eingeschworenen Gruppe einem Verrat gleich. Schließlich brach Helene das betretene Schweigen.

»Also wirklich«, rief sie, »wir wollen es doch wohl nicht unseren Eltern gleichtun! Für diesen Abend soll's genug sein mit den ernsten Unterhaltungen. Schließlich ist heute Irinas Wiegenfest. Sie wird doch an ihrem sechzehnten Geburtstag nicht schon um zehn zu Bett gehen! Außerdem ist uns allen nicht nach Schlaf zumute! Wie wär's mit einer Schlittenpartie? Wir müssen nur erst unsere Taschen leeren, dann gehe ich und wecke die Kutscher.«

Ihr Vorschlag wurde jubelnd aufgenommen. Man warf erleichtert die Servietten auf das fleckige Tischtuch, schüttete Geldscheine und Münzen in Helenes Hände und eilte unter lautem Stühlescharren, Gestöckel und Türenschlagen davon, um sich warm anzuziehen. Ich wartete Andrejs Reaktion ab. Er starrte, in sich zusammengesunken, ins Feuer und zitterte. Ich berührte seine Hand. Er zögerte einen Augenblick, hob dann seinen Kopf, sah mich an, nahm eine Flasche, die übriggeblieben war, leerte sie, warf sie fort und gab mir ein Zeichen, ihm zu folgen. Ohne auch nur auf den Gedanken zu kommen, meiner Mutter Bescheid zu sagen, stürzte ich in mein Zimmer und ergriff meinen Mantel, meinen Muff und meine Persianermütze, die mir mein Vater mitgebracht hatte. Wir trafen uns alle am

Dienstboteneingang wieder, wo wir einander unter Geflüster und ersticktem Lachen stützten, um unsere Stiefel anzuziehen. Draußen herrschte schneidende Kälte. Die vier Schlitten warteten in der Stille der Nacht, die ein großer, weißer Mond und Tausende von Sternen in ein fahles Licht tauchten. Ich sah Andrej, barhäuptig, in einer Jacke, auf einem der Trittbretter stehen. Er zog mich zur Bank empor und hüllte uns beide in ein Schaffell.

Die Schellen der Pferde klingelten leise. Die Fackeln aus Werg flammten plötzlich auf, bevor sie mit Glasglocken bedeckt wurden. Die Schlittenkufen knirschten auf der eisverkrusteten Allee. Wir fuhren an dem kleinen, zu einer bläulich schimmernden Eisschicht erstarrten Weiher entlang. Nach einigen Metern begann der Wald. Sobald wir in den Weg einbogen, der ihn schnurgerade durchquerte, war mir, als würde sich eine Zeile von Fichten und Lärchen, zarte Skulpturen aus Zuckerguß, im Licht unserer Laternen in Weihnachtsbäume verwandeln, mit Behang aus geschliffenem Kristall und mit funkelnden Silberpapierspiralen übersät. Als wir vorüberfuhren, fielen Schneeklumpen sanft in sich zusammen. Das Mondlicht spielte auf der perlgrauen Rinde der Birken, und noch hellere, quecksilbrige Flecken krochen an den Stämmen empor, lösten sich auf und bildeten sich sogleich von neuem. In den Astgabeln versteckte Eiszapfen beschossen, unzähligen facettierten Spiegeln gleich, unsere Augen mit funkelnden Pfeilen. Spuren kleiner krallenbewehrter Pfoten übersäten den weißen Teppich, der sich vor uns entrollte.

Unser Pferd, das den Zug anführte, beschleunigte seinen Schritt. Der Schlitten zischte durch den weichen Schnee. Die leichten Flocken fielen in zarten Schauern, benetzten meine Wangen, puderten meine Wimpern und ließen mich mit den Augen blinzeln. Andrej schwieg. Er legte seinen Arm um meinen Hals, und als er sich über mich beugte, kitzelte sein warmer Atem meine Nase. Der Rauhreif in seinen Brauen und im Flaum seines sprießenden Bartes ließ seine Haut noch brauner und seine Augen noch dunkler erscheinen. Er lächelte, und seine weißen Zähne prallten auf die meinen. Ich spürte, wie eine glühendheiße Zunge in meinen Mund fuhr und eine Hand durch die Knopfleisten meines Mantels und meines Kleides glitt. Die Schellen des Pferdes läuteten wie ein Glockenspiel. Die Hand hatte eine meiner Brüste ergriffen und preßte sie durch die Seide hindurch. Die andere verfing sich in meinem Haar. Ein rauhes Kinn drängte sich gegen meines. Mein Herz schlug wie ein Gong.

Ich weiß nicht, warum ich bei der Rückkehr, ohne den Mantel abzulegen, in das Zimmer meiner Mutter stürzte. Sie saß in einem elfenbeinfarbenen Satinnegligé abgeschminkt vor ihrem Frisiertisch und betrachtete sich, die Ellenbogen auf die Marmorplatte gestützt, blaß und mit schweren Lidern unverwandt im Spiegel, wobei sie mit zwei Fingern in die ein wenig zerknitterte Haut ihres Halses kniff. Ich tat ein paar Schritte und stützte mich auf die Lehne ihres Stuhles. Ihr über den Schultern ausgebreitetes blondes Haar wies unübersehbar einen dunklen Ansatz auf. Ich hob den Kopf und sah im Spiegel über ihrem Bild das meine. Unter der noch immer von funkelnden Schneekristallen übersäten Kappe musterten mich zwei große, dunkle, triumphierende Augen. Die Kälte hatte mir einen samtenen, aprikosenfarbenen Teint verliehen. Mein zerbissener Mund war kirschrot. Der hochgeschlagene Kragen meines Pelzmantels umrahmte einen makellos glatten Hals, auf dem eine bläuliche Ader pulsierte. Die Lippen meiner Mutter bebten wie bei einem Kind, das gleich zu weinen beginnt. Mit einem Male erschien sie mir sehr alt und zugleich sehr jung. Ich wich zurück und ging, wobei ich die Tür sehr behutsam hinter mir schloß. Tags darauf war Andrej verschwunden. Ohne Hoffnung hielt man in den von Roten unsicher gemachten Wäldern nach ihm Ausschau und gab die Suche nach vierundzwanzig Stunden auf.

Acht Tage darauf, Anfang März 1919, verließen wir Finnland in Richtung Stockholm, wo wir drei Monate bleiben sollten. Diese beklemmende, trostlose Stadt hat kaum einen Eindruck in mir hinterlassen. Ich erinnere mich nur noch vage an den mauvefarbenen Flieder, der im Frühling plötzlich überall, in den Gärten, Höfen, Straßen, zum Vorschein kam und den Geruch des Winters vertrieb. In Andrej war ich indessen noch ein ganzes Jahr lang verliebt, sozusagen aus Tugendhaftigkeit: mich von einem Jungen küssen und liebkosen zu lassen, wäre mir damals höchst verrucht erschienen, hätte ich mich nicht zumindest auf Leidenschaft und Tragik berufen können. Ich rekonstruierte unsere kurze Geschichte, erfand vorausgegangene Episoden, redete mir ein, gleich bei der Ankunft in dem kleinen finnischen Hotel hätten wir uns auf fatale Weise zueinander hingezogen gefühlt. Ich warf mir vor, seinen Entschluß nicht ernst genug genommen zu haben, verübelte ihm, vor seinem Aufbruch nicht gekommen zu sein, um mir vorzuschlagen, mit ihm zu gehen, erdachte rührende Szenen des Wiedersehens, wenn ich ihn einige Monate später, heldenhaft, in Offiziersuniform, den Arm möglicherweise in einer Binde, auf alle Fälle jedoch mit ordenbedeckter Brust, auftauchen sähe.

Meine Eltern hatten sich rasch in dem kleinen Kreis russischer Emigranten eingelebt, den eine Schar ausländischer Journalisten wie ein Bienenschwarm belästigte. Man erhoffte sich von den Neuankömmlingen Informationen, die man von jenseits der Grenze nicht einzuholen vermochte: die Situation war nach wie vor unbeständig, und wenn sich auch überall oppositionelle Herde bildeten und Koltschak offenbar bereit war, zu Denikin zu stoßen, so erfuhren wir auch, daß ein Teil der französischen Flotte im Schwarzen Meer, angestiftet vom Schiffsingenieur André Marty, gemeutert hatte. Während alle Welt hitzig diskutierte, sah ich mich in meiner Phantasie in der Rolle einer geheimnisvollen, schweigsamen, den Qualen einer aussichtslosen Liebe preisgegebenen Schönen. In die Poesiealben der jungen Mädchen, bei denen wir zum Tee eingeladen waren, schrieb ich Gedanken voller sibyllinischer Romantik und verzweifelte Verse: »Einen Monat, ein Jahr lang wie duldeten wir / Herr, daß soviel Meere Euch trennen von mir? / Daß der Tag beginne, der Tag wieder gehe / Und Titus gleichwohl Berenike nicht sehe /

Ich Titus den ganzen Tag nicht darf nahn?« Beim Zubettgehen hielt ich eine Kerze vor den Spiegel in meinem Zimmer und bewegte sie hin und her, um auf meinem Gesicht mit dem Nektarinenteint und den vollen Wangen, die sich, seitdem es wieder genug zu essen gab, erneut gerundet hatten, interessante Schatten auszuhöhlen. Als ich von unserer unmittelbar bevorstehenden, endgültigen Abreise erfuhr, bekam ich einen Weinkrampf und bezichtigte meinen Vater, ohne ihm allerdings meine wahren Beweggründe auseinanderzusetzen, mein Leben zu zerstören, falls er mich zwingen sollte, Finnland zu verlassen. Er hatte wahrlich andere Sorgen und forderte mich barsch auf, mich nicht so zu zieren.

Das schreckliche Unwetter, das uns auf dem Frachter ereilte, der uns von Norrköping nach England und von dort nach Frankreich brachte, hätte um ein Haar meine düsteren Prophezeiungen wahrgemacht und mich in einen frühen Tod getrieben. Das Schiff hatte, einem jener Zufälle gehorchend, nach denen es die damalige Zeit zu gelüsten schien, Theaterkulissen an Bord: während der zehntägigen Überfahrt bei unvermindert stürmischem Seegang mußten wir uns bei jedem schwankenden Schritt vor den schlecht verstauten Rollen mit bemalter Leinwand in acht nehmen, und auf dem Weg zum Speisesaal stolperte ich über einen kleinen goldenen Stuhl, wurde an die gegenüberliegende Wand geschleudert, wo ich in einer mit griechischen Nymphen verzierten Pappurne landete. Meine Mutter stöhnte in ihrer Koje in unserer gemeinsamen Kabine, und alles, was wir von ihr hörten, wenn wir ihr Tee brachten, waren ein paar dramatische Laute. Mein Vater und ich waren nicht seekrank, und wir setzten unsere Ehre daran, in der Bar die einzigen Gäste zu sein. Hier versuchte ich, Andrej nahezukommen, indem ich, ungeachtet der halbherzigen väterlichen Vorhaltungen, meinen Kummer im Alkohol ertränkte. In dem winzigen Raum stand immerhin ein Klavier, auf dem der Barkeeper, ein für seine Überfahrt arbeitender polnischer Student, Chopin hämmerte, um das tosende Unwetter zu übertönen.

Eines Abends war seine Mühe vergebens, so laut heulte der Sturm. Das Schiff bebte und knarrte in all seinen brüchigen Planken. Es schlingerte nicht länger: der Bug bäumte sich beinahe senkrecht auf, fiel mit dumpfem Krachen zurück, worauf sich das Heck aufrichtete und Tische und Stühle nach vorn geschleudert wurden. Bei der Rutschpartie flogen Tassen, Untertassen und Gläser in den Raum, so wie Pferde im Trab ihre Reiter vor einem plötzlichen Hindernis abwerfen. Betrunken wie ich war, fiel es mir nicht schwer, meinen Vater davon zu überzeugen, daß Ertrinken im Freien würdiger sei, als von einem noch dazu verstimmten Klavier zermalmt zu werden. Unter Mühen gelangten wir über eine rutschige Eisenleiter durch schäumende Gischt an Deck und banden uns mit unseren Gürteln am Mast fest. Das Wasser war schwarz wie Tinte, durch die bleigrauen Wolken drang jedoch ein grünlicher Schimmer und säumte sie mit einem hellen Rand. Wanten, Taue und Reling erstrahlten in phosphoreszierendem Glanz. Von Brechern geohrfeigt, sagte ich mit weit aufgerissenem Mund, in den meine salzigen Tränen strömten, meinen geliebten Chénier auf: »Doch als allein am Bug sie zu den Sternen flehte / Da hat der rauhe Sturm, der jäh ins Segel wehte / Sie wild umfaßt. Es war kein Seemann nah. Erschreckt / schreit sie und sinkt und ist vom Schoß der Flut bedeckt.« Der Orkan wurde so stark, daß wir auf Geheiß des Kapitäns unseren Mast verlassen und in unsere Kabine zurückkehren mußten, wo ich in bleiernen Schlaf verfiel. Am nächsten Morgen hatte sich der Sturm ein wenig gelegt, und in der Ferne zeichneten sich die weißen Klippen Englands ab.

Es war Anfang Juli. Der Frieden, über den man seit Januar unaufhörlich verhandelt hatte, war einige Tage zuvor am 29. Juni in Versailles unterzeichnet worden. Das Festland war hell erleuchtet, Lampiongirlanden zogen sich von einem Küstenstädtchen zum anderen. Raketen stiegen gen Himmel, und ihre Bahnen kreuzten sich wie Blitze, die die Nacht durchzucken. Die noch immer häufigen Böen trugen uns Fetzen von kriegerischer und volkstümlicher Musik zu. An Deck beglückwünschten sich die zu neuem Leben erwachten Passagiere; regen- und gischtdurchtränkt lagen sie einander in den Armen. Es herrschte weiterhin hoher Seegang, so daß wir nach unserer kurzen Zwischenlandung und der herrlich vergnügten Ärmelkanalüberquerung nicht in Le Havre anlegen konnten. Wir erkannten die Quais durch das Fernglas des Kapitäns: auch sie bevölkert von einer Menschenmenge, die zu den Klängen der *Madelon* tanzte. Unsere Wahlheimat begrüßte uns mit einem Tusch.

Tags darauf hatte sich das Wetter ganz und gar beruhigt. Wir fuhren die Seine aufwärts bis nach Rouen, durch eine verschlafene Landschaft unter einem porzellanfarbenen Himmel, an dem kleine weiße Wolken grasten. Wir sahen Obstgärten mit Bäumen, deren tief herabhängende Äste unter der Last der reifen Früchte zu brechen schienen, Wiesen, auf denen Pferde träge weideten und gefleckte Kühe im Schatten Mittagsruhe hielten, grün berankte Villen mit spitzen Dächern inmitten von Rasenflächen, auf denen weißgekleidete Mädchen Krocket spielten. Dieser friedliche Anblick erschütterte mich und erweckte in mir eine Mischung aus Erleichterung und Bitterkeit. Erleichterung, weil wir endlich ankommen würden und ich mich, trotz meines anfänglichen Protestes, insgeheim nach Geborgenheit und Ruhe sehnte. Bitterkeit, da ich an ähnliche Bilder erinnert wurde, zu Hause, in Rußland – etwa in Zarskoje Selo, dessen Gärten mir so vertraut waren, weil ich dort während unserer Petersburger Jahre häufig gepicknickt hatte –, und da ich mir mein Land vorstellte, das einst nicht minder heiter war und nun unter Schutt und Asche begraben lag, geplündert, verwüstet, von rivalisierenden Horden entzweit. Ich dachte an die Gefallenen, die zahllosen in den Schützengräben von Verdun, der ukrainischen Steppe, den Wäldern des Ural verwesenden Toten, unter denen vermutlich auch Andrej war. Ich stellte mir, nun ganz ernsthaft, die Frage, ob der anscheinend so greifbar nahe Frieden sich tatsächlich als konkret und dauerhaft erweisen und uns nicht eines Tages wieder genommen würde. Ich schwor mir, was auch immer geschehe, mich nie wieder zum Exil zu entschließen.

Beim Verlassen der Gare Saint-Lazare durchquerten wir ein trostloses, menschenleeres, nur von ein paar Straßenlaternen erleuchtetes Nachkriegs-Paris. Ich erkannte es kaum wieder, so wenig glich es dem strahlenden, farbigen Bild, das ich in mir trug. Über die Filiale seiner Bank hatte mein Vater für uns in der Avenue du Président-Wilson ein hochherrschaftliches Stadthaus ausfindig gemacht, das um die Jahrhundertwende gebaut worden war. Mich ließen sie gleichgültig, diese geräumigen Zimmer, diese hohen, schmalen, von Vorhängen aus pflaumenblauem Samt eingefaßten Fenster, diese mit Stuck versehenen Decken, diese Kamine, auf denen gewaltige, von Girlanden gekrönte goldene Spiegel ruhten, diese teuren Allerweltsmöbel mit einem Hauch von Directoire, so als hätten die Besitzer nur vorübergehend darin gelebt, ohne dem Haus eine persönliche Note zu verleihen. Ein Butler, zwei Zimmermädchen, eine Köchin erwarteten uns. Meine Mutter war zu erschöpft, um sich zu äußern, und verschwand in ihrem Zimmer, aus dem sie erst eine Woche später wieder auftauchte. Sie war nicht einmal bereit, mich am 14. Juli zur Siegesparade zu begleiten, zu der ich mich ohne sie mit einer Hausangestellten aufmachte. Als ich die Marschälle Joffre und Foche an der Spitze des einundzwanzigsten französischen Armeekorps unter dem Arc de Triomphe hervorkommen sah, begrüßt von einer tobenden Menge, die sie seit drei Uhr morgens erwartete, lief es mir kalt den Rücken herunter: eine derartige Euphorie war für mich mit höchst unerfreulichen Erinnerungen verbunden.

Mein Vater hatte sogleich seine Tätigkeit an seiner Bank wieder aufgenommen. Er mußte allerdings kurz darauf nach New York reisen, wohin ihn, wie er sagte, äußerst lukrative Geschäfte riefen. Das Geld komme überall mit erstaunlicher Geschwindigkeit wieder zum Vorschein, und man brauche nur zuzugreifen. Er hoffte, wir würden uns schnell in unserem neuen Leben zurechtfinden, damit er leichten Herzens aufbrechen könne. So kam es, daß wir, sobald meine Mutter sich die Zeit genommen hatte, ihren alten Zobel gegen einen Nerz einzutauschen, mit dem sie zumindest ein Paar Schritte in der Straße wagen konnte, ohne sich gänzlich lächerlich zu machen, zwei oder drei Familienkonferenzen abhielten, bei denen es unter anderem um meine unmittelbare Zukunft ging. In ihren Augen kam es vor allem darauf an, für mich eine Gouvernante aufzuspüren, wovon sie sich nicht abbringen ließ, auch wenn ich persönlich der Meinung war, mit meinen sechzehn Jahren sehr wohl auf ein derartiges altmodisches Requisit verzichten zu können. Wie ich bereits erwähnte, hatte ich mich sogleich zur letzten mir bekannten Adresse von Mademoiselle Rose aufgemacht, aber ich traf sie nicht an und entdeckte auch keinerlei Spur von ihr. Mein Vater war dafür, sie durch eine Engländerin zu ersetzen, zumal ich das Französische bereits perfekt beherrschte. Das ließ sich durch eine der damals florierenden Agenturen sehr rasch vermitteln, und so erschien, wärmstens empfohlen von einer adligen Familie, die ihre Tochter frisch vermählt hatte und ihre Dienste darum nicht länger benötigte, dieser seltene Vogel, meine so geliebte Miss Matthews, auf der Bildfläche.

Man kann sich kaum eine Frau vorstellen, die sich von meiner vorherigen Gouvernante mehr unterschied als jene kantige Rothaarige mit den großen, tiefliegenden grauen Augen unter Brauen in Form eines mißglückten Accent grave. Sie besaß einen schneeweißen Teint, eine lange spitze Nase und gewelltes, von einem Seitenscheitel geteiltes, im Nacken zu einem lockeren Knoten zusammengefaßtes Haar. Sie trug nach neuester Mode eine lange Jacke über einem kragenlosen Hemdblusenkleid aus zartgrünem Seidentaft, das die Arme freiließ und durch ein Band über der Taille zusammengehalten wurde. In seiner Länge allerdings war es durchaus schicklich, zumal es die weißen Strümpfe nur bis etwa zehn Zentimeter über dem Knöchel sehen ließ. Mich machte der Äthergeruch, der von ihren Kleidern ausging, ein wenig stutzig, ich war jedoch noch viel zu naiv, um den tatsächlichen Ursprung zu ahnen, und ihr fester Händedruck, ihre ernste Sanftmut nahmen mich für sie ein. Ich gestand ihr ganz verwirrt meine fast totale Unkenntnis ihrer Sprache und meine

Bewunderung für ihren Landsmann Oscar Wilde, eine Liebeserklärung, die sie mit einem geheimnisvollen Lächeln entgegennahm. Meine Mutter unterhielt sich kurz mit ihr, befand sie für »wohlanständig« und nahm sie in ihre Dienste.

Miss Matthews hielt sich diskret aus der anschließenden ein wenig heftigen Diskussion heraus. Mir war nicht im geringsten danach zumute, das Leben einer Tochter aus gutem Hause zu führen, wie man es offensichtlich für mich vorsah: Als kleines Mädchen verkleidet, sollte ich im Schlepptau meiner Mutter von einem Geschäft oder Teesalon zum anderen hasten und bei Wohltätigkeitsveranstaltungen unter dem wachsamen Auge meiner Gouvernante, in Erwartung einer späteren Heirat, zugunsten mittelloser Emigranten Kuchen verkaufen. Ich wollte weiter zur Schule gehen, meine Reifeprüfung ablegen und ein Literaturstudium beginnen. Meine Mutter stieß schrille Schreie aus und brachte alle nur erdenklichen Gemeinplätze vor über standesgemäßes Verhalten und die Ehelosigkeit, die auf Blaustrümpfe warte. Da ich über genügend Selbstbeherrschung verfügte, um das Geheimnis meiner Berufung zur Schriftstellerin zu wahren, riet mir mein Vater, der seinerseits nichts gegen ein Studium einzuwenden hatte, eher die juristische Laufbahn zu wählen. So könne er mich später, wenn ich unbedingt arbeiten wolle, an seinen Geschäften beteiligen. Ich gab nicht nach, und man kam überein, mir Lehrer zu suchen, sobald das neue Schuljahr beginne. Sie sollten mich innerhalb von zwei Jahren auf das Abitur vorbereiten. Da ich mich seit meinem finnischen Abenteuer in Gesellschaft gleichaltriger junger Leute wohl fühlte, äußerte ich, ohne es mir selbst vorstellen zu können, den Gedanken, es wäre doch sinnvoller, mich in einem Lyzeum anzumelden: Mein Vorschlag wurde mit Gelächter aufgenommen, worauf meine Mutter mit einem heftigen Aufflattern ihres affenfellbesetzten Hauspyjamas aus cremefarbener Seide achselzuckend den Raum verließ. Sie hatte derzeit schwarzes Haar, meines Wissens ihre natürliche Farbe, allerdings mit einem kastanienbraunen Schimmer, bei dem wohl etwas nachgeholfen worden war.

Weiterhin wurde beschlossen (und das erklärt vermutlich, warum sie die Schlacht ohne größeren Widerstand verloren gab), daß sie zur Wiederherstellung ihrer seit unserer Odyssee angegriffenen Gesundheit das Ende des Herbstes und den Winter in Nizza zubringen würde, wo wir, das heißt mein Vater – der dann aus Amerika zurück wäre –, Miss Matthews und ich, gegen Weihnachten zu ihr stoßen würden. Die Saison begann dort unten am 15. Oktober. Von Cannes bis Monaco schlossen Ende Mai sämtliche Hotels und öffentlichen Einrichtungen ihre Pforten, und nur in Nizza tranken noch ein paar melancholische Offiziere in den wenigen nach wie vor geöffneten Cafés der Place Masséna ihren Pastis. Die Côte d'Azur im Sommer ist erst seit ein paar Jahren en vogue, seit man dort künstliche Sandstrände angelegt und Kasinos eröffnet hat und sie durch Künstler und Schriftsteller wie etwa Colette, die sich mit Maurice Goudeket in ihrem Haus La Treille muscate in Saint-Tropez niederließ, interessant wurde. Vor dem Krieg und unmittelbar danach wäre niemand auf den Gedanken verfallen, sich auf dem Kiesstrand der kleinen Buchten von der Sonne der Riviera bräunen zu lassen und die heißesten Monate des Jahres woanders als auf dem Lande, auf den »Planches« von Deauville oder an der windigen Nordseeküste zu verbringen.

Meine Mutter wollte vom Régina nichts wissen, jenem auf den Höhen von Cimiez thronenden Koloß aus Stuck und Marmor, für den einst Königin Victoria eine besondere Vorliebe hegte und wo mein Vater und sie sich zu Anfang ihrer Ehe häufig aufgehalten hatten. Sie verband herrliche Erinnerungen mit dem Négresco, das nach der neuesten Mode, wie das gleichermaßen erst jüngst entstandene Ruhl, dessen Einweihung sie im Januar 1913 miterlebt hatte, direkt an der Promenade des Anglais errichtet worden war. Der Palast war für die Dauer des Krieges zum Hospital umfunktioniert worden und hatte kurz nach dem Waffenstillstand seine Tore wieder geöffnet. War auch der inzwischen ruinierte Gründer nicht länger der einzige Inhaber, so hatte das Négresco doch nichts von seinem einstigen Prunk verloren. Sie brach also im September auf, kurz nach meinem Vater, und überließ mich meiner Gouvernante und einem ganzen Gefolge von Hauslehrern, allesamt in einem kanonischen Alter. Sie waren damit betraut, meine Wissenslücken aufzufüllen, vor allem aber sollten sie dafür sorgen, daß ich die beiden Jahre, die mir im Lateinischen und Griechischen fehlten, aufholte.

Voller Eifer machte ich mich an die Arbeit. Erst jetzt wurde mir klar, wie schwer mein unfreiwilliger Müßiggang im Jahr zuvor auf mir gelastet hatte, und diese Neubelebung meiner geistigen Aktivität entzückte mich. Wenngleich meine Lehrer in französischer Literatur und Geschichte mir einen ganz beachtlichen, den Anforderungen der Reifeprüfung genügenden Wissensstand bescheinigten – was ich Mademoiselle Rose zu verdanken hatte –, lagen die Dinge für den armen alten Mann, der mich in Mathematik und den Naturwissenschaften unterwies, Fächern, die ich verabscheute und seit jeher vernachlässigt hatte, gänzlich anders. Unentwegt an Andrej denkend, von dem ich mir noch immer ein Lebenszeichen erhoffte, verließ ich kaum das Haus. Jedoch nahm ich die Verbindung zu der kurz nach mir in Paris eingetroffenen Marie Obolensky wieder auf, in deren Gesellschaft ich Sonntagnachmittage voll süßer Schwermut damit verbrachte, meine tragische Liebe heraufzubeschwören. Der detaillierte Bericht, den meine Phantasie noch beträchtlich ausschmückte, schien sie nach anfänglicher Verwunderung nunmehr zu fesseln. Jedenfalls hörte sie mir mit höflicher Geduld zu.

Am Tag nach seiner Rückkehr, Ende Dezember, fuhr mein Vater plötzlich in einem erstaunlichen Automobil vor, dessen Räder, Felgen und Scheinwerfer golden funkelten. Er wollte seine Frau damit überraschen, und so reisten wir in dieser Equipage zu ihr an die Riviera. Während der Fahrt erzählte er mir von Amerika, von New York, dessen Häuser derart hoch seien, daß man beispielsweise in der Wall Street zwischen ihren Gipfeln gerade noch einen Streifen Himmel erkennen könne, von den Bars, vor allem aber von der New Yorker Börse, wo seinen Worten nach innerhalb weniger Tage ganze Vermögen erworben oder auch zunichte gemacht würden. Am Abend des 31. Dezember trafen wir in Nizza ein. Im Négresco, jenem massigen rosa und zartgrün bonbonfarbenen Gebäude im Zuckerbäckerstil, war meine Mutter nur schwer ausfindig zu machen. Schließlich spürten wir sie im Königlichen Salon auf, inmitten umherwirbelnder Frauen in Abendrobe und junger Männer mit gekräuseltem Haar. Sie tanzte unter dem gewaltigen Glasdach, das Gustave Eiffel entworfen hatte: Putten mit rosigen Hinterteilen wurden von den tausend Lichtern des riesigen Bakkarat-Lüsters besprenkelt, von dem es, wie man mir später erzählte, nur noch ein einziges, vom Zaren in Auftrag gegebenes, Exemplar gab. Ich entsinne mich noch, daß sie ein Gewand aus Lamé trug, dessen Rücken V-förmig bis zur Taille ausgeschnitten war, was man, wie sie mir verriet, das Dekolleté der Siegesgöttin nannte. Sie nahm sich nur gerade eben die Zeit, uns zu umarmen, bevor sie, umfaßt von einem mit blendendweißer Manschette gesäumten schwarzen Arm, unter einem Konfettiregen verschwand. Mein Vater und ich begrüßten das Jahr 1920 allein in der mahagonigetäfelten Empire-Bar mit ihren Balustraden und dem abgerundeten Balkon, den von Akanthusblättern gekrönten weißen Säulen und der mit Intarsien verzierten Decke. Während meine Mutter hinter der Tür tanzte, die wie bei einem Beichtstuhl mit Schnitzereien versehen war, nahmen wir an einem kleinen runden Tisch aus getöntem Marmor Platz und erhoben melancholisch unsere Sektkelche auf das Wohl des Kaisers Napoleon, den ich als Kind so sehr geliebt und dessen Signatur das gute Négresco mit Beschlag belegt hatte.

September 1945

Korrekt angezogen, in Rock und Blazer, eine Spende wohltätiger Damen, bei denen sich die ältere der beiden immer wieder mit großer Würde bedankt – »sobald Mama zurück ist, wird sie Ihren Töchterchen Bonbons schicken« –, stehen das Kind und seine Schwester auf einem Bahnsteig. Sie schwenken weiße Pappschilder, auf denen in Schönschrift die Namen ihrer Eltern zu lesen sind. Als der Dampf der Lokomotive zu verfliegen beginnt, sind durch die Schwaden hindurch auf Bahren dahinsegelnde zerkratzte Arme zu erkennen, mit knochigen Händen, die auf braunen Decken ruhen, und Totenköpfe, die dem des Skeletts, das die Lehrerin in Issy-L'Evêque jedesmal zur Naturkundestunde hervorholte, haargenau gleichen. In den tiefen Höhlen dieser Schädel liegen Augen, große, ausdruckslose Augen. Die Kleine wendet sich ab und summt, indem sie von einem Bein aufs andere hüpft, ihren augenblicklichen Lieblingsreim: »Lundi matin, l'Emp'reur, sa femme et le p'tit prince / Sont venus chez moi pour me serrer la pince...« (»Montag früh sind Kaiser, Kais'rin und der Prinz, der kleine / Gekommen zu drücken das Pfötchen, das meine...«) Sie sieht jedoch ihre ältere Schwester immer blasser werden, zurückweichen, und fragt sich, ob sie nicht im nächsten Augenblick, wie Anna Karenina, auf dem anderen Gleis unter die Räder des nahenden Zuges stürzen wird.

Kapitel 8

Seitdem meine Mutter zurückgekehrt war und im Verlauf der folgenden zwei Jahre, in denen ich mich auf meine Reifeprüfung vorbereitete, verkehrten wir häufig, je beinahe ausschließlich, in der russischen Kolonie. So machten es all unsere Landsleute, die sich, ungeachtet ihrer gesellschaftlichen Stellung, gleich nach ihrem Eintreffen verzweifelt zusammenscharten und aneinanderklammerten. Diejenigen, die als erste, bisweilen schon gleich zu Beginn der Revolution, ins Exil gegangen oder in Frankreich von den Ereignissen überrascht worden waren, sich dann zu bleiben entschlossen hatten und bereits Verbände und Empfangskomitees leiteten, arrangierten zu Gunsten der Ärmsten eine Vielzahl von Wohltätigkeitsveranstaltungen, Konzerten, Bällen und Theatervorstellungen. Die Unterschiede, was Herkunft, Vermögen, politische Einstellung betraf, verschwanden zugunsten einer exaltierten Sentimentalität, die die strikten Grenzen von einst zunichte machte. Ein Fürst Gagarin hatte beispielsweise ganz und gar vergessen, daß wir Juden waren, und lud uns zu seinen Empfängen ein, von denen wir in Rußland selbstverständlich ausgeschlossen gewesen wären. Wenn mein Vater von seiner Bank nach Hause kam, erzählte er uns häufig amüsiert von den berechnenden Besuchen der Großfürsten, deren nach wie vor in Rubeln ausgestellte Schuldscheine er sorgsam aufbewahre: früher hätten sie sich damit begnügt, ihren Sekretär zu schicken.

Tatsächlich wurde es zunehmend schwieriger, sich die gesellschaftliche Rangordnung von einst ins Gedächtnis zu rufen. Abgesehen von denen, die, wie wir, ihr Vermögen hatten retten können und, meist in der Umgebung des Étoile, wie eh und je ein luxuriöses Leben führten – wie viele verkamen im größten Elend. So geschah es, daß ein Adliger, Patenkind der Zarin und Träger eines großen Namens seines Landes, nunmehr als Empfangschef eines Hotels allabendlich seinen zehn Jahre alten Smoking abstaubte, um einer Kolonialwarenhändlerin die Hand zu küssen; seine Ehefrau verkaufte bei einer Modistin Hüte; seine Tochter arbeitete als Komparsin im Tabarin. Viel Gesprächsstoff lieferte im Jahre 1922 das ritterliche Auftreten des hünenhaften Oberst Ignatjew, der, in Galauniform mit glanzlosen Epauletten und ausgefransten Manschetten, doch mit sämtlichen Orden auf der Brust, keinen einzigen unserer Bälle ausließ. Tagsüber fuhr er Taxi. Eines Tages stieg vor der Gare des Invalides eine junge Frau mit einem Säugling auf dem Arm bei ihm ein, die er zur Gare Montparnasse fuhr. Beim Aussteigen stellte sie fest, daß sie ihre Geldbörse verloren hatte, und brach in Tränen aus: Sie würde nicht nur das Taxi, sondern auch die Fahrkarte in die Bretagne nicht bezahlen können, wo ihr krankes Kind wieder zu Kräften kommen solle. »Wieviel kostet die Reise?« erkundigte sich Ignatjew. – »Fünfzig Francs, Monsieur.« – »Da sind sie.« – »Wie bitte... aber wem?« Er stieg aus dem Auto, stand in seiner ganzen Größe vor ihr und reichte ihr eine Visitenkarte, auf der zu lesen war: »Oberst Ignatjew, von der Leibgarde des Zaren.« Worauf er salutierte, sich wieder in sein Taxi setzte und verschwand. So und nicht anders, hörte man in unserer Umgebung sagen, verhält sich ein wahrer Russe.

Von diesen Wohltätigkeitsveranstaltungen war das Schlimmste zu befürchten: zu Ida Rubinsteins Ballett-Galavorstellungen in der Oper und den großen, von der Aristokratie ausgerichteten Kostümbällen hatten nur meine Eltern Zugang. Mir waren sogenannte »poetische Matineen« vorbehalten, in deren Verlauf pferdegesichtige Dichterinnen nur annähernd sich reimende Verse wieherten, und »musikalische Nachmittage« mit einem Cello und einem Klavier, die abwechselnd von pickligen Halbwüchsigen und lorgnonbewehrten alten Gräfinnen malträtiert wurden. Auch durfte ich an der Verteilung von Lotterielosen bei Basaren teilnehmen oder, wenn es hochkam, »Tanzabende« besuchen, bei denen Folkloregruppen in ihren aus Kreppapier und goldenem Tüll zusammengeschusterten Kostümen auftraten, wobei die Jungen mit den Hacken ihrer abgelaufenen Stiefel kraftlos auf den Boden stampften und die schemenhaften Mädchen mit einer gewiß von Entkräftung herrührenden Apathie Tüllschals schwenkten.

Nachdem Miss Matthews mir eine Moralpredigt gehalten und mir sanft meine mangelnde Bereitschaft, den Wünschen meiner Mutter zu entsprechen, vorgeworfen hatte, ließ ich mich nicht ohne Widerwillen dorthin mitschleppen. So machte ich dank der Gouvernantenzunft, zu der sie gehörte, die Bekanntschaft einiger junger Mädchen, die nicht selten meine Vorbehalte teilten. Die beiden Schwestern Gordon beispielsweise, von denen die ältere, Mila, die engste meiner russischen Freundinnen werden sollte. Vor allem aber eine weitere jüdische Bankierstochter, Daria Kamenka, deren Gesellschafterin mit der meinen eng befreundet war und durch die ich kurz darauf meinen Mann Michel kennenlernte. Oft stahlen wir uns in den Pausen davon, um in einem Teesalon Kakao zu trinken, und fanden uns erst zum abschließenden Applaus an Ort und Stelle wieder ein.

Zwei Dinge ärgerten mich ganz besonders. Erstens fuhr meine Mutter hartnäckig fort, mich vor aller Welt wie ein kleines Mädchen zu behandeln, wozu meine kindlichen Kleider und mein schulterlanges, nach wie vor offenes Haar beitrugen: In dieser Aufmachung wirkte ich, als sei ich nicht älter als dreizehn oder vierzehn, wofür sie mich auch ausgab – das wußte ich sehr wohl –, sobald ich den Rücken kehrte. Was mich jedoch noch mehr zur Verzweiflung brachte, war der unerschütterliche Optimismus all dieser Leute. Jeder glaubte, nur vorübergehend im Exil zu sein, und malte sich aus, wie er in ein paar Monaten, allenfalls Jahren, auf sein wundersamerweise wohlbehaltenes

Gut zurückkehren würde, wo ihn reumütige, wie einst fügsame Muschiks erwarteten. Man riß sich um russische Zeitungen und legte sie stets im denkbar positivsten Sinne aus. Man weigerte sich, den durchweg an Sozialisten verkauften französischen Zeitungen Glauben zu schenken. Der Ataman Symon Petljura, dessen schreckliche Ausschreitungen in Kiew Anfang 1919 Bulgakow in *Die weiße Garde* schildert, wurde gleich bei seiner Ankunft in Paris mit offenen Armen empfangen. Erst seine Ermordung im Jahre 1926 durch einen jüdischen Uhrmacher aus Belleville, dessen ganze Familie er im Zuge eines seiner blutigen Pogrome ausgelöscht hatte und der ihn niedermachte, als er ihn auf der Straße erkannte, sowie die Artikel Joseph Kessels und das Plädoyer Maître Henry Torrès' zugunsten des Angeklagten sollten den im Exil Lebenden die Augen öffnen, wen sie da in ihr Herz geschlossen hatten. Damals fragte man sich nicht nach der Gesinnung oder Herkunft derer, die in dieser Weise plötzlich auf der Bildfläche erschienen; sie brauchtes nur gegen die Roten gekämpft zu haben, bei denen man genausowenig Unterschiede machte, und schon feierte man sie als Helden. Im Februar 1920 wurde Admiral Koltschak erschossen, nachdem er sich großspurig zum »Obersten Regenten Rußlands« ernannt hatte, und im März erlitt Denikin die entscheidende Niederlage: nun galt alle Hoffnung General Baron von Wrangell, der die Überreste seiner Streitmacht in der Krim sammelte. Ihm gelangen ein paar Vorstöße, die von der öffentlichen Meinung in Triumphe verwandelt wurden. Seine Gegenoffensive im August im Anschluß an das »Wunder an der Weichsel«, dank dessen Marschall Pilsudski mit Hilfe französischer Offiziere die sowjetischen Truppen aus Warschau hatte vertreiben können, wurde als »Anfang vom Ende« für die Roten gedeutet. Im November wich Wrangell jedoch bis zur Küste zurück, und die Alliierten mußten an die hundert Schiffe entsenden, um ihn mit seinen Truppen in die Türkei zu evakuieren und vor einem Blutbad zu bewahren.

Das war übrigens die letzte Operation der westlichen Mächte zugunsten der Weißen. Sofern man den inneren Geschehnissen überhaupt Beachtung schenkte – ich meinerseits verschlang die Zeitungen, vor allem *Le Matin*, weil Colette die Leitung des Literaturteils übernommen hatte –, begriff man bald, daß die französische Regierung, entgegen den Hoffnungen der Flüchtlinge, keine weiteren Schritte gegen die Bolschewiken unternehmen würde. Die Bourgeoisie fand sich damit ab, ihre in russischen Staatsanleihen angelegten Ersparnisse nie wiederzusehen. Gewiß hatte sich die gesamte rechte Wahlpropaganda im Jahr zuvor der Bekämpfung des »Feuerscheins im Osten« verschrieben, der angeblich die Arbeiterschaft verführte und Aufstände und Streiks provozierte. Ich erinnerte mich noch sehr deutlich an meine Bestürzung angesichts eines Plakates, das mich in der Gare Saint-Lazare empfangen hatte: es stellte einen Muschik mit schwarzer Mähne, blutrotem Gesicht, einem Messer zwischen den Zähnen dar, darunter stand die Parole: »Wie man gegen die Bolschewiken wählt«. Die Regierung unter Clemenceau wußte jedoch nur allzugut, wie verzweifelt und aussichtslos die Lage der weißen Generäle war, um noch weiterhin Menschenleben zu opfern und Gelder zu vergeuden, die für den Aufbau Frankreichs so dringend gebraucht wurden. Schon bald schloß sich sein Außenminister Stephen Pichon der sogenannten »Sperrgürtel«-Politik an, die das rote Rußland zu isolieren suchte, ohne es zu bekämpfen. Die »Chambre bleu horizon« und später die Regierung Millerand unter der Leitung Paul Deschanels waren ihrerseits nur darauf bedacht, von Deutschland Reparationen zu erhalten, die zu akzeptieren das Land sich in zunehmendem Maße sträubte. Für die Emigranten war alles verloren, nur wollten sie es nicht wahrhaben. Nicht einmal die Niederschlagung des Matrosenaufstandes von Kronstadt vermochte sie zu entmutigen. Im Frühjahr 1922 empörten sie sich gegen den Vertrag von Rapallo, mit dem Deutschland das revolutionäre Rußland de facto anerkannte. Bei näherer Betrachtung schien den Emigranten die Allianz jedoch eine ganz natürliche Entwicklung zu sein, zumal die beiden Länder die Parias des Versailler Vertrages waren. Es kam ihnen allerdings noch immer nicht in den Sinn, daß die übrigen

Westmächte womöglich nachziehen könnten. 1924 war es jedoch soweit.

So dachten und handelten zumindest die Erwachsenen. Denn die Jungen teilten im wesentlichen meine ganz und gar distanzierte, zynische Haltung. Wie die kleine finnische Schar hatten auch wir beschlossen, an gar nichts mehr zu glauben: wir wollten ganz einfach leben. Den Augenblick auskosten, der, wie die Erfahrung unlängst gelehrt hatte, so kostbar und flüchtig war. Wir konnten die schreckliche Bilanz jenes Krieges in Frankreich, die anderthalb Millionen Toten, all die Geschichten, in denen die Presse schwelgte, von trauernden Familien, die in den Beinhäusern aus Stapeln ausgetrockneter Gliedmaßen und Schädel mit leeren Augenhöhlen die Überreste ihrer Lieben zusammensuchten, all jene auch noch in der kleinsten Ortschaft errichteten Monumente, Säulen, Stelen, Statuen, Kenotaphen, eines pompöser als das andere, und die allgegenwärtigen entstellten ehemaligen Frontkämpfer mit ihren leeren Ärmeln einfach nicht länger ertragen. Wir fühlten uns umgeben von Versehrten und Alten. Nicht nur in Presse und Politik, die sich gegenseitig in patriotischen Erklärungen zu überbieten suchten, überall war die Rede vom Krieg: im Kino (ich war entsetzt über Abel Gances *J'accuse*), in der Literatur, zumindest in der, die man uns zu lesen erlaubte, wie Montherlants *Der Traum*, Roland Dorgelès' *Hölzerne Kreuze*. Die Jury für den Prix Goncourt gab jedoch zu meiner Freude meiner jüngsten und überragenden Entdeckung, Marcel Prousts *Im Schatten junger Mädchenblüte*, den Vorzug. Gewiß, die Witwen, die Waisen und Kriegsversehrten hatten »ein Anrecht auf uns«. Aber möglicherweise mehr noch als jede andere überließ es die junge russische Generation dem Rest der Welt, sich hierüber den Kopf zu zerbrechen: zu entwurzelt und erschöpft war sie, hin und her gerissen zwischen Eltern, die sich ihren Erinnerungen, Illusionen und Träumen hingaben, und Französischlehrern, die sie den lieben langen Tag mit »Lektionen über den Zusammenbruch« traktierten.

Übrigens waren wir nicht die einzigen, die sich hinter einer derart egoistischen Haltung verschanzten; vielen Erwachsenen erging es nicht anders. Ich sah meine Mutter nur selten. Sie hatte das Négresco endgültig zu ihrer Winterresidenz auserkoren, und ich stattete ihr dort nur kurze Besuche ab. Ich träumte im Angesicht der Baie des Anges, inmitten nebliger Hügel, von Moussia Bashkirtseff und davon, wie glücklich sie sich schätzen konnte, hier Guy de Maupassant begegnet zu sein. Ich bildete mir ein, auf hoher See Maupassants *Bel Ami* zu erkennen. Ich streifte vor der ehemaligen Villa Snjegurotschka umher, die einst – von einem Franzosen, der in eine flachsblonde russische Schauspielerin verliebt war, die nur von Weiß umgeben sein wollte – mit Marmor, Alabaster, Kristall, einem Park, in dem ausschließlich weiße Blumen wuchsen, Tuberosen, Kamelien, Nelken oder Lilien, und drei Teichen ausgestattet worden war, auf denen schneeweiße Schwäne dahinsegelten. Durch die Palmen hindurch sah ich auf der Promenade des Anglais blumengeschmückte Karnevalswagen vorüberziehen, und gerührt erzählte mir Miss Matthews von dem kleinen grauen Esel, der seinerzeit den der Königin Victoria gezogen habe.

Gewöhnlich fuhr ich in Begleitung meines Vaters im Zug nach Nizza, wenn er von seinen häufigen Reisen nach Schweden, wo er inzwischen Besitzer einer prosperierenden Streichholzfabrik war, New York, Polen oder gar China zurückkehrte. Seine Kabinenkoffer waren mit exotischen Etiketten übersät, sein Schreibtisch mit Elfenbein- und Jadeschnitzereien. Er machte Geld, Geld und noch einmal Geld. Angesichts der Gleichgültigkeit seiner Frau seinen Geschäften gegenüber, hatte er sich eine Begleiterin gesucht, die ihm überdies als Privatsekretärin diente und ihn auf seinen Expeditionen begleitete: Julie Dumot, eine erstaunliche, aus einem kleinen Dorf im Département des Landes gebürtige Person, die im Jahre 1902, siebzehnjährig, in Sacha Guitrys Dienste getreten und von diesem später an Tristan Guitry weitervermittelt worden war. Ich fand sie höchst amüsant und hörte nicht auf, sie über jene Persönlichkeiten zu befragen, von denen sie mir mit dem gesunden Menschenverstand und der Nüchternheit einer Bäuerin, die sich nichts weismachen läßt, alle Extravaganzen und Schrullen erzählte.

Mein so großes Interesse an Schriftstellern rührte im übrigen von einem Geheimnis her, von dem niemand, weder meine Eltern noch meine Freunde oder meine Gouvernante, etwas wußten: Ich schrieb, seit Finnland hatte ich unaufhörlich geschrieben. Ich schrieb nicht nur, sondern meine Arbeiten wurden auch veröffentlicht. Eines Tages hatte ich all meinen Mut zusammengenommen und ein paar Kurzgeschichten, Märchen und komische Dialoge an eine *Fantasio* betitelte Zeitschrift gesandt. Sie wurden angenommen. Ich war fassungslos. Ein paar Wochen darauf schickte mir der Herausgeber der Zeitschrift, Félix Juven, eine kurze Mitteilung, ich möge doch in seinem Büro vorbeischauen und die mir zustehenden Honorare in Empfang nehmen. Darüber staunte ich noch mehr, war es doch meine einzige Angst gewesen, man könne mich für die Ehre, veröffentlicht zu werden, zur Kasse bitten, und mit Sorge malte ich mir aus, wie ich, um die erforderliche Summe aufzubringen, meinen Eltern die Wahrheit gestehen müßte. Monsieur Juven staunte nicht minder, als er mich zu Gesicht bekam. Ich war siebzehn Jahre alt und sah aus wie fünfzehn. Auch konnte er nicht wissen, daß ich Miss Matthews nur unter größter Mühe hatte loswerden können, indem ich sie, eine plötzliche Ermattung vortäuschend, bat, einen Einkauf für mich zu erledigen. Um älter zu wirken, hatte ich mein Haar im Treppenhaus aufgesteckt und unter meinen Hut gestopft. Er versuchte, mir meine Geheimnisse zu entlocken, was er angesichts meiner trotzigen Miene allerdings bald wieder aufgab, und so geschah es, daß unsere Zusammenarbeit unter größter Diskretion mehrere Jahre fortgesetzt wurde. Die Beträge, die ich verdiente, waren im Vergleich zu dem großzügigen Unterhalt, den mir mein Vater gewährte, als ich allein zu leben begann, verschwindend klein; jedoch war es mein erstes selbstverdientes Geld, und ich war unendlich stolz darauf.

Wie ich schon sehr bald feststellte, war meine Mutter in den besseren russischen Kreisen nicht gern gesehen, auch wenn man sie zu allen Wohltätigkeitsveranstaltungen einlud, wobei das Scheckheft ihr das polizeiliche Führungszeugnis ersetzte. Als meine Freundin Daria es eines Tages zum hundertsten Male ablehnte, zu mir zum Tee zu kommen, gestand sie schließlich beschämt, ihre Eltern hätten zwar nichts dagegen, daß sie mich sehe, es sei ihr jedoch strikt untersagt, ihren Fuß in die Avenue du Président-Wilson zu setzen. Es heiße von Madame Némirovsky, sie führe ein extravagantes Leben – Bäder in Eselsmilch, die Tag für Tag eimerweise geliefert werde, tägliche Besuche eines Masseurs, der im Ruf stand, sich überdies als Zuhälter zu betätigen, muntere Abendgesellschaften an verruchten Orten – und sei in kompromittierenden Posen mit argentinisch aussehenden Gigolos gesehen worden. Ich wußte hierauf nichts zu erwidern. Alles, oder so gut wie alles, entsprach der Wahrheit: die Bäder in Milch, der Masseur, die Abende außer Haus, und zum Thema Gigolos ließ sich mit Gewißheit sagen, daß aus ihrem Zimmer, das sie ganz und gar im pompösen Stil einer Kokotte der Jahrhundertwende hatte ausstatten lassen, nachts oft Musik, Gelächter und verdächtige Geräusche zu hören waren. Ich sah sie allabendlich das Haus verlassen, von Mal zu Mal stärker geschminkt, das Gesicht crème- und puderbedeckt, die Wangen karminrot übertüncht, die Wimpern steif vor lauter Tusche, die Augen durch einen schwarzen Strich verlängert und khôlgesäumt. Die von den Modeschöpfern jüngst verordnete Verbannung von Busen, Bauch, Hüften und Hinterteil aus der weiblichen Anatomie stellte sie, die seit eh und je einen vergeblichen Kampf gegen das Übergewicht führte, vor wahre Probleme. Ich sehe sie noch heute vor mir in ihrem tief ausgeschnittenen Abendkleid aus nachtblauem Samt – sie hatte schöne Schultern –, geschmückt mit einem Spitzenschal aus goldgelber Seide, der als Schleppe diente, ebensogut jedoch auf dem Busen drapiert werden konnte, wodurch sich die Fettpolster, die weder Masseur noch Hüfthalter zu glätten vermochten, unter einem luftigen Schleier verbergen ließen. Ich sah sie auch bisweilen morgens erschöpft, den Schal hinter sich herziehend, nach Hause kommen, die Stöckelschuhe in der Hand, das Gesicht einer rissigen tönernen Maske gleich, durch deren Furchen schwärzliche Rinnsale tröpfelten. Wenn sie mir am Frühstückstisch begegnete, wandte sich ihr leerer Blick von mir ab, und ich hatte den Eindruck, als überkomme sie angesichts meines Jungmädchenmorgenmantels aus weißem Linon mit Blattstickerei und meiner rosigen Wangen ein Frösteln.

Eine tragikomische Szene spielte sich im Februar 1921 ab. Mein Vater, der, zumindest meiner Kenntnis nach, seiner Frau während seiner Abwesenheit alle nur erdenklichen Freiheiten ließ, konnte genausogut auf einige wenige Prinzipien pochen. So war es ihm beispielsweise ein Anliegen, daß seine Tochter an ihrem achtzehnten Geburtstag offiziell ihren Einzug in die Gesellschaft hielt. Meine Mutter schien bei dieser Gelegenheit erstmals verblüfft mein wahres Alter festzustellen: sie hatte sich vermutlich vor lauter falschen Angaben über das eigene Alter eingeredet, ich sei zwei oder drei Jahre jünger. Worauf sie alle nur erdenklichen Hindernisse anführte: ein solcher Brauch sei veraltet und keineswegs mehr üblich; ein Empfang, wie ihn mein Vater vorsah, würde ein Vermögen kosten, das hieße das Geld zum Fenster hinauswerfen; ich sei schließlich eine Intellektuelle und würde auf dergleichen Dinge keinerlei Wert legen; das sähe man doch allein an meiner komischen Art, mich zu kleiden – dabei vergaß sie, daß sie selbst, ungeachtet meiner Proteste und noch dazu mit größter Sorgfalt, meine Garderobe aussuchte –, auch stimme mein physisches und mentales Alter nicht mit meiner Geburtsurkunde überein; man solle mir lieber noch ein paar Jahre Zeit lassen, damit ich heranreifen und mich der Welt dann in einem vorteilhaften Licht zeigen könne; vorerst würde ich mit meiner Brille und meinem noch linkischen Mädchenkörper nur jedweden Verehrer für alle Zeiten abschrecken.

Ich hörte ihre Argumente wortlos an. Obgleich ich auf eine solche Debütantinnenrolle, die in der Tat vergangenen Zeiten angehörte, im Grunde kaum Lust verspürte und ihre Beurteilung meiner Person nur bestätigen konnte, überkam mich angesichts ihres grausamen, fadenscheinigen Geredes kalte Wut. Gleichzeitig frohlockte ich, denn schließlich beharrte sie zwar auf meinem Kleinmädchenstatus, weil sie sich nicht durch das Bekenntnis, Mutter einer Achtzehnjährigen zu sein, älter machen wollte, vermutlich aber auch, weil sie in mir eine mögliche Rivalin sah. Und die Szene unserer Gegenüberstellung vor ihrem Frisiertisch, in Finnland, nach meinem ersten Kuß, die in meiner Erinnerung ein wenig verblaßt war, tauchte triumphierend wieder auf. Mein Vater blieb fest. Der Empfang fand statt. Er war seinem Wunsch gemäß grandios. Er selbst hatte über meine Toilette gewacht und das von meiner Mutter empfohlene ewige Taftkleid mit Volants und Stehkragen abgelehnt. Ich trug ein von Patou entworfenes wassergrünes Samtkleid, das Hals und Arme frei ließ und nur auf einer Seite von einem Kristallklip zusammengehalten wurde, dazu als einzigen Schmuck ein Geschenk meines Vaters, eine herrliche ziselierte Goldkette, die ich noch heute trage und bis zu meinem Tode tragen werde. Die einzige Enttäuschung: sogar er hatte sich dagegen gesträubt, daß ich mir die Haare schneiden ließ, so sehr liebte er, wie er sich ausdrückte, meine Zigeunerlocken, und ich brachte es einfach nicht übers Herz, ihm in diesem Punkt zu trotzen.

Die Szene, die alles über mein Verhältnis zu meiner Mutter besagte, spielte sich vor dem Buffet ab, in dessen Mitte ein Fasan mit seinem kleinen starren Auge die von zwei Pyramiden aus exotischen Früchten eingerahmten silbernen Platten voller Sandwiches mit gekühltem Kaviar, Löffelbiskuits mit Gänseleberpastete, Austern und in Sülze eingelegter Fische musterte. Sechs Diener in weißem Jackett reichten Champagner und Cocktails. Es herrschte großes Gedränge, nachdem mein Vater darauf bestanden hatte, all seine Bekannten einzuladen, und die russische Kolonie schlug sich den Bauch voll: es wurden sogar zwei Großherzoge, Alexander und Boris, gesehen. Wenn ich mir in den Spiegeln über den Weg lief, fand ich mich schön, vermutlich weil ich meine Brille nicht trug und jene mir ein verschwommenes

Bild meiner selbst zurückwarfen. Miss Matthews und mein Vater hatten mich jedoch zu meinem Kleid beglückwünscht, auch wenn meine Mutter behauptete, es schmeichle meinem Teint nicht, und ihm paradoxerweise vorwarf, mich älter aussehen zu lassen. Irgendwann traf ich sie am Buffett wieder, wohin ich die eben erst eingetroffene Tochter eines unserer Freunde führte. Mit ihrem glatten, rosigen Teint und den Diamanten im pechschwarzen Haar sah meine Mutter prachtvoll aus in ihrer mauvefarbenen Seide mit den Straßmotiven; sie befingerte, indem sie unter dem lauten Geklirr ihrer Armreifen mit einer nicht enden wollenden Zigarettenspitze herumfuchtelte, ihre lange Perlenkette und lachte schallend, während sie sich mit einem jungen Mann unterhielt, dessen dunkelbraune Haut von der blendenden Weiße seiner Hemdbrust abstach. Er wandte sich mit fragender Miene höflich zu mir um. Da verfinsterte sich das Gesicht meiner Mutter, sie wurde verlegen, verlor die Fassung und sagte zu ihm: »Darf ich vorstellen, meine jüngere Schwester.« Um uns wurde es still. Im Nu machte die Anekdote im Salon die Runde. Gewiß kam sie auch meinem Vater zu Ohren, der in meiner Gegenwart jedoch nie ein Wort darüber verlieren sollte, auch wenn nach dem Ball aus dem leeren Salon erregte Stimmen zu hören waren.

So kam es, daß ich mich einige Monate darauf im zweiten Stockwerk allein mit Miss Matthews niederlassen durfte. Ich hatte soeben meine Reifeprüfung bestanden und mich für das kommende Jahr an der Sorbonne in Literatur immatrikuliert. Von da an kam ich mit meiner Mutter, abgesehen von jenem Sommer 1921, den wir gemeinsam in Biarritz verbrachten, kaum noch täglich in Berührung. In dem Jahr verliebte ich mich ins Baskenland, vor allem in Hendaye, wo ich mich jeden Nachmittag gemeinsam mit Miss Matthews auf dem schmalen, halbkreisförmigen Strand von einer fahlroten Sonne bräunen ließ, die den Körpern der Badegäste kupfernen Glanz verlieh. Miss Matthews war eine romantische Seele und erzählte mir von dem Scheiterhaufen, den Byron auf einem Strand wie diesem errichtet habe, um darauf den Leichnam seines geliebten ertrunkenen Shelley zu verbrennen. Sie schilderte mir, wie er sich in der Asche des Dichters wälzte, um sie dann badend dem Meer zu überlassen. Abends gingen wir vor dem Heimweg noch ein paar Schritte am Bildassoa auf dem Deich entlang, der sich nach wenigen Metern in tadellosem Zustand zu einem bloßen Mäuerchen, das mit dornigem Gestrüpp rang, zurückverwandelte. Fischerboote glitten über den reglosen Fluß dahin, in dem sich rosige Wolken spiegelten. Die Rufe der Tennisspieler und die Musik des kleinen Orchesters, nach der junge Leute auf der Terrasse tanzten, deren Pfähle bis weit in das Wasser reichten, drangen in Bruchstücken zu uns herüber. Gegenüber flammten die bunten Lichter Fuenterrabías auf. Sobald der Wind von Spanien her wehte, trug er uns Zimt- und Orangenblütendüfte aus Andalusien zu. Nur widerwillig bestiegen wir mit aufgesprungenen Lippen und Sand in den Falten unserer weißen Kleider ein Taxi, das uns zu unserem Luxushotel in Biarritz zurückbrachte.

Am Abend begleitete ich manchmal meine Eltern, die viel ausgingen. Damals stiegen die Börsenkurse unaufhaltsam. Wie mir mein Vater erklärte, ließ man die Gelder von einem Ort zum anderen wandern, um von den Wechselkursen zu profitieren: man kaufte so gut wie alles, um es gleich darauf wieder zu verkaufen. Die Hotels, Restaurants, Nachtlokale, die wir aufsuchten, waren überfüllt mit steinreichen Leuten und Schmarotzern, die auf deren Kosten lebten. Der Luxus wurde mit erschreckender Arroganz zur Schau getragen. Fünfzigjährige Frauen zeigten sich in Kleidern à la »gosses de riches«, die eng an ihren füligen Hüften anlagen und, sobald sie sich setzten, ihre geröteten Schenkel bloßlegten, und wickelten diamantene Halsbänder um ihre spröden Nacken.

Zwischen Biarritz und Bidart war vor kurzem ein russisches Kabaret eröffnet worden, das Großfürst Dimitri Pawlowitsch mit einem ganzen Hofstaat aufsuchte: mehr oder weniger in Not geratene Mitglieder der Familie Romanow, ruinierte alte Gräfinnen, ehemalige Eleven des Pagenkorps, die sich nunmehr als Eintänzer verdingten, frühere Gesellschaftsdamen der Zarin in vergilbten Spitzen. Als jener großgewachsene, magere, blasse junge Mann, in den angeblich Gabrielle Chanel sterblich verliebt war, auf der Bildfläche erschien, vor ihm sein gepuderter Lakai, der einen silbernen Leuchter mit brennenden Kerzen trug, hielten die Trompeten und Banjos der Jazzband plötzlich inne und spielten *Gott schütze den Zaren*. Betrunkene Amerikanerinnen, die sich in einen frenetischen Foxtrott gestürzt hatten und durch den unerwarteten Rhythmuswechsel bäuchlings im Staub gelandet waren, erhoben sich, um in einem Hofknicks zu versinken, wobei sie »Eure kaiserliche Hoheit« zu ihm sagten. Jedermann, internationale Finanzleute, Besitzer von Gold-, Platin- oder Smaragdminen, Waffen- wie Opiumhändler, alle standen auf, und wir mit ihnen. Er grüßte mit einer leisen Handbewegung und verschwand im Zigarrenrauch. Zuweilen hatte mein Vater genug von dieser heruntergekommenen Atmosphäre und verbrachte den Rest des Abends im Kasino. Ich begleitete ihn gern dorthin, mußte jedoch, da ich für das Glücksspiel nicht alt genug war, in einem Salon auf ihn warten: eines Nachts vergaß er mich und fand mich frühmorgens, in eine Decke gehüllt, auf einem Diwan schlafend. Der Geldregen, den er, Vergebung suchend, über meinem Kopf ausschüttete, weckte mich auf.

Mein Umzug und mein neuer Studentinnenstatus veränderten nicht nur mein Leben, sondern auch mein Wesen. Heute, da ich zu einer liebenden Ehefrau und närrischen Mutter geworden bin, sehe ich staunenden, ironischen und gerührten Auges, wie sich diese schüchterne, prüde kleine Brillenschlange mit ihren kindlichen Kleidern und ihrem langen Haar beinahe über Nacht zu einem leichtlebigen, strahlenden, umschwärmten jungen Mädchen mauserte. An der Sorbonne, die ich zwischen 1922 und 1925 eher halbherzig besuchte, legte ich keinen großen Eifer an den Tag. Unsere Dozenten, nicht selten rückständige Greise aus der Vorkriegszeit, erteilten uns einen denkbar akademischen Unterricht: die Moderne hörte bei den Symbolisten und Parnassiens auf. Ihre Vorlesungen standen im krassen Gegensatz zu unserer Lektüre: angefangen bei den Werken, an denen die gute Gesellschaft Anstoß nahm – wie *La garçonne* von Victor Marguerite oder, wenig später, *Den Teufel im Leib* von Raymond Radiguet –, bis hin zu denen, über die sie sich, wären sie ihr überhaupt ein Begriff gewesen, empört hätte, wie die Surrealisten, Cocteau, Gide, dessen *Nourritures terrestres* bereits zwanzig Jahre zurücklagen, dessen »Ihr Familien, ich hasse euch!« jedoch nach wie vor wie ein Signalhorn diabolisch widerhallte. Übrigens fühlte ich mich nicht wirklich angezogen von der Avantgarde: von meinem Moskauer Aufenthalt war mir eine uneingestandene Angst vor Gewalt und Ekzessen geblieben, so daß mich angesichts der Schonungslosigkeit der Ballets russes und später der Grobheit der Negerkunst Unbehagen befiel. Ich las heimlich nach wie vor Anna de Noailles, vergötterte Proust und entdeckte staunend Katherine Mansfield. Kurz und gut, meine Vorlieben entsprachen nicht im geringsten dem Zeitgeschmack, was mich jedoch nicht davon abhielt, meinen Kommilitonen in der Ablehnung unserer betagten Dozenten zuzustimmen.

Ich führte vor allem ein gesellschaftliches Leben, an dem ich unendliches Vergnügen fand, und hielt mich an die Methode, mich in den beiden ersten Trimestern zu amüsieren, um dann im letzten wie verrückt zu arbeiten. Sie war übrigens von Erfolg gekrönt, denn ich bestand die Literaturprüfung mit neunzehn von zwanzig möglichen Punkten. Nachdem zu den beiden Sprachen, dem Russischen und Französischen, die ich bereits fließend beherrschte, ganz zu schweigen vom Finnischen und Schwedischen, die mir recht geläufig waren, dank Miss Matthews' Bemühungen auch noch das Englische hinzugekommen war, machte ich mich aus purer Neugier ans Spanische und Italienische.

Zunächst waren die jungen Leute, denen ich mich an der Sorbonne anschloß, meist Russen und paßten gut zu meinen bisherigen Freunden. Mit ihnen besuchte ich die Cafés des Quartier Latin. Wir spielten in einer Halle, die gleichzeitig als Bistro diente, nur einen Katzensprung von der Fakultät entfernt, Billard. Wir tranken bei dem einen oder anderen Tee, meistens bei mir, denn meine Kameraden beneideten mich um meine Unabhängigkeit. Ich hatte meine Wohnung nach meinen Vorstellungen eingerichtet, das heißt sehr gemütlich, mit niedrigen Tischen und tiefen, von zahlreichen Kissen bedeckten Diwanen. Miss Matthews störte uns kaum: Ich wußte von ihrer ausgedehnten Mittagsruhe und davon, wie mühsam sie wegen des Morphiums oder auch Äthers, auf den sie notfalls zurückgriff, erwachte, was jedoch meiner Liebe zu ihr nichts anhaben konnte. Und außerdem gingen wir tanzen. Ich hatte an mir nicht nur eine verrückte Leidenschaft, sondern auch ein gehöriges Talent fürs Tanzen entdeckt. Wir tanzten bei mir zu Hause zu den Klängen des Grammophons Shimmy und Tango. Wir tanzten im Bois, im Château-Madrid. Wir tanzten bei den Bällen, die unsere Eltern ausrichteten, und ich sehe noch die blutjunge Mila Gordon vor mir, wie sie, vor lauter Stolz hochrot im Gesicht, in den Armen des alten Fürsten Gagarin Walzer tanzte. Wir tanzten an den Wochenenden in Deauville und Honfleur, während der Ferien in Nizza, Juan, Hendaye, Saint-Jean-de-Luz. Wir tanzten auf den Bals musette im Quartier Latin und mischten uns auf dem Montmartre in die Unterwelt, wo der alte Frédé noch immer über den kleinen Garten des Lapin agile wachte. Wir machten Streifzüge durch snobistischere Lokale, durch das »Boeuf sur le toit« natürlich, wo Picabias »L'œil cacodylate« eher mißmutig jenen Schwarm kopfloser, naiver Spatzen anstarrte, die, allerdings überzeugt, mit allen Wassern gewaschen zu sein, in dieser von Luxushühnern, Pfauen, Fasanen und Kolibris bevölkerten Volière aufkreuzten.

Ich tanzte auch in Badeorten wie Vittel und Plombières, und zwar auf Anraten Professor Vallery-Radots, der sich meiner Gesundheit angenommen hatte und mein Asthma auskurieren wollte. Und nicht zuletzt in Le Touquet, wo ich mich eines Abends für einen Kostümball als Zigeunerin verkleidete: Ich besitze noch immer jenes Photo von mir, die Stirn mit einer Krone aus Münzen geschmückt, in schwarzer, goldgesäumter Samtweste und einem mit unechtem Schmuck behängten Spitzenmieder sowie geblümten Unterröcken, in der einen Hand ein Tamburin, die andere graziös gen Himmel erhoben (ich hatte meine Armbanduhr anbehalten, die aus dem Rahmen fällt).

Vor kurzem habe ich einen Stapel Briefe wiedergelesen, die ich zwischen Jahresende 1921 und 1926 an eine französische Freundin, Madeleine Avot, richtete und die jene mir anläßlich meiner Hochzeit spaßeshalber wieder mitbrachte. Ich, ja in der Tat, ich habe diese Zeilen verfaßt. Aus Vittel: »Meine liebe Freundin, ich hab' mich in meinem Leben noch nicht so gut amüsiert wie in diesem herrlichen Landstrich. Zunächst einmal wird getanzt, jeden Abend bis ein Uhr, und zweimal wöchentlich die ganze Nacht. Wir waren eine Sechserclique – drei junge Leute von einundzwanzig, zwanzig und achtzehn Jahren – und hörten auf so klangvolle Namen wie Fink, ein großer Blonder, der Prügelknabe, der weiß Gott warum ›Sphinx‹ genannt wurde, Victor Aumont, oder besser ›Totoche‹, ein herrlicher Spaßvogel, und mein Flirt, der Zwanzigjährige, Henry La Rochelle. Zu den Mädchen zählten Henrys Schwester, zweiundzwanzig, Loulou de Vignoles, ein nettes Ding in meinem Alter, und ich. Alle ein bißchen verrückt! Wenn Du wüßtest, was für Dummheiten wir gemacht haben! Ich will Dir die allerletzte erzählen. Am Tag vor meiner Abreise wollen wir nachmittags in einem Bauernhof einkehren. Dort angelangt, entdecken wir eine riesige Scheune voller Heu. Auf der Stelle beschließen wir, uns den Kakao ins Heu bringen zu lassen. Du kannst Dir das Gesicht der Magd vorstellen! Wir kletterten alle über Leitern ins Heu, das so gut nach Minze riecht, der Imbiß wird uns ebenfalls über die Leiter heraufgebracht, und wie er oben ankommt, ist der Kakao bereits auf den Butterbroten und die Butter im Heu gelandet. Ich habe noch nie mit einem solchen Appetit gegessen. Dann haben die Jungen aus den Heubündeln Rutschen gebaut, und wir sind da oben herumgetollt wie Kinder. Das war vielleicht lustig. Zum Abschluß des Nachmittags haben sich die drei Pärchen in verschiedene

Winkel zurückgezogen und im Heu derart… geflirtet, daß wir ganz und gar vergessen haben, auf die Uhr zu schauen, und als wir ins Freie kamen, merkten wir, daß es schon längst dunkel war. Das hielt uns aber nicht davon ab, noch am selben Abend ins Kasino zu gehen. Und dort habe ich nur Dummheiten gemacht. Die Nacht war herrlich, und ich machte einen Rundgang durch den Park, Totoche und Loulou haben, wie Henry und ich, geflirtet, daß es nur so Funken sprühte. Die Moral der Geschicht': Gehst du zum Flirten in einen Park, vergiß die Wolldecke nicht. Genau das habe ich versäumt, und nun haben wir die Bescherung. Das Ende meiner Ferien verbringe ich, genau wie Ostern, im Bett.«

Die Geschichte mit dem jungen Henry La Rochelle fand ein melodramatisches Ende. »Meine liebe Madeleine, letzten Sonntag hat Choura« (ein Bekannter Daria Kamenkas, der später unser beider engster Freund wurde), hat also Choura »mich aufgesucht und mir eine zweistündige Moralpredigt gehalten: Ich würde zuviel flirten, es schicke sich nicht, die Jungen derart verrückt zu machen, etc. Weißt Du schon, daß ich Henry gefeuert habe, der neulich, blaß, mit hervorstehenden Augen und wilder Miene, in der Tasche einen Revolver, bei mir erschienen ist? Mir war ehrlich gesagt ganz schön mulmig zumute. Dieser kleine Hirnverbrannte hätte mich ebensogut erschießen wie vor meinen Augen seine eigene Haut durchlöchern können. Schließlich sind dann zum Glück seine Freunde gekommen, und er ist auf und davon. Ich glaube allmählich, daß man tatsächlich nicht allzusehr spielen sollte mit der Liebe… der anderen!« Damit war aber noch längst nicht Schluß mit meinen Dummheiten, und ich befand mich auf dem besten Wege, wie meine Mutter zu werden: »Stell Dir vor, meine kleine Madeleine, daß ich einem Gigolo wiederbegegnet bin, von dem ich Dir, glaube ich, schon einmal erzählt habe. Ein professioneller Tänzer aus Nizza, ein hübscher Kerl, der gleiche Typ wie Maurice, weißt Du noch? Er hat ganz plötzlich einen Narren an mir gefressen und fordert mich unentwegt zum Tanz auf. Ich wollte ihn bezahlen; er lief vor Ärger rot an und begnügte sich damit, mich beim Tanzen fest an sich zu drücken und mir Komplimente zu machen. Ich finde, das ist kein zu hoher Preis! Das Schönste kommt noch: Als er hörte, daß ich nach Saint-Jean fahre, hat er sich bei der Reserve von Ciboure um eine Anstellung als Tänzer beworben, was ich hinreißend finde. Ich habe meinen Tänzer: Mademoiselle und ihr Tänzer, wer sagt's denn! Wenn Du nur wüßtest, wie großartig er ist! Käme er aus meiner Welt, so wär's um mich geschehen, im Ernst!!! Ich will Dich aber nicht länger ›schockieren‹, meine Liebe. Schreib mir ganz bald. Empfiehl mich bitte Deinen Eltern.« Glücklicherweise tauchte mein späterer Mann am Horizont auf: »Ich weiß nicht, ob Du Dich noch an Michel Epstein erinnerst, ein kleiner Brünetter mit sehr dunklem Teint, der in jener denkwürdigen Nacht, oder vielmehr an jenem denkwürdigen ersten Januarmorgen mit Choura im Taxi zurückgekommen ist? Er macht mir den Hof und gefällt mir in der Tat. Da ich augenblicklich furchtbar verliebt bin, ist von Abreise noch keine Rede, wenn Du weißt, was ich meine?«

Dennoch bestand ich sämtliche Prüfungen zur Erlangung der Lizenz mit Auszeichnung. Vor allem verdanke ich jedoch diesen verrückten Jahren, abgesehen von meiner Verlobung mit dem liebevollsten, lustigsten, wunderbarsten Mann, den ich je hätte heiraten können und mit dem ich seit drei Jahren verheiratet bin, die Freundschaft besagten jungen Mädchens, Madeleine. Sie lebte in dem kleinen Marktflecken Lumbres im Département Pas-de-Calais, nicht weit von Saint-Omer, zusammen mit ihrem Vater, einem Schreibwarenhändler, und einer warmherzigen, zärtlichen Mutter, von der sie liebevoll umsorgt wurde. Ich hatte sie über ihren Bruder René kennengelernt, der in Paris sein Ingenieurstudium absolvierte. Ich lud sie zu mir nach Hause ein, wo die Pariserin, die ich war, der kleinen staunenden Provinzlerin, offen gestanden mit großer Herablassung, ihre Domäne sowie ihre Liebhaber vorführte. Ich hielt mich für ausgesprochen frivol und unternahm, wie aus unserer Korrespondenz zu ersehen ist, alles nur Erdenkliche, um sie zu schockieren.

Dann lud sie mich zu sich ein. Ich verbrachte dort mehrere kurze Urlaube, vor allem über Weihnachten. Und das Zusammenleben mit dieser französischen Familie, die zwar zur gutsituierten Bourgeoisie gehörte, allen Prunk indessen ablehnte, die an ein stilles Glück gewöhnt und ohne die geringste Uneinigkeit oder Eifersucht zutiefst miteinander verbunden war, hinterließ in mir einen tiefen Eindruck. Sie überzeugte mich ein für allemal, daß Frankreich das Land war, das mir entsprach, das Land des Maßhaltens und der Freiheit, aber auch der Großzügigkeit, und daß es mich endgültig angenommen hatte, so wie auch ich es annahm. Wenn ich neben mir in der Wiege den kleinen blonden Schopf meiner Tochter sehe, der wir schließlich den Namen Denise gegeben haben, weil Michel ihn so liebt und für sehr pariserisch hält, bin ich froh, damals nicht auf meinen Vater gehört zu haben, der um 1926 Amerika sehr verlockend fand und uns nur allzugern dazu überredet hätte, mit ihm dorthin zu übersiedeln. Ich weiß, daß ich mich, indem ich ihm kein Gehör schenkte, für das Richtige entschieden habe: für Sicherheit, Frieden, Mäßigung. Meine Tochter, Michel und ich haben hier nichts mehr zu befürchten.

Februar 1953

Das Kind sitzt in seinem Zimmer an seinem Schreibtisch und liest ein ihm verbotenes, als philosophisches Nachschlagewerk getarntes Buch: Deux von Irène Némirovsky. Die Autorin schildert darin ironisch, aber dennoch liebevoll das beschauliche Glück bourgeoiser Familien. Die Fünfzehnjährige hebt den Kopf und wirft einen verstörten Blick auf ihre weiße Tagesdecke, ihren polierten Schrank, ihr Fenster, das auf den von einer sauber geschnittenen Hecke gesäumten frischgemähten Rasen hinausgeht. Tags zuvor hatte sich am Ausgang des Pensionats im Gedränge all der Schüler, die ihre Eltern begrüßten, eine dunkelhaarige Frau auf sie gestürzt, ihre Hand ergriffen, »Komm!« gesagt und sie dabei mit ihren glühenden schwarzen Augen schier verschlungen. Die Schwestern haben unter aufgeregtem Schleiergeflatter eingegriffen und die Frau davongejagt. Anfang des Monats wurde ganz Frankreich von der Entführung der Finaly-Kinder in Atem gehalten.

ZWEITER TEIL

Irène Némirovsky
Juni 1942

Kapitel 9

Ich sitze mit untergeschlagenen Beinen auf meinem blauen Pullover, wie auf einem Floß, inmitten eines Ozeans vermoderter und seit dem Unwetter der vergangenen Nacht triefend nasser Blätter. Lege ich den Kopf zurück, so sehe ich ein Stückchen Himmel mit dunkelgrünen Kratzern. Er hat dieselbe blasse, zarte Farbe wie das Pfadfindertuch meiner Tochter Denise, ein verwaschener Stoffetzen, den sie sich hartnäckig um den Hals bindet, weil er sie an die Tage erinnert, da die Welt noch in Ordnung war. Seitdem das Schreien der Kinder verstummt ist, bringen Herzklopfen und die verschiedensten Geräusche Leben in die Stille: Ich höre von weitem das Kreischen einer Säge, die sich in den Stamm einer Eiche frißt, die durch die Entfernung gedämpften Rufe der Holzfäller und, ganz in meiner Nähe, den beharrlichen Baß der Hummel, die unablässig um mein geblümtes Kleid kreist, ein schrilles Vogelgezwitscher, das kaum wahrnehmbare Beben einer mit grünem Schaum bedeckten Pfütze, auf der ganz plötzlich eine Blase zerbirst, das Knacken einer Kiefernrinde. Die Luft riecht nach Harz und feuchtem Gras. Auf meine Stirn fallen dicke kalte Tropfen, die von der glänzenden Rückseite eines vom Regen lackierten Blattes im Gänsemarsch herabperlen. Mein zurückgelegter Hals schmerzt mich unter der Last meines von einem grobmaschigen Netz zusammengehaltenen Haares, und meine Ellenbogen versinken in der schweren Erde. Das viele In-den-Himmel-Schauen hat mich ganz trunken gemacht. Die Welt erscheint mir heute viel zu neu, zu jung, als daß sie jetzt schon in die Finsternis stürzen könnte.

Nach der gestrigen Hysterie, der heute nacht prompt ein Asthmaanfall folgte, bin ich in einer zwar bedrückten, doch gelassenen Stimmung: Ich hatte den Fehler begangen, in eben jenem von der schwülen Hitze, die einem Gewitter vorausgeht, erdrückten kleinen Wäldchen all die Ungereimtheiten, die ich mit sechsundzwanzig zu Papier gebracht habe, noch einmal zu lesen. Was für ein hirnverbrannter Einfall, diese selbstgefälligen Seiten bis in dieses kleine Dorf Issy-l'Évêque im Département Saône-et-Loire mitzuschleppen. Ich erstickte vor ohnmächtiger Wut, als ich in jenem Spiegel mein egoistisches, leichtgläubiges und eingebildetes alter ego sah, und der Länge nach auf der trokkenen Erde liegend, auf die ich mit meinen Fäusten einschlug, weinte ich offengestanden vor Zorn. Nein, kein »stilles Glück« scheint meiner Tochter vom Schicksal zugedacht zu sein, deren »Blondschopf« soeben am Ende des Weges verschwand. Der gelbe Stern, den sie seit einem Monat auf der Brust trägt, zeigt nur allzu deutlich, daß Frankreich, dieses »Land des Maßhaltens, der Freiheit, aber auch der Großzügigkeit«, eine seltsame Art hat, diejenigen, die es lieben, anzunehmen. Ich versuche mir einzureden, daß ich 1915, in einer nicht eben vielversprechenden Zeit, zwölf Jahre alt war wie sie und doch schließlich noch einmal davongekommen bin. Bedenkt man, mit welchen Vorwürfen meine Generation 1919 ihre Eltern überhäufte – Verblendung, geistige Trägheit, Egoismus – und daß wir uns am Ende kaum hellsichtiger erwiesen als sie!

Genausowenig rührt mich der Anblick jenes »leichtlebigen, strahlenden, umschwärmten jungen Mädchens«, das allzusehr damit beschäftigt war, in Saus und Braus zu leben, als daß es wahrgenommen hätte, was um es herum geschah. Sah es denn nicht bereits 1921 und 1922 beim Verlassen der Sorbonne all die militanten Royalisten mit ihren Baskenmützen und dem Spazierstock mit dem bleibeschwerten Silberknauf den Boulevard Saint-Michel auf und ab schreiten, und jene Studenten der Action Française, die in die Vorlesungen jüdischer Dozenten einfielen, um sie zu stören? Hat es denn nichts geahnt, als die Franzosen 1923 das Ruhrgebiet besetzten? Ich stelle mit Schrecken fest, daß mir von meinem zwanzigsten Lebensjahr nichts als ein festliches Diner mit meinen Eltern im Dôme in Erinnerung geblieben ist. Wir hatten bei Tisch über den neuesten Pariser Skandal gesprochen: die aufsehenerregende Durchreise Isadora Duncans und ihres unmöglichen Ehemanns, unseres alten Bekannten, des rothaarigen Essenin, der unlängst, nachdem er im Verlaufe einer durchzechten Nacht im Claridge das Mobiliar zertrümmert hatte, vor die Tür gesetzt worden war. Als wir ein wenig beschwipst auf den Boulevard Montparnasse hinaustraten, wurden wir von einer lärmenden Horde angerempelt: junge Gewerkschaftler, die soeben gegen die Entsendung französischer Truppen nach Deutschland demonstriert hatten und nun von Pierre Taitingers patriotischer Jugend gehetzt wurden. Ich sehe noch meinen Vater vor mir, wie er mich mit dem Arm auffängt – ich war auf meinen hohen Absätzen ins Schwanken geraten –, seine Brille zurechtrückt und mit dem Handrücken den Ärmel seines Smokings abstaubt. Ich höre ihn noch dem Polizisten danken, der mit seiner über die Schulter geworfenen Pelerine und dem Gummiknüppel in der Hand höflich stehengeblieben war, um ihm den Hut aufzuheben. Heute kommt mir dieses Zusammentreffen sämtlicher Protagonisten des späteren Dramas surrealistisch vor.

Als ich vorhin das Haus verließ, um zum kleinen Wäldchen zu gehen, habe ich auf dem Weg die Dorfkinder aufgelesen, die, weil heute Donnerstag ist, nichts vorhatten und mir fröhlich folgten. Auf beiden Seiten der Straße steht das nahezu reife Korn wie ein goldgelbes Fallgitter. Babet, die Kleine, hielt mich an der Hand. Die anderen sprangen, spielten Fangen, entdeckten ihre vom Regen kaum verwischte »Himmel-und-Hölle«-Zeichnung wieder. Ich pflückte auf der Böschung zwei Grashalme, einen kurzen und einen langen, die ich zwischen zwei Fingern verbarg, und fragte Babet in Russisch: »Hahn oder Henne?« Sie hat gewonnen. Zur Belohnung habe ich ihr einen Klatschmohn geschenkt. Sie strahlte mich mit ihrem lieben runden Gesichtchen an und steckte die Blume zwischen zwei Milchzähne. Der kleine Lulu, ihr besonderer Freund, fünf Jahre alt wie sie, mit dem sie alle nur erdenklichen Dummheiten anstellt, begann mit seiner Fistelstimme zu singen: »Schöner Klatschmohn, meine Damen! Schöner Klatschmohn, meine Herren!« Allgemeines Gelächter. Und als ich diesmal die Kinder am Waldrand zurückschickte, hat Denise, die genauso ausgelassen wirkte wie alle anderen, ihre kleine Schwester an die Hand genommen und ist, ohne mich wie sonst anzuflehen, sie doch bei mir zu behalten, mit flatterndem blondem Haar davongerannt. Sie ist seit ihrer Geburt daran gewöhnt, mich in Ruhe arbeiten zu lassen, in letzter Zeit spürt sie jedoch unsere Angst und kann sich nur schwer von uns lösen.

Ich merke, daß ich mit meinem Manuskript, dieser dreibändigen *Suite française*, die in meiner Vorstellung – zugegeben ein mehr als ehrgeiziges Projekt – eine Entsprechung zu *Krieg und Frieden* über den aktuellen Konflikt werden soll, heute wieder so gut wie gar nicht vorankommen werde. Ich habe mein dickes, in Leder gebundenes Heft aufgeschlagen, dessen Seiten ich, ohne einen Rand zu lassen, mit einer winzigen Schrift vollschreibe, ein wahres Gekritzel, das mein Mann eines Tages, wenn es je dazu kommen sollte, nur unter großen Mühen auf seiner Schreibmaschine abtippen wird, wie er es mit all meinen Manuskripten zu tun pflegt: Ich muß sparsam damit umgehen, denn dieses dicke, luxuriöse weiße Papier ist nirgendwo mehr aufzutreiben, und ich kann mich einfach nicht an den Gedanken gewöhnen, auf die schäbigen Schulhefte zurückgreifen zu müssen, die nach wie vor im Gemischtwarenladen des Ortes zu finden sind. Ich habe meinen letzten Füllfederhalter aufgeschraubt, den letzten unter all den vielen, die mir Michel geschenkt hat und der zu meinem Geburtstag im Jahre 1937 mit einer kleinen verrückten, liebevollen Nachricht versehen war: »Ich heiße Doret. Möge Maman Minouche mich in ihr Herz schließen! Ich bin für sie geschaffen und hoffe, daß sie sich meiner bedienen wird, so wie sie sich meines älteren Bruders Bel Azur bedient, der sich nun von Zeit zu Zeit ausruhen kann.« Er wurde von einer weiteren Botschaft begleitet: »Wir sind fünfhundert französische Francs. Wir bitten Maman Minouche, uns für schöne Dinge auszugeben, mit denen sich der geliebte Schatz schmücken kann.« Ich habe Doret mit jener südseefarbenen Tinte gefüllt, für die ich eine Vorliebe hege und die ebenfalls kaum noch zu finden ist.

Aber ich ließ, den Federhalter in der Luft, meine Gedanken weiter schweifen. Die gestrige Lektüre beschäftigt mich nach wie vor, auch wenn mein Zorn inzwischen verflogen ist. Ich denke an meine Töchter. Falls die Dinge ein schlimmes, ein sehr schlimmes Ende nehmen, was für ein Bild werden sie von mir bewahren? Welche Vorwürfe werden sie mir in zehn, zwanzig Jahren, dann selbst erwachsene Frauen, mit Recht machen können? Zunächst mag man die Blindheit des leichtsinnigen Mädchens, das, allzujung dem Tod nur knapp entronnen, den Schrecken durch kurzlebige Vergnügungen zu verdrängen suchte, noch entschuldigen. Aber wurde diese Blindheit nicht zu einer Art Verbrechen, wenn man an die glückliche, über jegliche Informationsquellen verfügende Erwachsene denkt, die ich 1929 war und bis zu meiner Ankunft hier geblieben bin? Las ich denn keine Zeitungen? Ich erinnere mich, daß mir gestern bei der Stelle, wo ich mich glücklich schätze, nicht auf meinen Vater gehört zu haben, als er mir nahelegte, ihm nach Amerika zu folgen, kalte Schauer über den Rücken liefen. Untröstlich wiegte ich mich lange hin und her, die Arme um den Oberkörper verschränkt, so wie ich Michel in meine Arme nehme, wenn er vor lauter Schrecken und Traurigkeit nicht mehr weiter weiß. Wäre mein Vater nicht, vierundsechzigjährig, 1932 in Nizza an einem Herzanfall gestorben, hätte er mich zu guter Letzt überredet und uns ganz bestimmt gerettet. Und ich stelle mir vor, wie ich im vergangenen Jahr in New York vor der Freiheitsstatue, die er mir so oft beschrieben hatte, meine liebe Jugendfreundin Mila willkommen heiße, der ihre Schwester Hélène und ihr Mann, der Journalist Pierre Lazareff, nach vergeblichen Versuchen, uns dazu zu bringen, es ihnen gleichzutun, später folgen sollten.

Dabei ließe sich nicht nur die zwanzigjährige Irène, sondern auch die Autorin von *David Golder* entschuldigen: ihr war der Ruhm zu Kopfe gestiegen. Am Tag nach meiner Niederkunft, im November 1929, ahnte ich noch nicht, welches Schicksal meinem Manuskript beschieden sein und in welchem Maße es mein Leben verändern sollte. Ich hatte vier Jahre gebraucht, es abzuschließen. Die Idee dazu war mir in Biarritz gekommen, wo ein Teil der Handlung spielt, in jenem Milieu dubioser Finanzleute, Gigolos und Kurtisanen, in dem ich mich vor meiner Hochzeit mit meinen Eltern bewegte. Ich kann sogar noch den Tag angeben, an dem die Figur von Joyce Gestalt annahm, jener selbstsüchtigen und verwöhnten Tochter des alten Bankiers, der, krank und ruiniert, für sie sein Vermögen wiederaufbaut und daran zugrunde geht: Es geschah an jenem langen Abend im Kasino, an dem ich, während ich auf meinen Vater wartete, so lange Männer mit hochroten Gesichtern, eine Zigarre im Mund, und Frauen, wie Reliquienschreine geschmückt, den Spielsaal betreten und verlassen sah, bis ich schließlich einschlief. Ich hatte bereits bei Fayard, in der Reihe œuvres libres, einen kurzen Roman, *Le malentendu*, veröffentlicht, der die Geschichte einer zum Scheitern verurteilten Liaison erzählte: zwischen einem armen Mann, der sich, aus dem Schützengraben heimgekehrt, in die Frau eines betuchten Geschäftsmannes verliebt und nicht begreifen will, daß ihrer beider unterschiedliche gesellschaftliche Stellung ihre Liebe unmöglich macht. Ein zwar redlicher, aber unbeholfener Versuch, der keinerlei Resonanz fand.

An *David Golder* ging ich mit weit größerer Sachkenntnis heran. Ich hatte den Bankier deutlich vor Augen, dessen Charakter, Verhalten, Sprache mir, nachdem ich sie an den Geschäftsfreunden meines Vaters zur Genüge hatte beobachten können, schon im voraus vertraut waren. Nun, da ich meine Mutter nicht mehr zu schonen brauche, kann ich offen aussprechen, was all meine Freunde längst wissen: daß sie zu der Figur der Ehefrau, Gloria, jener habsüchtigen, verlebten, nach allem und jedem, nach Liebhabern wie nach Schmuck, gierenden alternden Frau, die ihren Mann ebenfalls in den Tod treibt, Pate gestanden hat. Jetzt mußte nur noch die finanzielle Seite des Romans glaubwürdig gestaltet werden, denn Golder sollte erst ein Vermögen verlieren und dann ein neues aufbauen. Ich arbeitete die *Revue pétrolière* gründlich durch, von der ich in Paris noch immer ein Exemplar voller Anmerkungen besitze, sowie ein englisches Buch, wenn ich mich recht entsinne *Das Reich des Erdöls* betitelt, mit dem ich mich stundenlang befaßte. Ich wollte keine Informationen bei meinem Vater einholen, dessen spöttische Bemerkungen ich fürchtete. Ich bat ihn lediglich, die Druckfahnen zu lesen. Er gab sie mir zurück mit den Worten: »Ich war aufs Schlimmste gefaßt. Nun, du überraschst mich, du hast nicht allzu viele Dummheiten von dir gegeben!«

Vor allem wollte ich jedoch einen knappgefaßten, wirkungsvollen, von jeglicher nicht unmittelbar zur Handlung gehörenden Betrachtung freien Roman schreiben, ohne Kommentar oder Analyse, ein Buch, das sich wie ein Film ganz einfach nur an Augen und Ohren wandte. Zu diesem Zweck bediente ich mich Turgenjews Methode, auf die ich von jeher zurückgegriffen habe und die darin besteht, sich in chronologischer Abfolge das Leben jedes einzelnen Protagonisten, auch sämtlicher Nebenfiguren, vor und nach der Haupthandlung bis ins geringste Detail auszumalen. So war ich denn auch mit meinem ersten Satz zufrieden, der in seiner Strenge und Entschiedenheit über den Umgangston und die Mentalität der Hauptfigur keinen Zweifel ließ: »Nein, sagte Golder.«

Als der Roman abgeschlossen war, schickte ich ihn an die œuvres libres. Der Lektor, M. Foucault, ließ mich wissen, daß er ihm gefalle. Er hielt ihn allerdings für die Zeitschrift für zu lang und bat mich, ihn um fünfzig Seiten zu kürzen. Die Vorstellung, ihn derart zusammenzustreichen, war mir unerträglich. Ich entschloß mich also zu meiner bisherigen Vorgehensweise und schickte ihn ohne die geringste Empfehlung per Post an einen Verleger. Der NRF, jenem »protestantischen Tempel«, der sich hatte zuschulden kommen lassen, Marcel Proust abgelehnt zu haben, zog ich Bernard Grasset vor, der in aller Munde war und hervorragende Autoren publizierte: etwa Paul Morand, zu dem ich eine gewisse geistige Verwandtschaft spürte. Um mich keiner öffentlichen Blamage auszusetzen, sandte ich das Manuskript unter dem Namen meines Mannes, Michel Epstein, und bat um eine postlagernde Antwort. Meine Schwangerschaft war damals bereits weit fortgeschritten. Zwei Monate vor dem errechneten Termin verordnete mein Arzt mir Bettruhe, und erst einige Wochen nach der Geburt meiner Tochter konnte ich meine Post abholen. Ich fand einen Berg von immer frenetischer werdenden Briefen und Stadttelegrammen, die mich beschworen, die Éditions Grasset in der Rue des Saints-Pères aufzusuchen. Der Herausgeber hatte sogar, wie er mir später verriet, Anzeigen in sämtlichen großen Zeitungen aufgegeben: »Autor gesucht, der unter Namen Epstein Manuskript bei Éditions Grasset abgegeben hat.«

Als ich in der Rue des Saints-Pères eintraf, führte man mich über eine enge, schmutzige Treppe in das Durcheinander eines großen Raums, in dem sich verstaubte Bücher, Korrekturbögen und Manuskripte türmten. Auf dem Kaminsims thronte eine Frauenbüste aus bemaltem Holz, auf deren schiefsitzender Perücke eine Baskenmütze saß. Aschenbecher quollen über, und Asche bedeckte sogar den abgewetzten Teppich. Es stank nach kaltem Tabak. Ein Mann mit leichenblassem Gesicht, angeklatschtem, gescheiteltem Haar, Schnurrbart, weißem, aus dem Jackett rinnenden Ziertuch und Zigarettenspitze zwischen den Lippen kam hereingestürzt, blieb mit offenem Mund wie gelähmt stehen und starrte mich mit jener Verwunderung an, die ich bereits gewohnt war. Bernard Grasset hatte mit einem reifen Mann, womöglich einem pensionierten Bankier gerechnet. Statt dessen stand eine kleine, schüchterne, unmöglich angezogene junge Frau vor ihm, die ihn aus kurzsichtigen Augen erschreckt ansah: Ich war eben erst vom Wochenbett aufgestanden, ohne meine Garderobe zu erneuern, die mich übrigens seit meiner Heirat kaum noch interessierte. Er stammelte ein paar Komplimente. Ich errötete. Einer war so hilflos wie der andere. Er rief nach seinem Lektor, M. Henry Muller, der mich ebenso verblüfft musterte. Das gesamte Haus – sein Sozius M. Brun, die Ressortleiter, sein Presseattaché M. Poulailles –, alle stürmten in sein Büro, um das junge, exotische Phänomen den Vertrag unterzeichnen zu sehen, der bereits seit gut drei Monaten fix und fertig bereitlag. Grasset konnte sich insofern wieder fangen, als er mir verkündete, er wolle mich nicht etwa in den von Daniel Halévy geleiteten Cahiers verts veröffentlichen, sondern in der soeben von ihm aus der Taufe gehobenen Reihe »Pour mon plaisir«. Diese Reihe wolle er denjenigen Autoren vorbehalten, die seinem ganz persönlichen Geschmack entsprächen.

Bei unserer zweiten Unterredung hatte er sich so weit gefaßt, daß er mir nahelegte, mich den Journalisten gegenüber für noch jünger auszugeben, als ich in Wahrheit sei. Ich war sechsundzwanzig. Er bat mich, so zu tun, als sei ich erst vierundzwanzig. »Will man ein Buch auf den Markt bringen«, sagte er, »gilt es die Neugier des Lesers zu erwecken. In Ihrem Fall geht es um zweierlei: Sie sind Russin und schreiben Französisch. Ein verkaufswirksames Argument, das mir jedoch nicht auszureichen scheint, dazu sind Ihre Landsleute bei uns zu zahlreich. Wir werden also Ihre Jugend herausstreichen. Leider kann ich Sie nicht als Siebzehnjährige ausgeben – so jung war Radiguet, als ich sein *Den Teufel im Leib* lancierte –, obwohl Sie kaum älter wirken: Sie sind Ehefrau und Mutter. Wir werden von Ihrem wahren Alter nur zwei Jahre abziehen.« Daher gebe ich mich seit jenem Tag in all meinen Interviews mit der Presse um dieses Quentchen jünger aus, was meinem Gedächtnis nach den vielen Büchern einiges abverlangt und mich mit meinem zweideutigen Personenstand nicht eben aussöhnt.

Bestimmt hatte nicht einmal Grasset damit gerechnet, daß mein Roman ein solcher Triumph werden würde. Ich glaube, nie wieder einen derartigen Schock erlebt zu haben wie damals, als ich am 10. Januar 1930 *Le Temps* aufschlug und den Satz las, mit dem ein sehr langer Artikel aus der Feder André Thérives begann, des damals gefürchtetsten Literaturkritikers: »Kein Zweifel, *David Golder* ist ein wahres Meisterwerk.« Am 31. war Pawlowski in den *Lettres* an der Reihe, der in die gleiche Kerbe schlug: »Wir haben es mit einem wunderbaren Buch zu tun, das soeben als schöner Baum im literarischen Wald aufgeblüht ist. Es hat seinen festen, äußerst lebendigen Platz neben der schwarzen Zypresse, die uns Leo Tolstoi mit seinem *Tod des Iwan Iljitsch* hinterlassen hat, und neben Dostojewskis Trauerweide *Krotkaja*.« In der Zwischenzeit waren andere Kritiker sogar so weit gegangen, von Balzac und dessen *Père Goriot* zu sprechen. Man äußerte sich, wie zu erwarten war, bewundernd über mein Alter. Man staunte über die Leichtigkeit, mit der eine Russin, die erst zehn Jahre zuvor in Frankreich eingetroffen sei, die Sprache Racines handhabe. Man sah darin, überglücklich, einen triumphalen, endgültigen Beweis für die Überlegenheit des Französischen, als hätten sein Wortschatz und seine Syntax dank ihrer Kraft und Schönheit mich beinahe ohne mein eigenes Dazutun wie von selbst durchdrungen. Insgeheim dankte ich dem Schatten von Mademoiselle Rose, an deren Tod ich nicht länger zweifeln konnte: Wäre sie noch am Leben gewesen, hätte das Aufsehen um meinen Namen sie spätestens jetzt auch aus der fernsten Provinz gelockt.

Grasset überschwemmte die Presse mit Reklame, reichte mich bei Jurys und Académiciens herum, stürzte mich in Cocteaus und Morands, Montherlants und Halévys Arme, schleppte mich durch sämtliche literarischen Salons, zur Fürstin Bibesco, zu Marie de Régnier. Ich war der Liebling von ganz Paris. Das Buch wurde zigtausendfach verkauft. Bei mir zu Hause in der Avenue Daniel-Lesueur, wo wir seit unserer Heirat wohnten, machte uns die Türglocke ganz verrückt. Ich hatte meine Tochter in das entfernteste Zimmer der Wohnung ausquartiert, damit sie in Ruhe schlafen konnte. Die Journalisten schlugen sich vor meiner Tür die Köpfe ein.

Manche unter ihnen bezweifelten, daß ich tatsächlich die Autorin dieses »Männerbuches« war. Ich hatte Anrecht auf ein Interview mit dem berühmten Frédéric Lefèvre, das in den *Nouvelles littéraires* veröffentlicht wurde und dessen einleitende Worte etwas von dieser Skepsis wiedergaben: »Ich freute mich auf meinen Besuch bei Madame Irène Némirovsky. Eine Mischung aus Freude, Neugier und Besorgnis angesichts eines Rätsels, das es zu lösen galt. Hegte ich nicht, wie gewiß zahlreiche Leser auch, im tiefsten Innern Zweifel an der wahren Identität des Autors von *David Golder*? Ich konnte mich, offen gestanden, nur schwer damit abfinden, daß ein an menschlicher Erfahrung so überreiches, mit der Geschäftswelt derart vertrautes Buch das Werk einer erst Vierundzwanzigjährigen sein sollte. Sobald sie leibhaftig vor mir stand, zerstreuten sich meine anfänglichen Zweifel und Vorbehalte. Nicht daß die Autorin des Romans älter wirkt als vierundzwanzig: diese junge Mamá hat ganz im Gegenteil die Ausstrahlung eines jungen Mädchens. Eine schöne Israelitin: Sie vereint in sich auf eine seltene, vollkommene Weise den Typus der slawischen Intellektuellen, wie man sie von der Sorbonne her kennt, und der Dame von Welt. Sie ist von mittelgroßer Gestalt, ihre schlanken Formen treten aus einem enganliegenden violetten Samtkleid hervor; ihr jade- oder auch rabenschwarzes Haar – so schwarz, wie es schwärzer nicht sein kann – ist zu einem Bubikopf geschnitten; ihre Augen sind schwarz, so schwarz wie ihr Haar; sie sind, bisweilen leise blinzelnd, von der einer leichten Kurzsichtigkeit eigenen seltsamen Sanftheit. Ihre Gesten sind sparsam und nicht minder sanft als ihr Blick.«

Es folgten die üblichen, späterhin von jedermann übernommenen Gemeinplätze über meinen Vater, den bedeutenden russischen Bankier, und die Revolution. Ich erzählte von meinem Moskauer Aufenthalt in der Wohnung des Gardisten, von meiner Entdeckung Maupassants und Oscar Wildes, außerdem erwähnte ich, auf Anraten Bernard Grassets, Platon, dessen *Gastmahl* ich angeblich »auf einem Diwan zusammengerollt gelesen hatte, während draußen wild geschossen wurde und meine Mutter mich, empört über meine Teilnahmslosigkeit, jedesmal, wenn sie an mir vorüberkam, mit Vorhaltungen bombardierte«. Dann waren die Komplimente an der Reihe: »Vollendete Objektivität, scharfer Blick für Menschen und Dinge, ein derart ausgeprägtes realistisches Gespür, daß mit nur einem Wort eine Stimmung erschaffen wird und der Leser mühelos von der einen zur anderen übergeht, schneller Erzählstil, Begabung für Dialoge, Betonung der Unabwendbarkeit des Schicksals, das Ergebnis ist ein entschiedenes, männliches, schonungsloses Buch.« Selbst die im offenen Kampf mit Grasset liegende NRF mußte, auch wenn sie mir meine Gewandtheit zum Vorwurf machte, wohl oder übel einräumen: »Das Buch berührt einen immer wieder zutiefst, und dem Geschick der Autorin im Verfassen von Dialogen ist es zu verdanken, daß uns sämtliche Figuren gleichermaßen lebendig erscheinen.«

Ein paar Monate darauf wurde gleichzeitig die Verfilmung und die Bühnenfassung des Romans herausgebracht. Das Stück feierte in einer Inszenierung Fernand Nozières an der Porte-Saint-Martin Triumphe. Madame Paule Andral spielte die Rolle der Gloria. Am Tag der Uraufführung ist es, glaube ich, zum endgültigen Bruch mit meiner Mutter gekommen, auch wenn ich ihr ihre schreckliche Reaktion, zwei Jahre zuvor, als sie von meiner Schwangerschaft hörte und mich auf Knien anflehte, das Kind abzutreiben, niemals verziehen habe und lediglich auf die Bitten meines Vaters unseren Kontakt noch nicht abgebrochen hatte. Gewiefter als wir, hatte sie schon sehr bald, bereits 1939, erkannt, in welcher Gefahr wir uns befanden, und sich unvermutet in Nizza verkrochen. Einen kurzen Aufenthalt in Riga mit meinem Vater während der Revolution hatte sie dahingehend genutzt, sich, wer weiß wie, den Status einer lettischen Vertriebenen zu beschaffen, der ihr heute, in Anbetracht der nazifreundlichen Haltung der baltischen Staaten, höchstwahrscheinlich zum Vorteil gereicht. Ihre Adresse ist mir bekannt. Vor eineinhalb Jahren habe ich sie, als unsere Rücklagen allmählich zur Neige gingen, um Hilfe gebeten: Sie besitzt Geld, sehr viel Geld, und ihren Schmuck. Über ihren Liebhaber, einen italienischen Conte, ließ sie mir in einem sehr knapp gefaßten Brief ihren abschlägigen Bescheid zukommen. Ich hatte den Schlüssel zu ihrem Appartement auf dem Quai de Passy, das sie seit dem Tod ihres Mannes ab und an bewohnte. Ich schickte meinen Schwager Paul dorthin. Er nahm ihre Pelze, ihr Silber, und brachte mir alles. Ich bewahre die Sachen hier in unseren Koffern auf und werde sie nötigenfalls ohne die Spur eines schlechten Gewissens versetzen.

Nach der Veröffentlichung von *David Golder* hatte meine Mutter sich wohl oder übel mit dem Gedanken versöhnt, daß ich nunmehr berühmt war, schließlich würde ja der Ruhm in ihrer Vorstellung auch auf sie abfärben. Und am Abend der Premiere thronte sie in einem prunkvollen weißen, von Patou entworfenen Kleid aus durchwirktem Satin, ihr Diamantkollier um den Hals, im Theater, ihr zur Rechten mein Vater und zur Linken ihr argentinischer Liebhaber, beide im Frack. Als Paule Andral auf der Bühne die Brieftasche des nach einem ersten Schlaganfall halbtoten Harry Baur zu durchstöbern begann und jener sich aufrichtete, um ihr ins Gesicht zu schleudern, daß sie ihm schließlich zahllose Wertpapiere und Schmuckstücke zu verdanken habe, wandte sich das Publikum geschlossen zu ihr, starrte ihre Halskette und ihre Ringe an, und der Saal wurde zu einem einzigen Geflüster. Es kam noch schlimmer, als die Schauspielerin ihrem Ehemann eröffnete, Joyce, seine heißgeliebte Tochter, sei nicht etwa von ihm, sondern von Hoyos, ihrem alternden Geliebten. Ich sah, wie sie sich zu ihrem Nachbarn zur Linken hinüberbeugte und ihm etwas ins Ohr flüsterte. Sie errötete bis zum Ansatz ihrer noch immer marmornen Brüste und verbarg sich hinter ihrem Fächer, über den sie mir einen vernichtenden Blick zuwarf. Ich drückte fest Michels Hand.

Harry Baur spielte auf der Bühne wie im Film die Rolle von Golder. Sämtliche Zeitungen huldigten ihm: »Gestern abend war sein gleichermaßen minutiös genaues wie groß angelegtes

Spiel einfach wunderbar«, hieß es in *Comœdia*. »Ein erstaunliches Naturell und die Fähigkeit, die Seele eines Menschen freizulegen, wie sie nur ihm eigen sind.« Noch mehr schätzte man ihn jedoch in der Filmversion von M. Julien Duvivier: »Er hat sich auf Anhieb in die erste Reihe der Leinwanddarsteller gespielt. Jeder einzelne der physischen wie seelischen Aspekte seiner Figur ist in unvergeßlichen Bildern festgehalten. Einmal sieht er aus wie ein schicksalsergebener Zuchthäusler, ein andermal wie ein brotloser alter Clown, dann wieder wie ein Bauer, der seinen Grund und Boden verteidigt... Im Schlafrock scheint er einer Daumier-Zeichnung entsprungen zu sein; in Moskau sieht er nach seinem erfolgreichen Schlag in die Magengrube wie Ingres' Bertin d. Ä. aus... Ein gezügeltes Pathos, eine aus dem Innern kommende Eindringlichkeit. Nein wahrlich, ich sehe augenblicklich unter den Kinostars der ganzen Welt nicht einen Charakterdarsteller, der diesem großartigen Schauspieler das Wasser reichen könnte.« Der gute Harry Baur! Er überwand seine seltsame Schüchternheit und drückte mich nach unseren gemeinsamen Triumphen an seine hünenhafte Brust. Er, der trotz seiner ausgesuchten Kleidung so grobschlächtig wirkte, nannte mich sein russisches Täubchen, sein zartes, orientalisches Vöglein. Es heißt, die Behörden suchten jetzt Streit mit ihm: Man verdächtigt ihn, Jude zu sein, vermutlich weil er als Golder so überzeugend war. Lieber Gott, mach, daß ihm nichts zustößt, vor allem nicht meinetwegen! Manchmal wird mir ganz schwindlig, dann bereue ich, dieses Buch überhaupt geschrieben zu haben, und frage mich, ob ich nicht, indem ich mein mir so verhaßtes Milieu anprangerte, den Antisemiten Argumente geliefert und eine geradezu selbstmörderische Leichtfertigkeit und Unbesonnenheit bewiesen habe.

»Eine schöne Isrealitin«, so hatte also Frédérick Lefèvre über mich geschrieben. Im vergangenen September organisierte das Forschungsinstitut für jüdische Fragen im Palais Berlitz eine Ausstellung, die in nur drei Tagen über Hunderttausend gesehen haben. Der Erziehungsminister legte allen Lehrern nahe, sie in der Weihnachtszeit mit ihren Schulklassen zu besuchen. Ich habe die reichbebilderten Berichte hierüber in der Presse gelesen. »Eine Riesenspinne zieht gleich bei Betreten des Saales unsere Aufmerksamkeit auf sich. Ihre Füße verheddern sich im Netz, das sie über der Welt ausgebreitet hat. Diese Spinne ist das Judentum, das sich am Blut unseres französischen Vaterlandes labt.« Es folgten auf schäbige Weise entstellte Photographien von Filmemachern, Journalisten, Politikern, Literaten, unter ihnen Pierre Lazareff, Tristan Bernard, Jean Cassou, André Maurois. Wir Autoren seien ganz besonders verdorben: »Die jüdischen Schriftsteller vermitteln in ihren Werken vor allem ihre gesellschaftliche Rastlosigkeit und ihre sexuellen Perversionen. Ihnen sind von Natur aus keinerlei Ideale heilig, weder althergebrachte französische Sitten noch rechtschaffene Bräuche der Provinz, noch der Respekt für das Vaterland oder irgendeine Glaubensrichtung. Für sie sind Plagiat und Skandal die probaten Mittel, sich großzutun. Diese Rasse schleicht sich ein wie eine Schlange und vergiftet alles, woran sie rührt... Der jüdische Schriftsteller *produziert, lanciert und verkauft.*«

Haben Sie diese Ausstellung gesehen, lieber Bernard Grasset, der Sie mich im Jahre 1930 tatsächlich wie ein Produkt lancierten, obgleich Sie unbestreitbar arischer Abstammung sind, weshalb Sie auch weiterhin in Paris als Verleger tätig sein und in Ihrer Reihe »A la recherche de la France« die kollaborationistischen Pamphlete eines Drieu La Rochelle, Georges Suarez und Jacques Doriot veröffentlichen können? Ist dies der Grund dafür, daß Sie sich seit zwei Jahren weigern, meine Briefe zu beantworten? Haben Sie den einen vergessen, den mein Mann Michel 1934 an Ihren Anwalt schickte, als Ihre eigene Belegschaft, Ihrer ständigen Abwesenheit, Ihrer Wahnvorstellungen und Wutausbrüche überdrüssig, alles daransetzte, Sie für geschäftsunfähig erklären zu lassen: »Monsieur Bernard Grasset, nicht nur mein Freund, sondern auch der vorrangige Verleger meiner Frau, hat mich gebeten, in seiner Sache Zeugnis für ihn abzulegen... Offenbar unternimmt sein Haus nach wie vor alles nur Erdenkliche, um ihn restlos zu isolieren. Könnten Sie nicht, kraft Ihres hohen Ansehens, bewirken, daß ein derartiges Vorgehen, das Bernard Grassets Lage gänzlich unhaltbar werden läßt, unterbunden wird?«

Erinnern Sie sich denn gar nicht mehr an den Prozeß, den Ihre Familie gegen Sie anstrengte, um Sie für unzurechnungsfähig zu erklären, und dessen Urteil im November 1935 gesprochen wurde? Michel und ich traten damals für Sie als Zeugen auf. Benjamin Crémieux und Marie-Anne Commène hatten zu Ihrer Verteidigung ein Manifest verfaßt, das keiner Ihrer bedeutenden Autoren, weder Montherlant noch Maurois, weder Mauriac noch Morand – Ihre »Vier M« –, und auch Chardonne, Chateaubriant und Giraudoux nicht, unterzeichneten. All Ihre Berühmtheiten machten sich aus dem Staube, nur ich nicht, dabei hatte ich Sie soeben zugunsten Albin Michels verlassen. Denken Sie manchmal an mich, wenn Sie in Ihren Archiven zufällig auf das eine oder andere meiner Bücher stoßen, das von Ihnen, den deutschen Anordnungen zuvorkommend, nicht eingestampft wurde? Haben Sie, der Sie angeblich der »Caesar von Berchtesgaden« genannt werden, weil Sie Ihre Hitlertolle kultivieren, den Namen Irène Némirovsky nicht nur aus Ihrem Katalog, sondern auch aus Ihrem Gedächtnis gestrichen? Ist aus der einstmals so köstlich slawisch-exotischen Erscheinung eine derart jüdische geworden, daß ich nicht mehr wiederzuerkennen bin? Finden Sie, daß ich der vor zwei Jahren von Professor Montandon erstellten Beschreibung des Juden entspreche: »Eine stark gebogene Nase, fleischige Lippen, tiefliegende Augen, jene leichte Schwellung der weichen Partien, die das jüdische Gesicht auszeichnet, lockiges Haar, große, abstehende Ohren, leicht gebeugte Schultern, eher breite, füllige Hüften, Plattfüße, raffgierige Gebärden, schlaksige Bewegungen oder auch ein Watschelgang«?

Gewiß, weder mein Mann, so muskulös er auch sein mag, noch ich selbst gleichen den kolossalen Statuen, die der deutsche

Bildhauer Arno Breker kürzlich in der Orangerie ausgestellt hat. Ich las vor einem Monat einen Bericht darüber in *Comœdia*. An der Vernissage nahm manch einer Ihrer Autoren teil, Jacques Chardonne natürlich und der blökende Alphonse de Chateaubriant, dieser minderwertige Mystiker, der sich selbst zum Sänger des Nationalsozialismus ernannt hat, der schillernde Cocteau nicht zu vergessen, den ich noch so lebendig vor mir sehe, wie er mir einst mit von Opium verschleiertem Blick sein Gedicht *Le bilboquet d'Irène* widmete. Unter anderem seinet- und seiner *Kinder der Nacht* wegen habe ich meine jüngste Tochter Elisabeth genannt. Mein erster Beweggrund war natürlich, daß ich sie nach ihrer Großmama, dieser wunderbaren Frau, nennen wollte. Ich kann ihr nur wünschen, daß ihr ebensoviel Glück beschieden ist wie der Elisabeth im Buch: »Sie war es so gewöhnt, daß immer wieder Wunder geschahen, daß sie sie ohne Überraschung hinnahm. Sie erwartete sie geradezu, und immer traten sie ein.«

Ein Wunder hat sie heutzutage bitter nötig. Sollte Cocteau ihr auf diesem Wege Glück bringen, könnte ich ihm möglicherweise jene Ode an den »Inbegriff eines Bildhauers« verzeihen, die auf der ersten Seite besagter Zeitschrift prangte: »Ich grüße Sie, Breker / Ich grüße Sie aus dem hohen Vaterland der Dichter / Vaterland und Vaterländer existieren nur, sofern alle den Schatz der nationalen Arbeit dazu beitragen / Nur in dem hohen Vaterland, wo wir Landsleute sind, können Sie mit mir über Frankreich sprechen.« Gewiß hatte er jene Antwort allzu wörtlich genommen, über die wir damals bei der Aufführung des Balletts *Die Hochzeit auf dem Eiffelturm*, zu der er uns eingeladen hatte, so schmunzeln mußten: »Da mir dergleichen rätselhafte Dinge nun einmal zu hoch sind, geben wir doch einfach vor, wir hätten sie ins Leben gerufen.« Julie Dumot, die ehemalige Gefährtin meines Vaters, die einst bei Sacha Guitry in Diensten stand, brachte mich zum Lachen, als sie mir erzählte, sie habe erst kürzlich mit ihm telephoniert, er habe die Breker-Ausstellung zwar ebenfalls besucht, sei jedoch nicht davor zurückgeschreckt, in aller Öffentlichkeit zu verkünden: »Wenn diese Statuen eine Erektion bekämen, wäre hier kein Durchkommen mehr!« Sein Ausspruch erinnert mich an den meines guten alten Tristan Bernard: »1914 sagten wir: Die werden wir in die Tasche stecken. Na, und jetzt haben wir den Salat!«

Ja, Julie ist hier. Sie ist nun die Gouvernante unserer Kinder. Ich hatte ihr, genau vor einem Jahr, am 22. Juni 1941, folgenden Brief geschrieben:

»Meine liebe, gute Julie, als wir erfuhren, daß Rußland und Deutschland miteinander Krieg führen, haben wir sogleich mit Schrecken an das Konzentrationslager gedacht, und ich habe Ihnen eine Karte geschrieben, mit der Bitte, umgehend zu kommen. Sollten wir bei Ihrer Ankunft nicht mehr hier sein, quartieren Sie sich mit den Kindern bei Loctin im Hôtel des Voyageurs ein, wo wir seit einem Jahr leben. Es ist eine kleine, bescheidene Herberge, man wird Sie jedoch gut ernähren, und die Inhaber sind vertrauenswürdige Leute. Wir hinterlegen übrigens bei ihnen eine Schatulle mit ein paar kleinen Schmuckstücken, unter anderem meinen Diamantring und eine Brosche mit kleinen Brillanten. Wir gaben ihnen außerdem Papas goldene Zigarettenspitze, die Sie uns schenkten (die kleine wurde verkauft), in Verwahrung. Die Schatulle wird überdies etwa zwanzigtausend Francs in Scheinen enthalten.

Abgesehen davon werden wir entweder bei Maître Vernet, einem Notar in Issy-l'Évêque, einem rechtschaffenen Mann, oder aber bei besagtem Loctin an die sechzigtausend Francs deponieren, über die Sie gleichermaßen verfügen können.

Am 11. November können Sie dann das Haus beziehen, das wir zu viertausend Francs jährlich von Monsieur Marius Simon auf drei, sechs oder neun Jahre gemietet haben. Es ist nicht möbliert, wir haben jedoch beim Tischler, Monsieur Billand, und bei Maître Vernet alles in die Wege geleitet, daß jener uns die nötigen Möbel vermietet. Sie brauchen sich also nur mit ihnen in

Verbindung zu setzen. Es wäre natürlich ratsam, wenn irgend möglich, die Möbel aus der Pariser Wohnung kommen zu lassen, selbst wenn das teuer sein sollte (das Fuhrunternehmen in Nevers, das Maître Vernet kennt – Firma Chautard –, veranschlagt für den Umzug zur Zeit fünftausend Francs). Verfahren Sie so, wie Sie es für richtig halten. Sollten Sie die Möbel aus Paris holen lassen, finden Sie in der Anlage einen Brief an den Verwalter.

Ich habe bei Monsieur Frachot in Issy für dreitausend Francs fünfzehn Klafter Holz gekauft und *bezahlt*. Er wird sie Ihnen auf Anfrage sogleich liefern. Sie brauchen sich also wegen der Heizfrage keine Sorgen zu machen.

Ich habe dem Eisenwarenhändler Monsieur Fontaine aufgetragen, uns einen Ofen zu beschaffen, der um die zweitausend Francs kosten wird.

Sie werden jemanden einstellen, damit er sich um den Garten kümmert, der eigentlich viel Obst und Gemüse abwerfen müßte. Fragen Sie in dieser Angelegenheit den Eigentümer, Marius Simon, oder Monsieur Loctin um Rat. Ich denke, Sie kommen mit dem Geld, das ich Ihnen dalasse, ziemlich lange aus.

Geht das Geld zur Neige, verkaufen Sie zuerst die Pelze, die Sie in unseren Koffern vorfinden und bestimmt wiedererkennen werden… Dort sind auch so einige Stoffe, die allesamt am Quai de Passy stiebitzt worden sind. Behalten Sie so lange wie nur irgend möglich die Zobel. Dann ist da noch das Silber. Versetzen Sie es nach den Pelzen und vor dem Schmuck.

Für den äußersten Notfall ist schließlich noch bei Loctin das Manuskript eines Romans hinterlegt, das zu beenden ich womöglich nicht die Zeit haben werde und das den Titel *Tempête en juin* (Unwetter im Juni) trägt. Damit sollte folgendermaßen verfahren werden:

1. Ich habe an die Editions de France, 20 avenue Rapp, Paris, (7^e) (das sind die Eigentümer der Zeitschrift *Gringoire* – Monsieur Horace de Carbuccia) geschrieben und ihnen diesen Roman für ihr Blatt angeboten. Sollten sie akzeptieren, werden sie Ihnen schreiben. In dem Fall schicken Sie ihnen per Einschreiben

das Manuskript, für das Sie – so hoffe ich wenigstens – etwa fünfzigtausend Francs erhalten werden.

2. Ich habe auch an meinen Verleger, Albin Michel, 22 rue Huyghens, Paris (14^e) geschrieben, mit der Bitte, Ihnen im Verlaufe des Jahres 1942 eine Summe in Höhe von drei- bis viertausend Francs auszuzahlen. Albin Michel wird möglicherweise dafür das Manuskript besagten Romans (*Tempête en juin*) verlangen; in dem Fall schicken Sie es ihm, falls Sie es nicht schon an die Editions de France gesandt haben. Sollte es bereits bei den Editions de France liegen, teilen Sie Albin Michel mit, er möge sich mit letzteren in Verbindung setzen.

Vermutlich wird sich der Pariser Fiskus wegen der noch ausstehenden Steuern an Sie wenden. Zahlen Sie auf gar keinen Fall. Sollte es Ihnen gelingen, meiner Mutter Geld zu entlocken, genieren Sie sich nicht, daran vermag ich jedoch nicht zu glauben. Der hiesige Arzt, Dr. Benoît-Gouin, ist ausgezeichnet. Zögern Sie nicht, ihn bei jeder noch so kleinen Sorge um Rat zu fragen. Bei schwerwiegenderen Problemen wenden Sie sich an Dr. Pierre Delafontaine, 15. avenue d'Iéna, Paris (16e) oder an Professor Pasteur Vallery-Radot, 49bis, avenue Victor-Emmanuel-III, Paris (8e), auch wenn Sie einen Rat oder möglicherweise Schutz benötigen.

Im Februar 1942 muß Denise zum Augenarzt gefahren werden (den aus Le Creusot, Dr. Murard, kennt sie bereits), damit er ihre Augen erneut untersucht.

Die Kinder sind gegen Diphterie geimpft. Babet außerdem gegen Tetanus, und Denise, soviel ich weiß, seit 1937 gegen Typhus.

Beide sind, Gott sei Dank, in guter gesundheitlicher Verfassung, nur leidet Babet ein wenig unter Enteritis; sie darf weder unabgekochte Milch trinken noch Quark essen, hin und wieder ein weiches Ei kann ihr jedoch nicht schaden. Madame Loctin ist übrigens, was ihre Dät betrifft, genau auf dem laufenden.

Sie gehen alle beide zur Schule; daran sollte sich auch nichts ändern, außer für Babet, wenn es im Winter zu kalt ist.

Ich lasse Ihnen natürlich völlig freie Hand, wie Sie den Haushalt führen, und bitte Sie, ganz allgemein zu tun, was Sie für richtig halten.

Zu diesem Zweck hinterlege ich beim Notar Maître Vernet ein Schreiben, das Ihnen sämtliche Vollmachten erteilt.

Das ist alles, meine liebe Julie. Sie können sich vorstellen, wie traurig ich diese Zeilen schreibe, da ich aber die Kinder in Ihrer Obhut weiß, bange ich nicht länger um ihr Schicksal, denn ich bin überzeugt, Sie werden sie nicht verlassen. Ich lege sie Ihnen ans Herz. Ich umarme Sie zärtlich.

Irène Némirovsky-Epstein

P. S. Was unser Pariser Appartement betrifft, so würde ich zwar gern die Möbel nach Issy schaffen, es jedoch bei einer möglichst geringen Miete im Hinblick auf bessere Zeiten behalten. Augenblicklich zahlen wir vierteljährlich eintausenddreihundertfünfzig Francs, also halb soviel wie vor dem Krieg. Versuchen Sie, sich so gut wie nur irgend möglich mit dem Hausverwalter zu stellen. Sollten sich die Dinge indessen weiter so negativ entwickeln, verhökern Sie die Wohnung.«

Dieser Brief hat nach wie vor Gültigkeit, mit dem kleinen Unterschied, daß Geld, Schmuck und Pelze längst vom Faß ohne Boden unseres finanziellen Defizits verschlungen sind, seitdem mich der Status einer Jüdin um den Hauptanteil meiner Autorenrechte gebracht hat. Dafür ist Julie noch immer da, Julie mit ihrer hochgewachsenen Gestalt, ihrem entstellten Bein, das Babet so sehr fasziniert, ihrem weißen Haar und ihrer Brille. Wenn ich allabendlich mit Tannennadeln im Haar wie eine der Axt entkommene Nymphe – »So höre, harter Mann, dein Arm, er halte ein! / Was du zu Boden wirfst, es ist nicht Holz allein«, wie es bei Pierre de Ronsard heißt – aus meiner idyllischen Klause hervorkomme und, über den Schultern meinen blauen Pullover und in der Hand mein ledergebundenes Heft, zu dem riesigen Haus zurückkehre, das wir auf dem Dorfplatz vor dem Kriegerdenkmal gemietet haben, steht mein Mann vor der Tür und erwartet mich ängstlich. Dann wirft mir Julie einen Blick zu wie damals meinem Vater, als er nach seinem ersten Schlaganfall erschöpft von einer Auslandsreise nach Hause kam. Die Kinder hängen sich jauchzend an meinen Rock. Julie nimmt sie sanft an die Hand und führt sie zum Abendessen, um uns beide mit unserer Freude und unserem Kummer allein zu lassen.

Dezember 1956

Das Kind verläßt mit Tränen in den Augen das Kino. Einem plötzlichen Impuls folgend, ist es allein in den Dokumentarfilm Nacht und Nebel *von Alain Resnais gegangen. Es ist zum ersten Male schwach geworden. Bis dahin hatte es hartnäckig nichts von all dem wissen wollen. Vierzehn Jahre lang hatte es, ohne einer Menschenseele, nicht einmal seiner Schwester, davon zu erzählen, auf seine Eltern gewartet. Eines Tages glaubte es, seine Mutter auf einer sonnigen Straße wiederzuerkennen. Ein andermal erschien ihm in einem Dokumentarfilm inmitten einer russischen Menschenmenge die Silhouette des Vaters. Sprach man nicht von im Osten verschollenen Deportierten? Selbst die Erinnerung an ihre Gesichter hat das Kind aus seinem Gedächtnis getilgt, hat aber dennoch auf sie gewartet. Sie werden nun also doch nicht mehr zurückkehren. Das Haar seiner Mutter, gelockt wie das eigene, ist bestimmt über diese graue Ebene verstreut. Die Knochen des Vaters hat man mit Tausenden anderer in dieses Massengrab geschaufelt.*

Kapitel 10

Michel trinkt. Unglaublich, daß es mir bislang nicht aufgefallen ist. Ich sah ihn heute abend nach einer langen Sitzung im Café des Voyageurs mit großer Verspätung schwankend zum Abendessen nach Hause kommen. Er lallte, seine Gesten waren ungenau, seine Lider noch schwerer als gewöhnlich und sein Mund verzerrt. Denise, die er in Paris manchmal als zweifellos jüngste Kundin zu Harry's Bar mitgenommen hat und die doch schließlich daran gewöhnt ist, ihn ein wenig angeheitert zu sehen, wich zurück, als sie bei der Umarmung seinen Atem roch. Er setzte sich schwerfällig an den Tisch und griff prompt nach der Rotweinflasche. Er aß sehr wenig, trank viel und regte sich über Babet auf. Ich hatte ihr ausnahmsweise erlaubt, mit uns zu essen, statt in der Küche, aber sie spuckte den Spinat, mit dem Julie sie zu füttern suchte, hartnäckig wieder aus. Als die Kinder endlich zu Bett gebracht waren, nickte er, nach einem letzten, in einem Zug geleerten Glas, brummelnd in seinem Sessel ein, und nur mit großer Mühe konnte ich ihn in unser Schlafzimmer führen. Ich mußte ihm aus den Kleidern helfen, denn er war vollkommen angezogen auf dem Bett eingeschlafen. Er schnarchte die ganze Nacht. Wenn mir sein – sagen wir es doch offen – *Alkoholismus* bislang nicht aufgefallen war, so vermutlich deshalb, weil mir seit meiner Kindheit unter extremen klimatischen Bedingungen der Anblick von Männern, die sich mit Alkohol aufwärmen, vertraut ist. Oder aber weil er, wenn er früher trank, dabei unbeschwert und heiter wirkte und eine seinem Naturell eigene elegante Nonchalance an den Tag legte, die heute nur noch selten bei ihm in Erscheinung tritt. Zwischen seiner heutigen Trunkenheit und seinem einstigen Rausch liegen Welten: wie zwischen dem schweren, zwölfprozentigen Rotwein, mit dem er sich nunmehr begnügen muß, und dem nach russischer Manier gekühlten Champagner, dessen Korken er früher sonntags nach unseren Mittagessen im Kreise der Familie durch die Luft knallen ließ. Am Strand von Hendaye, wo wir in den dreißiger Jahren all unsere Sommerferien verbrachten, bestellten sein Bruder Paul und er nach dem Bad eine Flasche Cognac und pichelten sie im Laufe des Nachmittags. Lachend boten sie meiner lieben Cécile, Denises Amme, die unter einem Sonnensegel im Sand saß, ein Schlückchen an. Sie riskierte ihren Kopf, um die beiden, bei heftigen Windstößen, in ihrem weichen morvannischen Akzent zu beschimpfen, wobei sie eine brünette Haarsträhne unter ihre Haube schob und das dunkelblau gestreifte Kleid unter ihren üppigen Schenkeln zusammenzog. Die Männer in ihren Badeanzügen legten ihren nassen Kopf auf meine Knie und schwenkten das bauchige Glas, in dem der bernsteinfarbene Trank hin und her schwappte. Sie schwiegen und wurden schließlich bei all dem Kindergeschrei, Möwenkreischen und Wellengetöse vom Schlaf übermannt. Ich las und schüttelte ab und zu das auf meinem Bauch liegende Buch, um es vom Sand zu befreien, der zwischen den Seiten knirschte.

In Paris traf ich Michel, nachdem ich den Tag über geschrieben hatte, in einer kleinen englischen Bar, deren Wände und Tresen aus Mahagoni waren, in der Avenue Henri-Martin. Er, der seiner Sekretärin allmorgendlich einen frischen Blumenstrauß und jeden Abend eine Heimfahrt im Taxi spendierte, war außerstande, einen Arbeitstag ohne Diskussionen und Lachen zu beenden. Wenn die Lazard-Bank, bei der Michel arbeitete, ihre Türen schloß, trafen wir meinen Schwager Paul. Während er Sodawasser aus einem Siphon in die Whiskygläser spritzen ließ, erzählte er uns die allerneuesten Episoden der von ihm geführten Kampagne: Er hoffte, einen unerfüllbaren Traum zu verwirklichen, nämlich den, trotz seiner jüdischen Herkunft in den Jockey-Club aufgenommen zu werden – wie einst Marcel Prousts Swann und dessen Vorbild Charles Haas. Die betagten Stammgäste lasen im Licht kleiner Lampen, die auf den runden Tischchen standen, ihre in einen Holzstab geklemmten Zeitungen. Sie blickten nicht auf, wenn die Prostituierten mit müdem Blick auf den hochbeinigen Hockern strandeten. Ich trinke nur wenig, und so genoß ich meinen Americano schlückchenweise, während ich mit den Mädchen im rötlichen Halbdunkel plauderte und Adressen von Modistinnen oder kleinen Näherinnen gegen Anekdoten eintauschte, die mir tags darauf als Vorlage zu einer Novelle dienten. Ihnen verdanke ich einen Großteil meines Erzählbandes *Films parlés*. Wir blieben ein, zwei Stunden dort, dann brachen Michel und ich Arm in Arm auf, er mit seinem Mantel über den Schultern und einer Zigarette zwischen zwei Fingern, ich im kleinen Tweedkostüm mit Glockenhut. Wir winkten für den Heimweg ein Taxi herbei, in dem ich ihm berichtete, was jene Mädchen mir soeben erzählt hatten.

Ob Whisky, Champagner, Weinbrand, Wodka oder erlesene Weine, in jenen Jahren wurde stark getrunken. Ich erinnere mich an so manche denkwürdige Soirée: Beispielsweise an die Vorstellung der Revue nègre, 1925, im Théâtre des Champs-Élysées, zu der Michel mich anläßlich unserer Verlobung mitgenommen hatte, und an diesen unvergeßlichen Anblick, wie Josephine Baker als nackte, feingliedrige Ebenholzstatue, mit dem Kopf nach unten und die Beine im Spagat, eine rosa Flamingofeder zwischen den Schenkeln, von ihrem farbigen Partner auf die Bühne getragen wurde. Wie sie zu Boden sprang und zu Sidney Bechets Klarinettenklängen ein Rad schlug. Wie das Publikum erst vor Verblüffung wie angewurzelt dasaß, dann geschlossen aufstand und sich zu endlosen, den synkopischen Jazzrhythmus übertönenden Ovationen hinreißen ließ. Wir verbrachten den weiteren Abend im Fouquet's bei verzierten, vielfarbigen Cocktails inmitten der Zuschauer, die vor lauter Erregung noch nicht auseinandergehen wollten. Im selben Jahr gingen mein Vater, meine Mutter und ich, um Maurice Chevalier zu hören, ins Casino de Paris, an dem damals noch nicht, wie seit Juli 1940, geschrieben stand: »Für Hunde und Juden verboten.«

Später, wenn Michel die Sehnsucht nach seiner russischen Jugend überkam – vor allem im Winter, der für uns Emigranten gefährlichen Jahreszeit, weil uns der Schnee fehlt, der richtige, das betörende Wirbeln schwerer, lautloser Flocken, und jene beißende Kälte, die in der Lunge kratzt –, verbrachten wir so manche ausgelassene Nacht in den russischen Bars, Restaurants und Kabaretts, die in Montmartre zwischen Rue Pigalle, Rue Fontaine und Rue de Douai florierten. Dort sahen wir häufig unseren Freund Joseph Kessel mit blutigen Lippen, nachdem er für die Touristen sein kristallenes Glas zerkaut hatte. Er senkte den schweren Kopf auf das Tischtuch, auf dem allerlei nicht zusammengehörendes, von verarmten Emigranten verkauftes Silbergeschirr mit den Wappen adliger Familien stand, und schlief auf seinen gekreuzten Armen ein, wobei seine Löwenmähne die zu drei Vierteln leere Wodkaflasche streifte. Nur seine Finger trommelten noch auf dem Tisch, wenn der Geiger, der ebensogut ein Sproß aus uraltem russischen Adel wie ein waschechter Zigeuner und Hühnerdieb sein konnte, ihm mit seinem Bogenstrich in den Ohren quietschte oder eine Tänzerin ihn spaßeshalber im Vorübergehen mit ihrem roten Rockschoß bedeckte. Die alte Sängerin mit ihren erloschenen Glutaugen in den verbrannten Höhlen entlockte dazu ihrer zerknitterten Kehle die rauhen Klänge von *Otschi tschornije*, Schwarze Augen.

Nach 1933, dem Jahr, in dessen Verlauf ich, Bernard Grassets Wahnvorstellungen überdrüssig, im Gefolge eines seiner Ratgeber, André Sabatier, zu Albin Michel überwechselte, suchte ich kaum noch literarische Salons auf. Meine Mutter, deren Chauffeur sie hin und wieder noch bei uns absetzte, machte mir daraus einen Vorwurf: »Du verhältst dich nicht standesgemäß«, sagte sie verächtlich, wenn sie mich zu Hause in kurzem Rock und kastanienbraunem Pullover antraf, mit wirrem Haar, das ich auf der Suche nach einem mir entfallenen Wort durchwühlt hatte. Die alten Akademiemitglieder, die in mir nach wie vor ein Wunderkind sahen, die jämmerlichen Schreiberlinge, die mir den Hof machten, um mir einen Artikel zu entlocken, gingen mir auf die Nerven. Dafür verkehrten wir häufig bei Sacha Guitry, der uns bei seinen »intimen Diners« in einem lila Seidenpyjama empfing, der sein immer unverkennbareres Bäuchlein verhüllte. Er streckte uns seine fleischige Hand entgegen, an der ein mächtiger Ring prangte, in dessen goldene Platte sein Monogramm eingraviert war. Wir brachten Denise nachmittags mit der Enkelin Tristan Bernards zusammen, dessen unerbittlicher Humor mich begeisterte. Die Einladungen meiner Freundin Marie de Régnier nahmen wir immer an. Ich kannte ihre unter dem Pseudonym Gérard d'Houville veröffentlichten Kinderbücher auswendig, weil meine Tochter, die vor allem *Rikikis Träume* liebte, mich abends beim Zubettgehen anflehte, sie ihr doch vorzulesen. Maries Liebhaber und ihr Ehemann verwöhnten mich gleichermaßen: Ersterer, André Chaumeix, hieß nicht nur jedes meiner Bücher willkommen, sondern verschaffte mir überdies Zutritt zur *Revue des Deux Mondes*. Letzterer schrieb eine sehr wohlwollende Besprechung meines Romans *Jézabel*, die ausgerechnet an dem Tag im *Figaro* erschien, an dem Henri de Régnier starb. Im venezianischen Dekor der Rue Boissière Nr. 24 amüsierte man sich köstlich: Ich schalt augenzwinkernd Tigre, den Sohn des Hauses, der in seinem Vater einen alten Langweiler sah und sich weigerte, ihn anders als »den Unsterblichen« zu nennen, während mein Mann einen Trinkspruch auf die schönen spanischen Augen unserer brünetten Gastgeberin ausbrachte.

Zu Hause angekommen, öffnete Michel eine weitere Champagnerflasche für die kleinen intimen Diners mit Kaviar und Gänseleberpastete; oder auch, bescheidener, mit kaltem Huhn, das wir aus dem Eisschrank hatten erbeuten können und nun im Bett verspeisten, während aus dem Grammophon seine Lieblingschansons ertönten. »Elle avait de tout petits petons, Valentine, Valentine, / Elle avait de tout petits tétons que je tâtais à tâtons.«

(»Sie hatte winzigkleine Füßchen, Valentine, Valentine, / Sie hatte winzigkleine Brüste, die ich tastend befühlte.«) Oder aber, wenn uns melancholischer zumute war: »Parlez-moi d'amour, redites-moi des choses tendres, / Votre beau discours, / Mon cœur n'est pas las de l'entendre.« (»Sprechen Sie mir von der Liebe, von immer neuen Zärtlichkeiten / Ihre schönen Worte zu hören, wird mein Herz nicht müde.«) Er sang zu der Schallplatte, indem er abwechselnd Maurice Chevaliers gerolltes pariserisches ›R‹ und Lucienne Boyers schöne, tiefe Stimme imitierte, und wirbelte mit dem Hüftschwung und der Mimik eines Gigolo, den Sektkelch an die Brust gedrückt, durch den Raum. Zu den Melodien erfand er aus dem Stegreif freche Texte, denn er ist der geborene Vortragskünstler und schüttelt innerhalb von zehn Sekunden einen Alexandriner aus dem Ärmel. Im Jahr 1940, bei unserer Ankunft hier, bewies er erneut dies Talent: Er stellte fest, daß Denise mit ihren zehn Jahren nicht die geringste Ahnung von Arithmetik hatte, und brachte ihr zur Freude eine Reihe von Rechenaufgaben in Versform: »Es war einmal ein kleiner Wicht, / Dem es in den Lenden sticht. / Als er einen Arzt geht fragen, / Soll er dem drei achtzig zahlen. / Zweiundvierzig obendrein / Für diverse Arzenein. / Dann will man ihm auch noch für's Schröpfen / Zwölf Francs zweiundneunzig abknöpfen. / Wieviel kostet's den armen Wicht, / Daß sein Kreuz nicht länger sticht?« Oder auch: »Eines Tags wollt ein Matros' / Kaufen sich 'ne schöne Hos'. / Im Laden heißt es: Diese hier / Gehört für hundertvier Taler dir. / Sechzehn fehlen ihm zur Hos'. / Sag mir, wieviel besaß der Matros'?« Für Denise endete das Spiel mit einem schwindelerregenden Walzer in den Armen ihres Vaters. Für mich klang es in unseren seidenen Laken aus, die uns Mavlik zur Hochzeit geschenkt hatte.

Samuel, Paul, Mavlik... die Brüder und die Schwester von Michel. Soviel wir wissen, sind sie in diesem Juni 1942 noch immer in Paris, und wir bangen um sie. Sie tragen wie wir den gelben Stern, aber wahrscheinlich sind sie in den Straßen der Hauptstadt, wo es immer häufiger zu Denunziationen, Geiselnahmen und Razzien kommt, in weit größerer Gefahr als wir hier in unserem kleinen Dorf im Département Saône-et-Loire. Als wir noch problemlos mit ihnen telephonieren konnten, haben wir sie geradezu angefleht, uns nachzukommen. Bei Pauls letztem Besuch im Auto, anläßlich der Erstkommunion von Denise, der er – ein verblüffendes Geschenk, wenn man bedenkt, daß es ihr bereits damals an warmen Pullovern und Socken mangelte – eine Schreibunterlage aus weißem Leder sowie einen passenden Füllfederhalter und eine Brieftasche brachte, führten wir mit ihm endlose Diskussionen. Niemand wollte auf uns hören. Man hat uns, ganz im Gegenteil, beschworen, nach Paris zurückzukehren, mit dem Argument, in einer Großstadt könne man im Notfall leichter untertauchen als in einem winzigen Marktflecken, wo jeder jeden kenne.

Michels Familie begegnete ich erstmals im Jahre 1925, als wir beschlossen, uns zu verloben. Eltern, Großeltern, Kinder und Enkel lebten damals noch alle zusammen in einer riesigen Wohnung in der Avenue Victor-Emmanuel-III, wo jeder, auch die Gouvernanten, ein eigenes Zimmer besaß. Die Epsteins kamen ursprünglich aus Moskau und später dann aus Sankt Petersburg, wo der Vater meines Mannes als Delegierter des Verwaltungsrates der Asowschen Handelsbank, dem drittgrößten Bankgeschäft Rußlands, und Vizepräsident des Zentralkomitees der russischen Handelsbanken fungierte. Sein unmittelbarer Vorgesetzter war Boris Kamenka, der Vater meiner Freundin Daria, deren Bruder Hippolyte, wie sich herausstellte, ein Jugendfreund von Michel war. Diese Menschen hatten, um das Land zu verlassen – übrigens später als wir, erst im Jahre 1920 –, einen anderen Weg gewählt: den südlichen. Ich entsinne mich noch, wie am ersten Abend, als ich bei ihnen aß, Alexandra, die Frau seines älteren Bruders Sam, eine geborene Ginzburg, deren ikonenhafte Schönheit mich faszinierte, vom Tisch aufstand, um ihre Tochter zu beruhigen, deren Geschrei bis ins Eßzimmer drang. Ich war bei meiner Ankunft über die kleine Natascha gestolpert, ein neunjähriges Mädchen mit pechschwarzem Haar und außergewöhnlichen grünen Augen. Sie trug ein Kleid aus Tussahseide, dazu Stiefeletten, die ihr bis zu den Knien reichten, und lernte in dem langen Korridor unter den sarkastischen Bemerkungen ihres Cousins Victor, eines blassen, schwächlichen sechzehn- oder siebzehnjährigen Jünglings, radfahren. Beider Gouvernanten waren sogleich erschienen, um die Kinder zu trennen und der Kleinen, die mit ihrem Pedal versehentlich meine Wade angestoßen hatte, aufzutragen, sich bei mir zu entschuldigen. Erst nach langem Bitten hatte sie sich in einem Französisch mit starkem russischen Akzent dazu durchringen können.

Während ihre Mutter sie zu besänftigen suchte, erzählte man mir, daß das Kind von einem immer wiederkehrenden Alptraum geplagt werde. Die Eltern waren im Jahre 1919 – damals war sie drei – auf die Krim geflüchtet. Die Rote Armee besetzte Anfang März die Halbinsel. Terror, Hunger, Typhus, vor allem jedoch ständige Schikanen von Seiten der Tschekisten, deren brutale, in ihre Uniformen gezwängte Vertreter mitten in der Nacht die Tür zu ihrer Wohnung in Jalta aufrissen, um Schränke und Koffer zu durchwühlen, ob sie auch ja keinerlei beschlagnahmte Ware enthielten: Man durfte pro Person nicht mehr als zwei Hemden, Kleider oder Schlüpfer besitzen, und Alexandra hielt unter einer Parkettleiste Spitzentaschentücher versteckt, von denen sie sich nicht trennen konnte.

Im Juni vertrieben die Weißen die Sowjets, und in Jalta tauchten erneut britische Kriegsschiffe auf. Doch bereits Ende des Jahres wurde es immer deutlicher, daß General Wrangels Freiwillige den Truppen der Roten, die im gesamten Süden Rußlands vorrückten, nicht lange würden standhalten können. Samuel und seine Frau versuchten, auf einem der letzten englischen Zerstörer, die sich bereit erklärten, Flüchtlinge nach Konstantinopel zu bringen, noch Plätze zu ergattern. Vergeblich. Sie verschafften sich gefälschte Passierscheine und überquerten den Kaukasus per Bahn von Batum nach Baku. Dort nahm sie ein kleiner Tanker an Bord und setzte sie in Mesopotamien ab. Sie erreichten Bagdad und von dort Bassorah, in der Hoffnung, bis nach Bombay zu gelangen, um sich nach England repatriieren zu lassen. Alle möglichen Mißgeschicke zwangen sie, einen Teil Persiens zu Pferde, die kleine Natascha im Nachthemd inmitten all des Gepäcks auf einen Sattel gebunden, zu durchqueren. Das Reittier, auf dem sie saß, war zu schwer beladen und stürzte in eine Schlucht. Man fand das Kind äußerlich unversehrt, jedoch stumm, mit weit aufgerissenen Augen, ihre Hände mit der Kraft der Verzweiflung krampfhaft die Mähne umklammernd: man mußte etwas Pferdehaar abschneiden, um ihre Finger zu lösen. Seitdem ertrug sie keinerlei Haarkontakt, und wenn in der Nacht unter der Haube, die man ihr aufsetzte, auch nur eine Strähne hervorkam und ihr über die Wange strich, durchlebte sie erneut ihr Abenteuer und setzte sich schreiend in ihrem Bett auf.

Zwischen Michel und seinem älteren Bruder Samuel bestand ein großer Altersunterschied, beinahe eine ganze Generation. Dafür war er seinem jüngeren Bruder Paul altersmäßig sehr nahe, ebenso seiner Schwester Sophie, die Mavlik genannt wurde, weil sie seit frühester Kindheit eine maßlose Leidenschaft für Elefanten hegte und es im Petersburger Zoo einen Dickhäuter dieses Namens gab. Sie war nicht sehr hübsch, hatte jedoch eine gute Figur, war geistreich und charmant. Ich ging oft in ihr Zimmer mit dem ausladenden Diwan, dessen damastartiger Satin unter bunten Kissen verschwand, mit der kleinen Kommode voller Nippes, mit Büchern und Flacons, und hörte ihr zu, wie sie mir in ihrem schwarzen Seidenpyjama von ihren Liebesabenteuern erzählte. Ihr Mann, Victors Vater, war zu Beginn des Ersten Weltkriegs in Rußland an einer Blutvergiftung gestorben. Seit ihrer Ankunft in Paris scharte sie nicht nur Liebhaber, sondern auch Maitressen um sich, denn sie fuhr – wie man zu sagen pflegt – zweigleisig. Ich, die ich mich seit meiner Heirat mit Michel in eine untadelige Ehefrau verwandelt hatte, lauschte mit größtem Vergnügen den Schilderungen ihrer anstößigen Eskapaden: so manche endete nach Razzien in von ihr frequentierten

Frauenlokalen auf der Polizeistation. Sie verehrte Madame Colette, deren Bücher sie allesamt gelesen hatte und der sie, wie sie stolz verkündete, angeblich wiederholt begegnet war.

Besonders eine Geschichte ließ die Familie damals in schallendes Gelächter ausbrechen. Heute, da wir jeden Sous umdrehen müssen, können wir weniger darüber lachen. Vielleicht wird sie jedoch eines Tages meinen Kindern und Enkelkindern zu Reichtum verhelfen oder aber, je nach Lauf der Dinge, über den die Götter allein befinden, ihnen ganz im Gegenteil Verdruß bereiten. Als Schweden während des Ersten Weltkrieges seine Schulden an das Rote Kreuz nicht bezahlen konnte, bat das Land den Zaren, ihm das Geld vorzustrecken. Die Asowsche Bank wurde mit der Angelegenheit betraut. Ein Zug machte sich in Richtung Stockholm mit einer stattlichen Summe auf den Weg: siebzehn Tonnen Gold in Barren. Gleich nach ihrer Ankunft in Paris zu Beginn der zwanziger Jahre machten sich Boris Kamenka und mein Schwiegervater Efim Epstein in aller Eile daran, ihre Rechte im Verwaltungsrat wahrzunehmen, und forderten die Schweden auf, nunmehr ihre Schulden zurückzuzahlen. Es gab drei Prozesse. Aus dem Urteil des letzten, über das der König befand, ging hervor, daß das Schuldnerland die Berechtigung des Antrags nicht etwa in Frage stellte, vielmehr die beiden Gesellschafter aufforderte, ihrerseits zu beweisen, daß sie die rechtmäßigen Repräsentanten besagten Bankinstituts seien und eine Zurückzahlung keine eventuellen weiteren Anwärter benachteiligen würde. Wie unschwer vorzustellen ist, war es bei dem überstürzten Aufbruch keinem der beiden Kompagnons in den Sinn gekommen, sich mit den Archiven der Bank zu belasten. An dieser Stelle hörte die Geschichte auf, und sollten meine Töchter allein diesen Krieg überleben, könnte jede der beiden, abzüglich des Anteils der Kamenkas, einen versteckten Schatz im Wert von viereinviertel Tonnen Gold ihr eigen nennen.

Ich würde die Antisemiten enttäuschen, wollte ich ihnen erzählen, mit welch heiterer Gelassenheit die Familie Epstein die in regelmäßigen Abständen aus Schweden eintreffenden entmutigenden Nachrichten aufnahm und wie wenig zuversichtlich sie dem allerletzten Prozeß entgegensah. Dieser wäre vom Internationalen Gerichtshof in Den Haag entschieden worden, hätte im September 1939 die Kriegserklärung dieser ehrwürdigen Institution nicht ganz andere Sorgen bereitet. Nach dem Tod meines Schwiegervaters hatte sich jedes Kind, in Erwartung der hypothetischen Erbschaft, an die Arbeit begeben. Nataschas Vater Samuel war ins Filmgeschäft übergewechselt: Die Gesellschaft, die er leitete, produzierte René Clairs *Florentinerhut* und die Filme Jacques Feyders. Er verfolgte seine Tochter, die den Unterricht im Lycée Victor-Duruy schwänzte, um an den von ihm organisierten Vorführungen teilzunehmen, und zu diesem Anlaß gleich ein gutes Dutzend ihrer Mitschüler mitbrachte. Sie hatte einen verflixten Charakter, diese junge Natascha, die, frühreif wie sie war, bereits als Kind in die Fußstapfen ihrer Onkel und Tanten trat und einen Weg fand, den Konditor Rollet zu überreden, ihr ein Konto zu eröffnen. Monatelang beglückte sie dann ihre Klasse mit Erdbeertörtchen, bis der Tag kam, an dem die Rechnung eintraf. Ich vermag die Szenen gar nicht zu zählen, an deren Ende sie als Heranwachsende, deren große grüne Augen sich bedrohlich grau färbten, den sonntäglichen Mittagstisch türenknallend verließ, um sich in ihrem Zimmer einzuschließen, unter dem Vorwand, ihr Vater verbiete ihr, eine kleine Probefahrt zu machen. Ihre reizende Großmutter Elisabeth, eine kleine, rundliche Frau, die uns, von ihrem Mann auf der Violine begleitet, zum Dessert russische Balladen zu singen pflegte, rückte unauffällig ihr bei all dem Tumult verrutschtes Toupet zurecht und verschwand, um der Enkelin ein Stück Kuchen zu bringen.

Michel, der in Rußland, bevor er 1919 seine Laufbahn im Finanzministerium begann, zunächst die Sankt Petersburger Fakultät für Physik und Mathematik und dann die Hochschule für Wirtschaft absolviert hatte, war seit seiner Ankunft in Paris an der Hochschule für Tiefbau im Fachbereich Mechanik-Elektrizität eingeschrieben und besuchte gleichzeitig die Vorlesungen in höherer Mathematik und Mechanik an der wissenschaftlichen Fakultät. Als ich ihn kennenlernte, war er gerade von der Banque des Pays du Nord eingestellt worden, deren Direktor ihn mit den französischen und ausländischen Belangen und der Abteilung für Kreditwesen betraut hatte. Zum erstenmal in meinem Leben fühlte ich mich geborgen, ich, das von einem wunderbaren, jedoch ständig abwesenden Vater verhätschelte und von einer Mutter, von der ich seit Jahren nichts mehr erwartete, abgelehnte Einzelkind. Eine großzügige und ungewöhnliche Familie nahm mich mit offenen Armen auf, sobald sie erfuhr, daß eines ihrer Mitglieder mich liebte.

Muß ich etwa darin ein böses Omen für Michels spätere Alkoholprobleme sehen, daß es ihm am Tage unserer Hochzeit in der Synagoge nicht gelang, mit der Ferse das rituelle Glas zu zertreten? Man hat es schließlich gegen ein zerbrechlicheres aus Kristall eintauschen müssen, das die Haushälterin des Rabbiners, nachdem mein Schwiegervater ihr einen Geldschein zugesteckt hatte, grollend aus dem Hause ihres Herrn holte. Die grob gefertigten Gefäße, in die er sich den schlechten Landwein gießt, stehen ihm gewiß weniger zu Gesicht als die durchscheinenden Schalen, Kelche oder Becher mit ihrem ungleich erleseneren Inhalt. Das letzte Mal, daß ich ihn aus Freude trinken sah, um ausgelassen zu sein, und nicht etwa, um sich zu betäuben, das war paradoxerweise am Tag jenes sonderbaren Festes, das die deutschen Truppen, die Issy-l'Évêque besetzt hielten, am 21. Juni 1941 auf dem Seeufer organisiert hatten.

Ist dieser schreckliche Krieg erst einmal vorüber, werden die Fakten, ganz gleich welches Ende er nimmt, wie gewöhnlich entstellt, und der Wahrheit, die weder schwarz noch weiß kennt, wird, je nachdem, ob wir Sieger oder Besiegte sind, von den Kommentatoren Gewalt angetan werden. Vor knapp einem Jahr wohnten Michel, die Kinder und ich noch immer im Hôtel des Voyageurs. Dort war seit ein paar Monaten eine Einheit der Wehrmacht einquartiert. Sie war von den Dorfbewohnern insgesamt mit Mißtrauen und Würde empfangen worden. Wenn die Soldaten ins Manöver zogen oder von dort zurückkehrten, schlossen sich die Fensterläden der Hauptstraße. Die Leute wandten sich im Vorübergehen ab und sprachen nur dann mit ihnen, wenn ihnen nichts anderes übrigblieb. Väter ließen ihre Töchter nur unter der strengen Obhut einer Mutter oder Nachbarin das Haus verlassen. Kinder, die aus der Hand eines »Boche«, »Frisé«, »Fritz«, »doryphore« (Kartoffelkäfer) oder »vert-de-gris« (Grünspan) Süßigkeiten annahmen, wurden geohrfeigt. Die Eigentümer der besetzten Häuser hatten sämtliche kostbaren Gegenstände, ihre schönen Möbel und Familienerinnerungen daraus entfernt, und nur unter Drohungen konnten die Offiziere sich das Nötigste besorgen, um ihre leeren Zimmer bewohnbar zu machen. Schweine, Pferde, Kühe und Geflügel waren praktisch über Nacht aus den Bauernhöfen verschwunden, und in den Vorratskammern des kleinen Ortes war wie durch ein Wunder von all den Würsten, Pasteten und Käsesorten nur noch der Duft übriggeblieben. In allen Scheunen waren im Stroh Gewehre versteckt. Nur widerwillig beteiligte sich das Dorf an dem Kult, der mit Marschall Pétain getrieben wurde, und ließ sich nicht davon abhalten, die vielerlei *Verbote*, die der Flurwächter, ohne sich Illusionen zu machen, an den Mauern anschlug, tagtäglich zu übertreten.

Dabei waren diese deutschen Soldaten noch halbe Kinder: blonde, rosige Burschen, die man allmorgendlich auf dem Dorfplatz beobachten konnte, wie sie aus dem Brunnen, indem sie kräftig an der sich um die quietschende Rolle windenden Kette zogen, Eimer mit eisigem Wasser heraufholten und damit lachend ihre nackten Oberkörper übergossen. Sie stellten ihre Taschenspiegel in eine Astgabel und schwenkten ihre Rasierpinsel, um sich, Grimassen schneidend wie weißgepuderte Clowns, zu rasieren. In den Geschäften traten sie vor lauter Schüchternheit von einem Fuß auf den anderen und erstanden für ihre Herzallerliebsten, naiv wie sie waren, für teures Geld unverkäufliche Dessous, aus der Mode gekommene Kleider und unsäglichen unechten Schmuck, der seit einem Jahrzehnt im Lagerraum herumgelegen hatte. Trotz der Vorschriften konnten sie nicht umhin, jedem Rock nachzuschauen. Mit einem Wort, sie waren nicht anders als die einheimischen Burschen. Viele junge Franzosen waren jedoch als Gefangene in Deutschland, und ihre Frauen, Mütter und Schwestern verzehrten sich vor Sehnsucht nach ihnen. Ohne sich dessen überhaupt bewußt zu sein, gaben die Frauen immer williger ihrem natürlichen Bedürfnis nach, die jungen Männer zu verwöhnen. Und sei es in der vagen Hoffnung, daß andere Frauen in der Fremde Gleiches an den hinter Stacheldraht Dahinvegetierenden täten.

Das Dorf wurde also nach und nach umgänglicher. In französisch-deutschem Kauderwelsch wurden Küchenrezepte oder technische Hinweise zur Herstellung von Holzschuhen ausgetauscht. Bevor man sich schlagen ließ, erlaubte man einem jungen Burschen, der selbst Sohn eines Bauern war und offensichtlich sein Metier verstand, auf dem Feld oder im Stall mit Hand anzulegen. Man schenkte ihm auf dem Wachstischtuch einen Kaffee oder einen Schnaps ein. Man sah ihm sogar mit gerührtem Erstaunen zu, wie er sich eine Omelette aus zwölf Eiern gönnte, vorausgesetzt, er brachte die Eier selbst mit und bereitete sie eigenhändig zu. Man nannte ihn hinter seinem Rücken beim Vornamen: Karl, Heinrich, Fritz oder Willi. Man schalt die Töchter nicht länger, wenn sie abends über die Scherze der jungen Deutschen lachten. Man achtete weniger auf die Kinder, die ihnen den lieben langen Tag zwischen den Beinen herumliefen. Man ließ sogar die Babys auf ihren Knien reiten und mit ihren Koppelschlössern spielen.

Michel leistete, trotz unserer besonderen Situation, kaum länger Widerstand. Während mir vor lauter Arbeit an meinem Roman keine Zeit zur Muße blieb, galt dies nicht für den armen Michel. Er half mir zwar, indem er für eine geplante Puschkin-Biographie Material zusammentrug, durfte sich jedoch seit den die Bewegungsfreiheit der Juden einschränkenden Verordnungen nicht mehr nach Autun begeben, wo die einzige Bibliothek war, die in der ganzen Region diese Bezeichnung verdiente. Überdies sprach er wie die meisten unserer männlichen Landsleute Deutsch, denn in Rußland war es einst Mode gewesen, neben Französisch die Mädchen Englisch und die Knaben, vor allem wenn sie eine kaufmännische Laufbahn einschlagen sollten, Deutsch zu lehren. Er war als Heranwachsender mehrmals in Deutschland gewesen. Anfangs beobachtete ich ihn noch mit einer Mischung aus Zärtlichkeit und Mitleid, wenn er, die Brille auf der Stirn, den Stuhl nach hinten gekippt, vorgab, seine Zeitung zu lesen, in Wahrheit jedoch den Gesprächen unserer Besatzer lauschte: Es brannte ihm förmlich auf der Zunge, sich an der Unterhaltung zu beteiligen.

Schon bald hielt er es nicht mehr aus und bot sich als Dolmetscher an, wenn der Wirt im großen Saal des Gasthauses eine Bestellung nicht verstand und hilflos mit den Schultern zuckte. Die Offiziere schienen nicht zu wissen, daß wir Juden waren, oder aber es war ihnen gleichgültig. Er freundete sich mit einem von ihnen, Leutnant Hohman, an, sprach mit ihm über Musik und Literatur und trug mit ihm in dem riesigen verrauchten Saal, durch den kleine Kreidepartikel schwebten, langwierige Billardpartien aus. Denise, die sich ihm ständig an die Fersen heftete, zählte seine Punkte. Ich hatte es nicht gern, meine Kinder dort zu wissen, und wollte sie heimholen. Babet lag daumenlutschend auf den Knien eines Soldaten in grüner Uniform, der auf dem kleinen runden Marmortisch neben einem Krug mit schäumendem Bier sein Käppi und seine Pistolentasche abgelegt hatte. Die Sporen der Offiziere klirrten beim lauten Gelächter. Der schmale Jüngling mit dem Flachshaar und den fahlen Augenbrauen, den meine jüngere Tochter ins Herz geschlossen hatte, war nicht älter als achtzehn. Da er elsässische Vorfahren hatte, sprach er fließend Französisch. Babet nannte ihn »mon petit chéri«.

So kam es, daß wir uns mit allen Dorfbewohnern am 21. Juni aufmachten, um aus der Ferne das Fest mitzuerleben. Der Trubel hatte schon am Morgen begonnen. Die Soldaten waren zum

Tischler gegangen, um bei ihm breite Planken auszuleihen; sie wurden im Zentrum der riesigen Rasenfläche, die bis zum Seeufer hinabreichte, auf selbstgemachte Böcke gelegt. Das Hotel lieferte Tischtücher, Servietten und Gedecke. Am Morgen hatte der Regimentskoch auf dem Dorfplatz unter den gespannten Blicken der Hausfrauen, die es sich nicht versagen konnten, ihm Ratschläge zu erteilen, einen gewaltigen Kuchen verziert. Mit Bier, Champagner und Wein beladene Karren waren unter großem Lärm durch die Straßen des Dorfes gefahren. Gegen Abend waren die Soldaten in ihr Quartier zurückgekehrt, um sich umzuziehen. Bei Einbruch der Dämmerung sahen wir sie geschniegelt und gebügelt wieder auftauchen, mit knirschenden Stiefeln, glänzenden Koppelschlössern und Orden. Sie schlugen sich mit ihren groben Bauernhänden auf die grünen Hosen mit den untadeligen Bügelfalten, und ihre Wangen waren vom vielen Frottieren gerötet.

Es war eine traumhafte, milde Nacht. Zwischen den Pappeln stieg träge ein gelber Mond auf, der Henri de Régnier gefallen hätte. Die Luft roch nach frisch geschlagenem Holz und eben gemähtem Heu. Düfte von gebratenem Schwein stiegen in Schwaden bis hinauf zur Lichtung, wo die Dorfbevölkerung stand, um das Fest von weitem mitzuerleben. Auf dem spiegelnden Wasser schaukelten Boote, von denen um Mitternacht das Feuerwerk aufsteigen sollte. Fledermäuse schossen durch den graublauen Himmel. Eine Kröte quakte sich in einem Tümpel heiser. Denise saß neben ihrem Vater, der Tennishemd und weiße Hosen trug und ihr seinen Arm um die Schultern gelegt hatte. Babet tollte in ihrer rosa Schürze, das Gesicht von den nachmittags genaschten Erdbeeren noch immer rot verschmiert, mit den anderen Kindern umher. Von Zeit zu Zeit fing ich sie, um ihr einen Kuß auf ihr verschwitztes lockiges Haar zu drücken.

Von dort, wo wir uns befanden, war nur das Raunen der Unterhaltung, das Klirren der Bestecke auf den Tellern und das Klingen der Gläser bei jedem Toast zu hören. Nachdem der Kuchen mit Applaus begrüßt worden war, kehrte jedoch mit einem Male Ruhe ein. In der Stille der Nacht sang die klare Stimme eines jungen Mannes ein Schubertlied, *Einsamkeit*: »Wie eine trübe Wolke / Durch heit're Lüfte geht / Wenn in der Tanne Wipfel / Ein mattes Lüftchen weht / So zieh' ich meine Straße / Dahin mit trägem Fuß / Durch helles frohes Leben / Einsam und ohne Gruß.« Von einem Tisch zum anderen wurde die Melodie aufgenommen. Die Franzosen, die bei uns standen, waren verstummt. Sogar die Kinder hatten überrascht in ihren Spielen innegehalten, und Babet streckte sich auf dem Moos aus und legte ihren Kopf auf meinen Schenkel, wie ich es einst bei meinem Vater am Strand des Finnischen Meerbusens getan hatte. Mir waren Tränen in die Augen geschossen.

Plötzlich gegen Mitternacht dröhnte wilder Galopp über das Straßenpflaster, dann preschte ein reitender Bote über den Rasen. Der Mann sprang ab, reichte einem Soldaten die Zügel und eilte zum zentralen Tisch, vor dem er, die Hacken zusammenschlagend, stehenblieb. Der Gesang verstummte. Die Offiziere standen auf und bellten Befehle. Die Tische leerten sich. Wir vermuteten noch immer, es gehe um Anweisungen, die den Ablauf des Feuerwerks betrafen. Anstatt jedoch in Richtung der Boote zu stürmen, standen die Burschen da, zogen ihre Koppel stramm und setzten ihre Mützen auf. Eine Stimme gellte: »Heil Hitler!« Die Arme schnellten in die Luft, und der Ruf, nunmehr von der gesamten Truppe gebrüllt, schmetterte durch die Nacht. Worauf die Soldaten sich in Reih und Glied stellten und »Deutschland, Deutschland über alles / Über alles in der Welt« singend im Gleichschritt den Park verließen, während ihre Vorgesetzten, zu einer kleinen Gruppe geschart, mit ausholenden Gesten lauthals miteinander diskutierten. Dann brachen auch sie auf. Als Hohman uns im Vorübergehen bemerkte, zögerte er eine Sekunde, kam dann aber auf uns zu und sagte in Deutsch zu meinem Mann: »Rußland hat Deutschland den Krieg erklärt. Wir brechen übermorgen bei Tagesanbruch zur Ostfront auf.«

Tags darauf schrieb ich in mein ledergebundenes Buch, das ich außer mit meinem Romanentwurf immer wieder mit Notizen fülle, die folgenden Zeilen: »Sie rücken ab. Vierundzwanzig Stunden lang waren sie niedergeschlagen. Jetzt sind sie, vor allem wenn sie unter sich sind, in heiterer Stimmung. Allerdings sagt ›le petit chéri‹ traurig, ›die glücklichen Tage sind nun vorbei‹. Sie schicken Pakete nach Hause, sind ganz offensichtlich sehr erregt. Es herrscht bewundernswerte Disziplin und, wie ich vermute, in ihrem tiefsten Inneren keinerlei Auflehnung. Hiermit schwöre ich, nie wieder Groll, und mag er noch so berechtigt sein, gegen jedwede Gruppe von Menschen hegen zu wollen, ganz gleich, welcher Rasse, Religion oder Gesinnung sie angehören und was auch immer ihre Vorurteile und Fehler sein mögen. Ich bemitleide diese armen Kinder.«

Wäre ich auch heute noch, da die Gefahr immer näher rückt und ich ahne, was der Führer mit uns vorhat, imstande, so etwas zu schreiben? Wäre Michel nach wie vor so unbedacht, auf der Suche nach Leutnant Hohman, dem er eine beim Uhrmacher vergessene Armbanduhr nachsenden wollte, ein Schreiben an die Kommandatur zu richten und es mit seinem denkbar jüdischen Namen, Epstein, zu unterzeichnen? Nicht mehr die Wehrmacht, sondern die Gestapo in ihrer schwarzen Uniform hält nunmehr das Rathaus von Issy-l'Évêque besetzt. Arrogante Mitglieder der SS, auf der Mütze den gestickten Totenkopf, durchqueren tagtäglich in halsbrecherischer Geschwindigkeit das Dorf und brüllen dabei das *Horst-Wessel-Lied*. Rundfunkempfänger, aus denen noch im letzten Jahr die von ein paar schlüpfrigen Anmerkungen gestörten Londoner Nachrichten bis auf die Straße zu hören waren, sind konfisziert worden, und aus der Gefangenschaft entlassene Franzosen hat man wegen »terroristischer Umtriebe« verhaftet. Der Bürgermeister, zu dem wir ein ungetrübtes Verhältnis hatten, wurde seines Amtes enthoben und durch einen dicken Landwirt ersetzt, der uns bei jeder Begegnung einen verächtlichen, anmaßenden Blick zuwirft. Unsere Nachbarn wenden sich, sobald sie uns mit dem auf die Brust genähten gelben Stern vorübergehen sehen, beschämt ab. Und meine kleine Babet trällert, weil die Direktorin der Schule nach langem Zögern doch nachgegeben und den Kindern des Dorfes die Hymne beigebracht hat: »Maréchal, nous voilà! Devant toi le sauveur de la Fran-an-ce.« (»Maréchal, hier stehen wir, vor dir, dem Retter Frankreichs.«)

April 1957

Mit Pferdeschwanz, in Jeans, Ballerinaschuhen und einer geliehenen Lederjacke hält sich das Kind mit einer Hand an der Métrosperre fest und liest Jean-Paul Sartres Betrachtungen zur Judenfrage. Psychoanalyse des Antisemitismus. Soll das also die Antwort sein? Jude sei man nur in den Augen des anderen? Sie fängt in der Fensterscheibe ihr Spiegelbild auf: krauses Haar, gebogene Nase. Und denkt an einen Satz ihrer Mutter, der ihr bei der Lektüre von deren Roman David Golder *aufgefallen war: »Soifer sollte später allein wie ein Hund sterben, ohne einen Freund, ohne einen Kranz von Blumen auf seinem Grab; auf dem billigsten Friedhof von ganz Paris wird er von seiner Familie beerdigt, die ihn haßte und die er gehaßt hat, der er jedoch ein Vermögen von über dreißig Millionen hinterließ, womit er das unbegreifliche Schicksal eines jeden guten Juden auf Erden bis aufs letzte erfüllte.« Sie hingegen will begreifen. Und Sartres Antwort vermag nicht jenes tiefe Zugehörigkeitsgefühl zu erklären, das sie, die Atheistin, erst kürzlich überkam, jenen so mächtigen Stolz, Teil eines Volkes zu sein, das trotz Verfolgung und Ausrottung nie aufgehört hat, unter Schmerzen weiterzugebären.*

Kapitel 11

»Die Erde ist eine freischwebende Kugel«, hört man Babet unermüdlich aufsagen; dabei spielt sie in dem in den Farben des Sommers, blau, zartgrün und rosa, geflaggten Garten an der Wand Ball. Ich sehe ihr vom schmalen, blau gefliesten Balkon aus zu, der um das Haus herumführt und auf dem ich gern vor dem Abendessen mit meinem Strickzeug sitze, solange es noch hell ist. Ihr krauses Haar, das der hiesige Friseur vergeblich zu bändigen sucht, verleiht ihr im Gegenlicht eine Dornenkrone. Meine jüngere Tochter ist eine kleine Wilde, die für ganze Stunden entschwindet und nichts so sehr liebt, als mit den Jungen des Dorfes auf den Wiesen umherzutollen. Nicht nur einmal hat der Feldhüter sie mir an den Ohren nach Hause gebracht, nachdem er sie beim Schuleschwänzen erwischt hatte. Ich denke an die vermutlich übertrieben behütete Erziehung, die ihre ältere Schwester genossen hat. Ich sehe noch Michel vor mir, wie er der Direktorin des Lycée Victor-Duruy eine Szene macht, weil Denise sich am ersten Schultag während der Pause das Knie aufgeschürft hatte. Sie, die bis dahin unter Miss Matthews Ägide zu Hause gelernt hatte, wurde von uns nur widerwillig dort angemeldet und nach diesem Vorfall von der Schule genommen, um erneut von meiner ehemaligen Gouvernante liebevoll betreut zu werden.

Babet dagegen ist wohl kaum mehr als zwei Jahre in den Genuß ihres himmelblauen, von einer Nurse in Tracht über den

Boulevard des Invalides geschobenen Kinderwagens gekommen, hat ihre Kleidchen aus besticktem Linon und ihre spitzenbesetzten Häubchen nie abgetragen. Ihre kurze Schürze aus rotkariertem Kattun, aus der ein mit Erde beschmutzter Hosenboden hervorschaut, ihre Söckchen, die über staubige Sandalen herabhängen, unterscheiden sich sehr von den bei Old England gekauften hellgrauen Mänteln, den dazu passenden Hütchen, den Kilts und Muffen, die ich einst ihrer Schwester anzog, um mit ihr bei Rumpelmeyer ein Eisbaiser zu essen. Ist sie darum weniger glücklich? Ich habe nicht die geringste Ahnung, was in ihrem Köpfchen vor sich geht. Hat unsere Angst auch sie angesteckt, wie Denise, die viel zu vieles verstanden hat und die ich zu beruhigen suche, allerdings zweifellos vergebens. Denn manchmal hat sie das Gesicht einer verhärmten alten Frau, das mit ihren dreizehn Jahren nicht zu vereinbaren ist. Liegt es allein an der Sorglosigkeit ihres Alters – Babet ist ja noch so klein –, daß sie sich derart gegen Liebkosungen sträubt und, wenn ihr Vater oder ich sie in unsere Arme schließen, so rasch entflieht, nachdem sie die Luft tief eingeatmet hat, als schnupperten ihre Nasenflügel einen fremden, festlichen Duft, der verlockender ist als der unseres Kummers? Jedenfalls erweist sich der erste Satz aus ihrem Geographiebuch, den sie wie einen Abzählreim aufsagt, als höchst willkommene Abwechslung nach dem ständigen »d'une main, de l'autre, d'un pied, de l'autre, p'tite tapette, grande tapette«, mit dem sie uns bis dahin ganz närrisch gemacht hat.

Am vergangenen 20. März, ihrem fünften Geburtstag, hat sie uns alle damit überrascht, daß sie schon lesen konnte. Nachdem sie die Kerzen auf dem Kuchen ausgepustet hatte, der, weil es kein Mehl gab, aus einem mit Maizena verdickten, wabbeligen Reisblock mit einem Guß aus Schokoladenersatz bestand, kuschelte sie sich auf den Schoß ihres Vaters. Das war im nur dürftig möblierten Salon, in unserem eiskalten Haus der einzige halbwegs gemütliche Raum, wo wir uns allabendlich um den Kamin versammelten. Michel blätterte in *Le Progrès de l'Allier*, ich ribbelte einen Pullover auf und wickelte die Wolle um Denises ausgestreckte Hände. Wir glaubten, die Kleine in ihrem dicken roten Plüschmorgenmantel sei eingeschlafen, und ich wollte sie gerade in meine Arme nehmen und in ihr Bett tragen, wo sie eine Wärmflasche – ein »Mönch«, wie man hier sagt – erwartete, als sie ihren Daumen aus dem Mund nahm, mit einem kleinen, nassen Finger auf die Schlagzeile wies und sie entzifferte. Wir trauten unseren Ohren nicht und baten sie weiterzulesen: was sie auch tat, bei schwierigen Wörtern manchmal stockend, im ganzen jedoch fließend. Gleich am nächsten Morgen haben wir in der Schule die Lehrerin der Kleinen aufgesucht, die nichts bemerkt hatte: Ihre Schüler seien in einer einzigen Klasse zusammengefaßt, und bestimmt habe Babet, indem sie den Älteren bei der Arbeit zuhörte, lesen gelernt. Seit den Osterferien hat man sie einer anderen Altersstufe zugeteilt. Vielleicht wird sie nun doch keine Kuhhirtin, die einzige Laufbahn, die ich mir, sollte dieser Krieg noch lange andauern, für sie vorstellen konnte.

Wir warten auf das Abendessen, das unsere beleibte Köchin Francine für uns bereitet. Sie hat ein respektables Alter, denn Juden dürfen keine Hausangestellten beschäftigen, die jünger sind als fünfundvierzig. Im April war es Denise und Julie gelungen, ein Korsett in ihrer enormen Größe zu erstehen. Ich hatte die beiden nach Paris geschickt in der Hoffnung, sie würden die Probleme, die uns daraus erwachsen, daß wir die Miete für unsere Wohnung nicht mehr aufbringen können, lösen und unsere Möbel expedieren. Seit Francine dieses Korsett besitzt, kocht sie uns dankbar kleine Gerichte mit Zutaten, die nur sie in den umliegenden Bauernhöfen aufzutreiben versteht, und bei uns sind wieder Obstkuchen aus echtem Mehl auf den Tisch gekommen. Ihr und auch der guten Cécile, die in diesem Dorf geboren wurde, ist es zu verdanken, daß ich der Familie meines Mannes sogar Lebensmittelpakete schicken kann. Während Michel in schwarzem Unterhemd und weißer Hose, in der Hand ein Glas Rotwein anstelle eines Aperitifs, seine Salat- und Radieschenpflanzen in Augenschein nimmt, die sich niemals voll entwickeln werden, weil er sie in seiner Ungeduld ständig ausrupft, um zu sehen, ob man sie schon ernten kann, sitzt Denise in einer schwarzen Schürze, von der sich der gelbe Stern abhebt, neben mir auf dem Boden und lernt ihr Gedicht von du Bellay auswendig. »France, mère des arts, des armes et des lois / Tu m'as nourri longtemps du lait de ta mamelle. / Ores, comme un agneau qui sa nourrice appelle / Je remplis de ton nom les antres et les bois.« (»Als Schoß der Künste, Waffen und des Rechts bekannt, / Hast Frankreich du, mich lang an deiner Brust genährt. / Jetzt, wie ein Lamm, das blökend sich zur Mutter kehrt, / Bin ich umsonst durch Wald und Höhlengrund gerannt.«)

Dieses Gedicht, das Mademoiselle Rose mich 1912 aufsagen ließ, ist wohl noch nie so aktuell gewesen wie heute. Auf meinen Knien liegt der erste Band der Erinnerungen von Joseph Caillaux. Er hatte ihn mir im vergangenen Dezember in einem Schreiben mit dem Briefkopf des Senats, dessen Finanzausschuß er einst vorstand, folgendermaßen angekündigt: »Verehrte gnädige Frau, seien Sie versichert, daß Ihnen die zwei oder drei Bände meiner *Memoiren* jeweils bei Erscheinen mit einer Widmung versehen zugesandt werden. Ich will versuchen, darin nicht nur meiner ganzen Bewunderung, die ich für die große Romanautorin hege, sondern auch der lebhaften Sympathie, die meine Frau und ich für Sie empfinden, Ausdruck zu verleihen. Sehen Sie hierin bitte, liebe gnädige Frau, mit den besten Wünschen den Beweis meiner Hochachtung. Madame Caillaux schließt sich meinen Grüßen an.« Und was lese ich: »Es läßt sich nur schwer bestreiten, daß Juden die Hauptakteure des russischen Umsturzes sind. Nachdem sie die Skythen mit ihrem undurchdringlichen Blick, Orientalen wie sie selbst, in ihren Bann geschlagen und gegen das Abendland, gegen die Gesetze, die unsere Zivilisation beherrschen, aufgebracht hatten, versuchten sie die europäische Festung zu unterminieren, indem sie diese von innen her durch weitere, nicht minder von tausendjährigen Träumen, die ihnen das alte Asien vermachte, beseelte Israeliten angreifen ließen. Es bedarf nur einer geringen Beobachtungsgabe, um sich darüber klarzuwerden, daß der Jude, ganz allgemein gesprochen, in welchem Bereich auch immer er tätig sein mag, von Zerstörungslust, Machthunger und dem Streben nach einem genau umrissenen oder auch verschwommenen Ideal beseelt ist...«

Michel, der weiß, wie weh mir eine solche Lektüre tut, überfliegt gewöhnlich vor mir die wenigen Bücher, die wir noch zugesandt bekommen, und versteckt sie, wenn er glaubt, sie könnten mich allzu schmerzlich berühren. Wie hätte er allerdings unserem Freund, dem einstigen Radikalsozialisten Joseph Caillaux, mißtrauen sollen? Abgesehen davon dürfte man, wollte man der Entfesselung von Anschuldigungen und Schmähungen aus dem Wege gehen, überhaupt keine Romane, Essays oder Zeitungen mehr lesen. Ich meine nicht etwa herkömmliche antisemitische Blätter, wie *Je suis partout*, *Le Pilori* oder *Le Gringoire*, das noch im Jahre 1940 einen Text von mir als Fortsetzungsroman veröffentlichte, sondern große Tageszeitungen wie *Paris-Soir* oder *Le Matin*. Weder Schreiberlinge wie Abel Bonnard oder Alphonse de Chateaubriant, die sich seit jeher als Erben eines Drumont aufgespielt haben, oder Verrückte wie Louis-Ferdinand Céline, dessen *L'École des cadavres* ich mich 1933 zu lesen geweigert hatte und der anscheinend mit einem schrecklichen Pamphlet, einem buchstäblichen Aufruf zum Mord, dem er den Titel *Bagatelles pour un massacre* gab, wieder rückfällig geworden ist, sondern wahre Schriftsteller, solche, die ich geliebt habe und die mich liebten, oder jedenfalls vorgaben, mich zu lieben: Brasillach, Drieu, Chardonne, Giraudoux, Morand und viele andere.

Was ist nur geschehen? Als ich neulich jene naiven Erinnerungen wiederlas, die ich kurz nach der Geburt meiner Tochter niederschrieb, ärgerte ich mich unendlich über meine eigene Torheit. Seit nunmehr zwei Jahren frage ich mich, wie es dazu kommen konnte. Traten bei all denen, deren Grausamkeit mich heute entsetzt, nicht schließlich schon vor Jahren erste Krankheitssymptome zutage? Neulich stieß ich in der spärlich bestückten Dorfbibliothek auf ein 1925 erschienenes Buch von Paul Morand, *Je brûle Moscou*, das ich damals gelesen hatte, ohne von ihm sonderlich beeindruckt zu sein. Wie war es nur möglich, daß mir folgende Sätze, die er Israeliten in den Mund legt und die mir heute förmlich in die Augen springen, damals nicht aufgefallen waren: »Die großen Juden-Reservoirs der Welt sind geborsten. Wir sind überallhin ausgeströmt, heftig, intolerant, talmudisch. Bei Hesekiel heißt es: ›Ihr werdet in Häusern leben, die Ihr nicht errichtet, und von Brunnen trinken, die Ihr nicht gegraben habt.‹ Hier sind diese Häuser und Brunnen. Es gibt einfach einen Erdteil mehr, der Welt größtes Laboratorium, das verheißene Land: Eurasien.«

Im Februar oder März 1933 – an das genaue Datum erinnere ich mich nicht mehr, auf alle Fälle war Hitler kurz zuvor zum Reichskanzler ernannt worden – fand in meiner Wohnung ein äußerst bewegtes Abendessen statt. Ich hatte den Onkel meines Mannes, den großen Psychiater Alfred Adler, der sich mit seiner Frau Raissa auf der Durchreise in Paris befand, Daniel Halévy sowie den Philosophen Emmanuel Berl eingeladen, den ich seit 1930 kannte, denn *Mort de la pensée bourgeoise* und *David Golder* waren beinahe gleichzeitig erschienen. Ich hatte lange gezögert, diesen Abend zu veranstalten, weil ich wußte, daß Adler, den Michels Familie nicht länger empfing, weil er ihrer Ansicht nach den Kommunisten zu nahestand, und die beiden anderen politisch gesehen völlig entgegengesetzte Auffassungen vertraten. Halévy und Berl waren jedoch sehr gespannt, den ehemaligen Schüler Freuds kennenzulernen, dem man, zumal er in New York lebte und lehrte, nicht alle Tage begegnen konnte. Die Unterhaltung wandte sich, trotz meiner Bemühungen, ihr eine andere Richtung zu geben, schon bald einem heiklen Thema zu: den im Zuge der Verfolgungen aus ihrem Land vertriebenen deutschen Juden und den damit verbundenen Problemen für den französischen Staat. Adler hielt einen Artikel in Händen, in dem der Parfümfabrikant François Coty die Regierung zur Errichtung von »Dekonzentrationslagern« aufrief, damit, wie im Falle von Pest oder Cholera, um die Emigranten ein Sperrgürtel gezogen werden könne. Er las ihn uns voller Empörung vor. Berl strich sich über das Kinn, während er ihm zuhörte. Dann erhob er sich, warf die Haarsträhne zurück, die ihm ins Auge gefallen war, und verkündete gelassen, er mißbillige zwar selbstverständlich den Wortlaut des Artikels, werfe jedoch nichtsdestoweniger den französischen Behörden vor, mit welch »wahnwitziger Großzügigkeit« sie bei der Einbürgerung der Flüchtlinge verfahre. Juden, die wie seine eigene Familie seit Generationen in Frankreich integriert seien, hätten unweigerlich darunter zu leiden. Halévy ließ sich zu noch heftigeren Aussprüchen hinreißen, so daß Alfred und Raissa ihn schließlich einen Faschisten nannten und um Haaresbreite unter Protest den Tisch verlassen hätten. Die Tränen der durch den Streit geweckten Denise, die ich scheinheiligerweise geholt hatte, damit sie, noch ganz benommen vom Schlaf, die Anwesenden rühre, lenkten sie ab. Nach dem Aufbruch dieser beiden Gäste nahm Adler seinen Kneifer von der Nase, schloß mich in seine Arme und beschwor Michel und mich, wobei er seine buschigen schwarzen Augenbrauen zusammenzog, Europa auf dem schnellsten Wege zu verlassen.

Ich muß gestehen, daß ich Berls Ansichten teilte: Erst 1940, als ich erfuhr, daß er Pétain nach Vichy gefolgt und sogar der Verfasser zweier seiner Reden war, wie des berühmten »Je hais les mensonges qui vous ont fait tant de mal« (»Ich verabscheue die Lügen, die euch so sehr zugesetzt haben«), wurde mir das ganze Ausmaß seiner und meiner Verblendung klar. Aber meine Ankunft in Frankreich nach dem Ersten Weltkrieg hatte mich davon überzeugt, daß es dort keinen Antisemitismus mehr gab. Das lag daran, daß wir Ausländer eine sehr hohe Meinung von diesem Land hatten: Es war für uns das der Revolution, der Freiheit und der Menschenrechte. Außerdem befand man sich in der Epoche der Heiligen Allianz. Die noch einige Jahre zuvor von der Dreyfus-Affäre destabilisierten Juden waren froh, dank ihres Patriotismus jedermanns Achtung wiedererlangt zu haben. Man erkannte sie kraft des »droit du sang« als Franzosen an. Maurice Barrès höchstpersönlich schlug sich an die Brust und pries ihre Tugenden. Ehemalige Antisemiten erzählten die Geschichte jenes Rabbiners, der auf dem Schlachtfeld den Tod gefunden hatte, als er einem katholischen Soldaten, um dessen Sterben zu erleichtern, ein Kruzifix brachte, damit er es an seine Lippen drücken konnte. In meiner Umgebung glaubte jeder, auch mein Vater, an eine endgültige Assimilation, und ich entsinne mich noch, wie sehr ihn das ironische Gedicht eines gewissen André Spire, das in jenen Jahren im Umlauf war, entsetzte: »Du bist zufrieden, bist zufrieden! / Deine Nase ist fast gerade, meiner Treu! / Außerdem haben ja so viele Christen eine leicht gebogene Nase. / Du bist zufrieden, bist zufrieden. Dein Haar kräuselt sich kaum, meiner Treu. / Außerdem haben ja so viele Christen kein glattes Haar...« Wir Laien, die wir den Antisemitismus fast als Relikt aus alten Zeiten betrachteten, nahmen an, das Frankreich der Aufklärung würde, abgesehen von einer Handvoll Extremisten, von nun an ebensoviel Klarsicht beweisen wie wir. Uns wäre nie im Traum eingefallen, Frankreich könne uns verraten.

Außerdem brachte man nicht nur uns Vertrauen entgegen. All die polnischen und italienischen Einwanderer, die vor Pogromen und Armut flohen, wurden von einer ausgebluteten Nation, der es an Arbeitskräften mangelte, mit offenen Armen aufgenommen. Von überallher schickten wohlhabende Familien ihre Studenten, damit sie ihre Ausbildung vervollkommnen konnten. Das Paris der zwanziger Jahre brüstete sich damit, kosmopolitisch zu sein. Arme wie reiche Quartiers waren voller Ausländer. Ob in den erbärmlichsten Cafés oder den luxuriösesten Restaurants, überall waren sämtliche Sprachen der Welt zu hören: von Belleville und Montmartre bis ins Kellergeschoß des George V und in der Closerie des Lilas wurde Russisch gesprochen, auf der mit Amerikanern überfüllten Terrasse der Coupole und der Rotonde Englisch, auf den Boulevards Spanisch. Die große Kunstgewerbeausstellung im Jahre 1925 bildete den Höhepunkt dieser

Verschmelzung. Nur vereinzelt wurden ein paar unverbesserliche Stimmen laut, Paris ersticke vor lauter »métèques«, lästigen Ausländern, und sei auf dem besten Wege, »Canaan-sur-Seine« zu werden.

Überdies waren wir Weißrussen damals sehr en vogue. Die von den Bolschewiken, von denen keinerlei Erstattung ihrer Staatsanleihen mehr zu erwarten war, halbwegs ruinierte französische Bourgeoisie zeigte sich mitfühlend. Gabrielle Chanel, die dem slawischen Charme des Großfürsten Dimitri erlegen war, förderte uns. Rasputins Mörder, Fürst Jussupow, gründete sein eigenes Modehaus. Das Plädoyer des Maître Henry Torrès zugunsten jenes jungen jüdischen Uhrmachers, der durch die Tötung des Atamans Petljura seine ermordeten Glaubensbrüder hatte rächen wollen, trieb den Franzosen die Tränen in die Augen. Als 1930 der weiße General Kutjepow mitten in Paris entführt wurde – er hatte an der Seite Denikins und Wrangels gekämpft –, erregte dies allgemeines Mißfallen gegenüber der Regierung, die es nicht hatte verhindern können. Alle wohlhabenden Russen wurden verhätschelt und gefeiert und galten, ganz gleich ob Jude oder nicht, als Aristokraten. Und sämtliche armen Russen mit der richtigen Gesinnung wurden als Opfer des Kommunismus angesehen, dessen unmittelbaren Triumph man einen Augenblick lang in Frankreich zunächst wegen des Cartel des Gauches und dann wegen der großen Arbeiterstreiks befürchtete. Zu dem Zeitpunkt hatten wir nahezu vergessen, daß wir Juden waren.

Als Gorgulow am 7. Mai 1932 den Präsidenten der Republik, Paul Doumer, erschoß, hielt ich mich gerade in der Rue Berryer im Hause von Salomon de Rothschild auf. Ich signierte dort im Rahmen einer Verkaufsveranstaltung zugunsten von Autoren, die Kriegsteilnehmer gewesen waren, mein jüngstes Buch, *Les mouches d'automne*. Ich saß ziemlich weit von dem Tisch entfernt, an dem Claude Farrère in sein *La bataille* eine Widmung für Doumer schrieb, da hörte ich es fünfmal dumpf knallen und sah nur die blanke Stirn und die schwarzen Augen eines Riesen, der, während man den leblosen Körper des berühmten Greises eilig davontrug, von den Polizisten in Richtung Tür gezerrt wurde. In dem anschließenden Durcheinander brachten mich die Verlagsleute von Grasset schleunigst fort. Als wir erfuhren, daß es sich bei dem Mörder um einen Russen handelte, machte sich unter den Emigranten Panik breit. Mit Fug und Recht. Aus meiner heutigen Sicht war dies der Moment, da die Öffentlichkeit uns mit Mißtrauen zu begegnen begann. Während die Rechte das Verbrechen den Bolschewiken und die Linke den Faschisten zuschrieb, legten die Zeitungen dem Polizeipräsidenten nahe, ein wachsames Auge auf die »kosmopolitischen Kreise« zu werfen, in denen es, wie je nach politischer Tendenz unterstellt wurde, von Agenten aus Berlin und Moskau nur so wimmele. Und was waren, in den Augen der größten Extremisten unter ihnen, diese Ausländer denn anderes als mit Trotzki-Bronstein verbündete Juden?

In den jüdischen Kreisen, in denen ich mich bewegte, war Diskretion das oberste Gebot. Ich entsinne mich noch, wie die Akademiemitglieder Jérôme und Jean Tharaud uns ermahnten: »Sollten all die Tausende deutscher Juden, die hierher emigrieren, nicht sehr viel Diskretion in ihrem Gepäck haben (doch eben das ist die Tugend, an der es euch am meisten mangelt!), ist zu befürchten, daß schon bald die von euch so gefürchtete uralte menschliche Leidenschaft wiedererwacht, die ihr schon so viele Male ausgelöst habt...« Genau das befürchteten wir in der Tat. Bei uns zu Hause betonte man den Unterschied, wie ihn ein Maurras machte, zwischen den »kultivierten Juden«, die seit Generationen in Frankreich lebten und für das Vaterland ihr Blut vergossen hatten, und jenen, die wir als »Einwanderer zweiter Wahl« bezeichneten. Mehr noch als alle anderen befürchteten wir, die Aufnahmekapazität des französischen Volkes sei an ihrem Sättigungspunkt angelangt. Es war davon die Rede, der Ausländerwelle mit einem Quotensystem zu begegnen, und zum Schutze der Werktätigen, die den Wettbewerb billiger Arbeitskräfte fürchteten, wurden Bestimmungen erlassen wie die folgende, über die sich Kessel damals köstlich amüsierte: »Ein russisches Balalaika-Orchester darf nicht mehr als fünfzehn Prozent russische Musiker, ein russischer geistlicher Chor nicht mehr als zehn Prozent russische Sänger beschäftigen.«

In Frankreich machte sich die Vorstellung breit, das Maß sei voll. Es gehe nicht länger nur um eine Arbeitslosigkeit verursachende Infiltration, die um so ärgerlicher sei, als sie einem mit jahrhundertealter Patina überzogenen, zivilisierten Land ungewohnte Bräuche, Klänge oder Düfte zumute, gefährlich für die französische Identität, die ohnehin aufgrund der übertriebenen, unüberlegten Einbürgerungen zu entarten drohe, sondern um eine wahre »Invasion«: In der Presse sah man Zeichnungen wie die von Iribe mit diesem Titel, auf der ein Flöte spielender Léon Blum deutsche Juden, als Ratten mit Hammer und Sichel auf dem Fell dargestellt, nach Frankreich lockte.

Und dann, gleichsam als Krönung des Ganzen, brach 1934 die Stavisky-Affäre aus. Wie meine eigene Familie jüdischer, ukrainischer Herkunft, jedoch in Frankreich eingebürgert, lebte Stavisky im Claridge auf sehr großem Fuße, besaß ein Rennpferd und hatte sich bereits so manche Betrügerei zu Schulden kommen lassen, doch die Protektion, die er in Regierungskreisen genoß, im rechten wie im linken Lager – er war vor allem mit dem Polizeipräfekten Chiappe befreundet –, hatte sämtliche gegen ihn vorgebrachten Klagen im Keime erstickt. Im Dezember 1933 wurde ein derart ungeheuerlicher Betrug aufgedeckt, daß er sich unmöglich vertuschen ließ: Das Crédit Municipal de Bayonne, dessen Begründer er war, hatte zweihundert Millionen gefälschte Kassenobligationen ausgestellt. Stavisky verschwand. Am 8. Januar erfuhr man, daß er sich in einem Châlet in Chamonix das Leben genommen habe. Niemand glaubte an einen Selbstmord, und die Schlagzeile des *Canard enchaîné* lautete: »Stavisky erschießt sich mit Revolver, der aus allernächster Nähe auf ihn abgefeuert wurde.« In den Augen der Linken war er im Auftrag von Chiappe ermordet worden, um eventuellen Enthüllungen zuvorzukommen, die ihn kompromittiert hätten. Für die Rechten lag das Motiv ebenfalls auf der Hand, nur machte man dort die ausländische, mit dem freimaurerischen Abschaum in Verbindung stehende Finanzwelt, wie sie Ministerpräsident Chautemps und dessen Schwager Pressard, seines Zeichens Staatsanwalt, verkörperten, dafür verantwortlich. Den ganzen Januar über zogen die verschiedenen Ligen, wie Jeunesses patriotes, Croix de Feu, Camelots du roi, Parolen gegen »die jüdische Plutokratie« brüllend, durchs Quartier latin.

Der Polizeipräfekt, der gegen diese Demonstrationen nichts unternommen hatte, wurde kaltgestellt. Damals wohnten wir noch in der Avenue Daniel-Lesueur, einer der beiden Sackgassen, die an einem Ende in den Boulevard des Invalides und am anderen in die Gärten des Convents der Frères Saint-Jean-du-Dieu münden. Als ich am Abend des 6. Februar, wir hatten uns in der Wohnung verkrochen, im Sender Radio-Paris verfolgte, wie die erregten Horden, die der Place de la Concorde zustrebten, mit Flaschen auf die Polizisten einschlugen, mit Rasierklingen die Sprunggelenke der Pferde der mobilen Garden durchtrennten und sich in Richtung Palais-Bourbon bewegten, wo Daladier mit Léon Blums Unterstützung das Abgeordnetenhaus um Vertrauen ersuchte, fühlte ich mich um beinahe dreißig Jahre zurückversetzt: an jenen Tag 1905, als die »Hundert Schwarzen« den Petschersk erstürmten. Ich stürzte in Denises Zimmer, riß sie aus ihrem Bett und schloß sie derart heftig in meine Arme, daß sie zu schreien begann und ich bei einem Asthmaanfall buchstäblich erstickte. Michel war zu Tode erschrocken und mußte Professor Vallery-Radot anrufen, dem es trotz der großen Gefahr gelang, ganz Paris zu durchqueren, um mich zu behandeln. Die mobilen Garden, die den Pont de la Concorde versperrten, seien noch nicht abgezogen, erzählte er mir, als ich wieder durchatmen konnte. Oberst de La Rocque habe seinen Croix-de-Feu nicht den Befehl erteilt, das Abgeordnetenhaus zu belagern. Ein paar Tage darauf demonstrierte, von Sozialisten und Kommunisten dazu aufgerufen, auch die Linke, doch der neu ernannte Ministerpräsident Gaston Doumergue berief ein Ministerium der nationalen Einheit, und in Paris kehrte wieder Ruhe ein.

Auch ich beruhigte mich und wandte mich wieder meiner Arbeit zu. Mein neuer Verleger, Albin Michel, ein charmanter älterer Herr, dem es nicht an Humor fehlte, war mir sehr sympathisch. Im Oktober 1933 hatte ich bei ihm einen Vertrag unterzeichnet, der ihm zwanzig Jahre lang meine gesamte literarische Produktion garantierte, allerdings bat ich ihn schon im November um Erlaubnis, bei der NRF einen Band mit Novellen veröffentlichen zu dürfen, um die mich Paul Morand für die von ihm geleitete Reihe bei Gallimard ersucht hatte. »Chère Madame«, schrieb er mir, »unsere geistige Heirat ist wahrlich erst vor allzu kurzer Zeit erfolgt, als daß ich Ihnen bereitwillig erlauben würde, mir, noch bevor unser erstes Kind das Licht der Welt erblickt hat, untreu zu werden!« Als gute Verliererin antwortete ich ihm umgehend: »Mein lieber Verleger, die Frau schuldet ihrem Ehemann Gehorsam. Darum will ich mich gern Ihrem Beschluß beugen und hoffe, daß Sie für unsere Kinder nach deren Geburt dieselben Gefühle hegen werden, die Sie ihnen in embryonalem Zustand entgegenbringen.«

Morand verschaffte sich andere Texte, und mein »geistiger Ehemann« mußte nicht darunter leiden. Ich gab ihm jährlich ein Buch, außer im Jahr 1937, als meine zweite Tochter geboren wurde. Nach *Le vin de solitude*, dem autobiographischsten meiner Romane, nahm ich mir ein letztes Mal meine Mutter zum Modell: In *Jézabel* stand sie Pate für eine Frau, die nicht alt werden will und aus eben diesem Grunde die eigene, von ihr zu einer heimlichen Niederkunft gezwungene Tochter in den Tod treibt; zwanzig Jahre später spürt ihr Enkel sie auf, den sie, entsetzt bei dem Gedanken, er könne ihrem Liebhaber ihr wahres Alter verraten, ermordet. Jean-Pierre Maxence schrieb darüber: »In der Wahrhaftigkeit liegt Madame Némirovskys entscheidende Begabung. Ihr waches Auge, ihre Treffsicherheit, ihr kraftvoller, klarer, nüchterner Stil vermitteln nicht nur den Eindruck von Männlichkeit, sondern auch von großer Präsenz. Sobald die Autorin eine Begebenheit erfindet, hält man sie auch schon für real, eine von ihr erdachte Figur glaubt man persönlich gekannt zu haben. Was bei anderen zu gewollt wirken mag, liegt hier in den Romanfiguren selbst begründet. Besser ließe sich ein perfekter Erzähler wohl kaum beschreiben.«

So wurde ich mit jedem weiteren Buch von der Kritik, ganz gleich welcher politischer Couleur, mit Lob überhäuft. Ich empfand einen unbezwingbaren inneren Drang zu arbeiten. Wir zogen in die benachbarte Sackgasse, in die Avenue Constant-Coquelin Nr. 10, denn zu der im oberen Stockwerk gelegenen Wohnung gehörten zwei Balkone, von denen einer überdacht war und mir als Arbeitsraum diente. Ich liebte es, mich dort einzuschließen, und bald auf meinem Diwan liegend, bald an meinem Tisch sitzend, zu schreiben. Denise erlaubte ich, unter die grüne Tischdecke zu kriechen und dort in aller Stille ihre Puppen in den Schlaf zu wiegen. Am Ende schlummerte sie selbst auf dem Parkettfußboden ein, und wenn ich an meinem Bein den warmen Kinderkörper spürte, konnte ich mich noch besser konzentrieren. Meine Novellen erschienen in der *Revue des Deux Mondes* und in *Candide*, und meine Romane in Fortsetzungen in *Gringoire*, dessen Herausgeber, Hector Carbuccia, ich über Joseph Kessel kennengelernt hatte.

Dieser Carbuccia war eine außergewöhnliche Persönlichkeit, ein offenherziger beleibter Korse, ein großer Freund von Zigarren und guten Weinen, Schwager des berüchtigten Präfekten Chiappe. Selbst wenn ich ihn persönlich nie in flagranti bei einer antisemitischen Äußerung ertappt habe und er, seitdem ich in Issy-l'Évêque bin, zu den wenigen gehört, die meine Briefe beantworten und mir zu helfen versuchen, ließ er es zu, daß im politischen Teil seiner Zeitung die schlimmsten Gemeinheiten gedruckt wurden. Das steigere den Umsatz, sagte er, und ziehe keinerlei Konsequenzen nach sich. Sein Leitartikler Henri Béraud schreckte vor keinem noch so unflätigen Ausspruch und keiner noch so hetzerischen Tirade zurück, um über die Juden herzuziehen. Kessel hatte unmittelbar nach der Stavisky-Affäre auf einen beleidigenden Artikel hin mit ihm gebrochen. Einige Monate darauf wurde er wieder rückfällig, als ein kroatischer Separatist den jugoslawischen König Alexander ermordete, wobei auch der französische Außenminister Louis Barthou ums Leben kam. Er warf alles in einen Topf und beschimpfte, was immer ihm nicht heftig genug antisemitisch erschien, als fremdländisch oder bestochen.

Zwischen dem politischen und dem literarischen Teil der Zeitung bestand jedoch offensichtlich keinerlei Zusammenhang. In jenem Jahr 1934 pries der namhafte Romancier Marcel Prévost, Carbuccias Cousin und Mäzen, an dem Tag, da Béraud gegen die jüdisch-freimaurerische Verschwörung wetterte, mein Buch *Le pion sur l'échiquier*. Der Artikel liegt vor mir. Darin heißt es über eine Heine-Biographie: »Es gibt wohl keine andere Epoche, die sich mit der heutigen Hitlerära besser vergleichen ließe als jene in Deutschland unmittelbar nach dem sogenannten Befreiungskrieg, d. h. nach dem Sieg über Napoleon. Heinrich Heine ist damals achtzehn Jahre alt und ein begeisterter Anhänger Napoleons. Als Jude hat er die Befreiung, die Frankreich den Verfolgten brachte, begrüßt. Die Niederlage der Franzosen bestürzt ihn, und er ist damit nicht der einzige! Das damalige Deutschland gleicht in Gestalt und Gebaren dem heutigen. Dieselben Appelle an die Überlegenheit der deutschen Rasse. Dasselbe haßerfüllte Wüten gegen die Fremden. Dieselbe Verfolgung der Juden: ›Es werden Scheiterhaufen errichtet, von überallher Bücher und Zeitungen zusammengetragen: da man nicht die gesamte verteufelte Literatur zur Hand hat, schreibt man ersatzweise die Titel der verdammten Bücher auf Zettel und wirft sie ins Feuer. Es werden Fackeln geschwenkt; Flammen lodern gen Himmel; junge Kehlen schreien bis zur Heiserkeit: *Pereat!* Und tags darauf verkünden die Zeitungen, diese Manifestation sei ein Ereignis, das die Deutschen noch nach Jahrhunderten mit Stolz erfüllen werde.‹ Von Zeit zu Zeit gibt sich Deutschland liberal oder brüderlich human: im Grunde bleibt es sich jedoch immer treu. Das zeigt sich an solchen Widerholungen nach einem Jahrhundert.«

Was meine Person betrifft – damals war mir dies nicht aufgefallen, erst jetzt bin ich mir darüber im klaren –, so war die Bezeichnung »Jüdin« in schöner Einmütigkeit aus allen mich betreffenden Artikeln verschwunden. Indem ich gewissenhaft jener Verpflichtung zur Diskretion nachkam, die ich mir, wie nahezu alle Juden, auferlegt hatte, vermied ich das Thema in meinen Büchern. Ich siedelte die Handlung in Frankreich an, in jenen katholischen bürgerlichen Kreisen, in die meine Freundin Madeleine mich einst eingeführt hatte. Diese aus alten Familien mit solidem Wohlstand stammenden Franzosen betrachtete ich nun, da ich als inzwischen bekannte Schriftstellerin näher mit ihnen in Berührung kam, möglicherweise argwöhnischer als zuvor. Ich machte kein Hehl aus ihren Schwächen, ihrem Geiz, ihrer Engherzigkeit und Kleinlichkeit, schilderte sie allerdings aus ihrer Mitte, als eine von ihnen. Man entdeckte bei mir verwandte Eigenschaften, fand mich unterdessen, wenn nicht jüdisch, so doch nach wie vor sehr russisch. »Vom Temperament und von der Art her, wie sie die Welt und die Menschen wahrnimmt, typisch slawisch, von der Klarheit und Komposition ihres Schreibens her typisch französisch.« So beschrieb mich eine Journalistin in einem Artikel mit dem Titel »Rußland auf dem Boulevard des Invalides«. Und sie setzte hinzu: »In diesem Rahmen, in dem man sich nur allzugern eine schüchterne Bürgerliche beziehungsweise eine Provinzlerin vorstellt, erscheint Irène Némirovsky russischer, ja um ein Vielfaches geheimnisvoller, als wenn an ihrer Kleidung oder der Atmosphäre, in der sie lebt, auch nur die geringste Spur von Exotik zu erkennen wäre.«

Wir erlebten also seit zwei Jahren so etwas wie einen Scheinfrieden. Die Ungeheuerlichkeit der Maßnahmen, die Hitler in Deutschland gegen die Juden ergriff, die Nürnberger Gesetze, die Juden von allen verantwortlichen Positionen ausschlossen, ihnen jegliche Heirat oder jegliches außereheliche Verhältnis mit Ariern untersagte, sie ihres Wahlrechts beraubte, die täglichen Angriffe auf ihre Person, ihr Hab und Gut, riefen Empörung hervor und ließen die Gemäßigten unter den Antisemiten verstummen. Die Juden, wie auch ich, hüteten sich ihrerseits vor der geringsten Anspielung auf das, was sie keinesfalls als französisches Problem wahrhaben wollten, und überließen es anderen, den Machtmißbrauch des neuen Führers anzuprangern, aus Furcht, man könne sie womöglich für Kriegstreiber halten, bereit, ganz Europa in ein Blutbad hineinzuziehen, um ihre Glaubensbrüder zu rächen. Indem ich gewisse Zeitungen mied, so auch den politischen Teil des Wochenblattes, das nach wie vor Texte von mir brachte, konnte ich mich in dem Glauben wiegen, der schlimmste Teil des Unwetters sei vorüber.

Doch mit dem Aufkommen des Front populaire und vor allem nach Léon Blums Wahl zum Ministerpräsidenten gab es kein Halten mehr. Dieser Politiker bereitete uns Sorgen: Nicht genug, daß er, der einer seit Generationen in Frankreich ansässigen Familie entstammte, keiner Konfession angehörte und Sozialist war, er berief sich überdies auf seine jüdische Identität. Denen, die ihn deswegen beschimpften, wie Léon Daudet, der ihn bereits 1920 »das Sprachrohr der Hochfinanz und des semitischen Raubzuges ... einen Semiten mit verweichlichten Zügen und kleinen gezierten Gesten« nannte, antwortete er: »Ich bin Jude... Das ist ein Faktum. Mich daran zu erinnern, daß ich der jüdischen Rasse angehöre, die ich nie verleugnet und für die ich von jeher nichts als Dankbarkeit und Stolz empfunden habe, bedeutet für mich keine Kränkung.« Bereits im Februar 1936 sollte er jedoch mitten auf der Straße einer wahren Lynchjustiz zum Opfer fallen: Das Auto, das ihn vom Palais-Bourbon nach Hause auf die Île Saint-Louis fuhr, begegnete dem Trauerzug eines namhaften Historikers und Mitglieds der Action française, Jacques Bainville. Sobald die militanten Rechtsextremisten ihn erkannten, wurden Rufe laut: »Jüdischer Verräter! Schuft! Mörder!« Man zerrte ihn aus dem Wagen, schlug auf ihn ein, und nur durch das Intervenieren einiger Arbeiter, die von ihrem Gerüst herabkletterten, um ihm beizustehen, kam er mit dem Leben davon. Drei Monate später wurde er vor versammeltem Abgeordnetenhaus von Xavier Vallat, unserem späteren Kommissar für jüdische Fragen, angegriffen, der sich mit folgenden Worten an ihn richtete: »Ihre Wahl, Monsieur le Président, ist zweifellos ein denkwürdiges Ereignis. Dieses uralte galloromanische Land wird erstmals von einem Juden regiert.« Und als man ihn zum Schweigen zu bringen suchte: »Ich meine, es ist ratsamer, die Regierung dieses Bauernstaates in die Hände eines Mannes zu legen, dessen wenn auch noch so bescheidene Wurzeln sich im Schoße unserer Erde verlieren, als in die eines spitzfindigen Talmudisten.«

Nach langen Monaten, in denen ich, zum einen zur Vorbereitung meiner *Suite française* – deren erster Band vom Beginn des Krieges, vom Zusammenbruch und Exodus erzählt –, zum anderen, um eine Erklärung für dieses ganze Desaster zu finden, über die damaligen Ereignisse konzentriert nachgedacht habe, steht für mich eines fest: Von dem Augenblick an, da die Journalisten der extremen Rechten eine Bestandsaufnahme des Kabinetts unter Blum zu machen begannen und nicht nur Juden anprangerten, sondern auch denen, die keine waren, eine jüdische Herkunft andichteten oder sie, falls sich dies als unmöglich erwies, »verjudet« schimpften, nahmen die Dinge ihren Lauf. Wer bisher als »Ausländer« bezeichnet wurde, hieß nunmehr »Kommunist«. An die Stelle der Angst vor dem leicht zu erkennenden Juden – ob es sich nun um den bescheidenen Uhrmacher mit seinen Schläfenlocken handelte, dem man vorwarf, er esse den Franzosen ihr Brot weg, oder um einen üblen Geschäftemacher wie Stavisky, dessen Betrügereien, wie es hieß, den Niedergang der Wirtschaft erklärten – trat die vor dem unauffälligen Juden, dessen geheime Machenschaften bei weitem gefährlicher waren. Wer im Lager der Rechten Hitler haßte, sah in den Schlichen der

Israeliten das Motiv für den mörderischen Wahn, der über das deutsche Volk gekommen war, und die vom Faschismus Verführten machten sie für die Verweichlichung der Franzosen verantwortlich und prangerten ihre Verbindungen zu den Londoner Bankiers an. Im Lager der pazifistischen Linken bedauerte man ihre Aufrufe zur Bekämpfung des sich immer weiter ausbreitenden Nazismus.

In der Zwischenzeit hatte Darquier de Pellepoix, von Vichy zu Xavier Vallats Nachfolger bestimmt, beim Senat einen Antrag mit folgendem Wortlaut eingereicht: »In Anbetracht dessen, daß die Erlangung der französischen Nationalität bis zum heutigen Tage keiner eigentlichen Bürgschaftspflicht unterliegt ... daß es Anlaß gibt, namentlich vor den Juden, diesem rastlosen Volk, aus dem sich die internationalen Kuriere der politischen Anarchie und vagabundierenden Finanzmacht rekrutieren, auf der Hut zu sein ... daß das Schulwesen, die Religionslehre und Integrität unseres Kolonialreichs bis in die Grundfesten der französischen Familie seit jeher unter dem Einfluß der Juden (Parlamentarier, Schriftsteller, hohe Beamte etc.) gestanden haben und noch immer stehen, die einzig und allein nach Unterjochung und Verdummung der Franzosen trachten ... ersuchen wir hiermit die Behörden um: 1. Die uneingeschränkte Annullierung sämtlicher seit dem Waffenstillstand vom 11. November 1918 erfolgten Einbürgerungen; 2. den Erlaß einer Sonderverordnung für Juden, die deren Wahlrecht, Wählbarkeit und Zulassung zu öffentlichen Ämtern regelt.«

Die Würfel waren gefallen. Als zwei Jahre darauf, am 17. November 1938, ein Siebzehnjähriger, Jerschel Grynszpan, in der Rue de Lille den deutschen Diplomaten Ernst von Rath erschoß, um auf die zu Tausenden aus Deutschland nach Polen vertriebenen Juden aufmerksam zu machen, stieß er weder bei der Polizei noch in der Öffentlichkeit auf Verständnis, ganz zu schweigen von der Anteilnahme, wie sie zwölf Jahre zuvor dem Mörder Petljuras entgegengebracht worden war. In Deutschland diente seine Tat als Vorwand für die Reichskristallnacht. In Frankreich löste sie ein ohrenbetäubendes anti-jüdisches, anti-ausländisches, anti-x-beliebiges Gezeter aus, das uns dahin gebracht hat, wo wir heute sind. Im Schutze der dichten Vorhänge, die der Ruhm zwischen die Welt und mir gezogen hatte, abgeschnitten von der Realität, weil ich hartnäckig, allen Schwierigkeiten zum Trotz, Französin sein wollte, so daß ich es nicht einmal für nötig hielt, meine Einbürgerung zu beantragen, hatte ich die Katastrophe genausowenig nahen sehen wie alle anderen. Wenn ich mir allerdings auch heute noch die Ohren zuhalte und meine Augen verschließe, so nicht etwa aus Leichtfertigkeit, sondern um das Hyänengeheul nicht mit anhören zu müssen, das meine ehemaligen Kollegen, angefangen beim alten Chateaubriant bis hin zu Brasillach, vom widerlichen Céline bis hin zum eleganten Morand, der Reihe nach anstimmen.

Als ich so alt war wie Denise heute, rührte mich ein Gedicht von Alfred de Musset zu Tränen, weil der Autor der *Nuits* darin zwei illustren Vorgängern huldigte, so wie es jene russischen Schriftsteller tun, die von jeher, in allen literarischen Epochen, ihre Vorläufer und Zeitgenossen ehrten, indem sie sich mit ihnen über Raum und Zeit hinweg voller Zuneigung und Respekt unterhielten. Mir ist aus der französischen Literatur kein warmherzigeres und zugleich verständnisinnigeres Beispiel bekannt. Der Dichter sitzt während der Aufführung eines Stückes von Molière im Théâtre-Français im Publikum und läßt seine Gedanken schweifen: »Enfoncé que j'étais dans cette rêverie / Ça et là toutefois lorgnant la galerie, / Je vis que devant moi se balançait gaiement / Sous une tresse noire un cou svelte et charmant; / Et voyant cet ébène enchâssé dans l'ivoire, / Un vers d'André Chénier chanta dans ma mémoire, / Un vers presque inconnu, refrain inachevé, / Frais comme le hasard, moins écrit que rêvé. / J'osai m'en souvenir même devant Molière; / Sa grande ombre à coup sûr ne s'en offensa pas; / Et tout en écoutant je murmurais tout bas, / Regardant cette enfant qui ne s'en doutait guère: / Sous votre aimable tête un coup blanc délicat / Se plie et de la neige effacerait l'éclat.« (»Als ich in Gedanken versunken / Hin und wieder zur Galerie hinüberspähte, / Sah ich vor mir unter einem schwarzen Zopf / Einen reizenden, schlanken Hals sich wiegen; / Beim Anblick dieses in Elfenbein gefaßten Ebenholzes / Ging mir ein Vers von André Chénier durch den Sinn, / Ein beinahe unbekannter Vers, mit unvollständigem Refrain, / So unvermutet wie der Zufall, weniger geschrieben als erträumt. / Ich wagte mich seiner selbst angesichts eines Molière zu entsinnen; / Dessen gewaltiger Schatten wird daran gewiß keinen Anstoß nehmen; / Und lauschend flüsterte ich leise, / Dem jungen Mädchen zugewandt, die davon gewiß nichts ahnte: / Unter Eurem allerliebsten Haupt neigt sich ein weißer zarter Hals, / Dessen Glanz den Schnee verblassen ließe.«)

Juli 1962

Vom Lager in Pithiviers, das, mit dem in Beaune-la-Rolande, zwischen Mai 1941 und September 1942 insgesamt sechzehntausend späterhin nach Deutschland deportierte Juden, Männer, Frauen und Kinder, »beherbergte«, ist nichts als ein altes Silo und eine verrostete Eisenbahnlinie übriggeblieben. Hat sich denn in diesem kleinen, friedlichen Marktflecken niemand empört, um die Abfahrt der plombierten Waggons zu verhindern? Das Kind ist alles andere als stolz auf sich selbst: Einige Monate zuvor hat es mitten in Paris bei rassistischen Ausschreitungen gegen die maghrebinische Bevölkerung Hunderte von Toten gegeben, und sie hat »nichts davon gewußt«. Sie hält Ausschau nach etwas, das sich mitnehmen läßt, das einen Hauch vom Dasein ihrer Mutter in sich birgt: und sei es auch nur ein Stein vom Bahndamm, auf den sie womöglich beim Besteigen des Zuges ihren Fuß gesetzt hat.

Kapitel 12

Ich bin bei einem Asthmaanfall aus dem Bett gestürzt. Es beginnt bei mir immer mit einem Kribbeln, einer Ungeduld bis in alle Nervenstränge, die bewirkt, daß ich mich aufrichten und mit vornüber gebeugtem Oberkörper, beide Hände flach auf der Decke, dasitzen muß. Die Luft dringt zwar in meine Lunge ein, ich kann aber nicht mehr ausatmen. Meine Brust schwillt an, stockt, verkrampft sich. Ich habe tastend auf meinem Nachttisch nach dem Wunder-Inhalator gesucht, den Professor Vallery-Radot einst eigens für mich aus der Schweiz kommen ließ – ich besitze nur noch ein Fläschchen –, und mich beruhigt wieder hingelegt. Da ich nicht mehr einschlafen konnte, habe ich Michels Arm, der sich über meine Oberschenkel gelegt hatte, sanft beiseite geschoben und bin aufgestanden. Ich habe mir ein Tuch über die Schultern geworfen und auf meinem Gang durch das stille Haus einen Blick in die Kinderzimmer geworfen. Ich habe Babet zugedeckt, die sich freigestrampelt hatte, und den Beutel mit Murmeln, dessen Maschen sich auf ihrer Wange abzeichneten, vom Kopfkissen genommen. Denise stöhnte im Schlaf, und Schweiß verklebte ihr verwühltes Haar. Ohne daß sie erwachte, wischte ich ihr mit einem feuchten Waschlappen über das Gesicht.

Doktor Benoît-Gouin verschreibt ihr seit ihrem schrecklichen Erlebnis vom vergangenen Jahr Schlafmittel. Sie hatte über Bauchschmerzen geklagt und sich übergeben: woraufhin er eine

Blinddarmentzündung feststellte, die sich innerhalb weniger Stunden zu einer akuten Bauchfellentzündung entwickelte. Eine sofortige Operation war unumgänglich, wie hätte man sie jedoch in ein Krankenhaus oder in eine Klinik transportieren können? Als Juden der besetzten Zone durften wie die Gemeinde nicht verlassen, und zwischen acht Uhr abends und sechs Uhr morgens nicht einmal das Haus. Das Fieber stieg, unsere Tochter phantasierte, weinte vor Schmerzen, und wir rangen verzweifelt die Hände. Schließlich fand der Arzt im Dorf einen mitfühlenden Menschen, der einen Lastwagen besaß und sich überreden ließ, sie nach Luzy zu bringen. Der Mann hüllte sie in eine Decke, legte sie in seinen Wagen und fuhr los. Wir blieben ohne Nachricht, bis er sie uns tags darauf gegen Mittag zurückbrachte – sie war noch nicht wieder ganz zu sich gekommen. Er berichtete uns von seiner Odyssee: Nicht eine Klinik habe das todkranke elfjährige Mädchen, das einen gelben Stern trug, mitten in der Nacht aufnehmen wollen. Er habe an vielerlei Türen klopfen müssen, bis sich schließlich ein Chirurg dazu bereit erklärte, sie auf seinem Eßzimmertisch zu operieren. Als sie aus der Betäubung erwacht sei, habe sie sich immer wieder übergeben müssen und nach uns gerufen, und da der Chirurg sie nicht länger bei sich zu behalten wagte, habe er sie uns trotz des großen Risikos zurückgebracht.

Ich habe mich im Garten unter den Apfelbaum gesetzt. An die Rinde gelehnt, sehe ich dort oben Myriaden funkelnder Sterne, deren Glanz nichts zu trüben vermag: Der Mond ist nicht zu sehen, und Issy-l'Évêque ist ins Dunkel des Waffenstillstands getaucht. Diese friedliche, dufterfüllte Nacht läßt mich nichts Gutes ahnen, und ich will mich nur ja nicht von ihrer Milde täuschen lassen. Ich weiß, daß die Gefahr weiter besteht, und ich suche Gott an diesem schweigsamen Himmel, nicht etwa, um seine Hilfe zu erflehen, sondern um ihm die lästerlichen Worte der getauften Juden ins Gesicht zu schleudern: »Mein Gott, vergib uns unsere Schuld, wie auch wir Dir vergeben.«

Vor zehn Jahren hatte ich über Fürstin Bibesco die Bekanntschaft des rumänischen Erzbischofs Fürst Ghika gemacht, eines Mannes von großer Güte und Einfachheit, trotz seines hohen Ranges. Denise himmelte diesen Riesen mit dem langen weißen Haar an, dessen Ring sie, bevor sie auf seinen Schoß klettern durfte, zu küssen gelernt hatte. Er kam oft zum Tee zu mir und sprach über seinen Glauben, der alles überstrahlte. Als beispielhaft erwähnte er den armen Max Jacob, den Jacques Maritain bekehrt habe. Worauf ich zum Spaß den ebenfalls auf dessen Betreiben hin konvertierten Maurice Sachs anführte: ihn freilich habe der Aufenthalt im Seminar, falls man dem Pariser Klatsch Glauben schenken könne, wohl nicht gerade Tugendhaftigkeit gelehrt. Ghika war deswegen keineswegs verärgert.

Ich spielte damals mit dem Gedanken zu konvertieren, nahm dann aber doch davon Abstand. Vermutlich schreckte ich, die ich die Religion meiner Vorfahren nie wirklich praktiziert hatte, wie einst mein Vater aus einer rätselhaften, mir unerklärlichen Angst davor zurück, meinem Glauben abzuschwören. Als wir 1938 bei Hitlers Einmarsch in Österreich und angesichts seiner Drohgebärden gegenüber der Tschechoslowakei erstmals an einen Ausbruch des Krieges glaubten, entschieden wir uns endlich dazu, unsere Naturalisierung zu beantragen: Die beiden Kleinen waren bereits Französinnen, denn Michel hatte ihnen problemlos die ihnen gesetzlich zustehende Staatsbürgerschaft ihres Geburtslandes bescheinigen lassen. Wir glaubten, für uns würde es ebenso leicht sein. Monsieur de Boissieu und Monsieur de Maizière, der eine Mitglied des Verwaltungsrates, der andere Direktor seiner Bank, hatten meinem Mann ein Empfehlungsschreiben ausgestellt, das folgendermaßen lautete: »Monsieur Epstein gehört seit März 1925 zu unserem Haus. Er ist ein treuer Mitarbeiter, dessen moralische wie professionelle Qualitäten wir zu schätzen gelernt haben und von dessen tiefer Verbundenheit und bedingungsloser Loyalität zu Frankreich wir zutiefst überzeugt sind.«

Für mich bürgten André Chaumeix, Mitglied der Académie

française und Herausgeber der *Revue des Deux Mondes,* sowie Jean Vignaud, Kommandeur der Ehrenlegion, Träger des Kriegsverdienstkreuzes und Vorsitzender der Société des gens de lettres, des Schriftstellerverbandes, in den ich bereits 1930 unter der Schirmherrschaft von Gaston Chéreau und Roland Dorgelès aufgenommen worden war. André Chaumeix begründete meine Kandidatur folgendermaßen: »Über einen jungen Kollegen sagen zu können, er vereinige in sich die schönsten Gaben, ist für jeden Schriftsteller ein kostbarer Glücksfall; noch viel einmaliger ist es jedoch, einen jungen Autor empfehlen zu können, der in einem Alter, da gewöhnlich nur von einer ›Hoffnung‹ die Rede ist, unserer Kritik und unserer Bewunderung ein Werk vom Format eines *David Golder* aussetzt.« Jean Vignaud vertrat meine Aufnahme mit den Zeilen: »Bedarf es, hat man *David Golder* geschrieben, überhaupt noch eines Fürsprechers? Nur allzugern bin ich bereit, Madame Irène Némirovskys Antrag zu befürworten.«

Chaumeix überreichte die vorschriftsmäßig ausgefüllten Unterlagen persönlich dem Justizminister, M. Marchandeau, der ihm umgehend antwortete, er habe »den Antrag seinen Dienststellen zwecks besonders gründlicher und eiliger Überprüfung weitergeleitet«. Und dann hörten wir nichts mehr. Michel machte sich keine allzu großen Sorgen. Er sah wie gewöhnlich die politische Lage weniger pessimistisch als ich, und Daladiers Rückkehr nach dem Münchner Abkommen schien ihm recht zu geben. Grauenvoll, sich nach einem Abstand von vier Jahren die Erleichterung und einfältige Zuversicht ins Gedächtnis zu rufen, mit denen dieses Einlenken in Frankreich aufgenommen wurde. »La paix«, Frieden verkündete *Paris-Soir* in riesigen Lettern in einer achtspaltigen Schlagzeile und rief seine Leser sogar zu einer Spende auf, um Monsieur Chamberlain seinen Traum von einem Landhaus zu erfüllen. Bis auf einige wenige Ausnahmen – zu denen wir offen gestanden nicht gehörten – wiegte sich ganz Frankreich, im linken wie im rechten Lager, in dem Glauben, noch einmal davongekommen zu sein, und hielt den Frieden auf lange Zeit gesichert. Unsere Naturalisierung war indessen, von unsichtbaren Hindernissen vereitelt, noch immer nicht erfolgt.

Unmittelbar vor Einmarsch der deutschen Truppen in Prag im Februar 1939, als Hitler die Maßnahmen gegen die Juden im eigenen Land weiterhin verschärfte und in Frankreich die Erleichterung über das Münchner Abkommen zu verblassen begann, entschloß ich mich zur Taufe. War es aus Überzeugung oder Opportunismus? Ich vermag es aus heutiger Sicht nicht ehrlich zu beurteilen. Als ich erstmals mit dem Gedanken spielte, fühlte ich mich von einer Religion angezogen, die – so glaubte ich es zumindest – ein für allemal meine Wurzeln gekappt und mich endgültig in die französische Gesellschaft eingegliedert hätte, als deren vollwertiges Mitglied ich mich seit meinem sechzehnten Lebensjahr verstand. Und dann wiederum stellte ich mir Fragen wie jeder andere auch, Fragen, die Tristan Bernard treffender, als ich dies vermag, in einem von seinem in die Bretagne geflüchteten Sohn Jean-Jacques verschickten Vierzeiler zusammengefaßt hat: »Quitter ce monde-ci? Mais pour quel avenir?/ Cette existence de l'au-delà, quelle est-elle?/ Je voudrais m'en aller... Mais serait-ce finir?/ Mon emmerdeuse d'âme est peut-être immortelle.« (»Diese Welt verlassen? Doch mit welcher Zukunft?/ Wie wird das Leben im Jenseits sein?/ Ich möchte fort... Doch wäre ich damit am Ende?/ Meine lästige Seele könnte ja unsterblich sein.«) Ich war vor allem der unzähligen Beschimpfungen überdrüssig, mit denen die Juden, diese Kriegstreiber, tagtäglich überhäuft wurden, und wenn ich mich – vielleicht aus Feigheit – danach sehnte, die letzten noch bleibenden Bande zu einem Volk, dessen eigentümliches Selbstverständnis mich seit jeher befremdet hatte, zu durchtrennen, so nur, um den letzten noch fehlenden Schritt in Richtung der Staatsangehörigkeit meiner Wahl zu vollziehen und meine Kinder zu schützen. In Rußland hatte einst die Taufe genügt, um nicht länger den antisemitischen Gesetzen zum Opfer zu fallen. Heute stelle ich fest, daß es für die Deutschen und deren Anhänger keine Frage der Religion, sondern der Rasse ist, ein Wort, das ich leichtsinnigerweise benutzt habe.

Was bedeutet es denn letzten Endes, Jude zu sein? Nachdem ich mich lange Zeit damit begnügte, in meinen Büchern jene französische katholische Gesellschaft, in deren Mitte ich lebe, zu schildern, habe ich dieses Thema von neuem in einem Roman aufgegriffen, den ich während des schicksalhaften Jahres 1939 schrieb: *Les chiens et les loups*. Darin schildere ich zwei aus Kiew stammende jüdische Familien, die zwar miteinander verwandt sind, von denen die eine jedoch arm und die andere reich ist. Ich stelle mir Fragen über das Geschick, das beide Familien zugrunde richtet – die eine wird gejagt, verfolgt, erst in Rußland und dann in Frankreich, die andere zunächst mißachtet und dann ausgeschlossen –, und so sage ich von Ben, jenem abgezehrten, fiebrigen Knaben: »Er besaß die Lebenserfahrung eines Greises. Vielleicht spielte seine Rasse dabei eine Rolle? Vielleicht verspürte er ja, wie alle Juden, jenes dunkle, ein wenig beängstigende Gefühl, in sich eine Vergangenheit zu tragen, die weiter zurückreichte als die der meisten Menschen. Da, wo ein anderer erst hätte begreifen müssen, erinnerte sich Ben – oder glaubte zumindest sich zu erinnern.«

Am 3. September 1939 wurden wir in Hendaye von der Kriegserklärung überrascht. Diese letzten Ferien heraufzubeschwören würde mir schier das Herz zerreißen, und ich habe diesen rotgoldenen Sommer aus meinem Gedächtnis verdrängt. Wir wollten die Kinder nicht mit zurück nach Paris nehmen. Ich telefonierte mit Cécile Michaud, Denises ehemaliger Amme, die sofort bereit war, die beiden abzuholen und zu sich nach Issy-l'Évêque zu bringen. Sie ist nur ein Jahr jünger als ich, ich nenne sie Néné und liebe sie von ganzem Herzen. Einst, als mir noch zum Lachen zumute war, vertieften wir uns stundenlang in Illustrierte, die ich für sie abonniert hatte. Wie sie hatte ich eine Schwäche für Fortsetzungsromane, wagte jedoch nicht, aus Angst, meine Bewunderer zu entrüsten, sie unter meinem eigenen Namen zu bestellen.

Während des Krieges besuchte ich meine Töchter sooft wie

nur irgend möglich, ob mit dem Zug oder im Auto, das mein Schwager Paul chauffierte. Sie waren hier sehr glücklich, auch wenn Denise sich staunend an ein Leben ohne fließend Wasser, die Toilette am anderen Ende des Gartens, gewöhnen mußte. Ich verbrachte die Pfingstferien in Issy-l'Évêque und bin schließlich nicht wieder abgereist. Michel war seiner Arbeit wegen in Paris geblieben. Als die Deutschen im Juni vor den Toren der Hauptstadt standen, beschlossen seine Vorgesetzten, die Bank in die Provinz zu evakuieren und nur einen Geschäftsführer zurückzulassen. Dann ist mein Mann krank geworden: Beinahe wäre er an einer Blutvergiftung gestorben. Sein Bruder Paul und seine Schwester Mavlik pflegten ihn. Ich verging vor Angst. Nach seiner Genesung war er noch immer derart schwach, daß er um einen zusätzlichen Erholungsurlaub bat. Der Geschäftsführer, Monsieur Koehl, lehnte sein Gesuch ab, und weil er tatsächlich arbeitsunfähig war, entließ er ihn. Er ist mir in dieses Dorf gefolgt, wo wir uns brav haben in eine Falle locken lassen, denn einige Wochen darauf verboten die Behörden den Juden, die Paris verlassen hatten, dorthin zurückzukehren. Wenigstens sind wir nicht voneinander getrennt, was für uns beide unerträglich wäre. Zwar liebe ich meine Kinder von ganzem Herzen, doch würde mir Micha genommen, wäre ich nur noch sein Schatten; so wie er, würde ich verschwinden, nur noch der meine wäre und wir nicht ruhen würden, bis unser beider Schatten wieder vereint wären.

Damals ging das Gerücht, die Regierung werde noch weitere Maßnahmen gegen Ausländer und Staatenlose ergreifen. Die Verordnung vom 28. September 1940 stürzte uns in schreckliche Verwirrung: Sollte man einem Aufruf, nach dem Juden sich bis zum 20. Oktober erfassen lassen mußten, Folge leisten oder nicht? Mit Freunden und Verwandten wurde über Rohrpost rege korrespondiert. Die einen meinten, man würde sich damit dem Löwen in den Rachen werfen, die anderen, wir sollten den Boden der Legalität nicht verlassen, uns könne nichts zustoßen, solange wir uns gewissenhaft an den Wortlaut des Gesetzes hielten: Die französischen Behörden würden sich, so die Verfechter des Gehorsams, nur vermeintlich dem Willen des Besatzers fügen, die Kartei in Wahrheit jedoch dazu verwenden, uns besseren Schutz zu gewähren. Wenig überzeugt bat ich Michel, an den Direktor seiner Bank zu schreiben, der Verbindungen zur Regierung hatte. Dieser antwortete ganz ungeniert: »Mein lieber Epstein, ich habe Ihren Brief erhalten, der mich allerdings in große Verlegenheit bringt. Ich wäre Ihnen nur allzugern behilflich, zumal ich Ihre Arbeitsweise in bester Erinnerung habe und Madame Epsteins Begabung, wie ich Ihnen gegenüber bereits zum Ausdruck brachte, zutiefst bewundere, nur weiß ich beim besten Willen nicht, was ich für Sie tun könnte. Ich denke, es führt leider kein Weg für Sie daran vorbei, die von den deutschen Behörden geforderten Formalitäten zu erfüllen. Keine wie auch immer geartete Intervention wird Sie davon befreien können.«

Nun richtete ich auf Drängen meines Mannes über den Unterpräfekten in Autun, dem ich zu verstehen gab, ich hätte »die Ehre, an derselben Zeitschrift mitzuwirken wie der Staatschef«, ein langes Schreiben an Pétain: »Monsieur le Maréchal, zunächst wollte ich Monsieur André Chaumeix, den Herausgeber der *Revue des Deux Mondes*, deren Mitarbeiterin ich bin, bitten, Ihr Augenmerk auf meinen besonderen Fall zu lenken. Leider ist es mir unmöglich, mit ihm zu korrespondieren, da er sich in der freien Zone aufhält. Dennoch wage ich zu hoffen, daß dieser Brief bei Ihnen Gehör findet. Es geht um folgendes: Wie ich erfahren habe, will Ihre Regierung besondere Maßnahmen gegen die Staatenlosen ergreifen. Mich befällt große Furcht beim Gedanken an das Los, das meine Familie (meinen Mann, der eben erst eine schwere Krankheit überstanden hat, meine Töchter, zehn und drei Jahre alt) und mich erwartet. Mein Mann und ich stammen aus Rußland, unsere Eltern sind während der Revolution emigriert. Unsere beiden Kinder sind Französinnen. Seit zwanzig Jahren leben wir in Frankreich, ohne es je verlassen zu haben, mein Mann war fünfzehn Jahre lang Prokurist bei der

Banque des Pays du Nord (die zum Schneider-Konzern gehört) und mußte seine Stellung im Zuge seiner Krankheit aufgeben. Sollten Sie die Mühe nicht scheuen, bei Monsieur Chaumeix Erkundigungen einzuholen, so wird er Ihnen bestätigen, daß ich seit mehreren Jahren bei der *Revue des Deux Mondes* mitarbeite. Er mag für mich bürgen, schließlich hat er sich auch seinerzeit für unser Einbürgerungsgesuch verwendet, dessen Bearbeitung vermutlich durch den Krieg vorerst unterbrochen worden ist. Ich bin eine persönliche Bekannte der Familie von Monsieur René Doumic. Das werden Madame René Doumic und Madame Henri de Régnier sicherlich bezeugen. Ich brauche wohl nicht eigens zu betonen, daß ich mich als Autorin rein literarischer Werke nie mit Politik befaßt habe. Ob in ausländischen Zeitungen oder im Rundfunk, immer war es mir ein besonderes Anliegen, die Menschen Frankreich kennen und lieben zu lehren. Ich kann mir nicht vorstellen, Monsieur le Maréchal, daß keinerlei Unterschied gemacht werden sollte zwischen den unerwünschten und den achtbaren Ausländern, die von Frankreich zwar mit überwältigender Gastfreundschaft aufgenommen wurden, aber auch alles in ihren Kräften Stehende unternommen haben, um sich ihrer würdig zu erweisen. Ich appelliere daher an Ihr großzügiges Wohlwollen, daß meine Familie und ich in jene zweite Kategorie von Personen fallen, daß wir als freie Menschen in Frankreich ansässig sein dürfen und ich auch weiterhin hier meinem Beruf als Romanautorin nachgehen kann. Ich danke Ihnen im voraus für die freundliche Aufmerksamkeit, die Sie gütigst diesem Schreiben zuteil werden lassen wollen, und empfehle mich Ihnen mit vorzüglicher Hochachtung...«

Die Antwort war der Erlaß vom 3. Oktober 1940, der uns wie ein Blitz traf. Wir lasen ihn wieder und wieder, prüften ihn mit der Lupe. Wir waren Juden, daran bestand laut Definition des ersten Artikels kein Zweifel: »Als ›Jude‹ gilt, wer von drei jüdischen bzw. zwei Großeltern derselben Rasse abstammt, sofern sein/e Ehegatte/in selbst Jude ist.« Weder für unsere Kinder noch für uns selbst gab es ein Entrinnen. Wir erfuhren außerdem sämtliche Berufe, die uns neben dem des Beamten und Lehrers verwehrt waren: »Herausgeber, Geschäftsführer, Redakteure von Tageszeitungen, Zeitschriften, Agenturen, Monatsheften, mit Ausnahme rein wissenschaftlicher Veröffentlichungen (vorbei mit der Hoffnung, etwas Geld durch Buchbesprechungen in Zeitschriften zu verdienen, wie ich es seit mehreren Jahren tat), Direktoren, Administratoren, Geschäftsführer von Unternehmen, die der Herstellung, Verleihung und Vorführung von Kinofilmen dienen (das Aus für meinen Schwager Sam), Regisseure und Aufnahmeleiter, Drehbuchautoren, Direktoren, Administratoren und Geschäftsführer von Theatern oder Kinos, Schauspielveranstalter, Direktoren, Administratoren und Geschäftsführer jeglicher Rundfunkunternehmen.« Artikel Acht war für mich ein kleiner Lichtblick: »Mit jeweiligem Beschluß des Staatsrates und ordnungsgemäßer Begründung können Juden, die dem französischen Staat auf literarischem, wissenschaftlichem oder künstlerischem Gebiet außerordentliche Dienste erwiesen haben, der Verbote, wie sie das vorliegende Gesetz vorsieht, enthoben werden.« Michel stürzte sich auf seine Schreibmaschine und verfaßte ein weiteres Schreiben an den Maréchal, in dem er sämtliche im Laufe der Jahre zusammengekommenen Lobeshymnen auf seine Frau, die »große Schriftstellerin«, resümierte und höflich um eine Anwendung besagter Klausel auf meine Person ersuchte. Wir halten noch immer Ausschau nach dem Briefträger.

Tags darauf, am 4. Oktober, waren wir durch ein zweites Dekret am Boden zerstört: »Ausländer jüdischer Herkunft können vom Tage der Verkündigung des vorliegenden Gesetzes an laut Beschluß des Präfekten ihres jeweiligen Wohnsitzes in Sonderlagern interniert werden.« Mit Schrecken erinnerten wir uns an die spanischen Flüchtlingslager, die wir gegen Ende des spanischen Bürgerkrieges im Baskenland gesehen hatten. Die entsetzlichen Bedingungen, unter denen die Menschen dort dahinvegetierten, waren uns bis in alle Details von einer jungen Frau geschildert worden, die wir mit ihrem Baby in unserer Villa in Hendaye aufgenommen hatten und die ihren Mann regelmäßig im Lager besuchte. Auch Cécile waren die Gespräche mit der Unglücklichen in lebhafter Erinnerung geblieben. Deshalb kam sie und beschwor uns, die Flucht zu ergreifen: die Schweiz sei doch nicht weit, alle im Dorf liebten uns, und es würde sich gewiß jemand finden, der uns über die Grenze bringe. Diesen Vorschlag hat sie mir seither immer wieder gemacht. Bis zum letzten Jahr pflegte ich darauf zu antworten: »Aber Cécile, warum sollten wir denn fliehen? Wir haben uns doch nichts zuschulden kommen lassen.« Heute kann davon keine Rede mehr sein.

Bei unserer Ankunft in Issy-l'Évêque haben wir die beiden Mädchen gleich zu uns ins Hôtel des Voyageurs genommen, denn das Haus der Michauds war derart winzig, daß wir sie nicht länger bei ihnen lassen konnten. Schließlich fanden wir auf dem Kirchplatz, gegenüber vom Kriegerdenkmal, dieses Gebäude mit vierzehn Räumen, das größte im ganzen Dorf, das sich weder möblieren noch heizen läßt, ein anderes stand jedoch nicht zur Verfügung. Was die Lebensmittel betrifft, leiden wir keine Not: Wenn Fleisch auch knapp ist, so haben wir doch Milch, Eier, Käse, und sobald Michel die Finger davon läßt, wirft der Garten Gemüse und Obst, Kirschen, Äpfel, Birnen und Pflaumen im Überfluß ab, nur Geld haben wir nicht. Wir können die Miete für unser Pariser Appartement nicht länger aufbringen und haben den Eigentümer gebeten, es vorläufig an eins unserer ehemaligen Hausmädchen zu vermieten. Mein Mann führt eine geradezu groteske Korrespondenz mit dem Steuereinnehmer, der von den Bedingungen, unter denen Juden leben müssen, noch nie etwas gehört zu haben scheint und hartnäckig von uns Steuern einfordert, die zu zahlen wir natürlich außerstande sind. Er kämpft wie ein Besessener, sucht erneut nach Leutnant Hohman, diesmal, um ihn um Hilfe zu bitten. Er hat sogar an Botschafter Abetz geschrieben. Ich habe meine Vorkehrungen getroffen und Julie kommen lassen, damit sie sich um die Kinder kümmert, und warte ab.

Meine Bücher stehen zwar nicht auf der Liste der Boches,

doch hat sie mein ehemaliger Verleger Grasset, ohne daß man es ihm befohlen hätte, aus dem Verkehr gezogen. Bereits im Oktober 1940 war es zu einer interessanten Auseinandersetzung zwischen mir und Jean Fayard gekommen, der bei mir im April einen Roman für sein in der freien Zone erscheinendes Wochenblatt in Auftrag gegeben hatte. Das vereinbarte Honorar belief sich auf sechzigtausend Francs, die mir bei Unterzeichnung des Vertrages zur Hälfte ausgezahlt wurden. Ich schickte ihm das Manuskript, er aber weigerte sich, den Restbetrag zu bezahlen, unter dem Vorwand, mich zu veröffentlichen verstoße gegen das Gesetz, demzufolge Juden nicht als Zeitungsredakteure arbeiten dürften. Worauf ich die Société des gens de lettres um ihr Urteil bat, die zu meinen Gunsten entschied: »Eine bedeutende Schriftstellerin wie Madame Némirovsky, die gegenüber der Zeitung einen freien, unabhängigen Status genießt, läßt sich mit einem intellektuellen Angestellten wie dem Journalisten genausowenig vergleichen wie der Vertrag, mit dem sie der Zeitung einen Roman zur Veröffentlichung gibt, mit einem Arbeitsvertrag. Daraus ergibt sich, daß das Gesetz vom 3. Oktober in diesem Fall keine Anwendung finden kann.« Das war eindeutig, jedoch erhielt ich statt des Geldes von Monsieur Fayard einen beleidigenden Brief, demzufolge ich mich glücklich schätzen solle, daß es mir bislang erspart geblieben sei, ihm die bereits ausgezahlte Summe zu erstatten.

Um so glücklicher bin ich, Grasset für Albin Michel verlassen zu haben. Selten hat mich ein Brief so gerührt wie jener, der ganz spontan am 28. August 1939, einen Tag vor Erklärung des Krieges, verfaßt worden war und mich in Hendaye in unserer so geliebten Villa Ene Etchea erreichte: »Chère Madame, wir durchleben augenblicklich bange Stunden, die von einem Tag zum anderen eine tragische Wendung nehmen können. Sie sind Russin und Jüdin, von daher könnte es sein, daß Ihnen von seiten derer, die Sie nicht kennen – bei dem Ansehen, das Sie als Schriftstellerin genießen, dürften es nur wenige sein –, Schwierigkeiten erwachsen. Da man nun einmal mit allem rechnen muß, dachte ich, mein Gutachten aus der Sicht eines Verlegers könnte Ihnen möglicherweise hilfreich sein. Ich will Ihnen gern bescheinigen, daß Sie eine hochtalentierte Literatin sind, was nicht zuletzt der Erfolg Ihrer Bücher im In- wie im Ausland beweist, wo manch eines Ihrer Werke in übersetzter Fassung vorliegt. Ebenso bereitwillig werde ich mich dazu bekennen, daß mich seit Oktober 1933, als Sie zu mir überwechselten, nachdem einige Ihrer Bücher bei meinem Kollegen Grasset erschienen waren, von denen eines, *David Golder*, sich nicht nur als eine aufsehenerregende Entdeckung erwies, sondern den Vorwurf zu einem vielbeachteten Film lieferte, mit Ihnen und Ihrem Mann eine über unser bloßes Verhältnis von Verleger zu Schriftsteller hinausgehende, innige Freundschaft verbindet.«

Meine einzige finanzielle Unterstützung seit Beginn des Krieges erhalte ich von Albin Michel. Da er krank ist, lebt er nunmehr auf dem Land, aber sein Schwiegersohn, Robert Esménard, hat von den Deutschen die Erlaubnis erwirkt, *Les chiens et les loups* zu veröffentlichen und einige meiner früheren Bücher wiederaufzulegen. Außerdem überweist er mir, obgleich es ihm eigentlich unmöglich geworden ist, nach wie vor dreitausend Francs monatlich. Mutig trotzt er der Verordnung vom 26. April 1941, derzufolge Verleger die den jüdischen Autoren zustehenden Summen auf ein Sperrkonto einzahlen müssen. Er hat sogar, um seine Buchführung gegen eine eventuelle Prüfung zu wappnen, das Risiko auf sich genommen, mit Julie einen Scheinvertrag für einen zukünftigen Roman aus meiner Feder zu unterzeichnen. Sein Berater André Sabatier versorgt mich mit Lektüre, läßt nur selten einen Monat vergehen, ohne mir zu schreiben, trifft sich regelmäßig in Paris mit Paul, um einen persönlicheren Kontakt mit uns zu halten. Ich weiß, daß ich, komme was da wolle, auf Esménard und ihn zählen kann. Ja, wo wäre ich heute, wenn ich bei Fayard oder Grasset geblieben wäre?

Unser hiesiges Leben ist trübselig. Denise und Babet wissen es sicher als einzige zu schätzen: Denise kann uns nicht länger, wie einst in Paris, unser nach ihrem Geschmack allzu häufiges Ausgehen vorwerfen. Und Babet liebt ihr Dasein als kleines Bauernmädchen, ihre Abenteuer in den Feldern und ihre Holzschuhe. Ich versuche mir einzureden, wenn auch ohne großen Erfolg, all das werde eines Tages ein Ende nehmen. Ich sage mir, während ich an meiner *Suite française* schreibe, ich müsse etwas Großes zustandebringen, ohne mich ständig zu fragen: wozu das Ganze? Ich ertappe mich allzuoft dabei, mehr noch als um mich selbst um meine Bücher zu bangen, sie mir vernichtet, für alle Zeiten aus dem Gedächtnis der Menschen gelöscht vorzustellen.

In besonders kindischen Augenblicken vertraue ich auf Nostradamus' Prophezeiung, die für das Jahr 1944 ein Ende unseres Elends vorhersagt. Wird es mich aber in zwei Jahren noch geben? Ich lese, mache mir viele Notizen, frage mich unaufhörlich, wie wir nur an diesen Punkt gelangen konnten. Neulich schrieb ich in mein dickes ledergebundenes Buch: »Was immer seit einigen Jahren in Frankreich in einer bestimmten sozialen Schicht vor sich geht, ist nur auf eines zurückzuführen: Angst. Sie zeichnet verantwortlich für den Krieg, die Niederlage und den augenblicklichen Frieden. Der dieser Kaste angehörende Franzose hegt gegen niemanden Haßgefühle: er empfindet weder Eifersucht noch enttäuschten Ehrgeiz und auch keine wirklichen Rachegelüste. Er hat einfach Angst. Wer wird ihm am wenigsten wehtun (nicht etwa in Zukunft, nicht abstrakt gesehen, sondern jetzt, in Form von Fußtritten in den Hintern und Ohrfeigen)? Die Deutschen? Die Engländer? Die Russen? Die Deutschen haben ihn geschlagen, doch die Tracht Prügel ist vergessen, und jetzt können sie ihn verteidigen. Darum ist er »für die Deutschen«. Im Gymnasium ist dem Schwächsten die Unterdrückung durch einen einzelnen lieber als seine Unabhängigkeit; der Tyrann drangsaliert ihn zwar, verbietet aber auch den anderen, ihm seine Murmeln zu klauen, ihn zu schlagen. Sobald er sich dem Tyrannen entzieht, steht er allein da im Gemenge.«

Gemeint ist der Bourgeois, nicht der Ideologe. Ich muß oft an zwei mir bekannte, etwa gleichaltrige Schriftsteller denken, die, beide aus der École Normale Supérieure hervorgegangen, beide hochbegabt, ganz und gar entgegengesetzte Wege einschlugen: Robert Brasillach und Paul Nizan. Sie haben im Abstand von drei Jahren jeder ein Buch veröffentlicht: *Notre avant-guerre* und *La conspiration*. Der erstgenannte haßt die Juden, ist fasziniert vom Faschismus oder vielmehr, warum es verschweigen, von den jungen Faschisten (von den alten ist nie die Rede): Ihr blondes Haar hat ihn auf seiner Deutschlandreise ganz offensichtlich in seinen Bann geschlagen. Letzterer macht einen Juden zum Helden seines Romans, einen gutbetuchten Studenten mit Namen Rosenthal, und kein Hehl daraus, daß er sich zum Kommunismus hingezogen fühlt. Ihren entgegengesetzten Schlüssen liegt gleichwohl dieselbe Prämisse zugrunde. Immer wieder habe ich in meinen eigenen Romanen, vor allem in den letzten – *Le pion sur l'échiquier, La proie, Deux* –, die Generation bemitleidet, deren Kindheit oder frühe Jugend im Schatten des Ersten Weltkrieges stand. Sehr schnell haben diese jungen Menschen im Verlaufe der verrückten zwanziger Jahre verstanden, daß ihre Väter oder älteren Brüder für nichts und wieder nichts gestorben waren. Wer sich nicht vom schnellen Geld verführen ließ, empfand für die Politiker nichts als Ekel und vollzog den gefährlichen Schritt, der darin besteht, Politik mit politischen Machenschaften gleichzusetzen. Ihnen blieb nur noch der extremistische Weg.

Genausowenig meine ich das einfache Volk. Die Einwohner von Issy-l'Évêque, diesem inmitten der Saône-et-Loire-Felder verlorenen Dorf, in dem es nur eine einzige Straße gibt, stellen mir gegenüber jeden Tag aufs neue ihre edle Gesinnung und Großherzigkeit unter Beweis: der Pfarrer, der mich oft besucht, um mit mir zu plaudern – er verübelt es Babet nicht, daß sie, als er ihr bei seinem ersten Besuch Bonbons mitbrachte, zu ihm »Merci, Madame« gesagt hat –; die Schuldirektorin, die Landwirte, die mir ein Kaninchen oder ein Huhn bringen, die Bauern, die ihre Mütze ziehen, wenn sie mir auf der Straße begegnen. Viele haben ihre Söhne zur Résistance gegeben. Alle verabscheuen die Vichy-Regierung. Die beiden bestgehaßten Männer hier sind Philippe Henriot und Pierre Laval, die sie Tiger und Hyäne nennen. Tatsächlich umgibt den einen der Geruch von frischem Blut, den anderen der Gestank von Aas.

Immer und immer wieder muß ich an meine ehemaligen Kollegen denken, an die Journalisten, die mich einst mit Lob überhäuften und die heute beinahe ausnahmslos um die Gunst Vichys und der Besatzer buhlen. Ich stelle mir Florence Goulds Salon vor, die glanzvollen Diners, bei denen sich höchstwahrscheinlich, ungeachtet der Rationierungsmaßnahmen, sämtliche in Paris verbliebenen Autoren einhellig zusammenfinden. Mir gab es neulich einen Stich ins Herz, als ich in einer Zeitschrift auf das Photo der strahlenden Danièle Darrieux stieß, die mit anderen Künstlern nach Deutschland abreiste: Ich sah sie wieder vor mir, wie ich sie, jung und schüchtern, während der Dreharbeiten zu ihrem ersten großen Film nach meinem Buch *Der Ball* in meinem Hause erlebt hatte.

Da ich spürte, daß mir ein Asthma-Anfall bevorstand, hatte ich nicht zu Abend gegessen. Vor dem Zubettgehen ging ich in die Küche, um mir ein Glas Milch einzuschenken und aus dem Fliegenschrank eine Scheibe von dem Schinken zu holen, den meine tapfere Cécile uns nach wie vor zu beschaffen vermag. Er war in eine Zeitungsseite eingewickelt, die ich, süchtig nach Lektüre, wie ich nun einmal bin, automatisch mit der Handfläche glättete und las. Es handelte sich um eine aus der *Paris-Midi* vom 2. Juni herausgerissene Seite, wo aus der Feder eines gewissen André de Laumois die Reaktionen der Franzosen auf das laut Dekret vom 29. Mai 1942 verordnete Tragen des gelben Sterns geschildert wurde: »Wie bescheiden gab er sich doch zu Beginn seines Daseins, der kleine gelbe Stern! Man sah ihn kaum: Er hielt sich verborgen, als erschrecke ihn die Vorstellung, ans Tageslicht zu treten. Und es hieß:

– Mehr sind es also nicht!

Das ließ er sich nicht zweimal sagen. Erst kroch er aus den

kleinen Läden des Faubourg Montmartre hervor. Dann breitete er sich über Saint-Lazare, die Madeleine, die Champs-Elysées, schließlich auch in Passy und Auteuil aus. Heute heißt es einhellig:

– Dann waren es also doch so viele?

Glauben Sie nur ja nicht, daß die, die ihn tragen, sich seiner etwa schämten oder gar Zurückhaltung übten. Mitnichten! Vor allem als die feisten, wohlgenährten, wohlgekleideten Kinder Israels aus den begüterten Vierteln, in denen der Schwarzmarkt floriert, auf der Bildfläche erschienen, konnte man sich vor ihrer Überheblichkeit kaum noch retten. Man sah sie in Restaurants, die ihresgleichen suchen, mit provozierender Miene und lauter Stimme nach dem Geschäftsführer und dem Ober rufen. Nichts war gut genug oder perfekt genug serviert. Da wirkten schon eher die Arier wie arme Verwandte und so, als seien sie nicht von hier. Wie stark ist doch die Macht der Gewohnheit!

Jetzt werden andere Töne angeschlagen. Israel hat begriffen, was für Kapital sich aus dem gelben Stern schlagen läßt. Es macht ihn sich, wie alles übrige, mit wahrlich großem Geschick zunutze. Es spielt den Verfolgten, tritt als Märtyrer auf.

Die Verhaltensmaßregel ist erteilt und wird meisterlich eingehalten. Wie der Taler von Hand zu Hand geht, so wird sie von tausenderlei anonymen Stimmen in den Warteschlangen überallhin, von der Conciergeloge bis hinauf in das hinterste Dienstmädchenzimmer, verbreitet. Man erweicht rechtschaffene, empfindsame, gutgläubige Arier, indem man ihnen von den Kindern erzählt. ›Arme kleine unschuldige Juden‹, raunt man. ›Denkt doch nur an ihr Unglück!‹ Und es werden dramatische Szenen kolportiert, bei denen Frauen und Kinder die Hauptrolle spielen.

Diese gute Seelen vergessen dabei allerdings, was die Väter dieser Gören – die ihrerseits heranwachsen – aus unserem Frankreich gemacht haben, bevor sie es in den Krieg stürzten: einen Sumpf, in dem unsere Traditionen verkümmerten und seine Tugenden verkamen.

Der gelbe Stern ist vermutlich das einzige Mittel, mit dem verhindert werden kann, daß Israels Gestirn nicht unseren ganzen Himmel einnimmt.«

Ich bin in den Salon zurückgekehrt. »Und das Wolfshund-Jahrhundert, es springt auf mich los«, schrieb Ossip Mandelstam. Ich habe, um niemanden zu wecken, die Türen geschlossen und ganz leise auf unserem alten Grammophon Ernest Blochs *Baal Shem* gespielt, das Alfred Adler mir 1932 anläßlich der Beerdigung meines Vaters aus Amerika mitbrachte. Ich hatte die Schallplatte zum erstenmal nach den Trauerfeierlichkeiten auf dem Friedhof in Belleville gehört und dabei an den gedacht, der mich seit unserer Ankunft in Frankreich nicht länger Irotschka, sondern Rirette nannte und, gemäß seinem letzten Willen, in einem jüdischen Grab beigesetzt worden war. Dieser tiefe, ausholende Klang, dieser herzzerreißende Bogenstrich, dieser monotone hebräische Gesang berühren mich unerklärlicherweise. Ich dachte an die polnischen Schtetl, in denen die Juden, wie man erzählt, zum Abtransport in die Konzentrationslager zusammengetrieben werden. Dann ging ich wieder hinauf in unser Schlafzimmer und schmiegte mich an Michel, dessen Arm quer über meine Brust sank. Bevor ich aber das Licht löschte, nahm ich mein dickes ledernes Buch vom Nachttisch und notierte darin mit letzter Kraft: »Mein Gott, was tut mir dieses Land nur an!«

1917 – ich war damals vierzehn – nahm mein Vater mich mit nach Jalta, wohin ihn seine Geschäfte riefen. Als diese abgewickelt waren, verbrachten wir zwei weitere Tage in einem Hotel in Gursuf, das auf der Rückseite des Cap Martian an einer breiten, rosenbewachsenen Bucht gelegen war, zu Füßen von Bergen, deren stufenförmig angelegte Hänge mit Weinstöcken bepflanzt waren. Es heißt, einst hätten drei Bären in diesem Massiv des Babugan gelebt, dessen einer Berg, mit Namen Ajug-Dag, an sie erinnert. Von ihrem Beutezug durch ein Dorf hatten sie ein kleines Mädchen mitgebracht und jahrelang gefangengehalten. Das

Mädchen besorgte den Haushalt. Nur wurde sie immer klüger und schöner. Eines Tages warf ein Sturm ein Floß mit einem schönen jungen Mann an Land, der sie liebgewann, so wie auch sie ihn liebte. Er überredete sie, mit ihm zu fliehen, und sie fuhren aufs offene Meer hinaus. Als die Bären dies merkten, stürzten sie an den Strand und begannen, das Meereswasser aufzulecken. Als die beiden Liebenden bei der versiegenden Flut auf Grund zu laufen drohten, kam ihnen eine gute Fee zur Hilfe. Sie befahl den Bären, in ihr Gebirge zurückzukehren. Als einer sich weigerte, verwandelte sie ihn in einen Fels, in den berühmten Ajug-Dag, vor dem Puschkin ins Träumen geriet.

Mein Vater und ich machten auf diesem Strand ausgedehnte Spaziergänge. Er erzählte mir, Anton Tschechow habe, als er die ersten Anzeichen der Tuberkulose, die seinen heißgeliebten Bruder Nikolas dahingerafft hatte, auch an sich selbst feststellte, die Welt bereist und sich schließlich nach einem schrecklichen Hustenanfall, bei dem er Blut spuckte, auf der Krim niedergelassen. Dort habe ihn Vera Kommissarjewskaja besucht, die berühmteste unter allen russischen Schauspielerinnen: Wenn sie einst sterbe, werde ihr zerbrechlicher Körper im Zug von Taschkent nach Petersburg, von Asien nach Europa, transportiert und in jedem Bahnhof von einer in Tränen aufgelösten Bevölkerung empfangen werden. Allabendlich in der Dämmerung seien der Kranke mit dem fahlen Bart und dem Lorgnon auf der Nase und die Frau mit den großen, tragischen Augen, so wie wir jetzt, umgeben vom Duft der Rosen und der ätherischen Melodie der Wellen, den Strand entlanggegangen. Dabei habe sie ihm auf seine Bitte hin aus der *Möwe* Ninas letzten Monolog rezitiert, deren Rolle sie kreiert hatte: »Schön war es früher, Kostja! Wissen Sie noch? Was für ein klares, warmes, frohes, reines Leben, und die Gefühle – Gefühle wie zarte, schöne Blumen... Wissen Sie noch?... ›Menschen, Löwen, Adler und Rebhühner, gehörnte Hirsche, Gänse, Spinnen, schweigsame Fische, die im Wasser hausten, Seesterne und jene, die mit Augen nicht zu sehen waren – mit einem Wort, alles Leben, alles Leben, alles

Leben, vollendet hat es seinen kummervollen Kreis, es ist erloschen. Jahrtausende bereits, seit diese Erde kein einziges Lebewesen mehr trägt, und dieser arme Mond entzündet seine Laterne vergebens. Es erwacht der Kranich nicht mehr schreiend auf der Wiese, im Lindenhain kein Maikäfer mehr summt...‹«

Oktober 1991

Das Kind ist schon seit geraumer Zeit kein Kind mehr. In ihrem Alter könnte sie beinahe die Mutter ihrer eigenen Mutter sein, die für alle Zeiten neununddreißig Jahre alt ist. Das Kind hat die lange Reise nachvollzogen und das Unwiderrufliche wachgerufen. Sie sagt sich jetzt: »Von dieser Grenze an kann ihr niemand mehr folgen, selbst ihre Töchter nicht.« Und sie erteilt der Geschichte das Wort.

Nach ihrer Verhaftung am 13. Juli 1942 wird Irène Némirovsky nach Pithiviers gebracht, wo sie am 16. eintrifft. Dort gibt sie als Geburtsdatum nicht den 24., sondern den 11. Februar 1903 an.

Sie ist Teil des Transports Nr. 6, der am 17. Juli mit insgesamt achthundertundneun Männern und einhundertneunzehn Frauen nach Auschwitz aufbricht. Von ihnen sollen laut Serge Klarsfeld achtzehn überlebt haben. Sie war nicht darunter. Einem deutschen Namenverzeichnis zufolge starb sie einen Monat nach ihrer Ankunft. An Typhus, wie manche Augenzeugen beteuern.

Ihr drei Monate später verhafteter Mann Michel wurde in Drancy interniert und mit dem Transport Nr. 42 am 6. November zusammen mit insgesamt vierhundertachtundsiebzig Männern, fünfhundertvier Frauen und sechzehn »Undefinierbaren« deportiert. Darunter waren zweihunderteinundzwanzig Kinder unter achtzehn Jahren, davon einhundertdreizehn noch nicht einmal zwölf. Es gab 1945 nur vier Überlebende.

Ihre beiden Schwäger, Samuel und Paul, sowie ihre Schwägerinnen, Alexandra und Mavlik, wurden im Juli in Paris verhaftet und starben während der Deportation. Ihre Nichte Natascha konnte rechtzeitig nach Nordafrika entkommen.

Ihre beiden Kinder, Denise und Elisabeth, die zum gleichen Zeitpunkt wie ihr Vater verhaftet wurden, konnten gerettet werden.

Danksagung

Das vorliegende Buch wurde aufgrund anderer Bücher erdacht. Zunächst einmal die meiner Mutter. Irène Némirovsky:

Le malentendu, veröffentlicht in der Reihe Les Œuvres libres, 1930 wiederaufgelegt bei Fayard.
David Golder, Grasset, 1929.
Le bal, Grasset, 1930 (*Der Ball*, aus dem Frz. von Grit Zoller, Zsolnay / Wien, 1986).
Les mouches d'automne, Grasset, 1931.
L' affaire Courilof, Grasset, 1933.

Diese vier Bücher sind in der Reihe Les Cahiers rouges erhältlich.

Films parlés

Le pion sur l'échiquier, Albin Michel, 1934.
Le vin de solitude, Albin Michel, 1935.
Jézabel, Albin Michel, 1936.
La proie, Albin Michel, 1938.
Deux, Albin Michel, 1939.
Les chiens et les loups, Albin Michel, 1940.
La vie de Tchekhov, Albin Michel, 1946.
Les biens de ce monde, Albin Michel, 1947.

Les feux de l'automne, Albin Michel, 1957.

Le vin de solitude und *Les chiens et les loups* sind in La Petite Bibliothèque Albin Michel erhältlich. *La vie de Tchekhov* ist vor kurzem beim selben Verlag neu aufgelegt worden.

Dann Konstantin Paustowskis *L'histoire d'une vie (Geschichte eines Lebens)*, vor allem die ersten drei Bände, *Les années lointaines*, *Une jeunesse inquiète* und *Une ère inconnue commence* (Gallimard, 1963, 1964; *Ferne Jahre, Unruhige Jugend, Beginn eines unbekannten Zeitalters*, Nymphenburger Verlagshandlung, München, 1961, 1962), aus dem Russischen übertragen von Lydia Pelt und Paule Martin (Josi von Koskull). Ich verdanke meine Vision von Kiew in einem solchen Maße diesem Autor, daß ich mir erlaubt habe, ihn zu einer Figur meines Buches zu machen.

Dasselbe gilt für Schalom Aschs Trilogie *(Drei Städte: Petersburg, Warschau, Moskau)*, insbesondere sein *Petersbourg* (Belfond, 1986), aus dem Deutschen übersetzt von Alexandre Vialatte, und *Moscou* (Belfond, 1989), aus dem Jiddischen von Rachel Ertel. Sie haben mir als Anregung zu meiner Schilderung der Szenen im Hotel Metropol gedient.

Mein Dank gilt außerdem Anna Achmatowa, Scholem Alejchem, Youri Annenkov, Pierre Assouline, Isaak Babel, Jean-Jacques Becker, Andrej Bely, Alexander Blok, Serge Bernstein, Dominique Borne, Jean Bothorel, Michail Bulgakow, Iwan Bunin, André Chénier, Jean Cocteau, Yves Courrière, Fjodor Dostojewski, Joachim Du Bellay, Henri Dubief, Ilja Ehrenburg, Marc Ferro, Janet Flanner, Robert Fleury, Philippe Ganier-Raymond, André Gide, Nikolaus Gogol, Iwan Gontscharow, Maxim Gorki, Raoul Hilberg, Andrej Kaspi, Joseph Kessel, Serge Klars, Alexander Kuprin, Gaston Leroux, Ossip Mandelstam, Jean Marabini, Michael R. Marrus, Guy de Maupassant, Sergej Minstlow, Alfred de Musset, Robert O. Paxton, Georges Perec, Léon Poliakov, Alexander Puschkin, Henri Raczymov, Gilles

Ragache, Jean-Robert Ragache, Nicolas Riasanovsky, Zéev Sternhell, Anton Tschechow, Leo Tolstoi, Iwan Turgenjew, Henry Troyat, Gustave Welter, Oscar Wilde.

Sowie den Übersetzern Gabriel Arout, Michel Aucouturier, Adèle Bloch, Jacques Catteau, Anne Coldefy-Faucard, Maurice Colin, Lily Denis, Rachel Ertel, Françoise Flamant, Félix Frapereau, André Gide, Jean-Luc Goester, Edmond Jaloux, François Kérel, Bernard Kreise, François Laurent, Jean Laury, Claude Ligny, Eliane Moch-Bickert, Henri Mongault, Christian Mouze, Georges Nivat, Brice Parain, Edouard Parayre, Edith Scherrer, Jacques Schiffrin, Boris de Schloezer.

Ich danke Francis Esménard, mir Irène Némirovskys Mappe, die er 1933 in Gewahrsam genommen und seither immer wieder auf den neuesten Stand gebracht hat, zur Durchsicht anvertraut zu haben. Ihr ging eine Notiz von der Hand Robert Esménards vom 13. Januar 1986 voraus, die an den Sohn gerichtet war und mit den folgenden Worten begann: »Ich übergebe dir hier eine kleine Mappe zu Irène Némirovsky, der ich, wie zuvor Albin Michel, stets freundschaftlich verbunden war. Abgesehen von ihrem Talent schätzte jener ihre Geradlinigkeit, Natürlichkeit und charakterlichen Eigenschaften.

Du wirst sehen, in welche jammervolle Lage sie die Schergen Hitlers versetzt haben, und den Mut und die Würde erkennen, die sie bis zuletzt beibehielt. Darin liegt die ganze Tragik des vom Haß der Nazis verfolgten jüdischen Volkes. Du wirst auch sehen, was alles unternommen wurde, um sie vor dem Schlimmsten zu bewahren, ihre beiden Töchter nach der eigenen Deportation zu schützen und ihnen zu einem abgeschlossenen Studium zu verhelfen.«

Möge dieses Buch der Ausdruck meiner Dankbarkeit und Hochachtung für Albin Michel, Robert Esménard, André Sabatier und Francis Esménard sein.

Mein größter Dank gilt jedoch meiner Schwester Denise Epstein-Dauplé, ohne die dieses Buch nie geschrieben worden wäre. Sie hat mir nicht nur ihre Erinnerungen offenbart, sondern auch in langer, mühsamer Kleinarbeit die Manuskripte unserer Mutter entziffert. Weiterhin hat sie Korrespondenzen und Pressestimmen aufgespürt, die unsere Mutter betrafen.

Abschließend sei noch angemerkt, daß, wenn dieses Buch auch erdacht ist, dennoch alle mit Anführungszeichen versehenen Briefe und Zitate Irène Némirovskys aus unveröffentlichten Aufzeichnungen stammen und authentisch sind. Auch haben sich ein paar Sätze von ihr, gleichsam als Beweis meiner Zuneigung, in meinen Text eingeschlichen.

Elisabeth Gille, geborene Epstein

Susanna Agnelli

Wir trugen immer Matrosenkleider

Aus dem Italienischen von Ragni Maria Gschwend.
244 Seiten. SP 726

Fünf Geschwister, meist in Matrosenkleidern (blau im Winter, weiß im Sommer), in einem goldenen Käfig, umgeben von Kindermädchen und Gouvernanten – wir blättern in einem Familienalbum der Fiat-Dynastie im Italien Mussolinis – und erfahren doch mehr: die ungewöhnliche Lebensgeschichte einer höchst ungewöhnlichen Frau. Susanna Agnelli erzählt von rauschenden Festen mit Galaroben und Ordensgepränge und der High Society der damaligen Zeit, von einer behüteten Kindheit voller Verbote und Ängste, von dem strengen patriarchalischen Großvater, dem Fiat-Gründer, der schönen, lebenslustigen Mutter, dem Vater, der früh bei einem Flugzeugunglück starb, von den Verbindungen zu Mussolini, Ciano – und zum Widerstand; von der Freundschaft der Mutter mit Malaparte, ihrem Kampf um die Kinder, von Familienstreitigkeiten und Freundschaften.

Obwohl der Name Agnelli auch in der Zeit des Faschismus und während des Zweiten Weltkriegs dafür sorgte, daß das Leben beinahe ungestört weitergehen konnte, emanzipierte Susanna sich von den Privilegien, die ihre Herkunft mit sich brachte. Sie wird zunächst Rot-Kreuz-Schwester an der vordersten Front des Krieges am Mittelmeer, dann macht sie das Abitur nach und studiert in Lausanne Medizin, bis ihr Bruder Gianni sie 1945 nach Italien zurückruft.

»Ein gescheites und bezauberndes Buch, knapp und genau die Zeit damals schildernd, das Highlife der schönen Mutter, die Leere der römischen Gesellschaft, die Schrecken des Faschismus, das ziemlich arme Leben reicher Kinder.«
Stern

»Ein überragendes, köstliches Buch mit einer ganz eigenen Vielfalt von Stimmungen, in dem Partien von duftiger Leichtigkeit mit dunklen, satten Pinselstrichen abwechseln.«
The New York Times Book Review

SERIE PIPER

Martin Green
Else und Frieda
Die Richthofen-Schwestern.
Aus dem Amerikanischen von
Edwin Ortmann.
416 Seiten. SP 2323

Die Schwestern Else und Frieda von Richthofen, Töchter aus altem preußischem Offiziersadel, imposante Schönheiten von hoher Intelligenz und rebellischem Freiheitsdrang, stehen für zwei entgegengesetzte Ausbruchsversuche aus der patriarchalischen Welt ihrer Zeit. Else, Muse der kritischen Intelligenz, lebte ihre verschwiegene Liebesgeschichte mit Max Weber als geistige Partnerschaft aus. Frieda, Idol erotischer Imagination, heiratete D. H. Lawrence. Und für beide war der radikale Freud-Schüler Otto Groß, der gegen die bürgerliche Sexualität, Ehe und Monogamie zu Felde zog, der erste befreiende Liebhaber gewesen. Vor dem Hintergrund der Lebens- und Emanzipationsgeschichte der Richthofen-Schwestern gelingt Martin Green eine der »scharfsinnigsten Analysen der deutschen Sozial- und Geistesgeschichte der letzten hundert Jahre.«
Merkur

Wolfgang Leppmann
Rilke
Sein Leben, seine Welt, sein Werk.
484 Seiten mit 20 Abbildungen.
SP 2394

Rilkes Leben war lange in ein fast mystisches Dunkel gehüllt. Mit seinem Hang zur Isolation und gleichzeitig seinem Umgang mit Fürstinnen, Gräfinnen, Herzoginnen, die ihn auf ihre Schlösser einluden und aushielten, gab der »unbehauste Salondichter« viele Rätsel auf. Wolfgang Leppmann verbindet die Stationen und Ereignisse von Rilkes Leben zu einem fast romanhaftem Fresko und ergründet auch seine viel beredten Schwächen, darunter seinen pubertären Snobismus, seinen Mutterkomplex, verbunden mit der Fälschung der Vaterfigur, sein Versagen als Ehemann und Vater, seine Schnorrer-Allüren.

»Farbigkeit und Anschaulichkeit der Darstellung, die breite und stets sorgfältige Wiedergabe des Zeithintergrunds und nicht zuletzt die hohe Lesbarkeit zeichnen das Buch dieses gelehrten, aber gelassenen Erzählers aus.«
Marcel Reich-Ranicki

Richard Ellmann

Oscar Wilde
Biographie. Aus dem Amerikanischen von Hans Wolf. 868 Seiten mit 63 Abbildungen. SP 2338

Wer, wie Oscar Wilde, bekundet: »Ich habe mein ganzes Genie in mein Leben gesteckt, in meine Werke nur mein Talent«, der ist in der Tat dazu bestimmt, eine Lebensgeschichte zu hinterlassen, die ein gutes und umfangreiches Buch wert ist. Der amerikanische Literaturwissenschaftler Richard Ellmann hat die berühmt-berüchtigte Inszenierung eines künstlerischen Lebens aufs genaueste recherchiert. Das Ergebnis ist eine »glänzende, eine meisterliche Biographie« (Sigrid Löffler), ein ungeheuer spannendes Buch, das nicht nur als ein Plädoyer für den großen Dandy zu lesen ist, sondern auch an geschliffenem Witz und stilistischer Eleganz mit seinem Gegenstand mithalten kann.

»Eine Biographie, wie sie in diesem Jahrhundert wohl kaum mehr geschrieben werden wird.«
Der Spiegel

Heinz Ohff

Theodor Fontane
Leben und Werk. 463 Seiten mit 26 Abbildungen. SP 2483

In der zweiten Hälfte des 19. Jahrhunderts hat die deutsche Literatur nur einen Romancier von Weltrang hervorgebracht: Theodor Fontane. Er allein kann einem Balzac, Dickens, Flaubert oder Tolstoi ebenbürtig genannt werden, vor allem mit seinen beiden Meisterwerken »Effi Briest« und »Der Stechlin«.
Theodor Fontane ist in seinem journalistischen Kollegen Heinz Ohff endlich der Biograph erwachsen, der ihm gerecht wird. Denn weder ist Fontane ein märkischer Heimatdichter noch ein einsames Genie: Diese längst überfällige Biographie zeigt den weltoffenen Preußen hugenottischer Prägung als hart arbeitenden Schriftsteller, der sich seinen Rang in der Weltliteratur schwer erkämpft hat.

»Diese wunderbare Biographie macht neue Lust auf den Autor Theodor Fontane.«
Brigitte

SERIE PIPER

Noël Riley Fitch

Anaïs

Das erotische Leben der Anaïs Nin. Aus dem Amerikanischen von Rita Seuß und Uta Szyszkowitz. 704 Seiten mit 36 Abbildungen. SP 2227

Ihre Lieblingsbeschäftigungen waren die Liebe und das Tagebuch-Schreiben. Anaïs Nin (1903–1977), die berühmte Muse Henry Millers, machte ihr Leben zur Literatur. Dabei blieb sie immer eine Gejagte, die in ihren Tagebüchern und Romanen sich selbst suchte. Anaïs Nin, schillerndste Frauengestalt der Pariser Literaturszene in den zwanziger und dreißiger Jahren, die unter anderem durch ihre legendäre Liaison mit Henry Miller und dessen Frau June Berühmtheit erlangte, versuchte auf spektakuläre und kompromißlose Weise als Frau wie auch als Künstlerin neue Lebensentwürfe zu verwirklichen. In ihren Tagebüchern bekannte sich Anaïs Nin offen zur Sexualität und zum ungebrochenen Sinnengenuß, zur Sehnsucht nach Liebe und zum »versteinerten Wald« ihrer Angst. Doch die schonungslose Beichte in ihren Werken ist überlagert von Selbstinszenierung und Mystifizierung. So spart sie ihre inzestuöse Beziehung zum Vater ebenso aus wie ihre erfolgreich vertuschte Bigamie. Noël Riley Fitch entmystifiziert in ihrer sorgfältig recherchierten Biographie das Bild, das Anaïs Nin so kunstvoll von sich entworfen hatte, und präsentiert jene Aspekte, die in den Tagebüchern bewußt ausgespart wurden und dennoch wesentlich zum Verständnis ihres Werkes und ihrer Person beitragen.

»Die Amerikanerin Noël Riley Fitch zeigt Anaïs Nin nicht nur als liebestolle Künstlerin, sondern auch als Meisterin der Selbst-Stilisierung, die sich hinter der Fassade der Femme fatale verschanzte.«
Brigitte

Janet Frame

Ein Engel an meiner Tafel
Der Gesandte
aus der Spiegelstadt
Die vollständige Autobiographie in einem Band. Aus dem Englischen von Lilian Faschinger. 592 Seiten. SP 2281

Der Band vereint alle drei Teile von Janet Frames Autobiographie: Die ersten beiden Teile – »Zu den Inseln« und »Ein Engel an meiner Tafel« – erzählen von ihrer Kindheit und Jugend, ihren Studienjahren, die keine Zeit der Freiheit, sondern bedrückende Einsamkeit waren. Nach einem Selbstmordversuch wird die sensible Frau in eine Nervenklinik eingeliefert. Erst als ihr erstes Buch einen Literaturpreis erhält, kann sie ins Leben zurückkehren. Im dritten Teil – »Der Gesandte aus der Spiegelstadt« – schildert Janet Frame, wie sie nach dem Alptraum der Psychiatrie eine Reise nach Europa unternimmt, wo sie die künstlerische Avantgarde der fünfziger Jahre kennenlernt und zum erstenmal eine Begegnung mit der Liebe hat. Befreit vom Stigma der Schizophrenie, bleibt sie jedoch immer der »Spiegelstadt« nahe, der Welt der Vorstellung, die sie vom »wirklichen Leben« trennt.

»Mit steigender Unruhe liest man dieses Buch, in dem sich scheinbare Nebensächlichkeiten zu der einen großen Katastrophe summieren. Und man erkennt, daß die Nebensächlichkeiten, die kleinen Verletzungen, von denen die Autorin mit einem gespenstischen Gleichmut erzählt, zur völligen Abgeschlossenheit von einer Umwelt führen, in der Janet nur noch bis zu einer gewissen Grenze funktionieren kann.«
Deutsches Allgemeines Sonntagsblatt

Gesichter im Wasser
Roman. Aus dem Englischen von Kyra Stromberg und Monika Schlitzer. 292 Seiten. SP 2330

Istina Mavet, eine psychisch labile junge Lehrerin aus Neuseeland, erleidet einen Nervenzusammenbruch. In eine psychiatrische Klinik eingeliefert, wird sie mit Elektroschocks behandelt. Man diagnostiziert bei ihr Schizophrenie. Mitten im 20. Jahrhundert erlebt sie die Psychiatrie als Folterkammer.

SERIE PIPER

Joan Brady

Jonathan Carrick – als Kind verkauft
Roman. Aus dem Englischen von Regina Hilbertz. 287 Seiten.
SP 2307

Amerika vor hundert Jahren: Der Pioniergeist offenbart bei aller Romantik auch Härte und Unerbittlichkeit. Der Bürgerkrieg ist vorbei, die Sklaverei wurde abgeschafft, und die große Eisenbahnlinie wird gebaut. Der weiße Jonathan wird mit vier Jahren von seinem Vater an einen brutalen Tabakfarmer verkauft. Seine Kindheit besteht von nun an aus Erniedrigungen, aus körperlichen und seelischen Mißhandlungen. Als Jonathan mit sechzehn Jahren die Flucht gelingt, beginnt seine abenteuerliche Odyssee durch den Wilden Westen. Er schlägt sich als Bremser auf Rangierbahnhöfen, als Prediger und Farmer durch. Er heiratet, bekommt Kinder, aber in seinem Inneren brodeln Feuer, Haß und Angst. Die Spuren der Sklaverei haben sich für immer unauslöschlich in ihm eingegraben.
Ein ergreifender und kunstvoll aufgebauter Roman.

Albert French

Billy
Roman. Aus dem Amerikanischen von Bettina Münch. 256 Seiten.
SP 2367

Billy Lee ist zehn Jahre alt – und viel älter wird er auch nicht werden. Lori, das rothaarige weiße Mädchen wollte den »kleinen Nigger« nicht im See spielen lassen. Sie prügelte und verhöhnte ihn, und Billy wehrte sich. Ein Messer ist im Spiel, und Lori ist tot. Sofort herrscht Lynchstimmung im verschlafenen Banes Country der Südstaaten. Das Kind Billy muß sterben. Intensiv läßt Albert French den Leser das furchtbare Geschehen miterleben. Man durchleidet mit dem kleinen Billy und seiner Mutter den Prozeß, der dem verängstigten Jungen gemacht wird, und wartet mit ihm auf die Hinrichtung. Albert French bannt Billys letzten Sommer in Bilder, deren sprachlich dichte Atmosphäre unter die Haut geht.

»Der Fall ist authentisch, die Erzählung wahre Poesie, was bleibt, tut weh.«
Die Morgenpost

Hilde Lermann

*Die Braut des
Märchenkönigs
Sophie von Wittelsbach*
Biographischer Roman.
265 Seiten. SP 2436

Sophie von Wittelsbach, Schwester von Kaiserin Sisi, Verlobte Ludwigs II. von Bayern – ein Stoff, aus dem die Träume sind: Die anrührende Lebensgeschichte einer außergewöhnlichen Frau, deren Leben von ihrer unerfüllten Liebe zu Bayerns »Märchenkönig« bestimmt war.

Ein Leben wie ein Roman – das Leben der Sophie von Wittelsbach, Schwester der österreichischen Kaiserin Sisi, Verlobte des Märchenkönigs Ludwig II. von Bayern. Schon als Zwölfjährige sachwärmt sie für ihren zwei Jahre älteren Vetter, der auch für sie große Sympathie empfindet. Unter dem Druck von Sophies Mutter Ludovika verlobt sich Ludwig mit ihr, doch spürt er, innerlich zutiefst ambivalent, wie übereilt dieser Schritt war. Er läßt die Hochzeit platzen. Für Sophie bricht eine Welt zusammen. Ihr Leben muß aber weitergehen. Sie wird Herzogin von Orléans-Alençon, zieht nach Frankreich, erlebt eine wilde Amour fou mit einem jungen Arzt, flieht mit ihm nach Österreich, wird in eine Irrenanstalt gesperrt. Nach langer Behandlung darf sie zurück nach Paris, engagiert sich für wohltätige Zwecke und kommt schließlich 1897 bei einem Großbrand während einer Veranstaltung ums Leben.

»Man spürt noch in den Nebenhistörchen und Seitenbemerkungen, wie tief die Autorin in Geschichte und Geschichten der Zeit eingedrungen ist, um dann einen derart lockeren und atmosphärisch dichten Schmöker schreiben zu können. Ein ausgezeichnet recherchierter Roman voll Farbe, Witz und Phantasie.«
Bayerischer Rundfunk